alfred hitchcock

Alfred Hitchcock

Die drei ???
Sabotage

Erzählt von William McCay, Megan Stine,
H. William Stine und G. H. Stone
nach einer Idee von Robert Arthur

Franckh-Kosmos

Aus dem Amerikanischen übertragen von Leonore Puschert

Titel der Originalausgabe:

»The Three Investigators - Funny Business«
© 1989, Random House, Inc., New York
Text by William McCay based on characters created by Robert Arthur

»The Three Investigators - Murder To Go«
© 1989, Random House, Inc., New York
Text by Megan & H. William Stine based on characters created by Robert Arthur

»The Three Investigators - Rough Stuff«
© 1989, Random House, Inc., New York
Text by G. H. Stone based on characters created by Robert Arthur

The three translations published by arrangement with Random House, Inc., New York

Umschlaggestaltung von Theodor Bayer-Eynck
unter Verwendung einer Illustration von Silvia Mieres

Die deutsche Bibliothek - CIP-Einheitsaufnahme

Die **drei ??? - Sabotage** / Alfred Hitchcock. Erzählt von William McCay ... [Aus dem Amerikan. übertr. von Leonore Puschert]. - Stuttgart : Franckh-Kosmos, 1993
ISBN 3-440-06643-6

ISBN 3-440-06643-6
Printed in Czech Republic/Imprimé en République tchéque
Herstellung: Těšínska Tiskárna, Český Těšín

Die drei ???
Sabotage

Die drei ???
und die
Comic-Diebe

Erzählt von William McCay
nach einer Idee von Robert Arthur

Die drei ???
und die Comic-Diebe

Ausgerechnet Comics!

»Das gibt's doch nicht!« Justus Jonas hob den Blick von dem Motor, an dem er gerade – zugegebenermaßen etwas lustlos – arbeitete. Er richtete sich so schnell auf, daß er sich fast an der Haube des alten weißen Chevrolet Impala den Kopf angestoßen hätte. Der Anführer der drei ??? war ein aufmerksamer Beobachter, den nichts so leicht aus der Ruhe brachte. Doch auch ein Detektiv mit langjähriger Erfahrung konnte vor Überraschungen nicht sicher sein.

Soeben war sein Onkel Titus von einer Einkaufstour zurückgekehrt. Titus Jonas konnte sich eines untrüglichen Gespürs für den Ankauf der ausgefallensten Kuriositäten rühmen. Das gesamte Betriebsgelände des Schrott- und Trödelmarktes »Gebrauchtwaren-Center T. Jonas« war bereits mit seinen Errungenschaften übersät. Von der Kfz-Werkstatt aus konnte Justus einiges davon sehen – ein Rudel Karussellpferde, ein Sortiment schmiedeeiserner Gartentore. Doch diesmal hatte Onkel Titus sich zweifellos selbst übertroffen.

Angetan mit einer Mütze aus Waschbärpelz thronte Justus' Onkel hinter dem Lenkrad seines großen Lastwagens. Auf der Pritsche übten Patrick und Kenneth, seine Helfer, ihr seit langem brachliegendes Geschick im Umgang mit Hula-Hoop-Reifen neu ein. In ungläubigem Staunen strich sich Justus das dunkelbraune Haar zurück. Was würde nur Tante Mathilda dazu sagen? Er schob seine ansehnliche Körperfülle an der Motorhaube des Impala vorbei, und schon stieß er mit dem Ellbogen an eine Dose Motoröl. Gluckernd ergoß sich der Inhalt ins Getriebe des Wagens.

»Igitt!« Unter dem Chassis wurde energisch geklopft. Justus' Freund Peter Shaw schoß ruckartig unter dem Wagen hervor. »Du solltest doch erst dann Öl nachfüllen, wenn ich die Ablaufschraube wieder reingedreht habe!«

Peter, der Zweite Detektiv im Team, war ein großer, sportlicher Junge. Wie ein Profi arbeitete er auf einem Brett mit Rädern. Das Zeug war ihm in den Mund gelaufen, und nun hustete und spuckte er heftig. Auch sein rötlichbraunes Haar war eingeölt und klebte am Kopf.
Peter hatte an seinem neuerworbenen Gebrauchtwagen mit Justus' Hilfe einen ganz normalen Ölwechsel vornehmen wollen. Warum mußte Justus nur diese Panne passieren!
Justus griff nach der ausgelaufenen Dose. »Tut mir leid«, entschuldigte er sich zerknirscht. »Da hat mich was – abgelenkt.«
»Ach nee? Feindlicher Sturmangriff, oder was?« Da fiel Peters Blick auf Tante Mathilda. Wie eine Furie marschierte die große, stattliche Chefin des Trödelmarkts auf den Lastwagen los.
»Hmm – sieht ja ganz danach aus.«
»Titus Jonas!« platzte Tante Mathilda erzürnt heraus. »Wo hast du nur wieder diesen ... diesen ... Ramsch aufgetrieben?« In hilfloser Empörung warf sie die Arme hoch.
»Das ist kein Ramsch«, protestierte Onkel Titus. »Es ist guterhaltene, hochwertige Lagerware. Alles Liebhaberstücke!«
»Und das gilt wohl auch für diese läppische Mütze?«
Onkel Titus schnippte gegen den Waschbärschwanz, der seine Kopfbedeckung zierte. »Das ist eine stilechte Davy-Crockett-Mütze.«
Energisch schritt Tante Mathilda zur Pritsche hin und stieg hinauf. »Liebhaberstücke – daß ich nicht lache! Hula-Hoop-Reifen und uralte Golfschläger. Und was steckt in der Kiste da?« Sie klappte den schweren Deckel hoch und schnappte verdutzt nach Luft. »Comics! Und dafür hast du gutes Geld ausgegeben!«
Wenn es sein mußte, konnte sich Justus trotz seines Übergewichts blitzschnell bewegen. Er lief zum Wagen, um sich das Objekt anzusehen. Tatsächlich – die große Kiste auf der Pritsche war vollgepackt mit Comic-Heften.
»Super!« murmelte Peter, der auch herangekommen war.

»Bestimmt von einem eingefleischten Fan.«
»Das sind ja Schätze aus der guten alten Zeit«, meinte Justus. »Die Hefte und Alben haben sicher jahrelang irgendwo rumgelegen.« Er wandte sich an Peter. »Wieviel Geld hast du bei dir?«
»Viel ist es nicht.« Peter fingerte in seinen Taschen.
»Hey, Freunde, was gibt's denn?« rief Bob Andrews munter. Der große, blonde Dritte im Bunde war soeben durch das Hoftor aufs Gelände gekommen.
Sofort stürzte sich Justus auf ihn. »Wieviel Zaster hast du dabei?«
Bob griff in seine Hosentasche. »Momentan sieht es nicht rosig aus. Wozu brauchst du denn Geld?«
Justus grinste. »Für Comics.«
Auf dem Lastwagen stöberte Tante Mathilda noch immer in der Kiste herum. »Mag ja sein, daß die Dinger wertvoll sind. Aber wie können wir das feststellen? Und wo sollen wir Käufer finden?«
»Sind schon zur Stelle.« Justus nahm Bob und Peter ihre Dollars ab und gab die Scheine und Münzen aus seiner eigenen Tasche dazu. »Hier habe ich ... « Flink zählte er nach. »Einundzwanzig Dollar und siebzehn Cent. Und wir nehmen euch die ganze Mühe und Arbeit ab. Na, was sagst du dazu, Tante Mathilda?«
»Gebongt!« Tante Mathilda schnappte sich das Geld. Es war Onkel Titus anzusehen, daß er eigentlich nicht einverstanden war, doch angesichts der Miene seiner Ehefrau gab er klein bei.
Beim Entladen des Wagens bekam Justus von seinen Freunden dann allerdings einiges zu hören.
»Du hast uns angepumpt, um diesen Krempel hier zu erstehen?« knurrte Bob, als sie die schwere Kiste herunterwuchteten.
»Justus muß ausgerastet sein«, bemerkte Peter. »Erst schüttet er mir Motoröl über den Kopf, und jetzt folgt schon der nächste Schwachsinn.«
»Ach, Motoröl ist das?« Bob trat zu Peter hin und schnupperte an seinem Kopf. »Und ich dachte schon, du hättest dir ein neues Wetgel angeschafft.«

»Wenn ihr beide mit Blödeln fertig seid«, bemerkte Justus, »dann will ich euch gern über eure fabelhafte Investition aufklären.«
»Investition?« fragte Bob stirnrunzelnd.
»Ihr werdet ein Vielfaches eures Kapitaleinsatzes einstreichen.« Justus klopfte zuversichtlich auf die Kiste. »Wartet nur ab, welche Schätze wir da drin entdecken werden.«
»In diesem Haufen Altpapier?« Peter war äußerst skeptisch.
»Schlummernde Werte«, hielt Justus dagegen. »Ist euch überhaupt klar, was heute für solche alten Comics bezahlt wird? So ein Heft kann Tausende einbringen!«
»Tausende ... ?« Mit großen Augen starrte Bob auf die Kiste.
»Freilich wissen wir noch nicht, was da alles drinsteckt«, fuhr Justus fort. »Vielleicht bringt uns das Zeug auch nur ein paar Hunderter.« Er rieb sich die Hände. »Schön wär's ja, wenn es so viel wäre, daß ich mir ein Auto kaufen kann. Auf alle Fälle werden wir gerecht teilen. Einverstanden?«

Am darauffolgenden Freitag nachmittag waren die drei ??? in Peters Impala nach Los Angeles unterwegs. Zufällig hatten alle drei an diesem Wochenende frei. Peters Freundin, Kelly Madigan, war auf einem Ausflug ihres Sportvereins. Bob hatte sich bei Sax Sendlers Vermittlungsagentur für Rockmusik-Nachwuchs, wo er stundenweise arbeitete, einige Tage freigeben lassen. Und Justus hatte im Gebrauchtwaren-Center seine Aufgaben – die Datenverwaltung über den Computer – ohne Rückstände aufgearbeitet.
Peter blickte im Rückspiegel finster auf den Qualm, der aus dem Auspuff des Impala drang. »Daß du's nur weißt, Justus, da verbrennt immer noch das Öl, das du mir ins Getriebe gekippt hast«, schimpfte er. »Und in meinem Haar hängt jetzt noch dieser eklige Gestank.«
»Wenigstens hast du dir nicht beim Sortieren der ganzen dämlichen Comics die Augen verdorben«, hielt ihm Bob vor. »Ein Heft

nach dem anderen anschauen und es Justus zum Schätzen vorlegen – das war anstrengender als mein früherer Job in der Bibliothek.«

»Mir macht es irgendwie Spaß, daß uns all diese Comics zugefallen sind«, meinte Peter. »Bei manchen kann ich mich noch erinnern, wie ich sie mir als kleiner Knirps reingezogen habe. Das *Blutrote Phantom ... «* Er schüttelte nachsichtig den Kopf. »Auf den Typ bin ich damals voll abgefahren.«

»Ja, jetzt kannst du in Erinnerungen schwelgen«, sagte Bob vorwurfsvoll. »Aber als Justus und ich die Knochenarbeit leisteten, hast du dich gedrückt und bist mit Kelly losgezogen.« Er warf dem Karton neben sich auf dem Rücksitz einen feindseligen Blick zu. »Durch diesen ganzen Wust mußte ich mich wühlen.« Verdrossen gab er der Schachtel einen Stoß mit dem Ellbogen.

Justus drehte sich nach hinten um. »Vorsicht«, mahnte er. »Du willst doch unsere Ware nicht beschädigen. In diesem Karton befindet sich unser handverlesenes Sortiment Comics – die wirklich wertvollen. Wenn wir sie auf der InterComiCon verkaufen wollen, müssen sie allerdings in erstklassigem Zustand sein.«

»Ich möchte ja schon hoffen, daß wir sie loswerden«, sagte Bob. »Schließlich will ich mein Geld wiedersehen! Ein Glück, daß du in der Zeitung von dieser Comic-Börse gelesen hast.«

Justus grinste. »Du darfst hinterher Kassensturz machen, Bob. Das hebt dann vielleicht deine Stimmung wieder.«

»So, da sind wir«, verkündete Peter. »Direkt vor dem Century Grand Plaza.«

Bob musterte beeindruckt den vielstöckigen Hotelbau mit der Fassade aus Stahl und Glas, die sich glänzend vom hellen Himmel abhob. »Feiner Laden, das – und dort sollen sie olle Comics verschachern?«

»Wir haben August und dazu eine Bullenhitze«, erklärte Justus. »Da sind die froh über jeden Veranstalter, der ihre Konferenzräume mietet. Parken wir und sehen wir uns an, was da läuft!«

Die Jungen fuhren in die Tiefgarage des Hotels ein. Mit den dicken runden Pfeilern, die die Decke und das darüber erbaute Hochhaus abstützten, glich der Raum einem unwirtlichen Betonwald. Die Hoteldirektion hatte versucht, den Ort mit einem leuchtenden Farbanstrich etwas ansprechender zu gestalten. Doch der Niederschlag der Abgase und die tiefen Schatten der zahllosen Pfeiler ließen die Parkgarage dennoch recht düster und abweisend wirken.

Peter bog auf einen freien Stellplatz ein. »Endstation. Alles aussteigen.«

»So, und jetzt brauchen wir einen Muskelmann«, stellte Bob fest. Er stieg aus und zog den Karton mit den Comics aus dem Wagen.

Peter winkte ab. »Mich laßt mal aus dem Spiel. Ich bin schließlich gefahren.«

»Ich hätt' ja auch fahren können«, bemerkte Bob spitz.

»Aber wir hätten nicht in deinen Golf gepaßt«, widersprach Peter. »Vor allem nicht mit Justus – und dazu noch einer Riesenschachtel voller Comics.«

Justus warf den beiden einen bitterbösen Blick zu. »Die Comics trage ich selber!« Er hievte den Karton hoch. »Muskeln habe ich schließlich auch. Vom Judotraining.«

»Du solltest besser auf Karate umsteigen, so wie Bob und ich. Das würd's echt bringen«, meinte Peter.

»Völlig unbewiesen«, wehrte Justus ab. Keuchend schleppte er seine Last zum Aufzug.

Die Schiebetüren glitten auf, sobald Bob auf den Knopf gedrückt hatte.

Doch während sich die Türen langsam wieder zu schließen begannen, hörten die Jungen das Geräusch hastiger Schritte. Jemand kam angelaufen, um den Aufzug noch zu erwischen. Ein Arm reckte sich durch den schmaler werdenden Spalt, um das endgültige Schließen der Türen zu verhindern. Peter drückte innen rasch auf den Knopf, und die Türen gingen nochmals weit auf. Vor den drei ??? stand ein schlaffer, totenblasser Mensch mit übel zugerichtetem Gesicht. Er sah aus wie ein wandelnder Leichnam!

Handel und Wandel

Der Karton voller Comics auf Justus' Armen kam ins Rutschen, als sich die Schreckensgestalt in den Aufzug drängte.
»Hoppla – fast wär's passiert.« Der Mann mit der ekelerregenden Fratze hatte den Karton gerade noch aufgefangen. Er wandte sich an die Jungen, die angewidert vor ihm zurückwichen. »Was habt ihr denn?« Doch schon wurde es ihm klar. »Ach so, meine Maske!«
Er faßte sich an die Wange und den Hals, wo das Fleisch in schlappen Fetzen herunterhing. »Alles Latex. Ich mache beim großen Kostümwettbewerb mit. Der Verfaulte Veteran. Na, wie findet ihr mich?«
»Äußerst ... realistisch«, würgte Justus heraus.
Der Aufzug war im Erdgeschoß angelangt, und mit einem »Muß mich beeilen!« verschwand der Verfaulte Veteran in der Menschenmenge im Foyer des Hotels. Hier hatten sich noch andere Leute als groteske Comic-Figuren maskiert. Die drei ??? gingen über Marmorfliesen und dicke Teppiche zu der großen chromgerahmten Hinweistafel bei der Rezeption. *»InterComiCon – Großer Konferenzsaal«,* las Justus. »Muß schon eine beachtliche Veranstaltung sein.«
Beim Eingang zum Konferenzsaal hatte sich vor einem einfachen Holztisch eine Warteschlange gebildet. Am Tisch saß ein Mädchen mit blondgefärbtem Haar, das jedoch inzwischen zehn Zentimeter lang dunkel nachgewachsen war. Sie trug ein schwarzes

T-Shirt mit dem weißen Aufdruck TEAM INTERCOMICON. »Macht für jeden zehn Dollar«, teilte sie den Jungen mit, als sie an die Reihe kamen. Sie nahm das Geld entgegen, drückte einen Stempel auf ein großes schwarzes Farbkissen und verpaßte jedem der drei einen Abdruck auf den rechten Handrücken.
Justus entzifferte: INTERCOMICON 1. TAG. »Billiger als gedruckte Eintrittskarten – und raffiniert dazu.« Er warf Peter einen Blick zu. »Da kann keiner noch mal rausgehen und einen Kumpel einschleusen – ein Stempel läßt sich nicht weitergeben.«
Bob ging voraus zur Tür. Ein großer, kräftiger Bursche, ebenfalls im T-Shirt des Personals, hatte sich als Kontrolleur davor aufgestellt. Er überprüfte die Stempel der drei, grinste breit, wobei er einen zur Hälfte abgesplitterten Zahn entblößte, und trat zur Seite. Peter, Bob und Justus zogen los – und landeten im totalen Chaos.
Nach der gedämpften Atmosphäre in der stilvollen Hotelhalle war der Trubel im Saal eher mit einem orientalischen Bazar zu vergleichen. In dem riesigen Raum waren Hunderte von Messeständen in Reih und Glied aufgestellt. Die Verkaufstheken entlang der Besuchergänge waren mit hohen Stapeln von Comics dekoriert. Die Rückwand jedes Standes bildeten Regale und Schautafeln, an denen grellfarbene Comic-Titel befestigt waren. Diese Hefte steckten in Hüllen aus Klarsichtfolie; offenbar handelte es sich um kostbare Sammlerstücke.
Noch zahlreicher als die Händler mit ihren Ständen waren die Besucher, die sich in den Gängen drängten. Kinder und Erwachsene stöberten in den Comic-Stapeln, erstanden Hefte bei den Händlern oder ließen sich einfach in der Menge der Schaulustigen treiben. Dazwischen stellten sich kostümierte Comic-Helden zur Schau. Der Lärm war ohrenbetäubend.
Noch standen die drei ??? ganz überwältigt beim Eingang. Da trat aus dem Gewimmel ein großer, schlanker, rothaariger Mann im T-Shirt der InterComiCon zu ihnen.

Gutgelaunt grinste er Justus, Bob und Peter an.
»Wohl zum ersten Mal hier?« meinte er. »Man sieht's – die Herren sind völlig geplättet. Willkommen zur InterComiCon! Ich bin Axel Griswold und schmeiße den verrückten Laden hier. Ich muß doch hoffentlich nicht Sie sagen? Hier geht's locker zu.« Er musterte den Karton, den Justus auf den Armen trug. »Was führt euch her, Jungs?«
Nachdem er es vernommen hatte, ging sein Grinsen noch mehr in die Breite. »Tja, hier gibt's Händler wie Sand am Meer.« Er hob die Arme. »Aber der größte ist ein Verein namens Kamikaze Komics. Die liegen im Trend und können euch ein anständiges Angebot machen. Hört euch dort mal um – der Stand ist da drüben.« Mit einem gepflegten, langen Finger deutete er zu einer Seitenwand des Saals hinüber.
Nach diesem Hinweis stürzten sich die Jungen nun auch ins Gewühl. Justus machte noch kurz halt bei einem kleinen Stand, auf dem außer Comics auch T-Shirts verkauft wurden. Er erwarb für jeden der drei ein rotes Shirt mit dem Aufdruck MIT COMICS IMMER IM BILD. Dann drängten sie sich weiter durch die Besuchermassen und steuerten den Stand von Kamikaze Komics an. Er nahm einen Vorzugsplatz entlang der Hälfte der rechten Saalwand ein. Das Angebot war unglaublich vielfältig, und der Stand war entsprechend dicht umlagert. Ehe die Jungen einen Vorstoß machten, verschafften sie sich erst einmal einen Überblick aus dem Hintergrund.
Fünf junge Männer standen zur Bedienung der Kunden hinter den Tischen. Einer trug einen auffälligen einzelnen Ohrring; gerade verkaufte er einen Comic an einen kleinen Jungen. »Einmal *Thunderbeam* Nummer drei, macht nur vier Dollar.« Er reichte das Heft über den Tisch. Der Held auf dem Titel schoß aus seinen Augen Laserstrahlen, die einen Panzer durchsiebten. »Dein Glück, Kleiner. Woanders hättest du das Exemplar kaum aufgetrieben.«

Beglückt händigte der Junge dem Verkäufer das Geld aus.
Bob meinte halblaut zu seinen Freunden: »Vorhin hab' ich genau diesen Comic an einem anderen Stand gesehen, auf einem Wühltisch - jedes Heft ein Dollar!«
Peter schüttelte den Kopf. »Ich weiß noch, wie ich mir den Titel kaufte, als er herauskam – kostete mich damals fünfzig Cent.«
Beim Nähertreten sahen die drei ??? auf dem Kamikaze-Stand einen Fernsehapparat mit angeschlossenem Video-Recorder. Ein Verkäufer mit weißblond gebleichtem Stachelhaar und schwarzem T-Shirt führte eine Szene aus *Astro-Asse* vor, der brandneuen Science-fiction-Serie im Fernsehen. »Im Satellitenprogramm wird die neueste Folge immer eine Woche im voraus gesendet. Davon machen wir ein Video, und mit dieser Kassette sind Sie dann Ihren Nachbarn um eine Nasenlänge voraus!«
Er grinste siegessicher, und schon streckte ihm der nächste Kunde, ein junger Mann, das Geld für eine Videokassette hin.
»Der zahlt nicht schlecht – für einen Spaß, den er ein paar Tage später vom Fernsehen sowieso ins Haus geliefert bekommt«, flüsterte Peter.
»Außerdem fragt sich, ob die Burschen sich auch um die Genehmigung für die gewerbliche Nutzung solcher Videos gekümmert haben«, setzte Bob skeptisch hinzu.
»Den Abnehmer juckt das nicht – für den zählt nur die Nasenlänge voraus«, murmelte Justus. Er rückte die Schachtel mit den Comics auf seinen Armen zurecht.
Ein Verkäufer sah zu ihnen herüber. »Was kann ich für euch tun, Jungs?« Die drei ??? zögerten. »Hey, wenn ihr hier kein Geschäft machen wollt, dann macht wenigstens Platz für die anderen.«
»Verbindlichen Dank«, meinte Justus. »Wir nehmen Abstand.«
Beim Weitergehen wandte sich Justus an Bob. »An welchem Stand war das, wo sie für diesen Comic keinen solchen Wahnsinnspreis verlangten?«
»Dort drüben«, antwortete Bob. »Gleich neben dem Notausgang.

ausgemachter Fiesling. So, und jetzt zu euch.« Er musterte den großen Karton. »Wollt ihr kaufen, oder habt ihr was zu bieten?«
»Wir haben einiges zu bieten«, gab Justus Auskunft. Er öffnete den Karton.
Der Händler sah sich den Inhalt an. »Ein paar Sachen sind ganz interessant«, meinte er mit funkelnden Augen. »Zwei Exemplare von *Silver Age* in gutem Zustand, dazu eine Reihe Erstnummern von neueren Serien ... na, dann sagen wir vierhundert für den ganzen Krempel.«
Justus stieg die Röte ins Gesicht. »Nur vierhundert? Die Kollektion ist glatt das Doppelte wert. Ich hab' mich über die Preise informiert – «
»Logo, im Sammlerkatalog«, ergänzte Madman Dan. »Danach müßtet ihr wesentlich mehr kassieren können, stimmt's? Aber habt ihr auch das Kleingedruckte vorn in dem Wälzer gelesen? Dort wird darauf hingewiesen, daß die Angaben nur empfohlene Preise sind und daß jeder Händler Ein- und Verkaufspreise frei kalkulieren kann. Und im übrigen gibt es ja noch eine kleine Nebensache – den Profit.«
»Profit, gut – aber ich laß mich nicht gern verschaukeln«, stieß Justus hervor. Doch schon zogen ihn Bob und Peter beiseite.
»Steig nicht vorschnell aus«, warnten sie ihren Freund. »Es ist ein gutes Geschäft, wenn man bedenkt, daß unser Einsatz nur zwanzig Dollar beträgt.«
»Wir können bestimmt noch mehr rausholen«, versprach ihnen Justus. »Geschickte Taktik ist alles.«
Als er sich wieder an Madman Dan wenden wollte, schob sich plötzlich etwas Phantastisches in sein Blickfeld. Eine Vision in Blau und Gold!
Es war ein großes, schlankes Mädchen, etwa im Alter der Jungen. Das prachtvolle blonde Haar fiel ihr über die Schultern und hob sich glänzend von der blauen Seide ihres weiten Capes ab. Darunter trug sie eine Art Badeanzug, goldschimmernd und hauteng,

Es war ein Stand mit einem irren Namen – irgendwas ganz geflipptes.«

Der Stand hieß *Madman Dan's Comicland.* Und der Mann h dem Verkaufstisch sah tatsächlich aus wie ein Irrer – mit e ungebärdigen Wust schwarzer Locken und einem strup Schnäuzer. »Marty, geh mal rauf in mein Zimmer und hol N schub«, wies er seinen jungen Mitarbeiter an. Dann wandte e an einen großen Mann mit mürrischem Blick und einer von lichem grauem Haar umgebenen spiegelnden Glatze. »N sind ja schon wieder da?«

»Dreihundertfünfzig für die Nummer von *Fan Fun«,* lautet Angebot des Kunden.

Madman Dan schüttelte nur den Kopf. »Fünfhundert.«

Das Gesicht des anderen Mannes verdüsterte sich noch doch er versuchte zu handeln. »Vierhundertfünfzig.«

»Sechshundert.«

Nun klang die Stimme des Interessenten merklich gereizt. das Heft ist mit vierhundertfünfzig ausgezeichnet.«

»Und nun kostet es eben sechshundert«, tat der Händler mi abenteuerlichen Äußeren diesen Einwand ab.

Der Mann vor dem Tisch ballte die Fäuste. »Na schön, dan sechshundert Dollar.«

Madman Dan grinste unverschämt. »Sie haben zu lange gez Jetzt kostet das Ding siebenhundert.«

Der Mann brachte den Mund nicht mehr zu. »Siebenhu Wollen Sie mit Ihrem Preis die Käufer vergraulen?«

»Nicht unbedingt«, sagte Madman Dan. »Ich will nur mit kein Geschäft machen.«

Der kahlköpfige Mann machte verärgert kehrt und st davon. Justus sah ihm nach. »Springen Sie immer so mit Kunden um?« fragte er den Händler.

»Nur mit fiesen Typen«, antwortete Madman Dan. »Der B kommt von einem der Verlagsriesen im Comicgeschäft. Er

Es war ein Stand mit einem irren Namen – irgendwas ganz Ausgeflipptes.«

Der Stand hieß *Madman Dan's Comicland.* Und der Mann hinter dem Verkaufstisch sah tatsächlich aus wie ein Irrer – mit einem ungebärdigen Wust schwarzer Locken und einem struppigen Schnäuzer. »Marty, geh mal rauf in mein Zimmer und hol Nachschub«, wies er seinen jungen Mitarbeiter an. Dann wandte er sich an einen großen Mann mit mürrischem Blick und einer von spärlichem grauem Haar umgebenen spiegelnden Glatze. »Na, Sie sind ja schon wieder da?«

»Dreihundertfünfzig für die Nummer von *Fan Fun«,* lautete das Angebot des Kunden.

Madman Dan schüttelte nur den Kopf. »Fünfhundert.«

Das Gesicht des anderen Mannes verdüsterte sich noch mehr, doch er versuchte zu handeln. »Vierhundertfünfzig.«

»Sechshundert.«

Nun klang die Stimme des Interessenten merklich gereizt. »Aber das Heft ist mit vierhundertfünfzig ausgezeichnet.«

»Und nun kostet es eben sechshundert«, tat der Händler mit dem abenteuerlichen Äußeren diesen Einwand ab.

Der Mann vor dem Tisch ballte die Fäuste. »Na schön, dann also sechshundert Dollar.«

Madman Dan grinste unverschämt. »Sie haben zu lange gezögert. Jetzt kostet das Ding siebenhundert.«

Der Mann brachte den Mund nicht mehr zu. »Siebenhundert! Wollen Sie mit Ihrem Preis die Käufer vergraulen?«

»Nicht unbedingt«, sagte Madman Dan. »Ich will nur mit *Ihnen* kein Geschäft machen.«

Der kahlköpfige Mann machte verärgert kehrt und stampfte davon. Justus sah ihm nach. »Springen Sie immer so mit Ihren Kunden um?« fragte er den Händler.

»Nur mit fiesen Typen«, antwortete Madman Dan. »Der Bursche kommt von einem der Verlagsriesen im Comicgeschäft. Er ist ein

ausgemachter Fiesling. So, und jetzt zu euch.« Er musterte den großen Karton. »Wollt ihr kaufen, oder habt ihr was zu bieten?«
»Wir haben einiges zu bieten«, gab Justus Auskunft. Er öffnete den Karton.
Der Händler sah sich den Inhalt an. »Ein paar Sachen sind ganz interessant«, meinte er mit funkelnden Augen. »Zwei Exemplare von *Silver Age* in gutem Zustand, dazu eine Reihe Erstnummern von neueren Serien ... na, dann sagen wir vierhundert für den ganzen Krempel.«
Justus stieg die Röte ins Gesicht. »Nur vierhundert? Die Kollektion ist glatt das Doppelte wert. Ich hab' mich über die Preise informiert – «
»Logo, im Sammlerkatalog«, ergänzte Madman Dan. »Danach müßtet ihr wesentlich mehr kassieren können, stimmt's? Aber habt ihr auch das Kleingedruckte vorn in dem Wälzer gelesen? Dort wird darauf hingewiesen, daß die Angaben nur empfohlene Preise sind und daß jeder Händler Ein- und Verkaufspreise frei kalkulieren kann. Und im übrigen gibt es ja noch eine kleine Nebensache – den Profit.«
»Profit, gut – aber ich laß mich nicht gern verschaukeln«, stieß Justus hervor. Doch schon zogen ihn Bob und Peter beiseite.
»Steig nicht vorschnell aus«, warnten sie ihren Freund. »Es ist ein gutes Geschäft, wenn man bedenkt, daß unser Einsatz nur zwanzig Dollar beträgt.«
»Wir können bestimmt noch mehr rausholen«, versprach ihnen Justus. »Geschickte Taktik ist alles.«
Als er sich wieder an Madman Dan wenden wollte, schob sich plötzlich etwas Phantastisches in sein Blickfeld. Eine Vision in Blau und Gold!
Es war ein großes, schlankes Mädchen, etwa im Alter der Jungen. Das prachtvolle blonde Haar fiel ihr über die Schultern und hob sich glänzend von der blauen Seide ihres weiten Capes ab. Darunter trug sie eine Art Badeanzug, goldschimmernd und hauteng,

der ihre sonnengebräunten Arme und Beine freiließ. Die Füße steckten in Halbstiefeln aus Goldleder. Es war eine wirklich faszinierende Erscheinung.
Madman Dan folgte Justus' Blick mit den Augen und grinste. »Super, was? Sie will beim Kostümwettbewerb als Stellara Stargirl auftreten. Der Fummel bringt's echt. Aber wieso geht der erste Preis immer an irgendein abscheuliches giftgrünes Glibber-Monster?«
»Hmm... eben. Ja, also unsere Comics ... « Es war gar nicht so einfach. Justus konnte den Blick nicht von dem Mädchen losreißen.
»Kommen wir mal zur Sache.« Madman Dan blätterte die Hefte in Justus' Karton durch und zog zehn Stück heraus. »Diese Titel kann ich locker absetzen. Können wir uns auf ein Teilgeschäft einigen? Sagen wir ... dreihundert für die zehn hier.«
Justus hörte gar nicht hin.
»Das war ein Angebot, Justus«, flüsterte ihm Bob ins Ohr.
Nur mit Mühe konnte Justus den Blick abwenden. Zerstreut starrte er auf die Comics. »Das hört sich etwas besser an.« Schon begann sich sein Kopf wieder zu drehen. Dort ging das Mädchen in Blau und Gold...
Er bekam sie noch einmal kurz zu sehen, dann verschwand sie hinter einer kostümierten Gestalt in Rot. Das Gewand ähnelte einer Mönchskutte – bis auf die grelle Farbe. Als der Rotgewandete näher kam, sah Justus, daß er eine schwarzweiße Totenkopfmaske vor dem Gesicht trug.
Justus schüttelte den Kopf und wandte sich wieder zu Madman Dan. Nun war sein Geschäftssinn wie sonst auch hellwach. »Einverstanden. Also dreihundert. Es sind unsere wertvollsten Exemplare, und Sie machen damit todsicher selbst noch einen schönen Schnitt – «
Die Gestalt drängte sich an Justus vorbei, und das wallende rote Gewand streifte ihn. Verärgert drehte sich Justus um.
Er sah, wie der Maskierte mit theatralischer Geste die Arme

hochriß. Lange Finger spreizten sich, und an den Handrücken spannte sich die blasse Haut. Vier kleine Kugeln fielen zu Boden. Und plötzlich war Madman Dans Stand in eine dicke Qualmwolke gehüllt!

Großer Qualm – kleines Feuer

Unter den verängstigten Ausstellungsbesuchern brachen laute Rufe und Entsetzensschreie aus. Doch der Tumult ging erst richtig los, als sich die Rauchschwaden langsam wieder auflösten.
»Ein Räuber! Ein Dieb!« brüllte Madman Dan aus vollem Hals. Sein lockiger Haarwust stand wild vom Kopf ab, und sein Schnäuzer sträubte sich furchterregend. »Wo ist dieser Schuft – das Blutrote Phantom? Den bring' ich um!«
Die rotgewandete Gestalt war freilich spurlos verschwunden.
»Ganz schön raffiniert«, bemerkte Justus. »Taucht in seiner selbsterzeugten Qualmwolke unter, hechtet über den Tisch und reißt sich wertvolle Comics unter den Nagel.«
Er sah auf die Rückwand des Standes. Zwischen den dort ausgehängten Comics gähnte eine auffällige Lücke. Madman Dan starrte mit aufgerissenen Augen hin. »Klaut der mir mein Exemplar von *Fan Fun,* Nummer eins ... «
Genau das Heft, das der Mann mit der Glatze unbedingt kaufen wollte – und nicht bekommen hatte, dachte Justus.
« ... und nebenbei ein paar Zwanzig- und Dreißig-Dollar-Hefte!« fügte der Händler verdutzt hinzu. Justus begriff sofort. Schräg über der leeren Fläche hing nach wie vor eine besondere Rarität, ein Exemplar der Erstausgabe von *Flash* – mit dem Preisetikett »$ 4.500«.
»Der Qualm war vielleicht doch keine so gute Idee«, meinte

Justus. »Womöglich ist dem Dieb ausgerechnet das entgangen, worauf er es abgesehen hatte.«
»Mir reicht's vollauf«, knurrte Madman Dan. »Hat mir der doch glatt noch eine Handvoll Hefte aus den Fingern gerissen – *eure* Literatur.«
Die drei ??? starrten einander sprachlos an. Der als Blutrotes Phantom verkleidete Dieb hatte so nebenbei auch ihre zehn Spitzen-Comics mitgehen lassen – und sie um mindestens dreihundert Dollar geschädigt!
»Es sieht so aus, als hätten wir hier wieder mal einen Fall aufzuklären«, stellte Peter fest.
»Einen Fall aufzuklären?« Mißtrauisch kniff der Comic-Händler die Augen zusammen.
»Das ist unser Job«, erklärte der Erste Detektiv. »Vielleicht hatten Sie ja schon bemerkt, was wir hier in unsere Comics eingelegt haben.« Er hielt eine Karte der drei ??? in die Höhe.

Die drei Detektive
? ? ?
Wir übernehmen jeden Fall

Erster Detektiv	Justus Jonas
Zweiter Detektiv	Peter Shaw
Recherchen und Archiv	Bob Andrews

»Die drei Detektive?« fragte Madman Dan. »Moment mal eben...« Er griff unter den Tisch und holte eine kleine Schachtel herauf. Darin stöberte er eine abgegriffene Karte mit Eselsohren auf.

»Nicht zu fassen!« staunte Bob. »Er hat eine unserer allerersten Karten! Das Uralt-Design!«
»Aber sicher«, bestätigte Madman Dan. »Sammlerstück. Bringt mir einsfünfundsiebzig.«
Justus blinzelte. »Sie *verkaufen* das?«
Madman Dan hob die Schultern. »Manche Leute sammeln eben auch sowas.« Er sah die Jungen lange an. »Schön, ihr löst also rätselhafte Fälle. Das kommt mir ja gerade recht. Ein Vorschlag: Ihr bringt mir meine Comics wieder und eure eigenen dazu. Zum Dank zahle ich euch genau den Listenpreis im Katalog.«
Die drei ??? verständigten sich mit raschen Blicken. »Abgemacht«, bestätigte Justus. Er klemmte sich den Karton mit den restlichen Comics unter einen Arm und streckte die freie Hand aus.
»Na dann – bürgerlich bin ich übrigens Dan DeMento.« Unter dem buschigen Schnauzbart des Händlers erschien ein Lächeln. »Den *Madman* hat man mir nun mal verpaßt.«
Der Erste Detektiv nickte verständnisinnig. »Ich heiße Justus Jonas. Und das sind Peter Shaw und Bob Andrews. Zunächst die übliche Frage, Mr. DeMento: Haben Sie eine bestimmte Person im Verdacht?«
»Das trau' ich jedem zu – aber wirklich jedem.« Madman Dan wies auf die Schaulustigen, die sich nach dem Rauchbombenattentat um seinen Stand geschart hatten. Dann breitete er noch die Arme aus, wie um den gesamten Raum in seine Mutmaßung einzubeziehen. »Auf der Börse hier drücken sich etliche von Kaliforniens schrägsten Vögeln herum.« Er grinste. »Ich will zwar nicht behaupten, daß nur Verrückte Comics sammeln, aber da kommt schon eins zum andern.«
»Und damit sind die Leute für Sie allesamt Tatverdächtige in diesem Fall?«
DeMento hob abwehrend die Hand. »Ich sag' nur soviel: Fängt einer mal mit dem Sammeln an, dann flippt der irgendwann auch

aus. Was er sammelt, darauf kommt's gar nicht an. Diese Leute sind einfach nicht mehr normal.«

»Und das heißt für Sie, daß so einer auch mal lange Finger macht«, sagte Justus. »Könnte der Dieb die Comics überhaupt verkaufen?«

»Bei *Fan Fun* wäre das bestimmt nicht leicht.« Madman Dan runzelte die Stirn. »Wenn einer ein Stück von so hohem Sammlerwert anbringt, wird der Händler erst mal nervös. Auf jeden Fall würde er sich genau erkundigen, woher es stammt.«

»Und das könnte ihm der Dieb natürlich nicht sagen«, meinte Peter.

DeMento nickte. »Es kann auch ganz anders laufen. Sammler sind zu allem fähig. Womöglich packt der Dieb das gute Stück in seinen Safe im Keller, und damit ist es endgültig aus dem Verkehr gezogen.«

Ja, darüber wußten die drei ??? Bescheid. Sie nickten. Mittlerweile hatten sich Angestellte des Hotels eingefunden, die die Neugierigen vor DeMentos Stand zum Weitergehen aufforderten, und der Messebetrieb normalisierte sich wieder. Ein etwa zwölfjähriger Junge kam vorüber, der einen Bogen Zeichenpapier voller großformatiger Cartoons aus einer Comic-Serie trug. »Schau mal, was ich ergattert hab'«, rief er einem Freund zu. »Einen Bogen Originalskizzen von Steve Tresh zum *Blutroten Phantom*. Und für nur siebzig Dollar!«

Da tauchte ein großer, hagerer Mann mit fahlblondem Haar auf. Auch seine Haut war so bleich, als ginge er nie an die frische Luft. »Hey, Kleiner«, sagte er. »Ich kauf' dir das ab – für fünfundsiebzig.«

»Mach' ich nicht«, lehnte der Junge ab.

»Auch gut.« Mit einer Hand entriß der blasse Mann dem Kind den Bogen, mit der anderen drängte er ihm ein Bündel Geldscheine auf. »Da hast du hundert«, sagte er. »Schönen Dank auch.«

Der Junge war völlig verdattert. Der Mann zerriß den Zeichen-

karton in kleine Stücke und warf diese in einen Abfalleimer. Dann zog er ein Feuerzeug aus der Tasche und zündete die Papierfetzen an.
»Sind Sie noch zu retten?« brüllte das Kind. »Das können Sie doch nicht machen!«
Ein kleiner, dicker Kerl mit dunklem Haar und einem dichten schwarzen Vollbart trat heran. »Der kann das – und der darf das auch. Das ist Steve Tresh. Es sind ja seine eigenen Bilder und Sprechblasen.«
Der Junge brachte den Mund nicht mehr zu. *»Sie* sind Steve Tresh!« stieß er hervor. »Oh – geben Sie mir ein Autogramm auf meinen Katalog?«
Lächelnd erfüllte der blasse Mann diesen Wunsch.
»Schade, daß ich Ihre Unterschrift jetzt nicht auf Ihren Skizzen habe«, meinte der Junge.
Da erlosch das Lächeln auf Steve Treshs Gesicht. »Mit dem Blutroten Phantom – nee. Dieses Zeug signiere ich nicht.« Er drehte sich weg.
Der kleine Dicke schüttelte mißbilligend den Kopf. »Du kennst dich eben nicht aus, Kleiner«, erklärte er dem Jungen. »Mit dieser Comic-Serie hat man Tresh über den Tisch gezogen. Der Verlag Heroic Comics hat sich schlauerweise das Urheberrecht an der Figur gesichert, und jetzt guckt Tresh in die Röhre. Also verbrennt er lieber seine Kunstwerke, als daß er noch zu ihrer Wertsteigerung beiträgt.«
»Steve!« rief Dan DeMento zu dem Comic-Künstler hinüber. »Ich war schon auf der Suche nach Ihnen. Ich hatte hier ein bildschönes Sammlerexemplar, das ich Ihnen vorführen wollte.« Er schnitt eine Grimasse. »Allerdings hat man es mir gestohlen.«
»Ha-ha!« Der bärtige Dicke trat an den Stand heran. »Ein Dieb wehklagt darüber, daß man ihn bestohlen hat. Sehr witzig!«
DeMento warf dem Mann einen bitterbösen Blick zu. »Verschwinden Sie, Carne, aber dalli!«

»Sie machen den Fans mit ihren Lieblings-Comics den Mund wässrig und hauen sie dann übers Ohr«, warf Carne dem Händler vor. »Leute wie Sie bringen den Comic-Handel in Verruf – Sie mit Ihren Wahnsinnspreisen.«
Madman Dan wollte hinter seinem Tisch hervorstürzen, aber Steve Tresh hatte schon zugegriffen und hielt ihn zurück. Justus konnte auf dem Handrücken des Künstlers den Stempelabdruck sehen. »Immer mit der Ruhe«, beschwichtigte Tresh. »Frank hat nicht ganz unrecht, wenn er sich über die Geschäftemacherei mit Comics aufregt – es ist ja ein alter Hut, daß wir Künstler von dem, was der Handel kassiert, keinen Cent abkriegen.«
»Aber meine Herrschaften! Bitte!« Axel Griswold kam händeringend angelaufen. »Gerade erfahre ich, was hier los war, DeMento.« Er schüttelte den Kopf. »Und ausgerechnet wenn ich mal nicht hier im Saal bin, muß so was passieren. Was hat der Dieb Ihnen gestohlen?«
»Nicht viel. Das beste Stück stammte aus meinem Antiquariat, die Nummer eins von *Fan Fun,* mit Steves Zeichnungen von damals.« Madman Dan machte sich aus Treshs Griff los. »Zu gern hätte ich ihm den Band gezeigt.«
»Ich weiß, daß Sie über den Handel mit Comics geteilter Meinung sind«, sprach Griswold DeMento, Tresh und Carne an. »Aber daß auf dieser Börse gestohlen wird, mißbilligen Sie sicherlich einhellig. Ich hoffe, ich kann mit Ihrer Unterstützung rechnen.«
»Klar doch. Wir halten mal die Augen offen«, versicherte Frank Carne. »Kommen Sie, Steve. Gleich geht's los mit der Vorführung von *Rock Asteroid.«* Die beiden schritten weiter.
»Ich habe mir hier schon die Hilfe eines Detektivteams gesichert«, erklärte DeMento. Er stellte Griswold die drei ??? vor.
Der rothaarige Messechef warf einen flüchtigen Blick auf Justus' Karte. »So, so, Detektive? Na, wenn ich irgendwie behilflich sein kann, dann laßt's mich wissen. Im Augenblick habe ich selber ein Problem. Wir wollten gerade im Goldenen Salon eine Marathon-

Vorstellung starten, sechzig Stunden am Stück – alle vier Serien von *Rock Asteroid,* aber der Filmvorführer hat uns sitzenlassen. Frank muß sich leider noch gedulden.«

Er holte ungeduldig Atem. »Den Projektor habe ich mal aufgestellt, aber jetzt brauche ich einen Helfer, der ihn bedienen kann. Und der Kostümwettbewerb soll ja auch gleich losgehen.« In voller Hektik setzte sich Griswold wieder in Trab.

»Rock Asteroid?« fragte Bob verblüfft.

»Eine Science-fiction-Serie aus den späten vierziger Jahren ist das, glaube ich«, entgegnete Justus. Er stellte seinen Karton mit den übriggebliebenen Comics bei DeMento ab und sauste Griswold hinterher. Peter und Bob kamen nach. »Nur einen Augenblick, bitte – die beiden Männer da eben an DeMentos Stand, wer sind denn die?«

»Der blasse Dünne ist Steve Tresh, er zeichnet Comics und schreibt auch die Texte«, gab Griswold Auskunft. »Der Dicke ist Frank Carne. Er ist Leserbriefschreiber aus Passion – bedient sämtliche Comic-Verlage mit seinen Ergüssen, Unterschrift *Frank the Crank.* Frank der Spinner.« Griswold lächelte. »Selber hält er sich für den Größten und reibt den Leuten grundsätzlich seine unfehlbare Meinung hin. Ein Querkopf und Querdenker.«

»Mit Tresh ist er offenbar gut bekannt«, warf Justus ein.

»Ja, zwischen den beiden bestand schon immer ein reger Briefwechsel«, erklärte Griswold. »Tresh wohnte bis vor etwa einem Monat in Ohio. Ich vermute, er zog dann hierher, um in Los Angeles Fuß zu fassen. Aber Comics hat er seither nicht mehr herausgebracht.«

Er seufzte. »Er tat mir leid. Ich lud ihn als Ehrengast zu meiner Comic-Börse ein und stellte ihm sogar ein Zimmer hier im Hotel zur Verfügung. Vielleicht war das ja auch ein Fehler.«

Griswold sah auf seine Uhr. »Bedaure, Jungs, aber ich muß los.« Die drei ??? sahen dem davoneilenden Messeleiter nach.

»Das ist vielleicht ein Fall«, meinte Peter.

»Einen Tatverdächtigen könnte ich mir schon denken«, äußerte Bob seine Vermutung.
»Frank Carne – oder Steve Tresh?« wollte Justus wissen.
»Eher Tresh. Der Diebstahl war so dreist – genau die Vorgehensweise, wie sie der Bursche wegen seiner Cartoons dem kleinen Jungen gegenüber an den Tag gelegt hat«, sagte Bob. »Vielleicht wollte er seine Kunstwerke in *Fan Fun* ebenso radikal aus dem Verkehr ziehen.«
»Aber gleich nach dem Diebstahl tauchte er auf«, wandte Peter ein. »Der Rauch hatte sich noch kaum verzogen.«
»Na, wir wissen ja, wo er zur Zeit wohnt«, sagte Justus. »Gehen wir doch mal in seinem Zimmer nachschauen – vielleicht liegt da ein geräucherter Comic rum!«
Justus erfragte an der Rezeption Treshs Zimmernummer. Drei Minuten später standen die drei ??? vor der Tür zu Zimmer 318.
Justus schüttelte den Kopf. »Bei diesem Sicherheitsschloß ist die Sache aussichtslos«, stellte er fest. »Dazu müßten wir unser Spezialwerkzeug hier haben.«
Mit verdrossenem Blick wandte er sich ab. Doch da sah er, daß nebenan die Tür zu Zimmer 320 nur angelehnt war, und sofort hellte sich seine Miene auf. Vor der Tür war ein Putz- und Wäschewagen abgestellt.
Zweimal kurz angeklopft, gefolgt von einem »Hallo?« – und schon standen die drei in dem leeren Hotelzimmer.
»Was machen wir jetzt?« wollte Peter wissen. »Die Wand anbohren?«
»Das dürfte nicht notwendig sein.« Justus ging zur Glasschiebetür und trat auf den Balkon hinaus. Das Zimmer lag zum Innenhof des Hotels, wo sich auch das Schwimmbecken befand. Zur Linken erspähte Justus den Balkon von Zimmer 318, knapp eineinhalb Meter entfernt. »Das ist ja wirklich nur ein Katzensprung. Dazu brauchen wir einen echten Sportler. So einen richtigen Athleten.«
»Nicht schon wieder«, stöhnte Peter. »Nicht mit mir!«

Sekunden später kletterte er über das Stahlgeländer auf den überstehenden Rand des Balkonbodens von Zimmer 320. »Daß ich mich immer wieder für solche Wahnsinnstaten hergeben muß ... « maulte er. Mit beiden Händen hielt er sich am Geländer fest; die Kante drückte von hinten gegen seine Oberschenkel. Wie gewohnt hatte er sich von den beiden anderen beschwatzen lassen: Mut, tief durchatmen – und drauf!
»Weitsprung für Grundschüler«, ermunterte Bob den Zweiten Detektiv.
»Du sagst es«, knurrte Peter. »Eineinhalb Meter rüber. Aber zehn Meter runter.«
Er stellte sich auf die Zehenspitzen und ließ das Geländer los. Den Blick unbeirrt auf den anderen Balkon vor sich gerichtet - bloß nicht drei Stockwerke tief hinunterschauen! – , setzte Peter zum Sprung an.
Mit dem rechten Fuß landete Peter auf dem überstehenden Balkonrand gegenüber, doch der linke rutschte ab. In dem Sekundenbruchteil ohne Halt drohte ihm das Herz stillzustehen, doch dann krallten sich seine Hände um das Geländer, so daß die Knöchel weiß hervortraten. Geschafft! Er schwang sich übers Geländer, und vom sicheren Standort aus blickte er zu den Freunden zurück. Justus deutete schon ungeduldig auf die Schiebetür.
»Euer Mitgefühl tut mir richtig gut«, stieß Peter beleidigt hervor. Er stellte sich an die Glastür und spähte hindurch. Niemand schien im Raum zu sein. Er faßte an den Griff, und die Tür ließ sich geräuschlos zurückschieben.
Peter betrat das Zimmer und hielt vorsichtig Ausschau, um nicht unverhofft Tresh in die Arme zu laufen. Vorläufig sah er nur stapelweise Bogen voller Tuschzeichnungen – Cartoons, die Tresh offenbar auf der Börse an den Mann bringen wollte. Peter blätterte die Bogen durch. Das Heft *Fan Fun* sah er nirgends.
Er zog die Schranktür auf, um nachzusehen, ob innen etwa die rote Robe hing. Das war nicht der Fall. Dann durchsuchte er die

Kommode. Beim Aufziehen der ersten Schublade nahm er im Spiegel eine Bewegung hinter sich wahr.
Peter fuhr herum – und erstarrte. Aus dem Badezimmer sprang ihn ein Geschöpf wie aus einem Alptraum an, eine menschliche Gestalt in enger schwarzer Hose mit nacktem, muskulösem Oberkörper und grotesker grüner Reptilienfratze – der Froschmutant! Zu spät erkannte Peter, daß sein Angreifer ein ganz normaler, wenngleich bösartiger Mensch mit Monstermaske war. Ehe er sich zum Kampf stellen konnte, hatte er sich schon einen Faustschlag an die Wange eingehandelt. Er taumelte zurück und schlug sich den Kopf heftig am Rahmen der Balkontür an.
Vor Schmerz halb blind versuchte Peter einen Karateschlag zu landen, doch bei seiner Benommenheit fiel der Gegenangriff schlapp und unwirksam aus. Der Froschmutant konnte ihn ohne Mühe parieren. Und die Wucht seines nächsten Schlages ließ Peter wehrlos rückwärts stolpern – geradewegs durch die offene Tür auf den Balkon hinaus.
Peter krachte gegen das Geländer. Gekrümmt flog er darüber hinweg, zum unaufhaltsamen Sturz in die Tiefe.

Spannendes aus der Szene

Kopfüber schoß Peter dem fliesenbelegten Hof entgegen. Mit der Kraft der Verzweiflung versuchte er seinen unkontrollierten Sturz zu lenken und steuerte in weitem Bogen das Schwimmbecken an. Eine Medaille hätte er sich mit diesem Kopfsprung aus olympischer Höhe gewiß nicht geholt, doch immerhin landete er wohlbehalten mit einem Riesenplatscher im Bassin.
Prustend und keuchend tauchte Peter an die Oberfläche, den Schrecken noch in den Gliedern. Das war knapp gewesen! Vom

Beckenrand aus streckten sich ihm Dutzende hilfreicher Hände entgegen. Doch Peter schwamm nicht heran, sondern hielt sich im Becken mit Wassertreten aufrecht. Da wurde er schon von neuem Entsetzen überfallen!

Hatte es ihn etwa auf einen anderen Planeten verschlagen? Er glaubte sich unter die Wesen aus *Star Wars* versetzt. Vor sich sah er Roboter, grünhäutige Geschöpfe, Fabelwesen mit drei Köpfen und ein Monster, das einem wandelnden, zottigen Armsessel glich.

Da fiel es ihm wieder ein – der Kostümwettbewerb! Er war mitten hineingeplatzt. Und empörte Blicke signalisierten ihm überdeutlich, daß er bei seiner spektakulären Landung eine ganze Reihe der zufällig am Beckenrand Stehenden von oben bis unten naßgespritzt hatte.

Doch immerhin standen einige mitfühlende Zeitgenossen bereit, um ihn endlich herauszuziehen – darunter auch Justus und Bob.

»Wie ist denn sowas möglich?« fragte Bob, während er und Justus den triefenden Peter aus dem Gedränge wegführten. »Erst gehst du in das Zimmer rein. Und im nächsten Augenblick kommst du im Sturzflug rausgesegelt.«

»Zwischendurch kollidierte ich mit einer Faust – und die war enorm dynamisch«, berichtete Peter.

»Tresh?« fragte Bob. »Wieder das Blutrote Phantom?«

Peter schüttelte den Kopf. »Ich glaube nicht, daß Tresh das Phantom war. In seinem Zimmer fand sich keine Spur von dieser Maskerade. Und der Kerl, der mich zusammenschlug, war gebaut wie ein Kampfstier. Muskeln wie ein Bodybuilding-Champion. Sein Gesicht hab' ich allerdings nicht gesehen, er war maskiert. Als Froschmutant.«

»Dann haben wir es also mit einem Phantom zu tun, das Comics klaut, und mit einem häßlichen Mutanten, der bei Tresh einbricht«, meinte Justus. »Ich frage mich, ob es da einen Zusammenhang gibt.«

»Da kommt jemand«, warnte Bob leise. Ein Mann in der Blazer-Uniform des Hotelpersonals kam heran. Das Namensschild auf der Brusttasche wies ihn als den Manager aus. Seine Miene war alles andere als liebenswürdig. Auch Axel Griswold war im Anmarsch.
»Was geht hier eigentlich vor?« herrschte der Manager die Jungen an.
»Ich – hm – bin abgestürzt«, sagte Peter.
»Abgestürzt? Wieso? Von wo?« Drohend beugte sich der Mann über Peter, der auf einem der Liegesessel am Beckenrand hockte.
»Ich – « Peter blickte sich ratlos um.
»Ganz klar ein Fall für Ihre Haftpflichtversicherung«, meldete sich Justus zu Wort. »Die Balkongitter sind zu niedrig und zu schwach. Mein Freund muß heftig niesen, macht einen Schritt rückwärts und stürzt übers Geländer runter. Ein Glück für Sie, daß er ein guter Sportler ist und wohlbehalten unten landen konnte.«
Der Manager starrte Justus mit kaltem Blick an. »Sind Sie Gäste des Hauses?« wollte er wissen. »Ihre Zimmernummer, bitte?«
Axel Griswold trat heran. »Zimmer 316«, gab er zurück. »Es sind gute Bekannte von mir.«
Griswolds Erklärung kam Justus gerade recht.
»Ah, so verhält sich das.« Der Mann wandte sich nun an den Messeleiter. »Bisher ist der Tag ja nicht gerade angenehm verlaufen, Mr. Griswold. Erst der Diebstahl, nun dieser ... Vorfall. Ich hoffe doch, daß wir nicht noch mehr Probleme bekommen.« Damit entfernte er sich.
»Das hoffe ich ja auch«, sagte Griswold noch. Er sah Justus an.
»Ich darf wohl annehmen, daß die Sache im Zusammenhang mit euren Ermittlungen passiert ist?«
»Richtig«, bestätigte Justus. »Peter wurde bei einer Observation tätlich angegriffen. Vielen Dank für Ihre Schützenhilfe. Wenn der Mann uns nun aber in Zimmer 316 sucht ... «
»Dann wird er euch dort finden. Ich wollte euch dieses Zimmer

ohnehin zur Verfügung stellen. Es liegt neben meiner Suite – 314. Ich dachte mir, solange ihr den Fall bearbeitet, könnt ihr hier ein Standquartier gebrauchen.« Griswold gab Justus einen Zimmerschlüssel. »Im übrigen braucht dein Freund einen Platz zum Trocknen – es sei denn, er will im extremen Wet-Look zur Kostümparade antreten. Ach, richtig ... « Griswold seufzte. »Ich muß ja noch der Jury sagen, daß der Wettbewerb starten kann.« Er lief zum Podium der Preisrichter hin, und die Jungen nahmen Zimmer 316 in Augenschein. Außer den Einbauschränken enthielt der Raum zwei Doppelbetten und eine Spiegelkommode. Die Verbindungstür zu Zimmer 314 war abgeschlossen. Nachdem sich Peter in Frotteetücher gewickelt und seine tropfnassen Sachen über der Badewanne aufgehängt hatte, fuhren Bob und Justus wieder hinunter.

Den Eintrittsstempel verpaßte nun ein pickliger junger Mann mit wirrem Haarschopf. Die Kontrolle am Eingang oblag dem Mädchen mit der scheckigen Frisur, das zuvor gestempelt hatte. Sie ließ Justus mit einem flüchtigen Blick passieren. Doch Bobs Hand hielt sie länger als notwendig fest und lächelte ihn dabei strahlend an.

»Hi – ich bin Laurie«, sagte sie.

Bob bedachte sie mit seinem charmantesten Lächeln. »Laurie. Das ist mein Lieblingsname. Laurie, kam hier zufällig ein Mann im Kostüm des Blutroten Phantoms durch, nachdem drinnen die Rauchbomben explodiert waren?«

Laurie sah Bob nur andächtig an und schüttelte dabei den Kopf. Justus mußte stören, denn auch er hatte eine Frage an Laurie. Er gab ihr eine Beschreibung von Frank Carne. Er wollte erfahren, wo Carne sich zur Tatzeit aufgehalten hatte, und ihn später selbst dazu hören.

Laurie warf Justus einen ungehaltenen Blick zu. »Hast du eine Ahnung, wie viele Dicke sich für Comics interessieren?« fragte sie schnippisch. »Hier sind alle vertreten – vom Pummelchen bis zur

Dampfwalze. Und an mir sind solche Typen zu Hunderten vorbeigezogen.«
»Der Bursche ist ziemlich bekannt«, erklärte Bob. »Er hat einen schwarzen Bart, und er schreibt Leserbriefe ... «
»Ach, ihr meint Frank the Crank? Warum hat das dein Freund nicht gleich gesagt? Der ist vor zwei Minuten rausgegangen, in Richtung Restaurant.«
Die Jungen konnten Carne in der Schlange beim Eingang zum Restaurant abfangen. Er forderte sie auf, ihm beim Essen Gesellschaft zu leisten. »Setzen wir uns ins Freie«, schlug er vor. »Draußen bekommen wir von der Kostümparade mehr mit.«
Für Justus war das eine willkommene Gelegenheit, das blonde Mädchen nochmals zu sehen, und er sagte begeistert zu.
Eingedenk des Saltos seines Freundes und der Folgen murmelte Bob nur: »Noch mehr? Mir reicht's.«
Dann ergatterten sie jedoch einen Tisch am Beckenrand. Im Schatten des Sonnenschirms schauten sie sich die Parade an. Nach der Vorstellung durch den Ansager wandelten die kostümierten Damen und Herren einzeln um den Pool herum.
Carne bestellte sich zwei Cheeseburger mit Pommes und Mayo. Bob begnügte sich mit einem Burger. Justus verzog beim Studium der Speisekarte schmerzlich das Gesicht. »Haben Sie vielleicht ... Sojasprossen?« fragte er schließlich den Kellner.
»Wieder mal 'ne neue Diät, Justus?« Bob bemühte sich, ein Grinsen zu verbergen. Sein Freund war mittlerweile für seine absurden Methoden zur Gewichtsreduzierung ebenso berühmt wie für sein Talent als Detektiv.
»Sojasprossen und täglich drei Kilometer Jogging«, gab Justus bekannt. »Dabei sollen die Pfunde nur so dahinschmelzen.« Er wandte sich wieder dem Kellner zu, doch dieser schüttelte bedauernd den Kopf. »Keine Sojasprossen? Dann nehme ich einen grünen Salat – nicht angemacht.«
»Mir schleierhaft, warum ihr jungen Leute euch mit Fastenkuren

quält.« Carne biß ein großes Stück von seinem ersten Cheeseburger ab und zog sich genüßlich die gebratenen Zwiebelringe in den Mund. »Magst du nicht mal beißen? Nein?«

Rasch wechselte Justus das Thema. »Wir brauchen dringend mehr Informationen zur Comic-Szene. Vielleicht können Sie uns einigermaßen über die Hintergründe dieser interessanten Branche aufklären.«

»Gut gesagt – hintergründig ist das Geschäft allemal.« Carne verzog abschätzig die Mundwinkel unter dem dichten Bart. »Oder deutlicher ausgedrückt: Der Sammler wird nach Strich und Faden geneppt.«

Während er sprach, stakte ein übergewichtiger Bursche in einem Metallgehäuse um den Pool, wie ein Riesentoaster auf zwei Beinen.

Carne seufzte. »Ich hab' das Sammeln angefangen, weil ich Comics super finde. Wenn mir ein Magazin mit guten Zeichnungen oder Texten in die Finger kommt, schreibe ich sofort an den Verlag. Ja, so engagieren sich die Fans für Comics, weil sie echt begeistert sind – und dann werden sie von den Geschäftemachern übers Ohr gehauen. Ihr habt doch mit angesehen, wie Tresh diese Skizzen verbrannte, nicht?«

Justus nickte, doch sein Blick war inzwischen abgeschweift. Gerade hatte er das blonde Mädchen beim Rundgang ums Schwimmbecken erspäht. Er mußte sich regelrecht zusammenreißen, um Carne weiter zuzuhören.

»Steve ist ein typischer Fall. Vor zehn Jahren, mit achtzehn, hat er sich einen Helden ausgedacht. Schrieb eine Story dazu, zeichnete alle Bilder und ließ die Sache in einer kleinen Klitsche verlegen. Seinen Typ nannte er das *Graue Phantom.«* Carne grinste. »Mußte er wohl oder übel. Farbdruck wäre ihn zu teuer gekommen. Folglich hatte er die Wahl zwischen drei Schattierungen – schwarz, weiß und grau. Trotzdem war das *Graue Phantom* eine echte Sensation, und Steve schaffte damit den Durchbruch. Der Großverlag Heroic Comics holte sich darauf Steve als Mitarbeiter, und sein Held mauserte sich zum – «

« – zum *Blutroten Phantom,* klar«, ergänzte Bob. »Da war ich früher ganz wild drauf.«

»Es war eine fabelhafte Serie. Nicht nur wegen der Bilder, die natürlich phantastisch waren – Steve zeichnet unglaublich gut. Auch die Geschichten waren herrlich. Das *Blutrote Phantom* war ein Held von unverwechselbarem Typus. Er lief nicht etwa in Hosen herum, sondern er trug diese wunderbaren Gewänder. Und dann immer die große Frage: Wer ist dieser Mann eigentlich?«

Bob nickte. »Stimmt. Das war ein ganz großes Geheimnis. Wirklich, kein Mensch wußte, wer das *Blutrote Phantom* war. Drei oder vier Personen standen zur Debatte. Ich weiß noch, daß ich wie besessen nach verräterischen Anzeichen für seine Identifizierung suchte.«

»Diese Serie war einer der besten Comics, die je gedruckt wurden«, äußerte Carne kategorisch. »Bis man sie kaputtmachte.«

»Kaputtmachte?« fragte Justus. »Wie denn?«

»Treshs Partner im Verlag war ein gewisser Leo Rottweiler. Zu ihm hatte Tresh Vertrauen, und Leo brachte ihn dazu, sein Urheberrecht an der Figur an den Verlag abzutreten. Und künftig hatte zu der Serie nur noch Rottweiler das Sagen, und er rührte kräftig die Werbetrommel.« Carne hieb mit der Faust auf den Tisch. »Er startete ein Preisausschreiben zur Ermittlung der wahren Identität des Phantoms.«

Bob war leicht verlegen geworden. »Ja, dabei machte ich seinerzeit auch mit«, gestand er.

»Klar, damit sollten noch mehr junge Käufer gewonnen werden. Dann aber brachte Rottweiler zwei neue Folgen heraus – *Die Geheimnisse des Blutroten Phantoms* und *Das Blutrote Phantom im Kampf.* Und dazu heuerte er neue Texter und Zeichner an. Sie waren nicht mal so schlecht ... Durchschnitt eben.«

Carne verzog den Mund. »Leo ließ alles unter den Tisch fallen, was an der Figur zuvor so faszinierend war. Das *Blutrote Phantom* erscheint heute noch, und es verkauft sich gut. Nur ist es jetzt ein Comic unter vielen. Aber Leo Rottweiler hat damit bei Heroic Comics Karriere gemacht.«
»Und wie ging es mit Steve Tresh weiter?« fragte Justus. Gerade kam wieder ein Maskierter an ihrem Tisch vorüber. Er sah aus wie eine wandelnde Ausgabe von Justus' Salat.
»Als Tresh kapiert hatte, was mit seiner ursprünglichen Konzeption passierte, versuchte er, die Sache zu stoppen. Das schaffte er nicht, und so trennte er sich vom Verlag. Seither ist zwischen ihm und Heroic Comics der Ofen aus, und mit dem *Blutroten Phantom* hat er nichts mehr am Hut. Ihr konntet ja sehen, daß er nicht mal mehr seine Cartoons aus jener Zeit signieren will. Das Phantom samt Vertrieb ist ja jetzt Sache von Heroic Comics. Da zündet Steve ein solches Blatt lieber eigenhändig an, als daß er zusieht, wie es teuer verkauft wird.«
»Sie wollen also damit sagen, daß die Verleger die Comic-Liebhaber reinlegen«, faßte es Justus zusammen.
»Junge, die Fans werden von allen Seiten reingelegt. Und wir Sammler machen dabei noch mit.« Carne blickte sich um und erspähte einen dunkelhaarigen jungen Mann, der am Nebentisch beim Essen saß. »Hey, Hunter, hast du ein Exemplar vom Katalog da?«
Der Angesprochene legte seinen Hamburger auf den Teller, griff in seinen Rucksack und brachte eine zerfledderte Ausgabe des dicken Katalogs der Comic-Börse zum Vorschein. »Fang auf«, rief er und warf den Band herüber.
Frank the Crank bekam ihn zu fassen und blätterte ihn durch. »Da zum Beispiel – *Cerebus.* Das ist ein Album in Schwarzweiß, die erste Nummer kam 1977 heraus. Für ein Sammlerexemplar im Bestzustand muß einer fünfhundert Dollar hinblättern. Aber siehst du, was hier weiter unten steht? Die Erstausgabe ist als

Faksimile-Nachdruck wieder neu auf dem Markt. Dieses Kennzeichen deutet darauf hin – und wie du lesen kannst, kostet das Faksimile immerhin auch zwanzig bis dreißig Dollar!«
Mit einem Kopfschütteln gab er den Katalog zurück. »Die Fans, diese Idioten, lassen sich ausnehmen und sorgen selber dafür, daß das immer weitere Kreise zieht. Sogar noch den Abklatsch erheben sie zum Sammlerstück.«
Carne war nun richtig in Fahrt gekommen. »Und dann gibt es natürlich noch überall die reizenden Händler, die Nachdrucke als echt verkaufen.«
Justus sah auf. »Zum Beispiel?«
»Es haben sich schon welche beklagt, daß Dan DeMento solche krummen Dinger dreht«, sagte Carne. »Na ja – wer mit Madman Dan Geschäfte macht, der muß nach dem Handschlag gleich mal nachschauen, ob seine Uhr noch da ist.«
In diesem Augenblick drang vom Pool ein Gongschlag herüber, und die Jury gab die Sieger des Kostümwettbewerbs bekannt. Der erste Preis ging an einen jungen Mann, der sich mit einem Zottelpelz als Slorz, der Planetenfresser, verkleidet hatte.
Hunter am Nebentisch stieß einen angewiderten Laut aus. »Möchte nur wissen, warum sie die Palme nicht dem Goldmädchen gegeben haben.«
Carne stand auf. »Hmm – ja, ich muß weiter. Die Höhlenmonster wollen jetzt nämlich Rocks Raumschiff in Atome zerblasen.«
Da blickten die drei ??? nicht durch. Ratlos sahen sie einander an, während Carne zur Kasse lief, um zu bezahlen. Hunter mußte laut loslachen. »Es geht um *Rock Asteroid*«, erklärte er. »Frank hat sich die Filme schon so oft angesehen, daß er sich jetzt nur noch die Rosinen herauspickt.«
Beim Aufstehen murmelte Bob: »Das sind ja alles irre Typen. Spielt hier eigentlich jeder verrückt?«
Im Weitergehen erspähte Justus aus dem Augenwinkel ein goldenes Aufblinken.

Er drehte den Kopf und sah das blonde Mädchen an einem Tisch beim Eingang zum Restaurant sitzen. Eine nicht mehr ganz junge Frau war dabei – vermutlich ihre Mutter. Beim Näherkommen erkannte Justus an dem Tisch noch einen Dritten. Es war der ältere Mann mit der Glatze, der sich bei Dan DeMento so hartnäkkig um das Exemplar von *Fan Fun* bemüht hatte.
Im Gedränge auf dem Weg zum Ausgang hielt sich Justus unauffällig so nahe bei dem Tisch auf, daß er die Unterhaltung mithören konnte.
Die Frau tätschelte dem Mädchen die Schulter; ihre Worte galten jedoch dem kahlköpfigen Mann. »Ich finde, Sie sollten es bei *Stellara Stargirl* mal mit Titelfotos versuchen – und hier wäre die ideale Darstellerin für Sie, Mr. Rottweiler.«
Aha, das ist also Leo Rottweiler, dachte Justus. Fragt sich nur, weshalb er sich so eingehend für die Comic-Kunst aus Steve Treshs Anfangszeit interessiert.
Er trat zu Bob, der gerade beim Bezahlen war. Da mußte er sich schon wieder umdrehen – nach einer lauten, zornigen Männerstimme.
Hochrot im Gesicht, stand Steve Tresh am Eingang zum Restaurant und brüllte: »Was läuft hier eigentlich, Griswold? Ich komme rauf in mein Zimmer – da muß ein Wahnsinniger gewütet haben!«

Mancher macht sich verdächtig

»Müssen wir das unbedingt hier diskutieren, Steve?« Axel Griswold, der Messechef, stand peinlich berührt im Türrahmen des Restaurants. Schon scharte sich um die beiden ein Kreis neu-

gieriger Gäste, die interessiert verfolgten, wie Tresh auf Griswold losgehen wollte.
Auch Justus und Bob traten näher heran. Steve Tresh fing wieder zu zetern an: »Ein Einbrecher hat mein Zimmer auf den Kopf gestellt – und alle meine Zeichnungen zerfetzt!«
Die Umstehenden hielten den Atem an.
»Warum sollte jemand so etwas machen?« fragte Griswold lahm.
»Genau das frage ich mich auch! Wie ist sowas überhaupt möglich? Ein Armutszeugnis für das Hotel und die Messeleitung!«
Griswold redete besänftigend auf den Künstler ein. »Ich kann Ihre Aufregung ja gut verstehen. Wenn Sie lieber abreisen wollen ... «
»Abreisen?« Tresh schrie noch lauter. »Will ich eben nicht! Ich will mit diesem Kerl abrechnen – ist Ihnen eigentlich klar, daß der mir meine ganze Produktion kaputtgemacht hat? Ich kam hierher, um mir mein Brot zu verdienen. Und das habe ich weiterhin vor – wenn's sein muß, mit Strichmännchen zu zehn Dollar das Stück.«
Er machte kehrt, wandte sich aber noch einmal um. »Falls Sie mich suchen: Ich bin im Saal – an meinem Zeichentisch!«
Redend und gestikulierend gingen die Leute weiter. Justus und Bob traten auf Griswold zu. Er schüttelte den Kopf. »Da hört ihr's«, sagte er. »Auch in der Comic-Branche haben die Herren Künstler Probleme mit ihrem künstlerischen Temperament.«
Er zuckte mit den Schultern. »Oder auch mit fälligen Rechnungen. Steve kam hauptsächlich deshalb her, um seine Handskizzen zu verkaufen. Er muß ziemlich in Geldnot sein, wenn er nun hierbleiben will, obwohl man ihm seine Arbeiten zerstört hat.«
Justus nickte. Geldnot war nebenbei auch ein klassisches Motiv für Diebstahl. »Ich wollte Ihnen noch ein paar Fragen zu anderen Anwesenden stellen«, äußerte er. »Wer ist das Mädchen in dem blaugoldenen Kostüm?«
Da lächelte Griswold. »Ach, du meinst Rainey Fields. Ein nettes Ding. Sie beteiligt sich zum ersten Mal an einer solch großen Veranstaltung. Als *Stellara Stargirl* ist sie stark, das muß man ihr

lassen.« Er beugte sich vor und fügte in vertraulichem Ton hinzu: »Und ihre Mutter setzt alle Hebel in Bewegung, um aus Klein-Rainey einen großen Star zu machen.«
»Wer ist der Mann am Tisch der beiden?« erkundigte sich Justus.
»Leo Rottweiler. Er ist Verlagsleiter bei Heroic Comics. Dort erscheint auch *Stellara Stargirl.* Ma Fields muß man nur machen lassen. Die weiß genau, wer das Sagen hat und wie man an die Leute rankommt. Wundere dich nur nicht, wenn dich an den Kiosken demnächst Rainey auf Comic-Titeln anstrahlt.«
Er wiegte den Kopf. »Diese Mama hat ein phantastisches Gespür für Werbung und Kontakte. Die würde ich glatt engagieren.«
Dann griff er in seine Tasche. »Wenn ihr die beiden kennenlernen wollt, dann kommt heute abend zum Bankett. Ein paar Karten hab' ich noch übrig. Eine für dich ... « Er händigte Bob eine Karte aus. »Eine für dich ... « Justus bekam auch eine. »Und die dritte für euren Kollegen, der noch nicht ganz trocken ist.« Griswold grinste.
»Das wird eine große Sache«, setzte er noch hinzu. »Spät wird es sicher auch. Aber keine Sorge, ihr habt ja hier im Hotel euer Quartier.«
Er sah auf seine Uhr. »Ich muß los. Ich soll den Presseleuten den Ehrengast der Comic-Fans vorstellen.« Schon düste er ab.
»Ehrengast der Comic-Fans? Was es nicht alles gibt«, meinte Bob.
Justus konnte nur den Kopf schütteln. »Mir schleierhaft, warum Griswold für Werbung und Kontakte jemand engagieren will. Er hat doch alles selber bestens im Griff.«
Bob grinste. »Und was machen wir jetzt?«
»Wir gehen rauf und holen Peter ab. Dann fahren wir erst mal nach Hause. Peter muß sich ohnehin umziehen, und im übrigen sollten wir bei diesem Festschmaus nicht gerade in Jeans und T-Shirt aufkreuzen.«
Peters Sachen waren noch feucht, aber er zog sich klaglos an, und die drei gingen zum Wagen. Auf der Fahrt nach Rocky Beach

fragte Justus: »Nun äußert euch mal – wer ist Tatverdächtiger Nummer eins?«
»Für mich nach wie vor Steve Tresh«, behauptete Bob.
»Und warum?«
Bob drehte sich zu Justus um, der auf dem Rücksitz saß. »Ich sehe ihn noch immer vor mir, wie er seine eigenen Cartoons anzündet. Sieht so aus, als müßte er sich etwas beweisen. Und bekanntlich waren Comics von ihm auch in dem wertvollen Exemplar von *Fan Fun,* das gestohlen wurde.«
»Das leuchtet mir ein«, bestätigte Justus.
»Außerdem scheint er wirklich knapp bei Kasse zu sein. Als sein Vorrat an Zeichnungen zerstört wurde, schnappte er fast über. Andererseits – er braucht dringend Geld, wirft aber trotzdem hundert Dollar hin für eins seiner Blätter, das er anschließend verbrennt! Spontan bis kopflos!«
»Gut, nehmen wir mal an, Tresh ist unser Dieb«, sagte Justus. »Und wie paßt das dazu, daß einer sein Zimmer verwüstet hat?«
»Da blicke ich nicht ganz durch«, meinte Bob. »Jedenfalls erweckt es den Eindruck, daß Tresh selbst einem Anschlag zum Opfer fiel, und befreit ihn vom Tatverdacht. Gestohlene Comics wurden in diesem Zimmer jedenfalls nicht gefunden. Na ja, auch wenn man Tresh verdächtigt hätte, gäbe es nun kein Beweismaterial mehr. Ich muß mich fragen, ob hinter dem Phantom und dem Froschmonster, das Peter überfallen hat, nicht jedesmal Tresh steckte.«
»Ausgeschlossen«, meldete sich Peter vom Lenkrad her. »Tresh hat die Figur eines Leichtathleten. Der maskierte Kerl in seinem Zimmer war dagegen bullig wie ein Catcher.«
»Könnte der dann Frank Carne gewesen sein?« fragte Justus.
Peter runzelte die Stirn. »Nee. Ich hab' ja seine blanke Brust gesehen. Der hatte vielleicht Muskeln! Und Carne besitzt außer Fett bloß Sprechmuskeln.«
»In die Geschichte mit dem *Blutroten Phantom* sind ja noch

andere verwickelt – DeMento und Rottweiler.« Justus lehnte sich auf dem Rücksitz zurück. »Fällt euch nicht auch auf, was für widersprüchliche Äußerungen hier jeder über jeden rausläßt? Carne sieht in Tresh ein Genie. Für DeMento ist Tresh eher ein Spinner, und Griswold hat Mitleid mit ihm. DeMento gibt sich ganz normal als Geschäftsmann, aber Carne und Tresh trauen ihm krumme Touren zu.«

Bob lachte. »Carne sieht sich als Ehrenretter der Comic-Branche. Aber für Griswold und DeMento ist er ein Störenfried.« Er überlegte kurz. »Und Rottweiler? Den scheint überhaupt keiner sympathisch zu finden. Tresh haßt ihn natürlich, weil er ihn um seinen Helden betrogen hat. Carne wirft ihm vor, daß er das *Blutrote Phantom* zugrunde gerichtet hat. Und DeMento ließ Rottweiler eiskalt abfahren, als er ihm den teuren Comic abkaufen wollte.«

»Hat es was zu bedeuten, daß genau dieses Exemplar gleich darauf gestohlen wurde?« fragte Peter.

»Es könnte Rottweiler zum Verdächtigen Nummer zwei machen, falls es vorstellbar wäre, daß er dich k.o. schlägt«, meinte Justus zu Peter. »Nur sieht der Bursche aus wie ein Storch mit einem Spitzbauch. Also nicht unbedingt wie der Muskelprotz, den du uns beschrieben hast.«

Justus richtete den Blick zum Wagendach. Ja, Rainey Fields müßte er noch auf seine Liste der Verdächtigen setzen. Dann hätte er guten Grund, sie anzusprechen. Aber was konnte er ihr vorhalten? Daß sie an Madman Dans Stand vorüberspaziert war, während Justus mit dem Mann über Comic-Preise verhandelte? Freilich war dieser Trick ein ganz alter Hut – man schickt ein attraktives Mädchen los, das am Tatort sämtliche Augenzeugen ablenkt. Das kannte man zur Genüge.

Nur hatte Justus gar kein gutes Gefühl dabei. Es wäre wirklich schlimm für ihn, wenn Rainey mit dieser üblen Sache zu tun hätte.

»Dieser Fall ist irgendwie grotesk«, fand Bob schließlich.

Justus nickte. »Es wird schon stimmen, was Dan DeMento meint:

daß Sammler allesamt eine Macke haben«, meinte er. »Erst recht, wenn die Sammelleidenschaft etwas so Kindischem wie bunten Bilderheften gilt.«

»Recht hast du«, bestätigte Bob trocken. »Hätten die Typen mehr Verstand, dann würden sie elektronische Qualitätsprodukte sammeln. Computer zum Beispiel – eine Offenbarung für reife Menschen.«

Justus warf Bob einen warnenden Blick zu. »Oder dutzendweise Damenbekanntschaften – wie ein gewisser Jemand ...«

Damit war die Diskussion über den Fall fürs erste beendet.

Als sie Rocky Beach erreicht hatten, ließ Peter Justus beim Wohnhaus gegenüber dem Betrieb aussteigen. Onkel und Tante waren da, und Justus sagte Bescheid, daß er im Hotel übernachten würde. Dann wählte er sorgfältig aus, was er anziehen wollte, und legte für das Bankett auch eine Jacke und seine beste Hose zurecht.

Eine halbe Stunde später kamen die beiden anderen samt ihrem Übernachtungsgepäck wieder an. Justus stieg zu Peter und Bob in den Impala, und sie fuhren auf die Küstenstraße. Auf dem Rückweg nach Los Angeles regte Justus einen Abstecher über Santa Monica an.

»Sicher habt ihr auch gesehen, daß auf Madman Dan's Standschild als Firmensitz Santa Monica angegeben war«, sagte Justus. »Die Adresse fand ich im Telefonbuch. Es ist kein großer Umweg für uns. Ich finde, wir könnten uns mal ansehen, was in dem Laden so läuft.«

Madman Dan's Comicland befand sich am Pico Boulevard, einer nicht sehr attraktiven Geschäftsstraße am Rand des städtischen Gewerbegebiets. Das Haus lag zwischen einem dahinkümmernden Laden für handgeflochtene Korbwaren und dem Vertriebsbüro eines Staubsaugerherstellers.

Dan DeMentos Unternehmen lockte mit einer knallbunten Fassade. In den Schaufenstern hingen Comic-Poster, auf denen phantastisch kostümierte Helden und Bösewichter in wilden Kampfszenen abgebildet waren. Über der Tür prangte ein großes Bild von Stellara Stargirl im freien Flug. Sie sah Rainey Fields zum Verwechseln ähnlich. Oder war es umgekehrt?

»Na so was«, sagte Peter, während er seinen Wagen hinter einem grünen Transporter parkte. »Wen sehe ich denn da?«

An dem Transporter lehnte Dan DeMento. Zwei halbwüchsige Jungen, schwer bepackt mit Comics, kamen gerade aus dem Laden.

»Mr. DeMento!« rief Justus beim Aussteigen.

»Ach, ihr seid das.« Madman Dan fuhr sich mit den Fingern durch das ungebärdige Haar, dann wandte er sich wieder dem Bündel eingeschweißter Comics zu, das er auf dem Arm hatte.

»Aha, Sie organisieren Nachschub für die Messe«, sagte Justus. »Die Lücke, die der Diebstahl hinterlassen hat, muß ja wieder aufgefüllt werden.«

»Ganz richtig.« DeMento schob den Stapel zusammen. »Hab' gehört, daß einer von euch in punkto Schwerkraft etwas Entscheidendes ermittelt hat. Beim Sturzflug von einem Balkon landet man tunlichst in einem Swimmingpool.« Er schüttelte den Kopf. »Muß sowas ausgerechnet einem Detektiv passieren?«

Justus warf einen Blick auf DeMentos Comics. Der zuoberst liegende Titel war ein weiteres Exemplar der Erstausgabe von *Fan Fun*. Vor allem aber stach Justus das Preisetikett auf der Folienhülle ins Auge. Zweihundertfünfzig Dollar.

»Sie haben ja hier Ersatz für das gestohlene Magazin«, bemerkte er. »Nur ist der Preis viel niedriger als Ihre Forderung an Leo Rottweiler.«

»Das war ein ganz besonderes Sammlerexemplar«, setzte DeMento an. Dann blockte er ab. »Was soll die Fragerei? Ihr solltet euch lieber darum kümmern, den Dieb zu finden.«

»Unsere Ermittlungen gehen gut voran«, erklärte Justus. »Mit allen möglichen Leuten haben wir schon gesprochen.«

»Wenn du mich fragst: Das waren die falschen«, sagte DeMento. »Freunde von mir haben euch und Frank the Crank im Restaurant gesehen. Laßt euch nicht zu sehr mit dem Typ ein. Leute wie Frank Carne und Steve Tresh sind doch wie kleine Kinder. Ich hab' auch mal klein angefangen, mit Sammeln. Aber wie ich dann aus dem Sammeln meinen Broterwerb machte, da hieß es umlernen. Ein kindliches Gemüt paßt nicht zu einem harten Geschäftsmann.«

Plötzlich wurde er ernst. »Diese Burschen stänkern aufs Geratewohl herum und schießen dabei munter übers Ziel hinaus. Daß eine Kultfigur wie Tresh sich in der Branche halten kann, hat er schließlich den großen Vertriebsfirmen und uns Händlern zu verdanken. Aber ist ihm das überhaupt klar? Nee. Der und Carne, die jubeln vor Schadenfreude, wenn unsereiner mal auf die Schnauze fällt.«

Justus nickte. Die Frage war nur: Würden diese anderen soweit gehen, DeMento durch Diebstahl vorsätzlich zu schädigen?

Kunst und Kommerz

Die drei ??? verabschiedeten sich von DeMento und fuhren zum Century Grand Plaza Hotel. Peter am Lenkrad stöhnte. »Mein Sturz hat uns nicht viel eingebracht«, meinte er. »Mir scheint, DeMento sieht in uns jetzt eher Clowns als Detektive.«

»Davon müssen wir ihn eben wieder abbringen.« Justus setzte sich aufrecht hin. »Das klappt aber nur, wenn wir jetzt voll ranklotzen. Wir müssen rauskriegen, wer wo war, als bei DeMento geklaut wurde.«

»Wo er selber war, das wissen wir«, sagte Bob. »Stand direkt vor uns.«

Und wir wissen, wo Rainey Fields war – sie lief am Stand vorbei, als das Blutrote Phantom auftauchte. Vielleicht sollte ich sie doch fragen ... Justus drängte die Idee in seinen Hinterkopf zurück und äußerte sich zunächst zu den sonst noch in Frage kommenden Tatverdächtigen. »Ich wüßte ganz gern, wo Leo Rottweiler war. Und Frank the Crank. Und vor allem – wo war Steve Tresh, als es urplötzlich qualmte? Das zu erfahren, wäre bestimmt aufschlußreich.«

Sie stellten den Wagen in der Tiefgarage ab, fuhren mit dem Aufzug zu ihrem Zimmer hinauf und verstauten dort ihr Gepäck. Dann machten sie sich zum Konferenzsaal auf. Justus schien es, als sei der Besucherstrom am Eingang etwas spärlicher geworden. Doch drinnen herrschte unvermindert ein irres Chaos. Der stämmige Saalordner mit dem beschädigten Zahn war wiederum zur Stelle. Er hielt die drei an und kontrollierte den Stempel auf ihren Händen.

Justus führte seine Freunde durch den überfüllten Raum nach hinten. Das Gedränge wurde noch dichter, als sie sich einer Reihe von Tischen näherten. Daran saßen Künstler beim Skizzieren und Signieren. Auf einigen Tischen waren Poster aufgestellt und Comic-Hefte, Alben und Bücher ausgelegt – nebst Stapeln von Originalcartoons auf großen Bogen.

Allem Anschein nach machten die Künstler das Geschäft ihres Lebens. Zu Hunderten standen die Besucher Schlange, von Kindern, die einen zerlesenen Comic an sich drückten, bis zu gesetzten Herren mit dicken Brieftaschen, die nach guten Handskizzen fahndeten. Die meisten Fans waren überglücklich, ihre vergötterten Comic-Zeichner hautnah zu erleben. Aber es gab auch die Hektiker, die gierig die ausgestellten Werke durchstöberten und alles Erdenkliche signiert haben wollten, vom T-Shirt bis zum Pappbecher.

Neben Bitten um Autogramme waren recht drastische Kommentare zu hören. »Der *Schleimer* ist auch nicht mehr das, was er mal

war, seit Sie den nicht mehr machen«, erklärte ein erhitzter Verehrer einem Künstler. »Ihr Schleim war wirklich erste Sahne.«
Ein anderer jugendlicher Fan lief zu einem Illustrator hin und legte los: »Sie haben aus dem *Rächenden Roboter* eine Witzfigur gemacht! Stebbins wußte, wie man Roboter zeichnet. Bei Ihnen sieht der Kopf aus wie eine Volvo-Schnauze. Der Verlag müßte Sie feuern! Aber weil ich schon mal da bin – kann ich ein Autogramm kriegen?« Er streckte ein Heft aus.
Der Künstler sah den Jungen groß an. »Wenn dir meine Sachen nicht gefallen, warum sammelst du sie dann?«
»Mit Autogramm bringt mir das Heft hier glatt das Doppelte von dem, was ich vorhin dafür bezahlen mußte«, erklärte der junge Sammler völlig ungerührt.
Mit einem Kopfschütteln signierte der Künstler sein Werk.
Für Justus war das unfaßbar. »Auch eine Methode, die Sammlerszene anzuheizen«, sagte er. »Kommt, suchen wir Steve Tresh.«
Die Schlange vor Treshs Tisch war gewaltig. Der Künstler mit der fahlen Haut saß vor einer Arbeitsfläche ohne das übliche Werbesortiment. Mit flinkem Strich zeichnete er Helden und Bösewichter aus verschiedenen Serien. Manche Fans bewiesen ihm ihr Mitgefühl über den unbegreiflichen Zerstörungsakt und waren beglückt darüber, brandneue Kunstwerke erstehen zu können. Jüngere Kinder erbaten mitunter von Tresh Skizzen aus dem *Blutroten Phantom* oder Autogramme auf Heften dieses Titels.
»Na los!« Zudringlich fuchtelte ein Halbwüchsiger dem Künstler mit einem Comic vor der Nase herum. »Schließlich hat das Phantom Sie berühmt gemacht. Schnell, schreiben Sie Ihren Namen drauf!«
Tresh packte das Handgelenk des Bengels. »Was geht mich das *Blutrote Phantom* an? Zwanzig andere Figuren hab' ich gezeichnet – für andere Autoren und für meine eigenen Titel. Wenn dir einer dieses Heft signieren soll, dann laß das Leo Rottweiler machen. Dem gehört jetzt das Phantom.«

»Überall kriegt man Autogramme nachgeschmissen«, maulte das Bürschchen. »Nun haben Sie sich nicht so.«
»Kommt nicht in Frage.« Tresh schüttelte den Kopf. »Und wenn du mir weiterhin mit diesem Witzblatt auf die Nerven gehst, dann könnte es passieren, daß ich versehentlich Tusche draufkleckere.«
Der Junge blieb bei seinem Gewedel.
»Oder es könnte passieren, daß ich es versehentlich mitten durchreiße.«
Hastig nahm der Bursche seinen Comic wieder an sich und tauchte im Gewühl unter.
»Ich werd' mich mal an Tresh ranmachen«, flüsterte Bob den beiden anderen zu. Er kämpfte sich nach vorn durch. Alle drehten sich verärgert nach ihm um, doch er ließ sich nicht beirren. Wie sollte er Tresh auf sich aufmerksam machen? Schließlich entschied er sich für den direkten Angriff.
»Mr. Tresh!«
Steve Tresh sah auf. »Was ist denn nun schon wieder?« Er blickte auf Bobs leere Hände. »Wenigstens bringst du nicht irgendeinen Wisch zum Signieren daher, also willst du wohl eine Skizze. Na, wen soll ich für dich zeichnen? Du stehst wahrscheinlich auf *Raketen-Rallye.* Hab' ich recht?« Schon huschte seine Zeichenfeder übers Papier.
»A propos Raketen – ich hab' beobachtet, wie fix Sie sind, gleich nach dem Attentat auf Dan DeMentos Stand. Stark, wie Sie dem Kerlchen blitzartig das Blatt wegschnappten.«
Treshs Feder sträubte sich und hielt im Strich inne.
»Schade, daß Sie nicht schon zur Stelle waren, als da einer Dans Comics klaute«, fuhr Bob fort. »Sie hätten den Räuber vielleicht noch erwischt. Wo waren Sie denn, als es passierte? Haben Sie den Übeltäter noch gesehen?«
Stumm starrte Tresh Bob an. Aus der Verehrerschar erhob sich Protest. »Hey, so geht's nicht!« rief einer laut. »Wenn du hier nur rumlabern willst, dann stell dich gefälligst erst mal hinten an!«

»Mann, Steve«, schrie ein anderer. »Das Geschäft geht vor. Schaffen Sie sich doch den Kerl vom Hals!«
»Wo ich war?« nahm Tresh Bobs Frage auf. »Mitten in diesem Affenzirkus, genau hier.« Sein Ton war nun verdrossen. Er strichelte weiter auf dem Papier herum. »Da hatte ich noch einen schönen Vorrat an Zeichnungen anzubieten. Jetzt ab mit dir, ja? Ich hab' zu arbeiten.«
Er hielt die fertige Skizze in die Höhe. »Jemand an *Raketen-Rallye* interessiert?«
Bob mußte die Abfuhr erst einmal verdauen. Doch sicher hatte sich Tresh laufend gegen irgendwelche Anpöbeleien zu wehren. Nun riefen ihm die Fans von allen Seiten Gebote zu wie bei einer Auktion. Bob konnte sich gerade noch zu Tresh vorbeugen und ihm die Karte der drei ??? zustecken. »Vielleicht kommen wir noch mal ins Gespräch«, sagte er. Dann drängte er sich wieder zwischen den Umstehenden hindurch.
Justus und Peter hatten am Rand des turbulenten Geschehens auf Bob gewartet.
»Na, was hat er gesagt?« wollte Peter wissen.
»Tresh behauptet, er hätte hier am Zeichentisch gesessen«, antwortete Bob mit einem Blick auf die Menschentraube. »Falls es da auch schon so wild zuging, müßte er jede Menge Zeugen dafür haben.« Bob strich und zupfte an seinem Polohemd herum, dessen perfekter Sitz im Gedränge etwas gelitten hatte.
»Müssen wir erst mal so stehen lassen.« Justus kniff die Augen zusammen. »Aber wie konnte er dann gleich nach dem Diebstahl bei DeMentos Stand auftauchen?«
»Er kam ja genau zur selben Zeit an wie Frank Carne«, warf Bob ein. »Vielleicht waren die beiden schon vorher zusammengewesen.«
Justus nickte. »Schon möglich. Und wo gabeln wir jetzt Carne auf?«
Da erspähten sie ein bekanntes Gesicht in der Menge. Es war

Hunter, der Händler, der Carne seinen Katalog geliehen hatte. »Hey, Jungs«, rief er. »Wie läuft's?«
Doch als sie ihn nach Carne fragten, schüttelte er den Kopf. »Frank the Crank hab' ich seit einer Stunde nicht gesehen.« Er mußte grinsen. »Ihr könntet es ja mal im Goldenen Salon versuchen. Beim Ausgang nach links, an der Ecke wieder links, dann den Flur lang. Drüben wird Frank bestimmt irgendwann aufkreuzen, um sich eine spannende Episode aus *Rock Asteroid* reinzuziehen.«
»Schönen Dank«, sagte Justus. »Und Leo Rottweiler? Haben Sie den irgendwo gesehen?«
»Na klar.« Hunter wies in eine andere Richtung. »Der ist da vorn bei den Leuten von Heroic Comics – dort geht gerade ein Werbegag ab für *Heroic Classics,* die neue Serie.«
Justus schaute hin und sah die Blitzlichter der Reporter – und das Schimmern eines goldenen Kostüms. Rasch ging er los, auf die freie Fläche zu, wo sich das Künstlerteam von Heroic Comics neben lebensgroßen Pappkameraden der Phantasiehelden aufgestellt hatte.
Die Objektive aller Fotoapparate und Fernsehkameras waren jedoch auf die Figur des Stellara Stargirl gerichtet. Der Grund dafür war nicht zu übersehen. Neben dem Porträt zeigte sich Rainey Fields in ihrem attraktiven Dress und strahlte die Reporter mit hinreißendem Lächeln an.
Ihre Mutter hielt sich etwas abseits und plauderte charmant mit den Presseleuten. Und hinter ihr stand jemand, einerseits hochzufrieden mit dem Interesse der Medien, andererseits aber verdrossen, weil seine eigene Person gänzlich in den Hintergrund gerückt war – Leo Rottweiler.
Justus trat auf den Verlagsleiter zu. »Mr. Rottweiler, darf ich Ihnen eine Frage stellen?«
»Nur zu, Junge.« Rottweiler strich sich über den kahlen Schädel. »Im Augenblick bin ich ja nicht gerade gefragt.«

»Ich sah Sie bei Dan DeMentos Stand, kurz vor dem Diebstahl«, fing Justus an. »Finden Sie, daß das Comic-Magazin, für das Sie sich vorher interessierten, eine lohnende Beute war?«
Rottweiler starrte den Ersten Detektiv an. »Was soll diese Frage? Und wie kommst du überhaupt auf so etwas?«
»Meine Freunde und ich stellen für Mr. DeMento Ermittlungen an.« Justus gab Rottweiler seine Karte. »Ihre Meinung als Fachmann wäre mir wichtig ... «
»Na, euch geht's doch um mehr.« Rottweiler schnippte mit dem Finger gegen die Karte und musterte Justus mißtrauisch. »Ich war überhaupt nicht im Saal und schon gar nicht bei diesem Stand, als die Sache passierte. So ein Idiot aus der Szene haute mich an, vor dem Goldenen Salon.«
»Aus der Szene?« fragte Justus.
»Frank Carne.« Rottweiler verzog das Gesicht, als ärgerte ihn der Vorfall noch immer. »Er kam gerade aus dem Salon, wo sie diese schwachsinnige Science-fiction-Serie vorführen wollten. Anscheinend gab es aber Probleme mit dem Projektor. Drinnen bastelte Axel Griswold daran herum. Und da kam Carne raus und ging mir mit seinem dämlichen Gequassel auf den Geist.«
»Und dann?«
»Dann tauchte einer auf und berichtete von dem Vorfall an DeMentos Stand. Carne lief los, um sich die Sache anzusehen. Ich fand, daß Griswold informiert werden müßte, und ging hin zu ihm. Offen gesagt war ich heilfroh, daß ich Carne los war. Wenn der in ein Zimmer kommt, ist es voll – dafür sorgt sein Selbstbewußtsein.« Rottweiler lächelte bösartig. »Und nebenbei sein Bauchumfang.«
Er wandte sich zum Gehen. »Nun entschuldige mich bitte. Ich habe andere Fragen zu beantworten – sachliche.«
Nachdenklich sah Justus dem davoneilenden Mann nach. Rottweilers Äußerungen hatten ihm ja ergiebige Hintergrundinformationen vermittelt!

Da legte sich eine Hand auf Justus' Schulter, und er drehte sich um. Neben ihm stand Axel Griswold.
»Du hast dich mit Leo Rottweiler unterhalten«, sagte der Messeleiter. »Spielt er in eurem Fall eine Rolle?«
»Vielleicht«, antwortete Justus. »Kurz vor dem Diebstahl hielt er sich an DeMentos Stand auf. Aber für den Tatzeitpunkt hat er ein Alibi – nun, das müssen wir überprüfen.«
»Wen habt ihr sonst noch unter die Lupe genommen?«
»An Frank Carne müssen wir noch rankommen – mit Steve Tresh hingegen haben wir schon gesprochen«, erklärte Justus.
In Griswolds Blick glomm Interesse auf. »Hat Steve auch ein Alibi?«
»Er sagte, er hätte bei den anderen Künstlern an seinem Zeichentisch gesessen. Das werden ihm natürlich Hunderte von Autogrammjägern bescheinigen können.«
»Kaum anzunehmen.« Griswold furchte die Stirn. »Unmittelbar ehe ich euch dreien am Eingang begegnete, ging ich bei den Zeichnern durch. Ich weiß mit Sicherheit, daß an Steves Tisch kein Gedränge herrschte – denn Steve Tresh war zu diesem Zeitpunkt gar nicht da.«

Das interstellare Interview

»Diese Alibis müssen wir noch heute abend überprüfen«, empfahl Justus seinen Freunden beim Betreten des Speisesaals. »Und ich sollte dringend Leute sprechen, die sich zur Tatzeit bei DeMento aufhielten.« Nervös strich er über seine Krawatte.
Peter hob die Brauen. »Leute?« meinte er belustigt. »Unter anderem vielleicht das blonde Mädchen, das solchen Eindruck auf dich macht? Du warst ja hin- und hergerissen. Feilschen mit Madman

Dan, und dann voll abgelenkt durch einen Angriff aus dem Weltraum ... «

»Hör bloß auf, Mann.« Justus' Ton war schroff. Doch insgeheim hoffte er natürlich auf ein Zusammentreffen mit Rainey Fields. Da erschien auch schon Stellara Stargirl in neuem Gewand. Dieses wirkte eher elegant, mit dem hohen Umlegekragen am Cape. Raineys blonde Haare waren zu einer äußerst kunstvollen Frisur aufgesteckt, und über dem hautengen Trikot hatte sie einen Rock aus goldfarbenen Seidenbändern angelegt, der ihr um die Beine flatterte. In dieser Aufmachung wurde sie allseits noch mehr bewundert als in der Kleidung, die sie tagsüber getragen hatte.

Justus wartete, bis Raineys Mutter mit irgendeinem großen Tier aus der Comic-Branche in ein angeregtes Gespräch vertieft war, und ging dann hin, um das Mädchen anzusprechen.

»Hey, du bist doch einer von den Jungs, die nach den gestohlenen Comics fahnden«, sagte Rainey, nachdem Justus sich vorgestellt hatte. Ihre großen nußbraunen Augen glänzten neugierig. »Auf der Messe seid ihr das Tagesgespräch – besonders seit dein Freund im Swimmingpool landete.«

»Ja – das ... « stotterte Justus. Fabelhaft, mußte er sich sagen. Du sollst ihr Fragen stellen, und nun bringst du nichts heraus als »Ja – das ... «. Mann, reiß dich zusammen!

»Etwa zu der fraglichen Zeit, als der Diebstahl verübt wurde, befandest du dich in unmittelbarer Nähe des Tatorts«, hörte Justus sich selbst sagen. Himmel, das ist ja entsetzlich, durchfuhr es ihn. Ich rede so gestelzt daher wie damals, als ich zehn war und den Erwachsenen imponieren wollte.

Rainey musterte ihn mit einem eigenartigen Blick.

»Ich meine Dan DeMentos Stand«, fuhr Justus fort. Plötzlich war ihm der Hemdkragen um zwei Nummern zu eng. »Ich konnte dich persönlich beobachten – also, ich hab' dich da gesehen.«

Rainey grinste. »Beobachtet haben mich alle möglichen Leute. Diese Maskerade ist ja wohl kaum zu übersehen.« Sie rückte ihr

Cape an den Schultern zurecht. »Ich weiß auch nicht, woher ich den Mumm nahm, bei diesem Kostümwettbewerb mitzumachen.«
»Du wirkst phantastisch attraktiv – hm – super schaust du aus«, sagte Justus verlegen.
»Tönst du immer so?« Rainey sah ihn von der Seite an. »Mit anschließender Übersetzung in normale Rede?«
Justus schluckte. Dann trat er die Flucht nach vorn an. »Das ist mein allererstes interstellares Interview.«
Raineys amüsiertes Grinsen ging in ein strahlendes Lächeln über. »Na schön. Nein, den Straftäter konnte ich nicht observieren. So heißt das ja wohl amtlich?«
»Aber irgendwas hast du vielleicht doch gesehen – etwas Ungewöhnliches.«
Rainey hob die Schultern. »Wirklich, mir ist nichts aufgefallen. Um ehrlich zu sein: Mich hatte es erwischt, ein schlimmer Anfall von Lampenfieber. Ich sollte ja zum ersten Mal bei einer so großen Publikumsveranstaltung auftreten.«
Auf ihrer Stirn zeigten sich feine Falten, während sie nachdachte. »Warte mal – an Madman Dans Stand erinnere ich mich, wegen des irren Namens. Hinter dem Verkaufstisch stand ein Bursche mit struppigem schwarzem Haar – im Gespräch mit *dir!*« Sie überlegte ganz konzentriert. »Neben dir standen noch zwei Jungs, ein großer, sportlicher – und ein blonder. Der sah vielleicht gut aus!«
Diese letzte Mitteilung nahm Justus stumm zur Kenntnis. Dann fragte er: »Und hast du sonst noch was bemerkt?«
Rainey schüttelte den Kopf. »Eigentlich nicht. Ich war unterwegs zur Kostümparade, und da konnte ich an nichts anderes denken. Ja, doch. Der Typ in der Maske des Blutroten Phantoms hat mich gestreift. Er kam ganz schnell angesaust, und sein Flatterumhang bauschte sich wie ein Fallschirm. Zum Glück war das nicht der Schleimer. Stell dir vor, so einer rempelt dich an!« Sie zog die Nase kraus.

»Konntest du an ihm was Besonderes beobachten?« erkundigte sich Justus.
»Sollte ich? Da hatte sich eben einer als das Blutrote Phantom verkleidet – und er hatte es brandeilig.«
»Überleg mal«, empfahl Justus. »Ruf ihn dir ganz genau ins Gedächtnis zurück. Dann sag mir, was er gerade tut.«
Rainey schloß die Augen. »Er greift unter seinen Umhang – und holt irgendwas raus.«
»Das waren vermutlich die Rauchbomben, die er dann vor dem Stand abwarf.« Justus sah Rainey scharf an. »Hast du gesehen, was er unter seinem Gewand anhatte?«
Mit einem Stirnrunzeln schüttelte Rainey den Kopf. »Tut mir leid, ich achtete wirklich nicht darauf. Ich hatte nur diesen dämlichen Wettbewerb im Kopf.«
»Als die Rauchbomben explodierten, ging ein riesiges Geschrei und Gekreische los. Hast du das mitgekriegt?«
»Klar«, sagte Rainey. »Ich drehte mich kurz um. Aber ich mußte ja weiter, und deshalb blieb ich nicht stehen. Ich hatte Angst, ich käme zu spät. Ja, und dann sah ich das Blutrote Phantom lossprinten.«
Justus beugte sich vor. »Hat der Kerl dich noch einmal angerempelt?«
»Nein. Ich sah nur noch was Rotes weghuschen, ich glaube in Richtung Ausgang.«
»Und du, wohin wolltest du?«
»Du weißt doch, wo die Künstler sitzen?« sagte Rainey. »Ganz hinten im Saal? Dort sollten wir uns für den Wettbewerb sammeln.«
»Bist du sicher, daß er zur Tür lief?«
Rainey zuckte mit den Schultern. »Sicher bin ich nicht. Ich sah den Rauch, und jemand, dem an der Schulter was Rotes flatterte – vielleicht war das die wallende Robe. Später ist mir der Bursche nicht mehr begegnet.«

»Beim Eingang hat ihn niemand gesehen«, erklärte Justus. »Und ein Mann mit einem weiten roten Gewand müßte ja allgemein auffallen.« Er sah Rainey an und überlegte, was es noch zu sagen gab. Aber es fiel ihm nichts mehr ein. »Ja, das waren dann meine Fragen.«
»Bin ich jetzt mal an der Reihe?« Rainey grinste.
»Oh – klar doch«, sagte Justus erfreut, zu jeder Auskunft über seine Person bereit.
»Sag mal, ist dein Freund – «
Gleichzeitig war eine Stimme zu hören: »Rainey – Kleines! Kommst du mal?«
»Ich glaube, deine Mutter ruft dich«, stieß Justus erleichtert hervor. Er gab Rainey eine Karte der drei ???. »Vielleicht können wir irgendwann weiterreden.«
Rainey lachte. »Zu einer Visitenkarte hab' ich es leider noch nicht gebracht. Ja – bis dann.«
Sie traten auseinander, und andere Leute schoben sich zwischen sie. Kurz darauf griff Bob nach Justus' Arm. »Du, ich hab' Frank Carne gefunden.«
Justus grinste. Er hatte gewußt, daß Bob das schaffen würde. »Und – was sagt er?«
»Dasselbe wie Rottweiler. Sie standen beide vor dem Goldenen Salon und stritten sich.«
»Worüber?«
»Da wirst du staunen – über die Illustrationen für die letzten Nummern des *Blutroten Phantoms*. Rottweiler hatte ja einen neuen Zeichner aufgetan. Den nennt Carne eine Niete – ihm gelingen einfach keine Schatten.«
»Schatten?«
»Als Tresh sein Phantom noch selbst zeichnete, verwendete er alle möglichen gespenstischen Hell-Dunkel-Effekte. Besonders eindrucksvoll waren die tiefschwarzen Schatten auf der Totenkopfmaske der Figur«, erläuterte Bob. »Der neue Künstler ließ all

das weg. Laut Carne hat er das Blutrote Phantom von einer Horrorvision zu einem Hampelmann verkorkst.«

»Interessant«, fand Justus. »Erinnert ihr euch an die Maske, die der Dieb trug? Die hatte solch tiefschwarze Schatten. Ganz nach Carnes Geschmack.«

»Wie meinst du das?« fragte Bob.

»Sagen wir vorerst mal so: Eine solche Maske paßt zu einem mit Sinn fürs Original«, erklärte Justus. »Und noch was sollten wir im Blick behalten. Unter einem wallenden Gewand läßt sich vieles verbergen. Zum Beispiel der Körperbau.« Er klopfte sich auf seine wohlgerundete Leibesmitte. »Komm, suchen wir Peter und wählen wir uns einen Platz aus.«

»Dafür ist bereits gesorgt«, sagte Bob. »Carne hat uns an seinen Tisch gebeten.«

»Na schön. Und wo bleibt nun Peter?« Justus hielt in der Menge Ausschau. Da schien es doch irgendwo Aufruhr zu geben! Tatsächlich, Leo Rottweiler hatte Steve Tresh beim Arm gepackt. »Sie reißen Ihre Klappe ja ganz weit auf, Tresh. Ich hörte mit an, was Sie da über mich verbreiten.«

»Es paßt Ihnen wohl nicht, daß ich Sie einen Gangster nenne?« gab der Künstler hitzig zurück. »Warten Sie erst mal ab, bis ich richtig auspacke!«

»Jetzt reicht mir's!« Rottweiler gab Tresh einen Stoß und wollte einen Fausthieb nachsetzen. Tresh taumelte gegen die hinter ihm Stehenden, trat aber sofort mit geballten Fäusten wieder vor. Schon hatten beide Männer zum Schlag ausgeholt, als ein Dritter dazwischenging.

Es war der vierschrötige Saalordner, der jetzt eine Jacke über dem schwarzen T-Shirt trug. Er packte Tresh und schleuderte ihn zur Seite. Rottweilers Boxhieb streifte gerade noch Treshs Wange. Da war auch schon Axel Griswold zur Stelle und hielt den Verlagsleiter am Arm fest.

»Gratuliere, Rottweiler, echt Spitze«, feixte Tresh noch. Die

Schlichter führten die beiden Streithähne zu den gedeckten Tischen und wiesen ihnen weit auseinanderliegende Plätze zu. Dies war auch für die anderen Gäste das Zeichen, sich niederzulassen.

Bob und Justus hatten inzwischen auch Peter entdeckt, und zusammen gingen sie zu Carnes Tisch. Justus warf noch einen Blick zu dem aufgebrachten Künstler hinüber. »Was konntest du über Tresh herausfinden, Peter?«

»Während der Dieb zuschlug, hat niemand bei den Zeichentischen den Künstler Steve Tresh gesehen«, berichtete Peter.

»Nun herrschte ja dort zu der Zeit ein großes Durcheinander, wie ich erfuhr«, sagte Justus. »Genau da versammelten sich nämlich die Teilnehmer des Kostümwettbewerbs.«

Peter hob die Schultern. »Ich hab' aber mit etlichen Künstlern gesprochen. Sie sagen alle, Tresh sei in der fraglichen Zeit nicht dagewesen.«

»Somit hätten wir Mr. Tresh wohl noch einige Fragen zu stellen«, meinte Bob.

»Aber erst nach dem Essen«, wandte Justus ein. Dann sah er trübsinnig auf seinen Teller. »Wer tauscht seinen Salat gegen meinen Hauptgang?«

Frank Carne, der schon Platz genommen hatte, nahm das Angebot dankend an. Wie sich dann herausstellte, hatte Justus einen guten Tausch gemacht. Der Salat kam nicht mal so schlecht weg – im Vergleich zu Grillhähnchen Typ »Gummiadler« und angebrannten Röstkartoffeln.

»Einem geschenkten Gaul schaut man nicht ins Maul«, flüsterte Bob zu Peter hinüber.

Aber nach dem Essen kam es dann doch nicht zu dem geplanten weiteren Interview mit Tresh, denn dieser trat gleich anschließend als Festredner auf.

»Ich bedanke mich bei Axel Griswold für die Aufforderung, Sie mit einigen Sprechblasen zu unterhalten«, begann Tresh

lächelnd. »Seit meinem Umzug nach Kalifornien zahlt man mir erstmals wieder Honorar für meine Worte.«
Das Publikum ließ sich zu einem höflichen Lachen herab.
»Mir ist bekannt, daß manche Leute glauben, ich hätte der Comic-Szene den Rücken gekehrt.« Tresh schüttelte den Kopf. »Diese Sorgen sind unbegründet. Zur Zeit arbeite ich an einer neuen Serie, und den Helden werden Sie alle schon bald zu Gesicht bekommen.«
Diese Ankündigung wurde erfreut beklatscht.
»Für wen machen Sie das?« rief jemand.
Tresh wandte sich in die Richtung, aus der der Zuruf gekommen war. »Das mache ich ausschließlich für mich selbst. Ich gründe nämlich einen eigenen Verlag. Damit halte ich mir eine Menge geschäftlichen Ärger vom Hals. Und außerdem ... « Sein Blick schweifte über die Tische zu Leo Rottweiler hin. »Außerdem den Diebstahl geistigen Eigentums.«
Der kahle Schädel des Verlagsleiters lief rot an. Haßerfüllt starrte Rottweiler den Redner an.
Steve Tresh berichtete noch von den Problemen eines Selbstverlags. Als er zum Ende gekommen war, hatte sich eine gewaltige Meute begeisterter Fans um ihn geschart.
Frank Carne nickte zustimmend. »Ich hatte schon gerüchteweise gehört, daß Steve was Neues vorhat«, teilte er den drei Jungen mit. »Es freut mich sehr, daß das zutrifft.« Nachdenklich strich er sich mit den Fingern durch den Bart. »Allerdings würde mich interessieren, wo er das Geld dazu hernimmt.«
»Ich denke, zu diesem Zweck ist er hier«, sagte Justus. »Um Geld zu verdienen.«
»Um ein eigenes Programm herauszugeben, braucht er mehr, als er bei einer Comic-Börse einnehmen kann«, wandte Carne ein. »Die Gründung eines unabhängigen Verlages erfordert eine Menge Kapital.«
»Wäre eine weitere Frage an Steve Tresh«, murmelte Bob.

Justus nickte. Tresh hatte für die Tatzeit kein Alibi. Und jetzt sah es erneut so aus, als hätte er ein Motiv – Geld.
Justus warf Peter einen Seitenblick zu und überraschte ihn dabei, wie er ein Gähnen unterdrückte. »Kann ich dir nachfühlen«, sagte Justus. »Vertagen wir doch die Unterhaltung mit Tresh, und gehen wir rauf in Zimmer 316. Ich würde mich ganz gern ein wenig aufs Ohr legen.«
»Da sind wir sofort dabei«, stimmten Bob und Peter zu.
»Na, dann gute Nacht, Jungs«, sagte Frank the Crank. »Ich werde mich auch bald aufraffen. Rock wird nämlich demnächst die Armee der Höhlenmonster mit seiner Blutellium-Bombe fertigmachen.«
Heimlich grinsend verließen die drei ??? den Rock-Asteroid-Fan. Auf dem Weg zum Ausgang kamen sie an Rainey Fields' Tisch vorbei. Ihre Mutter übte sich wie gewohnt in angeregtem Geplauder mit irgendwelchen Leuten. Rainey sah kurz herüber und lächelte.
Wem gilt dieses Lächeln? fragte sich Justus. Mir oder Bob?
Auch nach dem Zubettgehen beschäftigte ihn die Frage. Seine beiden Freunde atmeten schon tief und gleichmäßig im Schlaf. Justus lag wach in dem dunklen Hotelzimmer und dachte an Raineys Lächeln.
Da störte ihn ein ganz leises Geräusch am Türschloß. Justus setzte sich im Bett auf. Hier wollte einer einbrechen!

Der Einäugige greift an!

Ganz langsam ging die Tür auf.
Justus konnte den Eindringling nur undeutlich sehen, eine Gestalt mit zottigem Kopf, die sich vor dem Licht vom Flur her im

Türrahmen abzeichnete. Nun fiel die Tür ins Schloß. Der Fremde war im Zimmer.
Blitzschnell tastete Justus zur Nachttischlampe hinüber. Doch in dem unvertrauten dunklen Raum griff er daneben. Polternd fiel die Lampe zu Boden.
»Hey! Was ist – « Bob und Peter fanden sich jäh aus dem Tiefschlaf gerissen. Als sie erkannten, daß sich ein Fremder eingeschlichen hatte, gingen sie im Verein mit Justus auf den Burschen los.
Es kam zu einem wirren Kampf im Finstern. Justus wollte zu einem Faustschlag ausholen, hielt dann aber unwillkürlich inne. Er fürchtete, aus Versehen Bob oder Peter zu erwischen.
Für den Einbrecher stellte sich dieses Problem nicht – jeder Schlag galt einem Feind, und so landete er erbarmungslos Treffer. Justus tastete sich vor. Sofort griff der unsichtbare Gegner an und trat ihn in den Leib. Justus krümmte sich vor Schmerz und wäre ums Haar hart aufs Gesäß geplumpst. Doch als trainierter Judosportler konnte er den Sturz in einen kontrollierten Fall verwandeln. Er warf sich nach links, kam leicht auf dem Fußboden auf und schnellte sofort wieder hoch. Dann sprang er zur Wand hin. Wo war nur der Lichtschalter?
Er hörte ein Stöhnen und dann einen gepreßten Schrei von Bob.
»Er haut ab!« Im Finstern ging es noch einmal drunter und drüber - und dann fanden Justus' Finger den Schalter.
Der helle Schein der Deckenlampe blendete die drei ??? – und da riß der Eindringling auch schon die Tür auf und hastete aus dem Raum.
»Los, hinterher!« Die Jungen stürzten aus der Tür und den Flur entlang. Der Bursche war schon an der nächsten Ecke. Sie rannten um die Biegung und stoppten verdutzt.
Vor ihnen lag ein langer Korridor – so lang, daß ihn der Einbrecher unmöglich schon hinter sich gebracht haben konnte. Doch niemand war zu sehen.

»Der muß sich in irgendein Zimmer geflüchtet haben«, keuchte Bob. Er hielt sich die schmerzende Seite, die einen Tritt abbekommen hatte.
»Ja, oder – « Peter lief zu einer schmalen Nische in der Wand, über der ein Schild AUSGANG angebracht war. Er stieß die Tür auf. Gehetzte Schritte waren zu hören. »Das ist die Feuertreppe! Los, runter!«
Dröhnend vibrierten die Metallstufen beim Hinunterstürmen der drei Verfolger. Justus war klar, daß der andere nun wußte, daß sie noch hinter ihm her waren. Aber er wollte diesen Kerl unbedingt zu fassen kriegen. Wegen der gestohlenen Comics – und wegen dieses Fußtritts in den Bauch. Er ballte die Fäuste und holte das Letzte aus sich heraus, um bei der Jagd mitzuhalten.
Am Fuß der Feuertreppe führte ein Nebeneingang in die Tiefgarage. Hinter der schweren Tür lag ein besonders düsterer Bereich. Die Deckenlampe in diesem Abschnitt war ausgefallen, und die dicken Stützpfeiler schirmten das Licht der benachbarten Lampen ab.
Peter raste über den Betonboden. Dieser unverschämte Eindringling sollte ihn kennenlernen! Er schlug einen Haken nach links und brüllte: »Hier lang!«
Mit großen Sätzen rannte er voraus und holte die dunkle Gestalt vor sich zusehends ein. »Das gibt Rache!« stieß er hervor. »Für den ... Balkon!«
Peter machte einen letzten Riesenschritt und hechtete zum Angriff los. Normalerweise hätte er den anderen damit zu Boden gerissen.
Doch die schattenhafte Gestalt wirbelte herum und wehrte Peters Ansturm geschickt und kraftvoll ab. Die Wucht des Schlages schleuderte Peter zur Seite, gegen einen der Betonpfeiler, und von dort noch ein Stück weit über den Boden.
»Peter!« Bob stoppte in vollem Lauf und stürzte zu seinem Freund hin. »Alles klar?«

»Das war ein Volltreffer ... « Mühsam rang Peter nach Luft. Er rappelte sich hoch. »Und weiter!«

Justus, das Schlußlicht, hatte gesehen, wie Bob bei Peter haltmachte, war aber weitergerannt und lag nun vorn. Er bog um den Pfeiler und hastete noch einige Schritte vorwärts – und fand sich plötzlich von grellem Scheinwerferlicht geblendet.

Das Licht kam allerdings nur von einem einzelnen Scheinwerfer. Justus hatte einen »einäugigen« Wagen vor sich – eine Lampe war dunkel. Dem Umriß nach mußte es ein Transporter sein.

Auch wenn ein Scheinwerfer ausgefallen war – der Motor jedenfalls funktionierte. Dröhnend sprang er an. Der Fahrer gab Vollgas und brauste geradewegs auf Justus zu!

Er konnte noch einen Warnruf ausstoßen, dann warf er sich zur Seite. Gerade stürzten Bob und Peter hinter dem Pfeiler vor. Sie ließen sich platt zu Boden fallen, und der Wagen preschte an ihnen vorbei.

Justus sprang auf und raste dem Fahrzeug hinterher. Doch schon nahm es mit kreischenden Reifen die Ausfahrtsrampe und bog scharf rechts ab. An der Einmündung zur Straße konnte Justus nur noch feststellen, daß der Wagen längst im Verkehr untergetaucht war. Mutlos ließ er die Schultern hängen, als die beiden anderen bei ihm ankamen. »Hat sich jemand das Kennzeichen gemerkt?« fragte er lahm.

»Das soll wohl ein Witz sein?« gab Peter zurück.

»Wäre ich stehengeblieben, dann wäre ich jetzt vielleicht mit einem Abdruck des Nummernschildes verziert«, flachste Bob.

»Ich hab' die Nummer jedenfalls auch nicht«, mußte Justus zugeben. »Und den Fahrer konnte ich nicht sehen. Was haben wir überhaupt gesehen?«

»Die Kiste war dunkel. Grau, glaube ich«, meinte Bob.

»Schwarz«, hielt Peter dagegen.

Justus schüttelte den Kopf. »Ich würde eher sagen, dunkelgrün.«

»Und ein Scheinwerfer war kaputt«, fügte Peter hinzu.

»Genau. Also haben wir es mit einem dunklen einäugigen Transporter zu tun. Diese Beschreibung paßt schätzungsweise auf etliche tausend Fahrzeuge in Los Angeles.« Justus seufzte. »Ist überhaupt kein Problem.«
»Im übrigen gibt's für uns ein dringlicheres Problem«, verkündete Bob.
Unwillkürlich machten sich Peter und Justus auf das Schlimmste gefaßt. »Und das wäre?«
»Hat einer von euch zufällig unseren Zimmerschlüssel mitgenommen? Wenn die Tür zuklappt, wird bekanntlich automatisch verriegelt.«
Justus sah an seinem Schlafanzug herunter und musterte seine ebenso dürftig gewandeten Freunde. Peter hatte nichts an als seine Sportshorts, Bob eine zerknautschte Sweathose mit Schnurzug um die Mitte. »Bob sieht das Problem schon richtig – wir müssen wohl oder übel in diesem Aufzug an die Rezeption gehen und uns einen Ersatzschlüssel geben lassen. Tja, Leute, wenn sich das herumspricht, sind wir endgültig als die drei Clowns abgestempelt.«
Er trat vor auf den Bürgersteig und wandte sich nach links zur Frontseite des Hotels. »Na, kommt. Dann gönnen wir uns eben einen kleinen Abendspaziergang. Vom Straßeneingang aus ist es ja nicht weit zur Rezeption.«
Die hohe Fassade zu ihrer Seite bestand aus glattem Beton, doch bald wurde dieser durch eine Nische mit großen Glasscheiben unterbrochen, die eine kleine Grünanlage umschloß. Von der Nische führte ein Seiteneingang ins Hotelgebäude.
»Vielleicht können wir uns hier unauffällig reinmogeln«, schlug Peter vor. Er ging um eine Palme herum.
Im Schatten unter den ausladenden Wedeln bewegte sich etwas. Sie hörten ein Stöhnen – das war ein Mensch! Mühsam richtete sich die Gestalt auf, und nun konnten die drei ??? das hagere, wutverzerrte Gesicht von Steve Tresh erkennen!

»Was ist denn mit Ihnen passiert?« stieß Justus entsetzt hervor. Tresh hatte eine dick geschwollene Unterlippe, etliche Platzwunden und ein blaues Auge. Er verzog den Mund und zuckte zusammen. Offensichtlich hatte er Schmerzen.
»Ich habe keine Ahnung, was passiert ist. Ich hatte genug von dem Trubel drinnen und ging ins Freie. Dann weiß ich nur noch, daß einer über mich herfiel.« Mit langsamen, vorsichtigen Bewegungen erhob sich Tresh. »Schlug mich systematisch zusammen. Sein Gesicht bekam ich nicht zu sehen. Ich kann mir aber denken, wer das war.«
»Ja?« fragte Bob.
Tresh ging auf die Eingangstür zu. »Na, wer hat sich denn zuletzt mit mir angelegt?« stieß er hervor. »Leo Rottweiler.«
Er trat ein, gefolgt von den drei ???. Der übel zugerichtete Künstler war so außer sich, daß er ihren unpassenden Aufzug gar nicht bemerkte. Bob strebte zur Rezeption hin, doch Justus schüttelte den Kopf. »Laß mal den Schlüssel.«
Sie gingen mit Tresh durch die Hotelhalle, den Blick stur geradeaus gerichtet und fest entschlossen, sich durch die auf sie deutenden Finger und das höhnische Gelächter nicht irre machen zu lassen. Justus konnte freilich sehen, wie Peters Ohren knallrot anliefen. Endlich waren sie beim Aufzug. Sie traten in die Kabine, und Tresh wählte das dritte Stockwerk.
»Das Messevolk und die prominenten Gäste logieren meistens in den unteren Etagen«, erklärte Tresh beim Hinauffahren. »Zufällig hörte ich, daß Rottweiler in Nummer 335 wohnt. Statten wir ihm mal einen Besuch ab.«
Gefolgt von den Jungen, lief er den Flur entlang und klopfte bei Zimmer 335 energisch an. Leo Rottweiler kam an die Tür. Er hatte seine Krawatte gelockert, trug aber noch seinen Anzug.
Sofort ging ihm Tresh an die Kehle und schüttelte ihn heftig. »Sie glauben doch wohl nicht, daß ich das wegstecke?« brüllte er den Mann an.

»Was soll denn das, Tresh?« schrie Rottweiler. Aus dem Raum war überraschtes Stimmengewirr zu hören. Die drei ??? gaben sich alle Mühe, Tresh und den beleibten Verlagsleiter zu trennen. Da kam auch schon Axel Griswold angehastet. Aus dem Hintergrund starrten noch mehrere Leute aus der Comic-Szene herüber, die Gläser in den Händen hielten.
»Was das soll?« Tresh stürzte sich von neuem auf Rottweiler. »Die Fresse werd' ich Ihnen polieren! Wie du mir, so ich dir!«
»Was ... wie ... wovon reden Sie überhaupt?« stammelte Rottweiler.
»Nun spielen Sie bloß nicht das Unschuldslamm!« brüllte Tresh. »Sie haben mich draußen zusammengeschlagen!«
»Wann soll das passiert sein?« mischte sich Griswold ein.
»Vor drei Minuten. Fragen Sie ihn doch selber!«
Griswold schüttelte nur den Kopf. »Dürfte sich erübrigen«, erklärte er. »Wir sind schon eine gute Weile hier oben in Leos Zimmer und feiern. Er konnte als Gastgeber nicht einfach verschwinden.«
»Unwahrscheinlich, aber nicht ausgeschlossen«, meinte Justus dazu.
»Meinetwegen«, winkte Griswold ab. »Aber für die letzte halbe Stunde kann ich mich persönlich verbürgen.« Er deutete auf ein langes Sofa mitten im Raum. »Hier saßen Leo und ich bis eben jetzt in angeregter Unterhaltung.«
Er sah Justus eindringlich an. »Zumindest mir hätte es ja wohl auffallen müssen, wenn er sich abgesetzt hätte, um Steve zu vertrimmen.«

Der Erste Detektiv wird Zweiter

Am nächsten Morgen erwachte Justus in aller Frühe. Bob und Peter schliefen noch fest, ihr Atem ging ganz regelmäßig. Vorsichtig stieg er aus dem Bett, um die beiden nicht zu wecken. Er fingerte eine Badehose aus seiner Reisetasche und zog sie an, darüber ein weites T-Shirt. Dann ging er auf Zehenspitzen zur Tür – und vergaß diesmal auch den Schlüssel nicht.

Justus fand, daß der Pool am besten dafür geeignet war, in aller Ruhe über den Fall nachzudenken. Er würde entspannt im Wasser treiben und im Geiste alle Fakten und Äußerungen an sich vorüberziehen lassen, die die drei ??? bisher gesammelt hatten. Bislang hatte der Fall jedesmal, wenn sie einen Schritt vorangekommen waren, eine neue überraschende Wendung genommen. Ein Beispiel: Bei näherer Bekanntschaft mit Steve Tresh hatten sie ihren Eindruck von dem Künstler als aggressiven und hinterhältigen Typ korrigieren müssen. Freilich konnte er in Wut geraten, beispielsweise nach dem nächtlichen Überfall, doch offenbar hatte er auch Anstand und Humor. Es wollte Justus nicht in den Kopf, daß dieser Mann ein Dieb sein sollte.

Erst recht erschien es ihm unmöglich, daß Tresh der Eindringling gewesen sein sollte, der den drei ??? in der Nacht auf die Bude gerückt war. Sie hatten sich vor dem Schlafengehen noch darüber geeinigt, daß Treshs Verletzungen auf keinen Fall von dem Kampf im Dunkeln herrühren konnten. So brutal, um einen Menschen derart übel zuzurichten, hatten sie doch alle drei nicht zugeschlagen. Woher stammten also die Spuren dieser Mißhandlungen?

Hatte er sie sich etwa selbst zugefügt, um den Verdacht von sich abzulenken? Auch das war so gut wie ausgeschlossen. Das hätte Tresh in der Zeit zwischen dem Blitzstart des Transporters aus der Tiefgarage und der Entdeckung durch die drei ??? unter der Palme niemals schaffen können.

Justus versuchte es sich sogar probeweise vorzustellen: Tresh, wie er den Kopf gegen die Windschutzscheibe schlägt, um sich Beulen zu holen, während er fieberhaft überlegt, wie er schnellstens den Transporter loswerden soll ... Nein, das schied völlig aus. Und in Justus' Augen schien es völlig unpassend, daß Tresh mit der Mitleidstour hausieren ging.

So weit, so gut. Wer hatte also Tresh vermöbelt, und warum? Hatten die Prügel etwas mit dem Diebstahl der Comics zu tun? Nach dem letzten Stand ihrer Ermittlungen war Tresh noch immer als Tatverdächtiger Nummer eins zu betrachten. Der Überfall auf ihn deutete jedoch zumindest auf einen weiteren Beteiligten hin – ein neues Rätsel, das die drei ??? in ihrem Fortschreiten hemmte.

Justus fuhr mit dem Aufzug ins Erdgeschoß. Im Foyer, auf dem Weg zum Schwimmbad, rief ihn jemand beim Namen. Er drehte sich um und sah Griswold heraneilen.

»Du bist ja ein Frühaufsteher«, bemerkte der Messechef.

»Sie sind's ja auch«, gab Justus zurück. »Und das nach einer Fete bis tief in die Nacht.«

»Ich habe keine andere Wahl«, erwiderte Griswold lächelnd. »Je früher einer in meinem Job auf den Beinen ist, umso mehr Pannen kann er in letzter Sekunde noch verhindern. Im übrigen kann ich mich noch glücklich schätzen. Für mich waren immerhin ein paar Stunden Schlaf drin. Aber da gibt es Typen, die hängen mit roten Augen im Goldenen Salon herum und ziehen sich seit zwanzig Stunden *Rock Asteroid* rein. Na ja, schlafen können wir später, wenn die Messe gelaufen ist.«

Griswold wirkte im Grunde nicht besonders übernächtigt. Er trug frischgewaschene Jeans und ein neues T-Shirt mit dem Logo der Messe. Mit seinem großen Terminkalender unterm Arm machte er einen recht unternehmungslustigen Eindruck.

Justus hingegen fühlte sich müde und zerschlagen – so richtig miesepetrig.

»Na, wie kommt ihr mit dem Fall voran?« erkundigte sich Griswold.
»Wir sind noch am Wühlen, und dabei ergeben sich Rätsel über Rätsel. Sie müssen sich ja selbst sagen, daß auf Steve Tresh ein ganz starker Verdacht fällt, zumal Sie sein Alibi vom Tisch gewischt haben. Wenn er aber der Dieb ist, warum hat dann jemand in seinem Zimmer gewütet? Und wofür hat er heute nacht Prügel bezogen?«
Griswold nickte mit interessierter Miene. »Und was für Erklärungen habt ihr gefunden?«
»Bisher überhaupt keine. Irgend jemand scheint es allerdings systematisch darauf anzulegen, Tresh das Leben sauer zu machen. Das bringt mich zu der Überlegung, ob wir nicht auf der falschen Fährte sind. Tresh erscheint ja inzwischen in einem ganz anderen Licht – eher bedauernswertes Opfer als Missetäter.«
Griswold sah gewohnheitsmäßig auf seine Uhr. »Besten Dank für deine Enthüllungen«, sagte er im Weggehen. Dann wandte er sich mit ernstem Gesicht noch einmal um. »Aber dir ist doch wohl klar, daß es noch eine andere Erklärung für Treshs Pechsträhne gibt.«
»Und die wäre?« fragte Justus.
»Na ja – Zoff unter Brüdern, will sagen Diebsgesindel.«

Diese Worte hatten Justus gründlich die Stimmung verdorben, als er beim Pool angekommen war. Er sprang ins Wasser und zog einige Bahnen.
Justus war völlig unsportlich. Nur Schwimmen machte ihm Spaß, denn er hatte starke Beine, die ihn stetig vorwärtsbrachten. Er schwamm so, wie er seine Fälle löste – bedächtig und methodisch. Dann ging er zu kraftvollem Kraulen über und schaltete die Steuerung auf Autopilot, während er versuchte, die Puzzleteile des Falles zusammenzusetzen. Jemand hatte Steve Tresh überfallen. In Treshs Zimmer hatte jemand Peter überfallen. Dann gab es den

Schläger, der in der vergangenen Nacht allen drei Freunden übel mitgespielt hatte. Und vor allem natürlich den Unbekannten unter der Maske des Blutroten Phantoms, der die Comics gestohlen hatte. Verbarg sich dahinter tatsächlich ein und derselbe Täter?

Peter hatte wegen der Froschmaske das Gesicht seines Gegners nicht erkennen können, aber Muskelpakete hatte er gesehen. Dies wiederum paßte nicht zur äußeren Erscheinung der Tatverdächtigen für den Diebstahl. Tresh war groß und hager, Carne war fett, Rottweiler hatte einen Spitzbauch – und auf Rainey Fields ließ sich die Beschreibung schon gar nicht anwenden.

Also war der Dieb entweder ein bisher noch Unbekannter, oder es waren mehrere Personen beteiligt. Als Justus sich vorstellbare Kombinationen zurechtlegen wollte, hörte er hinter sich Wasser aufspritzen und drehte sich um. Ein Mädchen in einem sportlichen roten Einteiler tauchte gerade nach einem Kopfsprung auf. Das kurzgeschnittene braune Haar lag wie eine lackierte Kappe am Kopf an. In einigem Abstand von Justus begann sie ebenfalls Bahnen zu kraulen. Justus pflügte stur weiter durchs Wasser.

Das Mädchen in dem roten Schwimmanzug kam auf seine Höhe und überholte ihn. Als er das Beckenende erreichte, hatte sie bereits gewendet. Nun war sie vom Kraulen zum Rückenschwimmen übergegangen.

Justus warf unauffällig einen Blick zu dem Mädchen hinüber. Sie war hübsch und braungebrannt und fühlte sich im Wasser offenbar sehr wohl. Er hatte es erst bis zur Beckenmitte geschafft, als sie bereits wieder vom anderen Ende her auf ihn zukam.

Unbeirrt behielt Justus sein maßvolles Tempo bei, während das Mädchen zügig auf- und abschwamm. Er kam sich immer wieder vor wie ein alter Kutter, der schwerfällig dahintuckert und von einer schnittigen Motoryacht abgehängt wird. Doch auf einen Wettstreit ließ sich Justus wohlweislich nicht ein. Die schlanke Schwimmerin war um Klassen besser.

Immerhin bewies er die größere Ausdauer. Nach etwa zwanzig Bahnen – während Justus es gerade auf ein Dutzend gebracht hatte – schwamm das Mädchen an die Längsseite des Beckens. Justus sah zu, wie sie sich auf den Rand zog und sich mit einer raschen Bewegung das Haar aus dem Gesicht strich. Wirklich super sah sie aus.
Justus trat Wasser und beobachtete weiter, wie das Mädchen zu einer der Liegen ging und nach einem Handtuch griff. Unter der Liege lag eine Badetasche. Sie hatte sich vor dem Schwimmen vorsorglich einen Platz gesichert.
Das Mädchen trocknete sich flink ab und streckte sich auf dem Polster aus. Dann stand sie noch einmal auf, um die Liege für ihr Sonnenbad ein wenig zu drehen.
Dabei stieß ein Bein der Liege an die Tasche. Diese kippte um, und der Inhalt fiel heraus. Das Mädchen machte es sich wieder bequem, ohne etwas bemerkt zu haben.
Justus hingegen war die Sache nicht entgangen. Verdutzt starrte er auf die Tasche – oder eher auf das, was da herausgerutscht war. Eine Sammlung Comics.
Es war eine solche Überraschung für Justus, daß er kurz aufhörte, die Beine zu bewegen, und prompt unterging.
Flink tauchte er auf und schwamm los zum Beckenrand.
Schon von weitem hatte er es gesehen: In diesen Comics steckten Karten der drei ???.
Die Hefte mit eingelegten Karten, die sie zur Zeit noch im Besitz hatten, befanden sich allerdings oben im Zimmer der drei ??? – denn verkauft hatten sie ja noch nichts.
Folglich konnte es sich bei den Comics in dieser Badetasche nur um eben jene handeln, die der Dieb nach dem Rauchbombenanschlag DeMento aus der Hand gerissen hatte!
Wie kam denn dieses Mädchen zu der Beute?

Ein Mädchen und eine Maske

Justus schnellte prustend aus dem Wasser und zog sich über den Rand. Erschrocken starrte das Mädchen auf der Liege herüber. Er schaute in die großen nußbraunen Augen, und da fiel der Groschen. Seine Schwimmpartnerin war ihm durchaus keine Unbekannte – auch wenn sie nun braunes statt blondes Haar hatte.
»Rainey!« stieß er ganz erschüttert hervor. »Was soll denn das hier?«
Verstohlen und schuldbewußt sah sich Rainey Fields um. »Verflixt, du hältst doch hoffentlich dicht, ja? Ich glaube nicht, daß mich sonst wer gesehen hat ... «
Justus' Blick ging zu den Comics unter der Liege. »Ich soll dichthalten? Wie komme ich dazu?« fragte er schroff.
Da griff Rainey nach seiner Hand. »Bitte, bitte, verrat' mich nicht«, flehte sie. »Wenn das rauskommt, reißt mir meine Mutter den Kopf ab!«
Mit dieser Reaktion hatte Justus nicht gerechnet. Stumm hörte er sich an, was Rainey noch zu sagen hatte. »Ich hatte doch gedacht, so früh geht noch keiner in den Pool«, fuhr sie fort. »Und da riskierte ich es eben, ein paar Bahnen zu schwimmen. Aber wenn das Mom zu Ohren kommt ... «
Justus blinzelte. Nun blickte er wirklich nicht mehr durch. »Wovon redest du überhaupt?« fragte er schließlich.
»Diese dämliche blonde Perücke! Ich wollte ganz rasch schwimmen gehen, nur kann ich ja im Wasser das Ding nicht tragen. Aber ich dachte, es würde mich schon keiner erkennen, mit meinem Naturhaar, ohne Kriegsbemalung und in einem braven Schwimmanzug. Das war dann wohl ein Irrtum.«
Sie setzte sich aufrecht hin und verschränkte die Arme. »Ich hatte dich gleich erspäht, als ich ins Wasser gesprungen war. Aber du hast dich nicht um mich gekümmert, und da dachte ich, es sei alles

klar. Mein Pech – ausgerechnet einen Detektiv will ich an der Nase rumführen!«
Mit flehentlichem Blick sah Rainey zu Justus auf. »Wenn Mom Wind davon bekommt, daß ich unkostümiert losgezogen bin, kriegt sie einen Nervenzusammenbruch! Sie malt sich dann gleich das Schlimmste aus – das Aus für ihr Stellara Stargirl als Fotomodell. Sie wird – «
»Nun hör mir mal zu«, fiel ihr Justus ins Wort. »Mich interessiert hier nur eins: nämlich was das Zeug hier in deiner Tasche zu suchen hat.«
Er hob die Badetasche mit den Comics auf und hielt sie Rainey energisch vor die Augen.
»Hey, was erlaubst du dir ... ?« Da sah Rainey die bunten Hefte. »Wie kommen denn *die* hier rein?«
»Eben das ist die Frage«, kommentierte Justus ätzend.
»Die gehören mir doch gar nicht.« Auf Raineys Gesicht spiegelten sich widersprüchliche Reaktionen. Verblüffung über die unerwartete Fundsache, Erleichterung beim Anblick der Karten, die auf einen Eigentümer hindeuteten – dann Empörung beim Entziffern der drei Namen. »Das sind ja eure eigenen! Mit euren Visitenkarten drin! Du, wenn das ein Witz sein soll ... «
Und prompt folgte das große Entsetzen. »Ach du Schreck – da hieß es ja, daß dieser Dieb auch eure Comics klaute. Das – das sind doch nicht etwa die Hefte hier, oder?«
Justus verfolgte mit Interesse Raineys Mienenspiel und Äußerungen. Entweder gebührte ihr dafür der Oscar, oder das alles war echt und nicht gespielt. Nein, es war beim besten Willen nicht vorstellbar, daß ein junges Mädchen eine so perfekte Theaterszene hinlegen konnte.
»Ja doch, das sind die verschwundenen Comics«, bestätigte er. »Im Wert von über dreihundert Dollar. Und wie sind die bitteschön in deine Tasche gekommen?«
Rainey lehnte sich mit ratloser Miene zurück, doch Justus

bemerkte, daß sich ihre Hände verkrampft hatten. »Ich habe keine Ahnung«, murmelte sie kleinlaut.
Justus erkannte, daß Rainey mittlerweile wußte, in welch verfängliche Situation sie geraten war. Nun hatte sie weit Schlimmeres zu befürchten als eine Gardinenpredigt ihrer Mutter, weil sie einen Ausflug ohne Kostüm gemacht hatte. Mit Diebesbeute ertappt zu werden – das konnte wirklich folgenschwere Auswirkungen auf ihre Karriere haben!
Wie Rainey nun zu ihm aufblickte, sah sie mit einem Mal richtig wehrlos und verletzlich aus – und nicht nur, weil sie kein Make-up trug. »Deine Tasche ist das ja wohl, nicht?« fragte Justus, nun etwas gelassener.
Rainey fingerte unter den Comics einen Kamm und eine Sonnenbrille heraus. »Das sind meine Sachen«, bekannte sie kleinlaut. »Also muß es auch meine Tasche sein. Aber ich kann beschwören, daß ich nicht weiß, woher diese Comics stammen und wie sie da reingekommen sind.«
»Hast du heute früh schon mit jemand gesprochen? Oder vielleicht hattest du deine Tasche zwischendurch mal irgendwo abgestellt?«
Rainey schüttelte den Kopf. »Nee, bestimmt nicht. Ich durfte ja keinem begegnen, darum ging es doch. Ich wollte auf keinen Fall erkannt werden. Und die Tasche hatte ich die ganze Zeit bei mir, seit ich aus dem Zimmer ging.«
Sie hob die Schultern. »Nur nicht in der Zeit, als ich im Wasser war.«
»Klar«, bestätigte Justus. Spannung und Ärger stiegen in ihm auf. Es wäre kinderleicht gewesen, an Raineys Tasche zu gehen und die Comics hineinzustecken. Er ließ den Blick über das Becken schweifen. Kein Mensch war zu sehen – auch kein Bademeister. Als Zeuge kam niemand außer Justus in Frage. Und er hatte nur Augen für Rainey in ihrem flotten Schwimmanzug gehabt. Ein Dritter bei der Tasche wäre ihm überhaupt nicht aufgefallen. Der

Täter hätte mit einer Blaskapelle anrücken und alles mögliche anstellen können.

Raineys Stimme unterbrach ihn in seinen Überlegungen. »Die Hefte möchtest du sicher zurück.« Verlegen hielt sie ihm die Comics hin. »Sie gehören ja euch. Aber wieso hat sie jemand in meine Tasche gesteckt?«

Plötzlich mußte sie lachen. »Das ist wie in einem billigen Krimi, wenn der Topagent den Patzer seines Lebens macht und die geheimen Informationen ausgerechnet dem Falschen zuspielt.«

Justus lieh sich Raineys Handtuch aus, um sich abzutrocknen. Dann nahm er die Comics entgegen. Könnte es so gewesen sein? Ein Schachzug, der danebengegangen war?

»Damit kommt ein absurdes Element in die Affäre«, erwog Justus, während er die Hefte durchblätterte. »Ich finde – «

Sie grinste. »Jetzt scheinst du dich ja einigermaßen beruhigt zu haben. Wenigstens drückst du dich wieder so kompliziert aus wie sonst.«

»Hm«, machte Justus voll Unbehagen. »Das sind sämtliche Hefte, die uns abhandengekommen sind. Vielleicht versuchte der Dieb auf diese Weise das Zeug loszuwerden, das er eigentlich gar nicht haben wollte? Aber wieso lädt er es ausgerechnet bei dir ab?«

Plötzlich kam Justus ein Gedanke. Er hatte ja bereits Kostproben der Dynamik von Raineys Mutter bekommen. Die Frau verstand sich zweifellos auf Werbung und Öffentlichkeitsarbeit. Und gäbe es ein wirksameres Schlaglicht auf Rainey als den Knalleffekt, daß das Mädchen einen Teil des Diebesguts aufgespürt hatte?

Um dies zu inszenieren, müßte Ma Fields freilich selbst Zugriff zu der Beute haben. Oder sie müßte selbst der Dieb sein.

Justus sah Rainey an, die in aller Unschuld zu ihm hinaufblickte. Nein, Rainey konnte auf keinen Fall den Diebstahl begangen haben. Schließlich hatte er sie neben dem Blutroten Phantom gesehen. Aber wie stand es mit Mrs. Fields? Ihrer Tochter hätte sie die Sache natürlich nicht auf die Nase gebunden.

Justus setzte gerade zu einer Frage an, als eine zornige Stimme fauchte: »Also hier treibst du dich rum!«
Er drehte sich um – da stand Mrs. Fields und schoß wütende Blicke auf ihre Tochter ab.
»Was denkst du dir eigentlich – einfach zu verschwinden? Ich hab' dich im Hotel überall gesucht. Und was muß ich sehen? Hier hockst du seelenruhig herum, mit einem dieser sogenannten Detektive!«
Rainey packte hastig ihre Sachen zuammen, und Justus erntete einen vernichtenden Blick ihrer Mutter.
»Entschuldige, Mom«, murmelte Rainey schuldbewußt.
Ihre Mutter streckte ihr den zusammengefalteten Stoffhut hin, den sie in der Hand hielt. »Setz den auf den Kopf, damit man deine Haare nicht sieht, und vergiß die Sonnenbrille nicht. Dann kommst du vielleicht unbemerkt durch.«
Sie packte Rainey energisch beim Arm und zerrte sie mit sich weg. »Wirklich, Rainey, es ist mir ein Rätsel, was du dir manchmal leistest. Für heute hatte ich mit Mühe einen Aufnahmetermin beim Fernsehen ergattert. Du hast ganz genau gewußt, daß wir uns rechtzeitig vorbereiten müssen. Und was machst du? Schwimmen gehen, deine Haut mit Sonne und Chlorwasser ruinieren. Und das Schlimmste: über unser Gebot Nummer eins setzt du dich glatt weg!«
Die Frau drehte sich noch einmal zu Justus um. »Junger Mann«, stieß sie zornbebend hervor. »Ich will doch hoffen, daß das kleine Geheimnis meiner Tochter keinen Anlaß zu Gerede gibt. Sie wollen doch auch, daß sie Erfolg hat. Wehe, wenn Sie ihr Steine in den Weg legen – dann bekommen Sie es mit mir zu tun!«
Völlig zerknirscht stand Rainey hinter ihrer Mutter. Doch noch während sie weitergeschleift wurde, konnte sie Justus ein kaum merkliches hilfloses Lächeln zuwerfen.
Als die beiden davonhasteten, fiel Justus auf, wie Mrs. Fields von hellgrünem Stoff regelrecht umweht war. Die Frau trug ein eigen-

artig geschnittenes Kleid, das sie wie ein Zelt einhüllte – fast eine wallende Robe.
Und während das flatternde Grün aus Justus' Blicken entschwand, drängte sich ihm unwillkürlich der Gedanke auf, daß die Gestalt unter dem Umhang des Blutroten Phantoms nicht unbedingt ein Mann gewesen sein mußte.

Erstklassige Reklame?

Bob und Peter waren noch ziemlich verschlafen, als Justus wieder in Zimmer 316 stürmte. Doch als sie die Comics in seiner Hand sahen, rissen sie hellwach die Augen auf.
»Wo hast du denn die her?« Peter setzte sich im Bett auf.
»Unterwasser-Observation«, gab Justus knapp zurück. Gerade als er alles Weitere erklären wollte, klingelte das Telefon.
Mit verblüffter Miene nahm Peter ab. Dann, beim Zuhören, hoben sich seine Augenbrauen. »Für dich, Bob. Dein Vater.«
»Hallo, Dad. Was gibt's denn?« meldete sich Bob. »Ah ja. Klar. Mach' ich gern.« Er legte auf und wandte sich zu seinen Freunden. »Sax Sendler hat bei mir zuhause angerufen. Er verhandelt zur Zeit im Auftrag einer Band mit einem Club in Van Nuys, und die Leute dort wollen sich eine Probekassette anhören. Und wer soll die wohl hinbringen?«
»Kein Problem, ich fahr' dich hin«, bot Peter an.
»Ich komm' auch mit.« Justus grinste. »Da kann ich euch unterwegs alles erklären.«
»Nett von euch, danke.« Bob nahm den Telefonhörer noch einmal ab. Er wählte Sax Sendlers Nummer und teilte seinem Chef mit, er werde in etwa einer Stunde bei ihm sein.
Kurz darauf liefen die Jungen über den Flur zum Aufzug. Als sie

bei Suite 314 vorüberkamen, ging gerade die Tür auf. Ein junger Mann mit gebleichtem Stachelhaar trat heraus. Er schleppte einen riesigen Pappkarton. »Alles klar, Axel«, rief er über die Schulter zurück. »Ich bring' dann das Zeug runter.«
Er war noch ein gutes Stück hinter den Jungen, da kam schon der Aufzug an. »Hey, Jungs, könnt ihr mich noch mitnehmen?« rief er, als die drei in die Kabine traten.
»Klar.« Peter drückte auf den Knopf, der die Türen offenhielt. Der Bursche drängte sich hinein. »Danke schön. Mit dem Gepäck hier wollte ich nicht gerade eingeklemmt werden – hoppla!«
Der Karton wollte ihm aus den Händen rutschen und kippte schon vornüber. Mit raschem Zugriff stützte Justus ihn ab. Zwangsläufig fiel sein Blick auf den Inhalt – lauter Videokassetten, ein Stapel neben dem anderen.
»Danke, danke«, sagte der junge Mann. »Könnte jemand noch *Foyer* drücken?«
Beim Verlassen des Aufzugs hielt er den Karton mit äußerster Vorsicht fest. Justus, Bob und Peter fuhren zur Tiefgarage hinunter.
Auf der Autobahn kamen sie zügig voran und trafen früher als erwartet in Rocky Beach bei Sax Sendlers Haus ein, in dem er auch sein Büro hatte. Der Musikagent kam in seinem üblichen Aufzug – Fußballtrikot und Sonnenbrille – an die Tür. Er gab Bob ein Päckchen. »Der Typ, der im Club das Sagen hat, riß mich wegen dieser Kassette aus dem Tiefschlaf.« Er unterdrückte ein Gähnen. »Kein anständiger Mensch in meiner Branche ist zu so verboten früher Stunde auf.«
Er grinste, weil die drei ??? nun ihrerseits das Gähnen ankam. »Scheint ja auch eure Meinung zu sein. Ja, also die Adresse steht auf dem Päckchen, und viel Zeit kostet es euch nicht. Wenn es nicht so wichtig wäre, hätte ich euch damit nicht überfallen.«
»Geht klar«, sagte Peter. »Wir hatten sowieso gerade nichts zu tun.«

»Nicht viel«, berichtigte Justus halblaut.
Das Abliefern der Kassette ging glatt vonstatten, aber bei der Rückfahrt nach Los Angeles über San Diego gerieten sie auf der Autobahn in einen Stau.
Bei der nächsten Ausfahrt bog Peter ab und fuhr auf dem Sepulveda Boulevard weiter. Auf dem Weg durch Santa Monica überlegte er es sich noch einmal anders und lenkte den Wagen auf den Pico Boulevard.
»Ich hab' den leisen Verdacht, daß Peter ein bestimmtes Ziel ansteuert«, bemerkte Bob.
»Da wir sowieso in der Gegend sind, wollte ich nochmal bei Madman Dan vorbeischauen«, gab Peter zu. »Ich hab' da gestern abend was gesehen, und das läßt mir keine Ruhe.«
Peter fuhr die Straße entlang, an dem Comic-Laden vorbei. »Da vorn, noch ein paar Häuser weiter«, erklärte er.
Hinter einem zerbeulten grünen Transporter hielt er an – es war derselbe Wagen, mit dem DeMento am Vortag seine Ware zur Comic-Börse gebracht hatte. »Als uns gestern nacht ums Haar einer überfahren hätte, schrieb jeder von uns dem Wagen eine andere Farbe zu«, sagte Peter. »Justus entschied sich für grün – und das gab mir zu denken.«
»In Los Angeles fahren haufenweise grüne Transporter rum«, meinte Justus.
»Wir können die Sache ja ganz leicht überprüfen.« Peter sprang aus seinem Wagen und lief vor den Transporter. Er nickte triumphierend. »Ein Scheinwerfer ist kaputt. Da hätten wir also unseren Einäugigen.«
Den letzten Teil ihrer Rückfahrt verbrachten sie mit einer langen Diskussion über etliche unklare Punkte. »Wenn der Wagen, der uns plattwalzen wollte, DeMento gehört, dann muß er ja auch der Einbrecher in unserem Hotelzimmer gewesen sein«, folgerte Bob. »Aber was bezweckte er damit? Wir arbeiten schließlich für ihn.«

»Vielleicht hat er das nur zur Tarnung so eingefädelt«, meinte Justus.
Bob sah ihn scharf an. »Du meinst wohl, er hat die Comics selber gestohlen – und darauf engagiert er drei schlichte Jungmänner als Detektive, um jeden Verdacht von sich zu lenken.« Er nickte. »Und sein Motiv ist durchaus einleuchtend – Eigenreklame.«
»Auf der Messe war der Diebstahl an Madman Dans Stand *der* Gesprächsstoff«, bestätigte Justus. »Wetten, daß da jeder mal vorüberging, um sich diesen Stand anzusehen?«
Peter nickte anerkennend. »Und auf einen solchen Ansturm war er bestens vorbereitet. Wir haben ja gesehen, wie er gestern reichlich Ware nachschob.« Dann zog er die Brauen zusammen. »Aber während des Überfalls hielt er sich am Stand auf. Das Blutrote Phantom hätte er also nicht sein können.«
»Er nicht, aber zum Beispiel sein Mitarbeiter«, warf Justus ein. »DeMento hatte ihn ja vom Stand weggeschickt. Und kurz darauf rückte das Blutrote Phantom auf Raubzug an.«
»Ja, so kommt es hin, ganz klar«, sagte Peter. »Nur noch eine Frage: Ist es eine Straftat, wenn einer seine eigene Ware stiehlt?«
Bob zuckte mit den Schultern. »Das ist doch jetzt unerheblich. Warum die Angelegenheit noch mehr aufbauschen?« Ein boshaftes Grinsen zuckte um seinen Mund. »Wenn wir ihm wirklich an den Karren fahren wollen, dann müssen wir ihm einfach die Comics vor die Nase halten, die auf so mysteriöse Weise wieder aufgetaucht sind.«
Justus lachte, wurde dann aber wieder ernst. »Wäre vielleicht eine ganz gute Idee. An seiner Reaktion merken wir dann schon, ob er der Dieb ist oder ob wir weiterfahnden müssen. Also holen wir uns die Comics und gehen damit nochmal auf die Messe!«
Sie fuhren zum Hotel und gingen aufs Zimmer. Als sie diesmal an Suite 314 vorüberkamen, trat Axel Griswold persönlich heraus. »Ach, euch drei hatte ich schon gesucht! Höre ich recht – Rainey Fields soll die gestohlenen Comics gefunden haben?«

»Einen Teil davon – die Hefte, die uns gehören.« Justus fand zu seinem Vergnügen bestätigt, daß Ma Fields' Werbefeldzug bereits auf vollen Touren lief!
Griswold schüttelte den Kopf, als könne er Justus' Gedanken lesen. »Für Raineys Mutter gibt's zur Zeit nur noch dieses eine Thema. Der Aufnahmetermin beim Fernsehen wird zum weltbewegenden Ereignis hochgespielt. Ach ja, nach euch hat sie sich auch erkundigt. Sie will sich diese Comics ausborgen, damit Rainey sie vor der Kamera präsentieren kann.«
Er feixte. »Gut, es kommen auch ein paar Presseleute, aber sie macht einen Wirbel, als ginge es um ein Remake von *Vom Winde verweht.«*
»Dann wird die Dame wohl zum großen Finale das ganze Hotel anzünden?« fragte Justus.
Griswold mußte lachen. »Kann sein, daß sie den Manager damit herumgekriegt hat.« Er beugte sich vor. »Wie sie es anstellte, weiß ich nicht, aber sie hat sich für den Auftritt ihrer Tochter extra einen Aufzug reservieren lassen, mit einem livrierten Hotelpagen bei Fuß. Rainey wird also unerhört stilvoll zu ihrem Publikum hinunterschweben.«
Plötzlich blickte er auf. »Da ist sie ja«, sagte er. »Man denke – als Stargirl kam sie hier an, und als Star wird sie wieder abheben.«
Justus sah Rainey auf dem Weg zum Aufzug vorübereilen. Das große, schlanke Mädchen verkörperte nun wieder die Comic-Heldin Stellara Stargirl. Als sie Justus erspähte, lächelte sie ihm nervös zu. Justus hatte den Eindruck, als hätte Rainey auch diesmal mit lästigem Lampenfieber zu kämpfen. Erstaunlicherweise war sie ohne Begleitung.
»Mom ist wahrscheinlich schon unten und gibt den Reportern was auf die Öhrchen«, meinte Griswold. »Na, dann vielen Dank, Jungs. Jetzt weiß ich wenigstens, daß sie das alles nicht zusammenfabuliert hat.«
Rasch ging er wieder in sein Zimmer; offensichtlich wollte er sich

von der ganzen Sache distanzieren. Wieso eigentlich? fragte sich Justus. Ist das etwa keine erstklassige Reklame für die Comic-Börse?
»Na, habt ihr was dagegen, wenn wir Rainey unsere Comics für ihren Fernsehauftritt leihen?« fragte er dann unvermittelt.
Peter hob die Schultern.
»Keineswegs. Warum auch?« meinte Bob.
Sie betraten ihr Zimmer, Justus schnappte sich den Stapel Comic-Hefte, und dann gingen sie wieder zum Aufzug.
Rainey stand mutterseelenallein vor ihrer Privatkabine. Sorgsam rückte sie ihr blaues Cape zurecht. Dabei starrte sie unverwandt auf die Türen, als könnte sie damit bewirken, daß diese sich magisch öffneten – für ihre Reise zum Ruhm. Oder hoffte sie insgeheim, die Türen sollten geschlossen bleiben?
Justus war noch etwa drei Meter entfernt, als das Klingelzeichen über dem Aufzug ertönte.
»Hey, Rainey!« Er schwenkte die Comics, die er soeben für sie geholt hatte.
Sie drehte sich um, sichtlich erfreut über den Anblick eines netten Bekannten.
Allerdings bekam sie deshalb nicht mit, daß mit dem Aufzug etwas nicht stimmte.
Statt die normalerweise hell erleuchtete Kabine freizugeben, öffneten sich die Türen vor einer stockfinsteren Kammer.
Und die Arme, die sich herausreckten und Rainey ins Dunkel zogen, waren keineswegs die Arme eines livrierten Hotelpagen.

Justus als kühner Retter

Justus stürzte sich auf den Aufzug, und auch Peter und Bob hechteten los. Doch vor ihrer Nase schlossen sich die Türen, und Raineys heller Schrei wurde hinter den dicken Stahlplatten jäh abgeschnitten.

Die Comics noch in der Hand, bleich im Gesicht, wirbelte Justus herum. »Los, runter!«

Schon raste er zu der Feuertreppe, die sie in der Nacht bei der Jagd auf den Eindringling benutzt hatten. Er riß die Tür auf und schoß wie gehetzt die Stufen hinunter.

Justus schien es, als hätte er noch nie ein solches Tempo draufgehabt. Sogar Peter konnte kaum mithalten, und Bob lag noch weiter hinten.

Während Justus um einen der vielen Treppenabsätze flitzte, begannen ihm die Beine zu schmerzen. Schaffen wir es vor Rainey? fragte er sich bang. Hotelaufzüge fahren irrsinnig schnell. Doch er gab nicht auf und hetzte weiter, immer zwei oder drei Stufen auf einmal.

Sie erreichten das Erdgeschoß, aber hier hielt Justus nicht an. Der Entführer würde natürlich nicht vor all den Fernsehkameras aus dem Aufzug treten. Ebenso riskant wäre es, den Aufzug auf einem der anderen Stockwerke zu verlassen; es konnte ja jemand davorstehen, der gerade fahren wollte.

Nein, der sicherste Ort stellte für den Kerl die öde Tiefgarage dar. Dort würde er auch mit einem widerspenstigen Opfer leicht fertigwerden.

Justus raste die letzte Treppenflucht hinab. Unten angekommen, hatte er noch soviel Schwung drauf, daß er fast mit der Tür ins Haus fiel.

Nun ging es um Sekunden. Wenn der Bursche Rainey in ein Auto stieß, ehe die Retter ankamen, dann ...

Justus hastete zum Aufzug hin. Gerade öffneten sich die Türen. Er konnte Geschubse und unterdrückte Schreie hören – zum Glück! Es bedeutete, daß Rainey da drin war und sich kräftig zur Wehr setzte.
»Laß doch den Unsinn, Kleines. Ich will dir ja nichts tun. Sag mir, wo du meine Comics versteckt hast, dann ist für dich alles ausgestanden.«
Die Stimme kam Justus bekannt vor. Und als er beim Aufzug angelangt war, bestätigte sich sein Verdacht. Wer da Rainey im Würgegriff festhielt, war kein anderer als Dan DeMento.
Zur Begrüßung klatschte Justus dem Mann die Comics ins Gesicht, die er noch immer in der Hand hielt. Es war ein durchschlagender Erfolg. DeMento taumelte zurück und drehte sich verdutzt um. Sein Griff um Raineys Hals lockerte sich.
Das kam Justus gerade recht. Energisch zerrte er DeMento von dem Mädchen weg und schleuderte ihn gegen eine Betonwand. Von der Wucht des Anpralls halb betäubt, stand der Comic-Händler einen Augenblick unsicher auf den Beinen.
Rainey stolperte benommen auf Justus zu. Gleich würde sie stürzen!
Justus wirbelte herum, um sie aufzufangen. Da sprang ihn DeMento an. Justus holte zu einem wuchtigen Hieb aus, der DeMento ein zweites Mal gegen die Wand warf.
Bob fing die taumelnde Rainey auf, und Peter sprang Justus bei, um DeMento endgültig zu überwältigen. Gleich darauf fand sich dieser von vier kräftigen Händen mit dem Rücken zur Wand festgehalten.
»Schon schwieriger gegen uns beide, was, statt gegen ein Mädchen?« brüllte Justus den Comic-Händler an. Dann bändigte er mühsam seine Wut, was gar nicht so einfach war, zumal er sich noch anhören mußte, wie Rainey mit bebender Stimme hauchte: »Oh, Bob, du hast mich gerettet!«
Bob hatte Rainey allenfalls vor einem aufgeschürften Knie geret-

tet. Doch er schwieg wohlweislich. Rainey war noch ganz mitgenommen von dem brutalen Überfall.
»So, alles in Ordnung«, rief Justus zu Rainey herüber. »Jetzt werden wir mit dem Dreckskerl abrechnen.«
Allmählich gewann Rainey ihre Fassung zurück. Da fiel ihr plötzlich etwas ein. »Oben warten sie auf mich!« rief sie. »Mom wird mir den Kopf – «
Rasch ging sie in die Knie und sammelte die Comics auf, die Justus als Waffe benutzt hatte. Sie warf Justus einen Blick zu und sah dann wieder zu Boden. »Vielen Dank, Jungs. Euch allen.« Sie holte tief Atem und erkundigte sich bei Bob: »Kann ich so gehen? Ich muß doch jetzt rauf.«
»Du siehst super aus«, versicherte ihr Bob. »Alles klar.«
»Ich werd' wohl besser nichts davon sagen, was passiert ist«, meinte Rainey noch. »Wir reden später nochmal darüber.«
Justus hörte, wie sie in den Aufzug trat. Es ging über seine Kraft, hinzuschauen. Alles wie gehabt. Er hatte sich bis zum letzten verausgabt – und nun hieß Raineys Held *Bob*.
Wohl oder übel mußte Justus seine Empörung zurückdrängen. Dann lenkte er sie in ergiebigere Bahnen. Dan DeMento würde jetzt Farbe bekennen müssen.
»Jetzt reicht's uns aber endgültig!« fuhr Bob DeMento an.
»Was – was soll das heißen?« DeMentos Haar stand so wirr in die Höhe wie noch nie zuvor. Er schüttelte den Kopf, noch immer ziemlich benommen.
»Das mit gestern nacht haben Sie wohl ganz vergessen?« fragte Justus. »Als Sie uns drei ums Haar über den Haufen gefahren hätten?«
»Mit Ihrem spritzigen grünen Transporter«, warf Peter ein. »Kennzeichen kaputter Scheinwerfer, ja?«
»Das war nicht meine Absicht – ich wollte nur ... «
»Mann, was *ist* dann Ihre Absicht?« bedrängte Justus DeMento wütend. »Einbruch, tätlicher Angriff auf uns, Entführung ... «

»Das war doch alles ganz anders!« wehrte sich DeMento beklommen. »Ich hörte, daß das Mädchen in dem goldenen Dress die gestohlenen Comics gefunden hatte. Und dann hörte ich's wieder anders – sie hatte nur *eure* Comics gefunden. Das machte mich mißtrauisch.«
Verärgert kniff er die Augen zusammen. »Ich hatte sie vor meinem Stand gesehen, kurz vor dem Diebstahl. Und nun sollte sie urplötzlich einen Teil der Comics *gefunden* haben. Da mußte ich mir doch sagen, daß sie die anderen auch hatte. Ich wollte sie mir allein vorknöpfen und rauskriegen, wo sie das Zeug versteckt hatte. Also schickte ich den Pagen mal eben weg und stellte mich selber in den Aufzug.«
Blitzartig durchzuckte Justus die aberwitzige Vorstellung, daß ihnen der wirkliche Dieb – die Diebin – soeben im Aufzug entwischt war. Doch nein. Raineys Überraschung und Betroffenheit beim Auftauchen der Comics waren echt gewesen. »Da haben Sie sich gewaltig vergriffen, DeMento. Ich war dabei, als sie ahnungslos die Comics entdeckte. Jemand hatte sie ihr in die Tasche geschmuggelt!«
»Aber irgendwas mußte ich doch unternehmen!« Madman Dan sah tatsächlich wie ein Irrer aus, als er in höchster Erregung auf Justus einredete. »Daß mich da einer so unverschämt beklaut, hat mich fast zum Wahnsinn getrieben. Und es sah nicht gerade danach aus, als könntet ihr Jungs da was ausrichten. Also machte ich mich selber an die Fahndung. Deshalb ging ich auch gestern nacht in das Zimmer oben im Hotel.«
»Unser Hotelzimmer wollten Sie durchwühlen?« Peter war fassungslos.
»Ich hatte doch keine Ahnung, daß das euer Zimmer ist. Ich wußte nur, daß es eine Verbindungstür zur Suite 314 hat, und dort wollte ich suchen – «
»Bei Axel Griswold?« fragte Bob ungläubig.
»Klar, in Axel Griswolds Warenlager.« Justus schlug sich mit der

Faust gegen die Stirn. »Da kam doch heute früh dieser Bursche mit einem Karton voller Videokassetten aus Griswolds Tür raus. Wäre mir nur gleich eingefallen, wo ich den schon mal gesehen hatte! Es war nämlich der Typ, der am Stand von Kamikaze Komics die Satelliten-Videos verhökerte!«

Justus sah Dan DeMento an, der sich einigermaßen gefaßt hatte. Offenbar war ihm klargeworden, daß er nicht gelyncht werden sollte.

»Was gibt es da für eine Verbindung zwischen Griswold und Kamikaze Komics?« wollte Justus wissen.

»Griswold ist der Besitzer«, kam die prompte Antwort. »Habt ihr das nicht gewußt? Auf diesem Weg hat er es ja bis zum Oberboß der Comic-Börse geschafft. Er mischt seit Jahren im Comic-Vertrieb mit.«

»Seit Jahren im Comic-Vertrieb«, wiederholte Justus. Wie paßte diese neue Information nun zu allem, das sie bereits ermittelt hatten? Immerhin stand eines fest: Dan DeMento konnte nicht der Dieb sein.

Der Raub am Messestand, ja sogar der Einbruch ins Zimmer der drei ??? konnten sich zur Not als makabre Werbegags erklären lassen. Doch auf die kaltblütig geplante Entführung eines jungen Mädchens als Reklametrick würde ein Mensch wie DeMento mit Sicherheit nicht verfallen. Zu dieser unbedachten Tat hatte er sich in seiner Empörung hinreißen lassen.

Justus seufzte. Nun mußte er diesen Verdächtigen von seiner Liste streichen. Und wieder von vorn anfangen.

Eine Frage wollte er DeMento jedoch noch stellen.

»Als wir Ihnen vor Ihrem Laden begegneten, sah ich auf dem neuen Exemplar von *Fan Fun* den Preis von zweihundertfünfzig Dollar. Aber als Leo Rottweiler vorher an Ihrem Stand die Ausgabe kaufen wollte, die dann gestohlen wurde, verlangten Sie sechshundert Dollar, und da schien er nicht mal abgeneigt. Wieso war denn gerade dieses Stück so wertvoll?«

Ein verschmitztes Lächeln huschte über Dan DeMentos Gesicht. »Es war vom Künstler signiert«, erklärte er. »Ein erstklassiges Sammlerexemplar, mit Autogramm von Steve Tresh.«

Handzeichen

»Mit Treshs Autogramm?« fragte Justus. »Ich bin kein Sammler, aber soviel weiß ich inzwischen, daß Steve Tresh das *Blutrote Phantom* grundsätzlich nicht signiert. Frank Carne hat uns über all das aufgeklärt. Ich konnte sogar selbst beobachten, wie Tresh sich weigerte, seinen Phantom-Fans ein Autogramm zu geben.«
»Da hast du völlig recht«, sagte DeMento. Sein Grinsen unter dem struppigen Schnäuzer wurde noch unverschämter. »Aber hier geht es um *Fan Fun* – und um das *Graue Phantom*. Das ist ja lange vor dem *Blutroten Phantom* erschienen. Tresh hat dieses Heft damals, vor dem ganzen Wirbel, sicher noch signiert. Und es war mein Eigentum.« Jäh erlosch das Grinsen. »Ja, *mein* Eigentum. Bis es mir dieser Dieb klaute.«
Justus zog nachdenklich die Brauen zusammen. »Und Sie hatten keine Gelegenheit, Tresh das Heft zu zeigen, oder?«
Madman Dan schüttelte den Kopf. »Ich bin ihm ja erst nach dem Diebstahl begegnet. Und ehe ich überhaupt von dem Comic anfangen konnte, mußte ich mich erst mal mit Frank Carne auseinandersetzen.«
Er sah die drei ??? an und räusperte sich verlegen. »Tja, Jungs, und was habt ihr nun mit mir vor?«
»Sie meinen, wegen gestern nacht?« fragte Justus. »Diese Scherze mit Mordversuch in der Tiefgarage, Einbruch und Körperverletzung?«
»Jaa ... « DeMento brach der Schweiß aus. »Genau das.«

Justus zuckte mit den Schultern. »Der Polizei gegenüber könnten wir nur eines beweisen – ein Verkehrsdelikt. Wirklich, Sie sollten Ihren Scheinwerfer reparieren lassen.«
Da wurde es DeMento etwas leichter.
Bob meldete sich zu Wort. »Aber wegen des heutigen Vorfalls muß Rainey Fields schon selbst entscheiden. Sie sagte, sie wollte mit uns noch darüber reden. Vielleicht sollten Sie sich überlegen, was Sie aus Ihrer Sicht dazu zu sagen haben.«
Sehr richtig, dachte Justus. Rainey würde sich nochmals an die drei ??? wenden.
»Ich sollte jetzt wirklich rauf zu meinem Stand«, sagte DeMento. Er verzog den Mund zu einem schiefen Lächeln. »Ihr wißt ja dann, wo ich zu finden bin. Vielleicht könnt ihr mit dem Mädchen zusammen herkommen. Eine Erklärung meinerseits ist auf jeden Fall fällig – und eine Entschuldigung.«
»Das hört sich schon besser an«, bemerkte Peter. Er forderte den Aufzug an. »So, und was machen wir jetzt?«
»Wir versuchen Steve Tresh zu finden«, erklärte Justus entschieden. »Ich möchte mich mit ihm über Autogramme unterhalten.«
Sie fuhren zusammen zum Erdgeschoß hinauf und gingen zum Messesaal. Vor dem Tisch beim Eingang hatten sich noch einige Neuankömmlinge aufgereiht, denen das Mädchen mit dem schekkigen Haar Stempel auf die Hände drückte.
DeMento lief schleunigst durch zu seinem Stand. Doch als Justus, Bob und Peter den Raum betreten wollten, wurden sie von dem stämmigen Saalordner aufgehalten. »Tut mir leid, Jungs, aber eure Stempel sehen so verwaschen aus.«
Er nahm die Handrücken der Jungen genau in Augenschein und grinste, so daß man seinen abgesplitterten Zahn sah. »Hatte ich mir's doch gedacht. Der Stempel von gestern. Nicht mit mir, Jungs.«
Justus griff nach seiner Brieftasche. »Ich wußte doch die ganze Zeit, daß wir irgendwas beachten müssen.«

Kurz darauf waren die drei ??? mit frischen Stempeln – INTERCOMICON 2. TAG – versehen und drängten sich durchs Gewühl der Ausstellung.
»Erste Station: Steve Tresh«, sagte Peter mit einem Blick in die Runde. »Wo treffen wir den am besten?«
»Gehen wir mal gleich zu den Illustratoren«, schlug Justus vor. »Wenn wir ihn nicht antreffen, kann uns vielleicht wenigstens jemand sagen, wo er zu finden ist.«
Tresh war nicht am Platz, und keine erwartungsvollen Verehrer standen vor seinem Tisch. Und obendrein wußte keiner der anderen Künstler, wo sich Tresh zur Zeit aufhielt. »Er ging vor einer Weile weg«, sagte ein älterer Mann, der gerade sorgsam die Bleistiftskizze eines Comic-Monsters in Tusche ausführte. »Gesagt hat er nichts. Setzte sich einfach ab.«
»Wie geht's jetzt weiter?« wollte Bob von Justus wissen.
»Im Zweifelsfall wende man sich an die Hotelrezeption«, gab Justus zurück.
»Nein, leider ist Mr. Tresh zur Zeit verhindert«, teilte die Empfangsdame Justus mit. »Er hat eine wichtige Besprechung.«
»Hat er gesagt, wann er wieder zu erreichen ist?« fragte Justus.
»Im Laufe des Nachmittags«, lautete die Antwort.
»Könnten Sie ihm eine Nachricht übermitteln?« Justus ließ sich von der Dame Papier und Kugelschreiber geben, kritzelte einige Worte auf das Blatt und gab es zurück. »Ich schlug ein Treffen an DeMentos Stand vor«, erklärte er den anderen.
»Dann wissen wir ja, wo wir unseren Nachmittag verbringen werden«, bemerkte Peter dazu.
Madman Dan musterte die herannahenden drei ??? mit beunruhigtem Blick. »Habt ihr schon mit dem Mädchen gesprochen?« fragte er.
Als Justus ihm erläuterte, was sie vorhatten, atmete er erleichtert auf. »Alles klar. Stehe zu eurer Verfügung. Vermutlich liegt euch ja sowieso daran, daß Tresh mit mir ins Gespräch kommt.«

Da kam ein kleinerer Junge schwerbepackt angetrottet. Man sah ihn kaum hinter seiner riesigen Pappschachtel, etwa dreimal so groß wie der Karton, der im Zimmer der drei ??? stand. »Entschuldigt mich mal, Jungs«, sagte DeMento. »Jetzt geht's ums Geschäft.«

Der Junge ließ seine Schachtel auf den Boden fallen und äugte skeptisch zu Madman Dan hinauf. »Na, ob wir wohl ins Geschäft kommen?« piepste er. Erschöpft lehnte er sich an den Tisch. »Ich suche den *Schleimer,* Erstausgabe. Heft eins und zwei vom *Verfaulten Veteran* hätte ich abzugeben.«

DeMento nickte. »Ganz vernünftiger Tauschhandel.«

Er drehte sich zum Regal hinten am Stand um umd griff nach dem *Schleimer.*

Mittlerweile hievte der Kleine seine Schachtel wieder hoch und ließ sie mit voller Wucht auf der Tischkante landen.

DeMento wollte ihm gerade das Comic-Heft geben. »Hey – paß doch auf!« Doch schon knickte das Tischgestell ein.

»Au weia, das wollte ich nicht. Ich helf' Ihnen aufräumen.« Der Junge kniete nieder und las die heruntergefallenen Comics zusammen. DeMento und sein Mitarbeiter stellten flink den Klapptisch wieder auf.

Der Junge hatte die Comics zu einem großen Berg gestapelt und wollte mit seiner Last weiterziehen.

Madman Dan vertrat ihm den Weg. »Augenblick mal.« Er hob die Deckelklappen der Schachtel an und zog blitzschnell ein Heft heraus. »Da ist ja mein *Schleimer.* Wie ist denn der plötzlich in deiner Schachtel verschwunden?« Drohend schwenkte er das Heft vor dem Gesicht des Jungen. »Tauschhandel – von wegen! Hau bloß ab und laß dich hier nicht mehr blicken.«

Der Junge verdrückte sich, erstaunlich rasch angesichts der Riesenschachtel, die er zu schleppen hatte.

Madman Dan sah ihm kopfschüttelnd nach. »Wahrscheinlich hat er noch andere von meinen Comics mitlaufen lassen. Ich weiß

schon, warum ich mein Bargeld ganz hinten am Stand aufbewahre – und auf die Theke nur Billigware lege.«
Er lachte. »Und für Frank Carne bin *ich* ein Gauner.«
Bei der Erwähnung von Carnes Namen durchzuckte Justus ein Gedanke. Nach diesem kleinen Zwischenfall schied Frank the Crank als Tatverdächtiger aus. Zwar hätte auch er sich unter dem wallenden Gewand des Blutroten Phantoms verbergen können, doch ein Schwergewicht wie er konnte unmöglich über den Tisch flanken, ohne daß das leichte Klappgestell – wie soeben – einknickte. Doch hätte es sich bei dem Phantom um Mrs. Fields handeln können?
»Hi, Jungs.«
Justus drehte sich um. Rainey Fields streckte ihm einen Stapel Comics hin. »Ich sah euch hier stehen. Da kann ich euch ja gleich eure Hefte zurückgeben«, sagte sie.
»Oh – danke.« Justus klemmte sich die Comics unter den Arm. Es war ihm peinlich, daß er genau in diesem Augenblick Raineys Mutter verdächtigt hatte. »Wie ist es beim Fernsehen gelaufen?«
»Bestens. Mom meinte, ich werd' allmählich ein Profi im Showgeschäft – das Publikum vor dem Auftritt erst mal warten lassen. Zum Glück hat sie keine Ahnung davon, was wirklich los war ... «
Sie zog den Kopf ein und warf Dan DeMento einen raschen Blick zu. »Na, dann steigen wir mal in die Diskussion.«
Sichtlich nervös beschäftigte sich DeMento mit dem Stapeln und Umschichten von Comics. »Ich wollte Ihnen sagen, daß es mir leid tut«, fing er an. »Ich hab' da einen großen Fehler gemacht.«
Als Madman Dan mit seinen Erklärungen zu Ende war, hatte Rainey sich von seinen Beweggründen überzeugen lassen und nahm die Entschuldigung an. Dann wandte sie sich an Justus. »Ich muß mich auch entschuldigen – bei dir.«
Justus sah sie verdutzt an.
»Du warst es doch, der dazwischenging und mich befreite«, fuhr sie fort. »Und ich hab' mich dafür noch gar nicht bei dir bedankt.«

Ihre Augen blitzten. »Das hab' ich noch nicht erlebt, daß einer so draufschlägt.«
»Oh ... hm ... na ja ... « Justus bekam einen ganz heißen Kopf, als Rainey ihm die Hand gab.
»Vielen Dank.«
»Ja, hm ... wie wär's ... tja ... « Es war Justus unbegreiflich. Urplötzlich schien ihm die Zunge am Gaumen zu kleben. Er merkte, wie Bob und Peter feixten.
Schließlich faßte er Rainey beim Arm und zog sie ein Stück beiseite. »Wie wär's, wenn wir beide zum Mittagessen gingen?« Erstaunlich – nun brachte er die Worte halbwegs normal zustande.
»Okay.« Mit Verschwörerblick trat Rainey ganz dicht an ihn heran. »Treffen wir uns im Vorgarten vor dem Seiteneingang – in zwanzig Minuten.«
Schon war sie gegangen.
Justus konnte sein Glück noch gar nicht fassen. Er ging wieder zu seinen Freunden. »Ich gehe dann mit Rainey essen. Ihr habt doch nichts dagegen, oder?«
»Aber keineswegs.« Bob schüttelte den Kopf. »Und wenn ich was dagegen hätte, würdest du mir das bestimmt sehr überzeugend ausreden.«
»Eben«, sagte Peter. »Also, diese einmalige Anmache muß ich mir merken. *Ja, hm ... Wie wär's ... tja ... «*
»Schöne Freunde, das«, knurrte Justus noch, als er aufs Zimmer ging, um die Comics loszuwerden und ein frisches Shirt anzuziehen. »Danke für die Blumen.«
Nur wenig später kam Rainey im Vorgarten in Shorts und T-Shirt, mit ihrem kurzgeschnittenen braunen Haar, auf Justus zu. Ganz normal und alltäglich sah sie aus – und er fand sie einfach hinreißend.
»Ist das nun dein wahres Ich?« fragte er.
Rainey grinste. »Erraten.« Sie hängte sich bei ihm ein, und beide

gingen vor zum Bürgersteig. Rainey überragte Justus ein Stückchen, doch das machte ihm überhaupt nichts aus.
»Ich bin heilfroh, daß ich mal wieder aus diesem verrückten Kostüm rauskomme«, meinte Rainey. »Gleich hier drüben ist ein Lokal, wirklich super – Hamburger und Salate und alles. Und kein Mensch fragt dort nach Stellara Stargirl.«
Das Restaurant war hell und luftig, mit großen Glasscheiben, großen Grünpflanzen – und großen Portionen Sojasprossen, wie Justus sehr bald herausfand. Rainey bestellte sich ebenfalls Sprossensalat. Der schmeckte ihr sogar weit besser als ihm.
Freilich hatte sie sich nicht schon seit zwei Wochen von Sojasprossen ernähren müssen. Als Justus das Diätbuch gelesen hatte, war ihm dieses Verfahren zur Gewichtsreduzierung so einfach erschienen. Inzwischen hatte er die Sprossen gründlich satt – und bei dem begleitenden Jogging-Programm lag er mit vierzig Kilometern im Rückstand.
Rainey hatte die Karte der drei ??? bei sich und las den Aufdruck.
»Macht ihr wirklich Ermittlungen bei Straftaten?« fragte sie.
Justus hob die Schultern. »Klar, seit Jahren schon.«
»Und du bist der Erste Detektiv. Dann sind die beiden anderen Jungs deine Partner.« Sie blickte zu ihm hinüber.
»Ja, so steht es auf der Karte.« Ein großes Büschel Sprossen fiel von Justus' Gabel auf den Tisch. Rasch schob er das Zeug unter seinen Teller. Echt stark, dachte er. Das Mundwerk läuft wieder, und dafür bekomme ich jetzt das Händezittern.
»Das muß super sein, so im Team zu arbeiten. Dein großer Freund – Peter, ja? – also der hat Kraft, das sieht man.«
Justus nickte. »Ja klar, er ist enorm sportlich.«
Rainey beugte sich vor. »Und dein anderer Freund, Bob – wie ist der?«
Noch eine Ladung Sojasprossen rutschte von der Gabel ab. Justus holte gereizt Luft. So hatte es ja kommen müssen.
Während sie weiteraßen, berichtete Justus von diversen Kriminel-

len, denen die drei ??? das Handwerk gelegt hatten – und von Bob. Von mysteriösen Spuren, die sie verfolgt hatten – und von Bob. Von verzwickten Fällen, die sie souverän aufgeklärt hatten – und immer wieder von Bob. Ein einziges Mal konnte Justus die Unterhaltung für wenige Minuten vom Thema Bob ablenken, dann nämlich, als er Rainey dazu brachte, über sich selbst zu berichten.
»Verrat mir doch mal, wozu du eigentlich in diesem irren Outfit rumläufst«, forderte er sie auf.
»Das ging etwas eigenartig zu«, meinte Rainey. »Von Comics war ich schon immer begeistert. Nur Mom hatte das nie sonderlich gefallen – bis sie Stellara Stargirl sah und auf die Idee kam, damit könnte ich eine Karriere als Fotomodell starten.«
»Ja, willst du das denn werden?«
»Nee.« Rainey lachte. »Ich will Cartoonist werden. Comics zeichnen.«
Justus mußte mitlachen. »Etwa den *Schleimer?«*
»Den vielleicht nicht gerade. Aber an *Stellara Stargirl* mitzuarbeiten, das würde mir Spaß machen.«
Danach wollte Justus einfach nichts mehr einfallen, und er verstummte. Als es ans Bezahlen ging, war er fast erleichtert.
Nun standen sie wieder in der Grünanlage beim Seiteneingang des Hotels. »Dankeschön. War nett mit dir«, sagte Rainey zu Justus.
»Ja ... hm, doch.« Wieder schien Justus Probleme mit seinen Sprechwerkzeugen zu haben. Er trat einen Schritt vor.
»Wir werden uns sicher nochmal über den Weg laufen. Bleibt ihr auch bis morgen hier?« Bei den letzten Worten streckte Rainey die rechte Hand aus.
Stumm sah Justus die Hand an. Sollte das alles gewesen sein? Nach einem verunglückten Mittagessen nun ein förmlicher Handschlag zum Abschied ...
»Ich weiß nicht, wie lange wir noch bleiben. Jedenfalls bis wir diesen Fall aufgeklärt haben.« Justus beschloß, die Sache besser

rasch hinter sich zu bringen. Er ergriff Raineys Hand. »Dann mach's gut ... Hey!«
»Was ist?« Sie wollte den Arm zurückziehen, doch Justus ließ nicht los. Immer wieder drehte er Raineys rechte Hand nach oben und starrte wie gebannt den schwarzen Stempelaufdruck auf ihrem Handrücken an.
»Justus – « setzte Rainey verwirrt an. »Was machst du denn da?«
»Eine Entdeckung – und dabei hätte ich schon längst klarsehen müssen.«
»Geht es um etwas, das dir bei dem Diebstahl auffiel?«
Noch einmal sah sich Justus Raineys Handrücken an. *»Nicht* auffiel, müßte es richtig heißen. Als das Blutrote Phantom die Rauchbomben warf, konnte ich kurz seine ausgestreckten Hände sehen. Von hinten.«
»Und?« fragte Rainey.
»Und keine der beiden Hände«, erwiderte Justus, »trug einen Stempel.«

Ein Geschäft ist geplatzt

Ohne Raineys Hand loszulassen, strebte Justus zur Tür. »Das müssen Bob und Peter erfahren!«
»Nun mal langsam!« Energisch riß sich Rainey los. »Ich kann mich doch nicht so im Saal blicken lassen. Jemand könnte mich erkennen. Und dann wird mir Mom – «
» – den Kopf abreißen«, beendete Justus den Satz.
»Was soll das überhaupt, die Sache mit den Händen?« wollte Rainey noch wissen.
»Es beweist, daß der Dieb zum Messepersonal gehört«, erklärte Justus. »Du, ich, die Händler, sämtliche Besucher – alle, die hier

reinwollten, mußten sich erst ihren Stempel verpassen lassen, als einwandfreien Ausweis für die Kontrolle am Eingang. Aber die Person, die diese Rauchbomben warf, hatte keinen Stempel auf den Händen. Wie kam dieser Mensch in den Saal? Völlig unmöglich – es sei denn, er ist hier angestellt.«
»Jetzt geht mir auf, was du meinst.« Rainey zögerte und blickte durch die Hotelhalle zum Aufzug hinüber. »Ich möchte gern bei diesem Fall mithelfen, wenn ich kann. Immerhin hat man mich da mit reingezogen. Ich muß mich oben nur schnell wieder umziehen. Wir treffen uns dann bei Madman Dan.«
Justus lief zum Saaleingang zurück und hielt dem stiernackigen Kontrolleur mit elegantem Schwung seine Hand vor die Augen. Zwischen den Besuchermassen drängte er sich zu Madman Dans Stand vor. Bob und Peter hatten sich bereits eingefunden.
»Na, hat dich Stellara Stargirl zum Essen auf eine ferne Galaxis entführt?« fragte Peter.
»Möchtest du dich bei uns aussprechen?« Bob verlieh seiner Stimme einen ernsten Klang, doch er schnitt eine komische Grimasse dazu. »Hast du etwa eine neue Lebenserfahrung gemacht?«
»Während ihr beiden lahme Witze ersonnen habt, entdeckte ich ein wichtiges Indiz«, konterte Justus. »War Steve Tresh noch nicht da?«
»Wer spricht da von mir?« fragte Steve Tresh, der soeben auf den Stand zukam. »Trifft sich ja gut«, sagte der fahlblonde Künstler lächelnd. »Bin soeben eingetroffen. Jetzt gibt es Grund zum Feiern.« Er klopfte auf seine Brusttasche. »Da drin steckt ein frisch unterzeichneter Vertrag mit einer unabhängigen Vertriebsfirma. Mein neuer Comic kann in den Vereinigten Staaten überall ausgeliefert werden, sobald die erste Auflage aus der Druckerei kommt.«
»Und wer wird das übernehmen?« fragte Dan DeMento.
»Ned Root. Er war auch zur Messe hierhergekommen, und unsere Vertragsverhandlungen führten wir oben in seiner Suite. Still und

heimlich. Für die Besprechungen mußte ich mich jedesmal davonschleichen.«

»Waren Sie auch bei ihm, als Dans Stand überfallen wurde?« fragte Justus.

Tresh nickte. »Gerade als ich nach dem ersten Besuch bei Ned wieder in den Saal herunterkam, war hier alles voller Rauch. Das Weitere ist ja allgemein bekannt.«

»Wußte jemand Bescheid über diese Verhandlungen?«

»Niemand. Schließlich wollte ich mein Projekt *Major Marocco* nicht vorschnell ausposaunen – sonst hätte ich mir ja selbst am meisten damit geschadet.«

»Major Marocco?« warf DeMento ein, mit buchstäblich vibrierenden Barthaaren. »Was ist das für ein Typ, Ihr neuer Held? Ein Offizier? Ein Legionär? Ein Boxer? Ein Rockstar?«

Tresh bedachte ihn mit einem schlauen Lächeln. »Sie müssen sich eben die erste Nummer kaufen, dann erfahren Sie's.« Er sah Justus an. »Warum interessiert es dich, ob jemand über meine Verhandlungen Bescheid wußte?«

Justus senkte die Stimme. »Ich mußte daran denken, was man hier mit Ihnen alles anstellte – man hat Ihre Zeichnungen zerstört und Sie gestern nacht brutal überfallen. Wer Ihnen das antat, wußte offenbar nicht, daß Sie trotz alledem einen ganz wichtigen Grund zum Hierbleiben hatten.«

Bob beugte sich zu Justus herüber. »Du, das wird ja langsam unheimlich. Du stellst es so hin, als hätte es jemand darauf angelegt, Steve hier rauszuekeln.«

»Genau das meine ich ja.« Justus sah Tresh an. »Angenommen, Sie hätten wegen der Vertragsverhandlungen nicht hierbleiben müssen – wären Sie dann noch da?«

»Auf keinen Fall – auch meine Rede hätte ich sausen lassen«, gab der Künstler zu. »Mir schwante schon, daß Rottweiler irgendwie Wind von der Angelegenheit bekommen hatte und die Verhandlungen sabotieren wollte. Aber du sagtest vorhin – «

»Genau, daß die betreffende Person eben nichts von Ihren geschäftlichen Plänen wußte«, bestätigte Justus. »Denn sonst wäre sicherlich auch Mr. Root behelligt worden. Die Angriffe waren aber ausschließlich gegen Sie gerichtet, Steve, und nach meiner Meinung gibt es da einen Zusammenhang mit dem gestohlenen Exemplar von *Fan Fun*. Es kann gar nicht anders sein.«

Er wandte sich zu DeMento. »Na los, fragen Sie Steve wegen des Autogramms.«

»Autogramm?« Sofort reagierte Tresh abwehrend. »Das hätte noch gefehlt, daß ich jetzt was signieren soll ... «

»Nein, es geht um eine andere Sache. Und das Objekt ist bereits von Ihnen signiert«, stellte DeMento rasch richtig.

»Wenigstens hat es den Anschein«, setzte Justus hinzu.

»Was soll das alles?« Tresh blieb mißtrauisch.

»Ich sah, wie Sie sich weigerten, ein Blatt mit Zeichnungen aus der Zeit Ihrer Mitarbeit bei Heroic Comics zu signieren«, sagte Justus. »Ich sah sogar, wie Sie den Bogen verbrannten.«

»Ach, das habt ihr also mitbekommen.« Nun geriet Tresh in Verlegenheit. »Da habe ich mich leider zu einer unbedachten Reaktion hinreißen lassen. Aber ich hatte allen Grund dazu. Bei Heroic Comics, vertreten durch Leo Rottweiler, hat man mich unverschämt über den Tisch gezogen.«

»Das wissen wir«, sagte Justus. »Frank the Crank hat uns alles berichtet.«

Der Künstler stopfte wütend die Hände in die Hosentaschen. »Folglich werde ich keinen Finger rühren, um das Geschäft dieser Gangsterbande durch Autogramme auf meinen früheren Werken noch zu beleben.«

»Aber vordem kamen Sie doch gut mit Heroic Comics zurecht«, warf DeMento ein. »Wie war das denn in der Zeit vor dem großen Knall? Damals haben Sie doch bestimmt Ihre Produkte signiert.«

Tresh lachte. »Damals wurde ich von Heroic Comics pausenlos

mit Zeichen- und Textaufträgen eingedeckt. Ich war viel zu beschäftigt, um auch noch meine Unterschrift hinzumalen. Oder auch zu müde.«
»Und in der Zeit davor?« erkundigte sich DeMento. »Als Sie für *Fan Fun* arbeiteten?«
»Wie? Ach, Sie meinen das Graue Phantom.« Tresh schüttelte den Kopf. »Damals war ich noch völlig unberühmt, und kein Mensch fragte nach meinem Autogramm. Wer interessiert sich schon für einen unbekannten Künstler?«
»Tja, vielleicht wissen Sie es selbst nicht mehr, aber ein Heft haben Sie ganz bestimmt signiert«, hielt DeMento Tresh vor. »Für Ihre Mutter oder Ihre Freundin, für einen Kumpel ... vielleicht auch für einen Arbeitskollegen.«
»Ich denke doch, ich sollte mich daran erinnern, wenn ich eine Nummer des *Grauen Phantoms* signiert hätte.« Tresh hob die Brauen. »Worauf wollen Sie eigentlich hinaus?«
»Ich hatte eine Ausgabe von *Fan Fun* mit Ihrem Autogramm am Lager.« Madman Dan war sich seiner Sache ganz sicher.
»Das ist unmöglich. Ein solches Heft habe ich niemals signiert.« Tresh seinerseits hatte nicht den leisesten Zweifel.
»Mann, ich hab' doch mit eigenen Augen Ihren Namen gelesen. Quer über die Seite, auf der Ihre Geschichte beginnt.«
Tresh kniff die Augen zusammen. »Das müßte ich mir erst mal selber ansehen.«
»Und genau das ist nicht mehr möglich«, äußerte Justus. »Dafür sorgte ja der Dieb.«
Der Künstler wandte sich an DeMento. »Wissen Sie noch, wie der Namenszug aussah?« fragte er. »Meine Unterschrift hat sich seit damals stark verändert. Falls da jemand ein Autogramm neueren Datums für eine Fälschung benutzte, ließe sich das sofort aufdekken. Denn eines steht fest: Ein solches Heft habe ich nie und nimmer signiert.«
»Vielleicht haben Sie die Erinnerung daran einfach verdrängt«,

meinte DeMento. »Dem Mann, der mir das Exemplar verkaufte, sollte Ihre Unterschrift nämlich bestens vertraut sein.«
»Und wer ist das?« fragte Peter.
»Leo Rottweiler.«
Ungläubig starrten die drei ??? DeMento an.
»Dieser falsche Hund!« fuhr Tresh auf. »Dem habe ich seit Jahren nicht mal mehr die Hand gegeben – geschweige denn ein Autogramm!«
»Ich dachte eben, es stammt aus der Zeit, als es zwischen Ihnen noch friedlich zuging – während Ihrer Zusammenarbeit«, sagte DeMento.
»Unsere Zusammenarbeit war nie ungetrübt.« Tresh lächelte bitter. »Er war der routinierte Profi, der große Boß, und ich war der blutige Anfänger. Einmal hat *er* mir ein Autogramm gegeben. Als ich bei Heroic wegging, habe ich das vor lauter Wut verbrannt.«
»Ja, und woher hatte nun Rottweiler das besagte Heft?« wunderte sich Bob.
»Weiß ich doch nicht«, entgegnete Tresh. »Von mir jedenfalls nicht.«
Da flatterte ein blaues Cape, und darunter glitzerte es golden – Rainey kam angefegt. »Habe ich was versäumt?«
»Nein«, sagte Justus. »Du kommst genau richtig zum großen Feuerwerk. Wir werden uns jetzt mal mit Leo Rottweiler unterhalten.«
»Lieber würde ich ihm eins auf die Nase geben«, knurrte Tresh.
»Davon würde ich Sie bestimmt nicht abhalten«, meinte DeMento. »Er dreht bei Heroic Comics wieder ein neues Ding. Die legen zur Zeit ihre Schlager von damals neu auf, und das nennt sich jetzt *Heroic Classics.*«
»Soll das heißen, daß Rottweiler das Zeug nachdruckt, das wir früher gelesen haben?« fragte Peter.
DeMento nickte. »Insbesondere Ihre Serien, Steve. Das *Blutrote Phantom* in der Classics-Reihe wird schöne Umsätze bringen.

Natürlich«, fuhr er resigniert fort, »sinkt damit der Wert der alten Erstausgaben. Und ich hab' davon jede Menge am Lager und muß das Zeug jetzt radikal runtersetzen.«
»Haben Sie deshalb Rottweiler abfahren lassen, als er Ihnen das Heft von *Fan Fun* wieder abkaufen wollte?« erkundigte sich Justus.
»Genau.« DeMento grinste. »Schon die letzten Tage lag er mir damit in den Ohren, aber den Gefallen wollte ich ihm nicht tun.«
»Na, Herrschaften, dann wollen wir mal hören, was Mr. Rottweiler dazu zu sagen hat«, beendete Justus die Diskussion.
Sie gingen zum Stand von Heroic Comics, auf dem bereits die Vorbereitungen zur nächsten Pressekonferenz liefen. Leo Rottweiler lächelte Rainey zu. Doch das Lächeln schwand, als er sah, wer noch mitgekommen war.
»Tresh!« Er verzog säuerlich den Mund. »Haben Sie noch weitere lächerliche Anschuldigungen in petto?«
»Nein, wir wollten Ihnen nur ein paar Fragen stellen«, erklärte Justus mit ausgesuchter Höflichkeit. »Wir interessieren uns nämlich für dieses Liebhaberstück, das Sie zurückkaufen wollten.«
»Zurückkaufen ... ? Ich weiß nicht, wovon du da redest«, stieß der kahlköpfige Verleger stockend hervor. Als er jedoch Dan DeMento bemerkte, wurde sein Blick fahrig und nervös.
»Doch, das wissen Sie sehr gut. Die Erstausgabe von *Fan Fun,* die Sie Mr. DeMento wieder abluchsen wollten«, fuhr Justus ungerührt fort. »Von ihm haben wir erfahren, daß Sie ihm das Heft zuvor verkauft hatten.«
»Na und? Was spielt das für eine Rolle?« Zwei abgezirkelte rote Flecken erschienen auf Rottweilers Wangen. »Von diesen unausgegorenen Vorwürfen habe ich nun endgültig genug!«
»Daß Sie das Heft nicht gestohlen haben, steht fest«, konterte Justus. »Als die Rauchbomben explodierten, waren Sie ja mit Frank Carne vor dem Goldenen Salon. Wir möchten nur wissen, warum Sie ausgerechnet diesen Comic unbedingt wieder erwerben wollten.«

»Ich ... ich bekam ein viel höheres Angebot für das Exemplar und hätte damit einen schönen Profit machen können. Dagegen ist doch nichts einzuwenden, oder?«
Justus nickte. »Aber aus dem Geschäft wurde dann doch nichts, stimmt's?«
»Ja!« Erregt deutete Rottweiler auf DeMento. »Weil *der da* den Preis so unverschämt in die Höhe trieb, daß mein ... mein Interessent schließlich absprang.«
»Und wer war dieser Interessent?« fragte Peter.
Rottweiler fuhr sich mit der Zunge über die Lippen.
»Das Geschäft ist nun mal geplatzt, Mr. Rottweiler«, meldete sich Bob zu Wort. »Sagen Sie uns doch jetzt, wer hinter dem Comic her war.«
Rottweiler sah sich in die Enge getrieben. »Kamikaze Komics.«
»Und wer hatte Ihnen das Heft ursprünglich verkauft?« fragte Tresh. »Ich war's bestimmt nicht.«
Da gab Rottweiler endgültig auf. »Kamikaze Komics«, murmelte er dumpf.
»Ich glaube, nun müssen wir Mr. Rottweiler nicht weiter belästigen«, äußerte Justus.
Die Besucher verließen Rottweilers Stand.
»Hochinteressant«, meinte Justus. »Eine Aktion hinter den Kulissen. Ein Händler verkauft einen Comic und will ihn dann plötzlich um jeden Preis wieder an sich bringen. Allmählich kommt Licht in die dunkle Geschichte. Nun noch ein paar Aufschlüsse, dann haben wir wohl unseren Dieb.« Munter lief er auf dem Gang zwischen den Ständen los. »Und ich weiß auch schon, wohin wir uns wenden müssen.«

Schwarze Kunst im Keller

Justus bog so abrupt nach links ab, daß er sein Gefolge fast in der Menge verloren hätte.

»Nicht so schnell! Wo soll's denn hingehen?« fragte Rainey, als sie ihn eingeholt hatte.

»Zum Ursprung aller Probleme auf dieser Comic-Börse.« Justus blieb auf dem Besuchergang stehen. Genau gegenüber befand sich der Stand von Kamikaze Komics.

Doch näher kamen die drei ??? und ihre Begleiter beim besten Willen nicht heran. Um diesen Stand scharten sich die Leute so dicht wie noch nirgends zuvor auf dieser Veranstaltung – eine undurchdringliche Menschenmauer.

»Man sollte annehmen, da gibt es irgendwas umsonst«, meinte Bob.

»Könnte man fast sagen«, teilte ihm ein glückstrahlender Kunde mit erhitztem Gesicht mit. »Diese Videokassetten kosteten gestern noch dreißig Dollar. Jetzt hab' ich ganze zehn dafür bezahlt!«

»Das ist doch immer noch viel mehr, als die Kassette tatsächlich wert ist«, flüsterte Justus. Doch die Sache interessierte ihn. Wozu dieser Ausverkauf?

Er schob sich zwischen den Leuten nach vorn durch, um mehr zu erfahren. Nach etlichen Minuten Gerangel und Geschiebe war er zum Verkaufstisch vorgedrungen. Das Kamikaze-Team war am Rotieren. Comics und Videokassetten wurden mit sagenhaftem Nachlaß unters Volk gebracht. »Na, Sportsfreund, was soll's denn sein?« wandte sich der weißblonde Typ mit dem Stachelhaar an Justus.

»Ja ... *Stellara Stargirl?«* Es war der erstbeste Comic-Titel, der Justus einfiel.

»Eine gute Wahl! Hier unser Super-Angebot, die ersten

Nummern im Fünferpack, Normalpreis fünfzig Dollar.« Er sah Justus aufmunternd an. »Sonderpreis: fünfzehn.«
Justus blieb nichts anderes übrig, als seine Brieftasche zu zücken. Beim Bezahlen sah er sich die Hände des Burschen an. Nein, als Blutrotes Phantom konnte der sich nicht getarnt haben. Er hatte Wurstfinger mit abgeknabberten Nägeln, und auf dem rechten Handrücken prangte der Stempel.
Während Justus sein Wechselgeld einsteckte, warf er noch einen Blick auf die Hände der anderen Kollegen am Stand. Auch sie waren ordnungsgemäß abgestempelt.
»Viel Spaß damit, und schönen Dank!« Der Verkäufer drehte sich um und rief zu einem Mitarbeiter hinüber: »Hey, Jerry, wir brauchen Nachschub, die Spezialität.«
»Das Zeug da?« Der andere zog ein weiteres Paket *Stellara Stargirl* aus einem Karton mit gebündelten Comics. Obenauf klebte ein Preisetikett: zehn Dollar.
»Nee, Mann, die *Spezialität,* sag' ich doch. Die sollen einen Posten davon aus dem Laden holen, aber dalli. Hier geht's schließlich rund.«
Justus kämpfte sich wieder zwischen den Wartenden hindurch und trat zu den anderen. Rainey mußte lachen, als sie seine Erwerbung zu Gesicht bekam.
»Darauf kannst du mir ja später ein Autogramm geben«, schlug Justus vor. »Aber erst haben wir mal wieder einen kleinen Einsatz vor uns.«
»Einsatz? Wo denn?« fragte DeMento.
»Im Hauptquartier von Kamikaze Komics. Solches Zeug verkaufen sie massenhaft am Stand.« Justus schwenkte sein Fünferpack. »Aber in ihrem Laden sollen noch irgendwelche Spezialitäten rumliegen. Ich frage mich, ob darunter vielleicht Schätze sind, die sie zuvor anderswo geklaut haben.«
»Und das willst du dir mal ansehen. Na schön, mein Transporter ist auf jeden Fall groß genug.« Madman Dan hob die Schultern.

»Dann muß sich eben mein Mitarbeiter um den Stand kümmern, bis wir zurück sind.«
»Ich komme auch mit«, verkündete Rainey. Sie sah an ihrem blaugoldenen Outfit hinunter. »Nur habe ich nicht gerade die passenden Klamotten an ... «
»Ziehen Sie die drüber.« Tresh gab dem Mädchen seine Jacke. »In der trüben Gegend da draußen kommt uns außerirdisches Sternenlicht vielleicht ganz gut zustatten.«
Sie machten sich zur Tiefgarage auf und fuhren los – Tresh, Rainey und Madman Dan im grünen Transporter, die drei ??? in Peters Impala.
»Findest du den Laden auch bestimmt?« fragte Justus beim Herausfahren.
»DeMento sagte, er sei am Hollywood Boulevard, bei der Western Avenue«, antwortete Peter. »Er meinte, wir könnten ihn gar nicht verfehlen.«
Das stimmte. Das Unternehmen Kamikaze Komics war tatsächlich nicht zu verfehlen. Es befand sich im Erdgeschoß eines alten viergeschossigen Gebäudes, doch die gesamte Fassade war in grellen Farben bemalt – eine gigantische Reklame für den Laden unten drin. Vor schwefelgelbem Hintergrund tobte eine Schlacht zwischen strahlenden Superhelden und häßlichen Bösewichtern.
Sie parkten am Straßenrand und trafen sich beim Transporter, um ihre Aktion zu planen.
»Als ich seinerzeit mit dem Sammeln anfing, kam ich regelmäßig hierher«, berichtete DeMento. »Hier gab es immer Comics zu Schleuderpreisen.«
»Na ja, Miete müssen die nicht viel bezahlen«, bemerkte Tresh mit einem Blick über die schäbige Häuserzeile.
»Damals«, fuhr DeMento fort, »verhökerten sie im Keller gebrauchte Taschenbücher. Jetzt ist dort das Lager. Was wir suchen, müßte da unten liegen.« Er sah die anderen an. »Ich weiß, wo die Kellertreppe abgeht, aber da werden die uns nicht ohne

weiteres runterlassen. Da müßten wir zuerst für Ablenkung sorgen.«

Rainey grinste und schlug Steve Treshs Jacke zurück. »Das werd' ich übernehmen.«

Gleich darauf lief der rasch improvisierte Plan an. Im Verlauf der nächsten fünf Minuten schlenderten Tresh, DeMento und Justus hintereinander wie ganz normale Kunden zur Ladentür hinein. Weitere fünf Minuten später sollte Rainey nachkommen. Bob und Peter würden sich draußen als Reserve bereithalten und eingreifen, falls etwas schiefgehen sollte.

Justus hatte mit einem vergleichbaren Ansturm von Käufern wie am Messestand gerechnet. Doch das Ladengeschäft von Kamikaze Komics schien eher in eine Geisterstadt zu passen – zwei gelangweilte Angestellte und drei oder vier Kunden, die an den Wänden in den Comic-Regalen stöberten.

Die alten, düsteren Regale waren bestimmt einmal viel reichhaltiger bestückt gewesen. Auf den ansonsten verstaubten Ablageböden sah Justus immer wieder helle Rechtecke; hier waren also ganze Pakete entnommen worden. Das sah wirklich nach einem Schlußverkauf aus, und die Leute schienen es unwahrscheinlich eilig zu haben.

Er blickte sich um und erspähte DeMento, der hinten im Ladenraum neben einer Tür stand. Der große Ausverkauf kam dem Vorhaben der Besucher sehr zustatten. Von all den Kartons und Kisten, die offenbar schon abtransportiert worden waren, fanden sich nur noch Spuren auf dem Fußboden, und der Raum ließ sich gut überschauen. Justus ging ebenfalls nach hinten und blieb dann und wann stehen, um sich einem Comic zu widmen. Auch Tresh näherte sich unauffällig.

Dann ging die Ladentür auf, und Rainey erschien auf der Bildfläche, in Goldglanz und mit strahlendem Lächeln. Auch an diesem Ort verfehlte ihr Auftritt seine Wirkung nicht. Alle drehten sich nach ihr um.

Alle außer Justus, Tresh und DeMento. Madman Dan zog vorsichtig die Kellertür auf, und die drei tappten geräuschlos die Stufen hinunter. Eine staubige Vierzig-Watt-Birne hinter der Tür lieferte trübes Licht.

Als Justus mit DeMento und Tresh unten angelangt war, suchte er den nächsten Lichtschalter, hatte aber kein Glück. Nun, viel konnte man im Halbdunkel ohnehin nicht erkennen – nur einen kleinen Stapel Kartons und einen großen Stapel Maschinenteile. Diese Teile sah sich Justus aufmerksam an. Irgendwo hatte er schon einmal eine solche Konstruktion gesehen. Aber wo? Allmählich tauchte es aus der Erinnerung auf. Der Schrottplatz. Onkel Titus hatte Material aus einer Druckerei mitgebracht, die dichtgemacht hatte. »Wissen Sie, was das ist?« flüsterte Justus. »Eine zerlegte alte Offsetdruckmaschine. Aber was haben die damit gedruckt?«

Beim Nähertreten stieß er mit der Schuhspitze an ein Papierknäuel. Es rollte über den Fußboden auf Tresh zu, der es aufhob und glattstrich. »Hey, Dan«, sagte er. »Sehen Sie sich das mal an.« Der Bogen war einfarbig schwarz bedruckt, anscheinend mit einer Folge kurzer Comic-Strips, wie sie in Tageszeitungen erscheinen.

»Aha.« DeMento sah genauer hin. »Früher hat man die Schwarzweiß-Comics aus den Zeitungen gesammelt in Jahresalben herausgegeben. Der Druckbogen hier könnte gut und gern fünfzig Jahre alt sein.«

»Meiner Ansicht nach ist das eher ein Nachdruck jüngeren Datums.« Tresh deutete auf den Bogen. »Sonst wäre das Papier heute vergilbt und brüchig. Beim Glattstreichen hätte es sich bestimmt in Fetzen aufgelöst.«

»Tja, und damit wissen wir nun, was diese Spezialitäten sind«, meinte Justus. »Auf echt getrimmte Nachdrucke von historischen Comics.«

»Ganz recht«, meldete sich eine Stimme von der Treppe her. »Und was machen wir jetzt mit euch?«

Die drei drehten sich zur Treppe um. Vor dem Lichtschein aus dem Ladenraum zeichneten sich die Umrisse dreier Gestalten ab. Die eine stieg im trüben Treppenlicht einige Stufen herunter. Da erkannte Justus den Mann – es war der vierschrötige Saalordner von der Comic-Börse.

»Ich dachte, es hätte als Warnschuß genügt, als euer Sportsfreund seinen Salto ohne Netz machte. Aber nein, der arrogante Dicke hier stellt immer noch dumme Fragen, der Dünne steckt weiterhin seine Nase in alles, was ihn nichts angeht, und der Muskelmann mischt auch noch mit.« Er grinste die drei an, so daß man seinen abgesplitterten Zahn sah. »Rumbrüllen könnt ihr euch sparen. Gerade haben wir den Laden oben dichtgemacht. Und die Mauern hier unten sind schön dick.«

»Purvis«, meldete sich einer der Angestellten voll Unbehagen, »was sollen wir jetzt machen?«

»Ja, Purvis«, griff Justus die Frage auf. »Was sollen Sie denn nun mit uns machen? Woher wußten Sie übrigens, daß wir hier sind?«

»Rottweiler, dieser Hampelmann, hat dem Boß gesteckt, ihr hättet ihn über uns auszuquetschen versucht. Da konnte der sich ausrechnen, daß ihr hier im Laden aufkreuzt.« Wieder grinste er. »Und er schickte mich los, damit ich mich um euch kümmere.«

Er sieht uns im Dunkeln nicht so gut, erkannte Justus. Er verwechselt DeMento und Tresh mit Peter und Bob. »Sie kümmern sich wohl recht gründlich um alles mögliche für Axel Griswold«, sagte er laut und trat dabei ins Licht vor. Hinter seinem Rücken bedeutete er den anderen, sie sollten im Schatten bleiben.

»Jetzt seh' ich klar – das Mädchen, das sonst den Leuten die Hände abstempelte, war zur Eingangskontrolle abgestellt, als Peter über den Balkon gestoßen wurde. Machten Sie da eben mal Pause? Etwa als Einbrecher in Steve Treshs Zimmer?« Justus hoffte nur, Tresh würde sich beherrschen können. Ihre einzige Chance war, Zeit zu schinden, bis Peter und Bob zur Verstärkung anrückten. Und wo war Rainey nach Ladenschluß hingeraten?

»Beim Bankett waren Sie auch zur Stelle und rissen die Streithähne Tresh und Rottweiler auseinander. Und anschließend, gingen Sie da raus und machten Tresh fertig – unter vier Augen?«
Purvis wiegte unsicher den Kopf. »Langsam geht mir auf, wieso ihr Jungs dem Boß inzwischen so lästig seid. Ihr habt ja eine Menge spitzgekriegt. Viel zuviel.«
»Nur leider noch nicht alles. Ich dachte bis jetzt, Sie könnten sich vielleicht als das Blutrote Phantom entpuppen, aber nach den Händen können Sie's nicht sein. Die sind eher breit und plump.«
So langsam wurde es mit dem Hinhalten kritisch. Jeden Augenblick konnten Purvis und seine Spießgesellen losschlagen.
»Breit und plump, aha!« höhnte Purvis. »Kannst sie dir gleich näher betrachten!«
Justus reckte sich tapfer. »Sie sind sich ja enorm sicher über den Ausgang der Sache. Immerhin steht's drei gegen drei.«
Purvis grinste widerwärtig. »Na und? Wir haben schon dafür gesorgt, daß wir gewinnen.« Hinter seinem Rücken brachte er einen Baseballschläger zum Vorschein und klopfte hämisch mit dem verdickten Ende in die hohle linke Hand.
Mit ebensolchen Schlägern bewaffnet, wenngleich nicht ganz so siegessicher, waren auch die beiden Angestellten.
Und dann kamen die drei die Treppe herunter.

Hart erkämpfter Sieg

Justus hob die geballten Fäuste. Es sah nicht gut für ihn aus, doch kampflos würde er nicht untergehen. Falls er Purvis ausschalten konnte, hatten sie immerhin eine Chance. Die beiden Handlanger rissen sich offenbar nicht um den Job. Sie mußten eben tun, was der Anführer befahl.

Mit Purvis fertigzuwerden, würde freilich nicht leicht sein. Er war groß und stark, und mit einem Baseballschläger als Waffe schien er umgehen zu können. Selbstsicher stieg er die Stufen herunter, seine Helfer auf den Fersen.

Justus zwang sich zu entspannter Konzentration, wie er es vom Judo gewohnt war. Er würde sich nicht die geringste Bewegung seines Gegners entgehen lassen. Seine Atemzüge wurden langsam und tief. Seine Hände öffneten sich – für Abwehr oder Angriff.

Purvis und Gefolge waren auf halber Höhe der Treppe, als Justus oben bei der Tür zwei Gestalten sah.

»Hey, Peter«, rief Justus hinauf. »Der hier vorn ist der Kerl, der dich zusammengeboxt hat!«

Purvis lachte. »Ach, den uralten Trick willst du Blödmann bei mir landen! Glaubst du im Ernst, ich dreh' mich jetzt um?«

Noch ehe er ausgesprochen hatte, hatten sich Peter und Bob von oben auf die beiden Typen hinter ihm gestürzt. Der eine bekam einen gut gezielten Fausthieb von Bob ab. Blitzartig ließ er den Schläger fallen und sackte auf den Stufen zusammen. Dem anderen drehte Peter nur geschickt den rechten Arm herum, entriß ihm den Schläger und ließ diesen auf Purvis niedersausen.

»Dann mal gleich auf den Richtigen!« stieß er hervor.

Purvis war rasch wieder voll da. Mit einem lauten Schrei fuhr er herum, den Schläger hoch erhoben. Peter parierte etwas zu zaghaft und verlor seine Waffe. Der Bursche, den er noch in der Zange hatte, riß sich los und stürzte sich auf Bob.

Purvis war einen Augenblick abgelenkt, und schon startete Justus. Drei Stufen schaffte er, dann hatte der große Kerl Lunte gerochen und holte mit dem Schläger auf gut Glück hinter sich aus.

Das Ende des Schlägers zischte an Justus' Nase vorbei und krachte in das morsche hölzerne Treppengeländer. Justus eroberte noch eine Stufe und versuchte mit der einen Hand den Schläger abzuwehren und mit der anderen Purvis' Handgelenk zu packen.

Doch Purvis wuchtete seinen massigen Körper zurück, um Justus die Treppe hinunterzustürzen. Der Anprall traf Justus hart. Stöhnend vor Schmerz mußte er loslassen und sich am Geländer Halt verschaffen. Purvis hatte seinen Schläger wieder fest im Griff und lachte triumphierend.

Von neuem ging er auf Bob und Peter los und schlug sie fürs erste in die Flucht. Dann wirbelte er herum. Jetzt sollte Justus an die Reihe kommen.

Nur stand Justus nicht da, wo Purvis ihn vermutete. Geduckt unterlief er die sausenden Schläge, und mit dem Schub einer Rakete rammte er Purvis den Kopf in den Unterleib.

Volltreffer! Der Mann krümmte sich ächzend und taumelte zurück. Bob und Peter nahmen ihn in Empfang, doch so schnell gab der Kerl noch nicht auf. Ein brutaler Faustschlag traf Bob am Hals.

»Jetzt reicht's!« Peter warf sich auf den Gegner, und im Clinch polterten sie die Treppe hinunter. Peter schaffte es, bei der Landung obenauf zu bleiben.

Er zerrte Purvis' Oberkörper hoch und grinste. »Deine Rechte ist nicht schlecht, Mann«, sagte er. »Aber was hältst du von meiner?« Dann gab er Purvis den Rest.

Bob hatte inzwischen auch den zweiten Verkäufer außer Gefecht gesetzt. Schlapp hockten die beiden vom Kamikaze-Team auf den Stufen. Sie waren bedient.

»Super!« rief Bob zu Justus hinunter, der seinen Kopf betastete. »Der Trick zuletzt war einfach gut. Judo?«

»Jugendlicher Leichtsinn.« Justus zuckte zusammen, als seine Finger eine heftig schmerzende Stelle berührten.

»Na, das hat's gebracht«, meinte Peter munter. »Warum gingen die Burschen eigentlich auf dich los?«

Nachdem Justus seine Freunde ins Bild gesetzt hatte, sagte Peter: »Na fein. Rufen wir jetzt die Polizei?«

»Das bringt's nicht«, entgegnete Justus. »Dann landen höchstens

die Schlägertypen hier im Knast, aber an Griswold kämen wir nicht ran.«
»Wieso denn nicht?« fragte Peter. »Der ist ein Krimineller – ein Fälscher!«
»Er druckt Comics nach«, meldete sich Steve Tresh zu Wort. »Das allein wird nicht strafrechtlich verfolgt.«
Peter wollte das nicht einsehen. »Aber das ist doch illegal!«
»Man könnte ihn allenfalls vor Gericht bringen, weil er gegen das Urheberrecht verstoßen hat«, erklärte Justus. »Und bei einer solchen Zivilklage droht dem Beschuldigten normalerweise keine Inhaftierung.«
»Folglich kann er sich absetzen«, sagte DeMento.
»Ja, am besten gleich ins Ausland«, meinte Justus. »Stellen wir den Herren mal einige Fragen, damit wir erfahren, was hier so läuft.«
Der eine Kamikaze-Mann packte bibbernd vor Angst aus – wie sie unten im Keller die Comics gedruckt und dann gutgläubigen Liebhabern angedreht hatten.
»Die haben dabei sicherlich ganz schön abkassiert«, sagte Tresh. »Der Raubdruck eines Schwarzweiß-Comics kostet sie etwa zweitausend Dollar, und im Handel bringen Sammlerexemplare in der mittleren Preisklasse so um fünfzig Dollar das Stück. Wenn sie also von einem Titel nur hundert Exemplare auflegen, bringt ihnen das sechzig Prozent Profit ein.«
»Aber jetzt sind plötzlich Schleuderpreise angesagt, und die Druckpresse hat Griswold auch schon abgebaut«, stellte Justus fest. Er nahm den einen der Angestellten aufs Korn. »Was ist hier im Spiel?«
»Er wollte in ein neues Projekt einsteigen – Farbdruck«, sagte der Mann.
»Farbdruck?« wiederholte Tresh. »Das kostet ihn zirka zwölftausend je Auflage. Wo läßt er das machen?«
»In Taiwan«, kam es vom Fuß der Treppe. Purvis, zur Sicherheit

mittlerweile gefesselt, hatte offenbar die Nase voll. »Axel war dort mit einem zwielichtigen Drucker ins Geschäft gekommen. Er wollte die Hefte mit regulär importierter Keramik einschmuggeln, als Füllmaterial in der Verpackung. Die Kamikaze-Mannschaft sollte ein Vertriebsnetz über ganz Kalifornien aufziehen. Das hätte eingeschlagen wie eine Bombe.«

»Und nun war's leider ein Blindgänger«, bemerkte Justus zynisch. Sie fesselten auch die Kamikaze-Leute und ließen das Trio im Keller zurück. Die Ladentür schlossen sie von außen ab. Rainey war heilfroh, sie alle wiederzusehen. In so unwirtlicher Umgebung im Auto warten zu müssen, hatte ihr schlimm zugesetzt.

»Hat alles geklappt?« erkundigte sie sich skeptisch. »Mir wurde angst und bange, als die Verkäufer mich rauswarfen und Bob und Peter dann einsteigen mußten.«

»Es lief bestens«, versicherte ihr Justus, ohne sich näher auszulassen. »Jetzt müssen wir uns Griswold schnappen, ehe er sich absetzen kann.«

»Und wie sollen wir ihn daran hindern?« fragte Peter.

»Da wäre ja noch der Diebstahl«, wandte Bob ein. »Vielleicht können wir Griswold hochgehen lassen – wenn wir bei ihm die gestohlenen Comics finden. Aber ... «

Rainey seufzte. »Wenn und Aber – also ich seh' schwarz.«

Als sie zur Comic-Börse zurückkamen, wirkte der Trubel auf sie alle fast wie ein Schock, so extrem war der Kontrast zur Firma Kamikaze Komics, wo überhaupt nichts mehr lief.

Das Mädchen mit dem scheckigen Haar war völlig verzweifelt. Sie mußte sich zur Zeit um beide Jobs kümmern – Hände neu abstempeln und die Besucher kontrollieren. Doch Justus mußte ihr schweren Herzens verschweigen, daß ihr Kollege Purvis so schnell nicht wieder einspringen würde.

»Was jetzt?« fragte Bob drinnen im Saal.

»Wir müssen Griswold finden, ehe er uns findet«, sagte Peter. »Er schickte diesen Gorilla los, um uns auszuschalten. Wenn er sieht, daß wir noch auf Achse sind, riecht er Lunte.«

»So seh' ich das auch«, erklärte Justus. »Suchen wir Griswold. Und die Comics.«

»Hey, was ist los mit euch?« schallte es dröhnend zu ihnen her. Frank the Crank kam im Gedränge angeschoben wie eine Dampfwalze. »Ihr seid ja ganz aufgelöst. Was gibt's denn?«

Steve Tresh ergriff hastig Carnes Arm. »Frank, wissen Sie, wo sich Axel Griswold gerade aufhält?«

Carnes Zähne blinkten hinter seinem Bart, als er grinsen mußte. »Dann gibt's ja doch was Spannendes. Etwa 'ne neue grandiose Panne? Muß der gute Axel mal wieder wehklagen und die Hände ringen?« Er lachte.

Bei den spöttischen Worten sah Justus blitzartig noch einmal Griswold vor sich, wie er nach dem Diebstahl auf ihn zugekommen war – und sich dabei die langen, schlanken Hände gerieben hatte. Diese Hände hatten keinen Stempel getragen. Der Leiter der Comic-Börse hatte selbstverständlich keinen Eintrittsausweis nötig, zumal Purvis, sein Getreuer, als Kontrolleur amtierte.

»A propos Hände – Griswold könnte durchaus der Dieb sein«, sagte Justus. »Lange Finger, kein Stempel auf dem Handrücken. Ich könnte ihn mir als Täter schon vorstellen. Allerdings sahen ihn zwei Leute zu der fraglichen Zeit in den Goldenen Salon gehen.« Nachdenklich zog er die Stirn kraus.

»Im Goldenen Salon bin ich ihm selbst begegnet. Er kam rein und regte sich darüber auf, daß der Filmvorführer nicht erschienen war«, berichtete Carne. »Er wollte den Projektor selbst anwerfen, Aber da gab es noch eine Panne. Das blöde Ding war gar nicht justiert. Damit das Bild richtig auf die Leinwand projiziert werden konnte, mußte er seine Tasche unterlegen.«

Justus horchte auf. »Tasche? Was denn für eine Tasche?« wollte er wissen.

Carne hob die Schultern. »Er hatte eine Segeltuchtasche zum

Umhängen dabei – so läuft doch auf der Ausstellung jeder zweite herum.«

»Als wir ihm begegneten, hatte er keine Tasche bei sich«, erinnerte sich Peter.

»Und das war ja ganz kurze Zeit vor dem Diebstahl«, fügte Bob hinzu.

»Wichtiger ist: Was war in der Tasche drin?« warf Justus ein.

»Du meinst, die Phantom-Robe?« fragte Rainey.

»Wäre denkbar.« Wieder überlegte Justus. »Zeitlich haut es allerdings nicht hin. Wie hätte er das Kostüm und die Maske ablegen und unmittelbar darauf im Goldenen Salon auftauchen können?«

»Gute Frage«, meinte Peter.

»Ich werd' mich mal im Goldenen Salon umschauen«, beschloß Justus. »Kommt mit.«

Sie verließen den Saal, wandten sich nach links und bogen noch einmal nach links in einen langen Flur ab.

»Ist euch zufällig schon aufgefallen, wie umständlich die Wege zwischen den einzelnen Veranstaltungsräumen sind?« Tresh grinste.

Fast am Ende des Flurs lag rechts der Eingang zum Goldenen Salon. Durch die geschlossene Tür konnten sie schrille Musik hören, dann eine Frauenstimme: »Leg ihn um, Rock!«

Von der gegenüberliegenden Seite des Flurs ging eine unauffällige Tür ohne Beschlag und Knauf ab. Justus drückte dagegen, doch es rührte sich nichts. »Wo geht's denn da hin?« fragte er.

»Das ist ein Notausgang«, erklärte Carne. »Dahinter liegt der Konferenzsaal. Die Tür kann man nur von innen aufmachen.«

Justus legte das Ohr an die Tür und konnte die Geräusche und das Stimmengewirr der Veranstaltung vernehmen. »Dieser Ausgang«, sagte er erregt, »wäre für das Blutrote Phantom nach dem Überfall einfach ideal gewesen. Er liegt nämlich ganz nahe bei Dan DeMentos Stand.«

»Aber der Dieb hätte erst mal seine Verkleidung ablegen müssen«, wandte Tresh ein.
»Den Umkleideraum hat er selbst improvisiert – und zwar mit dem dicken Qualm.« Justus wandte sich zu Rainey. »Sag mir nochmal, was dir auffiel, als du dich nach den Rauchwolken umdrehtest.«
Sie hob die Schultern. »Nur ganz kurz was Rotes, das über der Schulter des Burschen flatterte. Dann tauchte er im Rauch unter, der sich überall ausbreitete.«
Justus nickte. »Und in welche Richtung ging er weg?«
Rainey überlegte kurz. »O je ... ich dachte ursprünglich, zum Haupteingang – aber vielleicht ging er doch zu dieser Seitentür hier!«
Justus grinste. »Und als sich Griswold den Umhang von den Schultern riß und mit den gestohlenen Comics in seine Tasche stopfte, sah man dann den roten Stoff flattern!«
»Aber ganz kurz vor dem Diebstahl sah ich ihn noch im Goldenen Salon – « setzte Carne an.
»Bitte präzise«, unterbrach ihn Justus. »Ganz kurz ehe Sie von dem Diebstahl *hörten.«*
Carne begriff nicht gleich. »Was soll ... Ah, jetzt kapiere ich, was du meinst.«
»Ich nicht«, bekannte Peter.
»Es dauerte immerhin zwei, drei Minuten, bis die Nachricht von dem Vorfall vom Saalausgang über den langen Flur bis zum Goldenen Salon vorgedrungen war«, erklärte Bob.
Justus nickte. »Genau. Und Griswold konnte sich einen Vorsprung verschaffen – er verließ den Saal durch den Notausgang und mußte hier nur noch den Flur überqueren. So konnte er sich bereits wieder im Goldenen Salon aufhalten, als sich dann die Kunde von dem Diebstahl verbreitete. Folglich fiel kein Verdacht auf ihn.« Justus hielt kurz inne. »Somit rückt ein gewisses Objekt in den Brennpunkt: die Tasche, mit der Griswold im Goldenen

Salon aufkreuzte. Ob sie wohl immer noch als Unterlage für den Projektor dient?«
»Das könnten wir doch sicherlich herausfinden«, meinte Steve Tresh.
»Besser wäre es, wenn Griswold das selbst herausfände«, entgegnete Justus. »Schicken wir ihm doch eine Mitteilung vom Filmvorführer.«
»Den spielt zur Zeit mein Freund Hunter – er bedient aushilfsweise den Projektor«, warf Carne ein. »Dann kann er ja auch gleich die Mitteilung schreiben. Was soll drinstehen?«
Justus lachte leise. »Wie wär's denn mit *Der Projektor ist heißgelaufen. Brandgefahr!*«

Der Torero-Trick

Die Flügeltüren zum Goldenen Salon wurden aufgestoßen, und eine breite Lichtbahn fiel vom Hotelflur auf die ausdauernden Fans des Serienhelden Rock Asteroid. Manche merkten überhaupt nichts – sie waren selig entschlummert. Andere waren von dem Tumult auf der Leinwand völlig gefangengenommen. Einige allerdings beschwerten sich. »Hey, was soll das? Tür zu!«
Auf der Leinwand focht Rock Asteroid gerade seinen letzten Kampf gegen Gung, den Herrscher der Höhlenmonster, aus. Die Musik steigerte sich zu ohrenbetäubendem Lärm.
Die Gestalt, die sich schattenhaft im Türrahmen abzeichnete, kümmerte sich weder um die Proteste noch um den Film. Schnurstracks schritt der große Mann zum Projektor und stieß Hunter weg. Er packte die Segeltuchtasche auf dem Tisch und zerrte daran. Der Projektor kippte nach einer Seite, und der Lichtkegel erfaßte gerade noch die Hälfte der Leinwand.

Nun sah das Publikum nur mehr Rock mit erhobenem Lasergewehr. Sein Widersacher war jäh von der Bildfläche verschwunden.
»Was ist mit dem Bild? Was macht denn der da?« Auch die Leute, die eingenickt waren, sprangen jetzt auf und zeterten los. Noch lauter wurde das Geschrei, als der Mann die Tasche vollends unter dem Projektor hervorzog. Jäh rutschte das Bild nach unten, so daß man außer dem oberen Teil von Rocks und Gungs Köpfen gar nichts mehr sah. Rocks gläserner Astronautenhelm und Gungs Antennen gerieten beim Gewackel des Projektors heftig ins Schwanken.
Das Geschimpfe übertönte sogar die schrille Musik und die empörten Ausrufe einzelner Fans: »Ruhe! Ich hör' ja gar nichts mehr!«
Sieben Leute aus dem Publikum blieben ganz ruhig. Sie standen auf und umringten den Mann am Projektor – die drei ???, Madman Dan, Frank the Crank, Steve Tresh und Rainey Fields. Selbst im Schatten hinter dem flackernden Lichtkegel erkannten sie den Mann – eindeutig Axel Griswold.
Einen Augenblick lang stand er da, die Tasche an sich gedrückt. Dann öffnete er sie mit einem Schulterzucken – und zog eine kleine Kugel heraus.
»Halt!« schrie Justus, aber schon prallte die Kugel am Boden auf. Dichter Qualm stieg auf, und Griswold schrie gellend: »Feuer!« Der harte Kern bekam davon gar nichts mit. Diese Fans forderten Hunter schimpfend auf, das Bild zu justieren. Freilich erwies sich das als schwierig, denn inzwischen war der ganze Raum von Rauch erfüllt. Andere Zuschauer, denen die eigene Haut wichtiger war, stürmten zum Ausgang, wobei die Gruppe um Justus abgedrängt und auseinandergerissen wurde. Griswold erkannte seine Chance und stürzte mit der hoch über dem Kopf geschwungenen Tasche auf Rainey los, die ihm als einzige noch im Weg stand.

Rainey erschrak und stolperte, und er hastete an ihr vorüber und zur offenen Tür hinaus.
Flink packte Justus Rainey bei den Schultern, damit sie nicht stürzte. »Los, raus!« rief er den anderen zu.
Sie drängten sich durch den Ausgang. Griswold hatte schon den halben Flur hinter sich. In vollem Lauf rempelte er Leute an, die ihm entgegenkamen. Sogar ein Kind schubste er brutal zur Seite. Nun hatte er das Foyer erreicht und hastete weiter, ohne Rücksicht auf die Menschen, die ihm im Weg waren. Der Hoteleingang oder die Aufzüge, vor denen Leute warteten, interessierten ihn offenbar nicht.
Rasch begriff Justus. »Die Treppe! Er will zur Feuertreppe.« Nun übernahm Peter die Führung und holte beim Hindernisrennen durch die gutbesuchte Hotelhalle allmählich auf.
Doch schon bog Griswold blitzschnell um eine Ecke, und sie hörten den wohlbekannten Klang der zuschnappenden Stahltür.
Peter riß die Tür auf, und alle polterten die Stufen zur Tiefgarage hinunter. »Zu den Autos! Laßt Griswold laufen!« schrie Justus, mitten im Rudel. Er wußte noch, wie DeMento beim letzten Mal die Fußgänger fast überfahren hätte.
Der Tip war gut. Als sie unten durch die Tür stürmten, sprang Griswold gerade in eine knallrote Corvette.
Die drei ??? flitzten zum Impala. Doch ehe Peter ihn starten konnte, hatte die Corvette schon scharf gewendet und brauste auf die Ausfahrtsrampe los. Peter gab sofort Vollgas und raste hinterher.
»Wenn der Kerl oben auf der Straße ist, dann gute Nacht«, stieß er hervor. »Dann sind wir abgehängt.«
Doch wie sollten sie ihn aufhalten? Griswold hatte freie Fahrt zur Rampe.
Da schoß DeMentos dunkelgrüner Transporter hinter einem Pfeiler vor, um Griswold den Weg abzuschneiden.
Die Corvette beschleunigte und wich DeMento aus. Mit knapper

Not schaffte Griswold den Durchbruch, aber DeMentos Wagen rammte noch den rechten hinteren Kotflügel.
Das bremste Griswolds Fahrt über die Rampe ab. Mit häßlichem Geräusch schrammte das eingedrückte Blech am Reifen entlang. Der Grüne hatte etliche frische Beulen abbekommen. Aber er bog schwungvoll in die Ausfahrt ein und blieb dicht hinter Griswold. Peter und seine Freunde folgten mit dem Impala.
Auf dem Century Boulevard legte die Corvette nochmals enorm zu. Bei der Schlangenlinienfahrt durch den stetig fließenden Verkehr fing sie dann aber heftig zu schwanken an. Der malträtierte Pneu kreischte schrill, denn der Kotflügel war schwer mitgenommen.
Nein, abhängen konnte sie Griswold nun nicht mehr – gab er zuviel Gas, würde er die Herrschaft über den Wagen verlieren. Sie hatten eine Chance!
DeMento hielt sich hartnäckig hinter Griswold, ungeachtet der Proteste der anderen Fahrer. Nur dranbleiben! Peter versuchte sich auf der dreispurigen Fahrbahn irgendwo durchzuschlängeln, um sich vor die Corvette setzen zu können.
Griswold stieg immer wieder aufs Gas, mußte aber jedesmal zurückstecken, weil der Wagen auszubrechen drohte. So konnte er einfach keinen entscheidenden Vorsprung gewinnen. DeMento rammte mehrmals seine hintere Stoßstange und schüttelte die angeschlagene Corvette noch mehr durch.
Aber sie schafften es nicht, den roten Wagen auf den Randstreifen abzudrängen und zum Anhalten zu zwingen. Ständig wechselte Griswold die Fahrspur und vermied es geschickt, von den Verfolgern überholt zu werden. Einmal hatte es DeMento fast geschafft, doch da zog Griswold jäh herüber, und der Transporter fuhr ihm prompt in die Seite. Nun hatte sich auch die Corvette neue Beulen geholt.
Die Autofahrer hinten hupten wild, empört über die irre Verfolgungsjagd im Straßenverkehr.

»Die Corvette da vorn wird langsam reif für den Schrottplatz, Justus«, stellte Bob fest.

Er hatte recht. Griswolds einstiges Prachtstück von einem Sportwagen war an beiden Seiten eingedrückt, und die hintere Stoßstange war halb abgerissen. Hin und wieder sprühte ein Funkenregen auf, weil das herunterhängende Teil am Asphalt entlangschrammte. Und der rechte Hinterreifen unter dem eingedrückten Kotflügel kreischte noch immer wie zum Protest.

Und dann war der Abrieb zu stark geworden. Der Reifen platzte, und ums Haar wäre die Corvette auf die Gegenfahrbahn hinübergeschossen. Bremsen quietschten, wütendes Gehupe ertönte. Mit Mühe ordnete sich Griswold wieder auf der linken Spur ein.

Da setzte sich Dan DeMentos grüner Transporter von rechts vor ihn, und von hinten nahten die drei ???, um jedes weitere Manöver zu verhindern.

Griswold hatte nichts mehr zu verlieren. Er riß das Lenkrad herum. Nun wollte er schräg durch den Verkehr nach rechts ziehen und die nächste Ausfahrt anpeilen. Der kaum noch fahrbereite Wagen schwankte bedenklich. DeMento fuhr langsamer, um ihn abzublocken.

Die Corvette versuchte im Zickzackweg auszubrechen. Gerade befand sie sich direkt hinter dem Transporter. Da flogen die Türen des Laderaums weit auf.

In der Öffnung stand Rainey Fields. Sie hatte Angst, aber sie war zur Tat entschlossen. Ihr Cape hielt sie wie die Capa eines Toreros mit beiden Händen vor sich ausgespannt. Als Griswold erneut nach rechts ausscheren wollte, ließ sie das Cape fallen – direkt gegen seine Windschutzscheibe.

Die Ausfahrt schaffte Griswold nicht – dafür aber den nächsten Laternenpfahl. Es krachte fürchterlich.

Als die Polizei kam, hatte Justus' Team den völlig erschöpften, doch unverletzten Griswold fest im Griff. Über seiner Schulter hing die Tasche mit der Diebesbeute.

Unverhoffter Dollarsegen

Griswold saß wegen Diebstahls in U-Haft, doch der letzte Tag der Comic-Börse ging normal über die Bühne. Es war Sonntag und der Besucherstrom überwältigend. Der Stand von Kamikaze Komics war abgeräumt, aber bei den anderen Händlern ging es nochmals rund.

An Madman Dans Stand herrschte ein Riesenandrang; sein Erfolg beim Kampf gegen die Kriminalität erwies sich als Publikumsmagnet. Er hatte seine Standbesatzung aufgestockt, und er wurde sogar um Autogramme gebeten.

Gerade ging es um einen wichtigen Abschluß. DeMento sah sich einen Posten Comics an, den man ihm angeboten hatte. »Tja, besonders gut erhalten sind die Stücke nicht«, meinte er. »Das Heft da hat Eselsohren, und hier der Umschlag – der geht ja schon ab, wenn man nur scharf hinsieht. Du hättest die edle Ware schonender behandeln sollen – statt sie mir um die Ohren zu schlagen.« Er grinste Justus an.

Justus grinste zurück. »Das war ein Notfall. Schließlich ging es um die Rettung eines hilflosen Geschöpfs.«

DeMento blätterte Zwanzig-Dollar-Noten auf den Tisch. »Den Preis hatten wir ja schon festgemacht für den Fall, daß ihr den Dieb erwischt.« Er schob das Geld zu einem ansehnlichen Bündel zusammen. Dann legte er noch etliche Scheine darauf. »So, und das gibt es als Sonderprämie.«

Justus, Bob und Peter gingen die Augen über. Ihre Investition hatte ihnen eine phantastische Einnahme gebracht – fast achthundert Dollar!

Justus steckte das Geld ein. »Echt großzügig von Ihnen, Dan.«

»Ach wo, das nehme ich in einer umsatzstarken Viertelstunde wieder ein«, brüstete sich Madman Dan. »Oder ich hau' es einfach auf den Preis für *Fan Fun* drauf, wenn ich das Heft vom Gericht zurückbekomme. Jetzt ist die Ausgabe ja ein wirklich einmaliges Liebhaberstück – der berühmte Comic-Raubdruck mit dem gefälschten Autogramm des berühmten Illustrators. Vielleicht kann ich Steve sogar herumkriegen, daß er mir auch noch sein echtes Autogramm draufsetzt.«

»Treiben Sie's nicht auf die Spitze, Mann. Seien Sie froh, daß ich Ihnen den Kram hier signiere.« Steve Tresh saß auf dem Stand vor einem Stapel Comics und fertigte Autogramme am laufenden Band an. »Und falls ich mich doch breitschlagen lassen sollte, dann müssen Sie Ihren Profit schon mit mir teilen.«

»Diese Comic-Künstler ... « DeMento seufzte. »Am Ende geht's bei ihnen auch nur ums Geschäft.«

»Bei Frank Carne vielleicht weniger«, meinte Justus. »Wo steckt er zur Zeit?«

Tresh lachte. »Wo soll er schon stecken? Im Goldenen Salon bei den Fans von *Rock Asteroid.* Die haben inzwischen eine geeignete Unterlage für den Projektor aufgetan.«

»Da hatte sich Griswold wirklich ein originelles Versteck ausgesucht«, fand Bob. »Was wird jetzt eigentlich, nachdem der geplante Schwindel aufgeflogen ist?«

»Von San Diego bis nach Frisco raufen sich Händler und Sammler die Haare.« DeMento schüttelte den Kopf. »Es ist schon ein Schlag für sie, daß sie sich mit den Schwarzweiß-Comics von Griswold wertlose Nachdrucke eingehandelt haben – und nicht die erhofften Schnäppchen.«

Tresh wurde ernst. »Keine schöne Vorstellung, daß er damit ganz ungeniert weitergemacht hätte, wenn ihm der Betrug mit den Autogrammen nicht das Genick gebrochen hätte. Er wollte eben den großen Profit – und kommt auf die Idee, seine billigen Nachdrucke auch noch mit gefälschten Autogrammen aufzumotzen, damit er um so mehr kassieren kann.«

»Ich hab' mitbekommen, wie sich Leute bitter über seinen Spezialtrick beklagten«, berichtete Peter. »Er zeigte einem Kunden einen seiner illegalen Nachdrucke – den hatte er angeblich als antiquarische Rarität soeben günstig aufgetrieben. Der Interessent durfte das Heft durchblättern und entdeckte dabei das Autogramm. Davon hatte Griswold bei seinem Angebot nichts erwähnt, und da dachte der andere natürlich, das wäre dem Händler in der Hektik entgangen, und prompt sicherte er sich das Stück.«

»So hat Griswold die Habgier der Sammler ausgenutzt«, sagte Justus. »Er hat damit eine Menge Leute über den Tisch gezogen – einschließlich Leo Rottweiler. Und dann lud er Steve zur Comic-Börse ein und machte damit einen großen Fehler – hinterher erfuhr er nämlich, daß Rottweiler sein *Fan Fun* mit dem gefälschten Autogramm inzwischen weiterverkauft hatte.«

Tresh nickte. »Eines mußte ihm klar sein: Falls ich das Heft bei Madman Dan zu Gesicht bekäme, wäre sein Betrug geplatzt.«

»Also mußte der Kamikaze-Boß wohl oder übel nochmal an Rottweiler herantreten und ihn mit einem astronomischen Preisangebot für den Rückkauf einspannen. Und Leo kam ganz schön ins Schwitzen, als er sich um das gute Stück bemühte!« DeMento grinste schadenfroh.

»Aber Sie wollten nicht verkaufen – und schließlich mußte Griswold in die Maske des Blutroten Phantoms schlüpfen und das Heft klauen«, fuhr Justus fort. »Dann wurde hier alles aufgeboten, um Tresh loszuwerden. Griswold wollte um jeden Preis vermeiden, daß Steve von dem gefälschten Autogramm Wind bekam. Er mußte ja befürchten, daß dann auch sein geplantes Großprojekt hochgehen könnte.«

»Daß ich hier selbst geschäftlich zu tun hatte, wußte er nicht«, warf Tresh noch ein.

»Und er unterstützte sogar Justus, Peter und mich bei unseren Ermittlungen, um den Verdacht von sich abzulenken«, setzte Bob hinzu. »Hielt uns anscheinend für etwas einfältig.«

»Unser mißglückter Start bestärkte ihn schließlich darin«, mußte

Justus zugeben. »Dann stopfte er die Comics in Raineys Tasche, um die Verwirrung bei uns perfekt zu machen.«
Peter lachte. »Aber dann haben wir's ihm gegeben, stimmt's?«
»Haben wir – zusammen mit unseren Helfern«, sagte Justus. »Schönen Dank allerseits.«
»Schon gut«, winkte DeMento ab. »Ach ja, wenn ihr den restlichen Ramsch aus eurer Trödelkiste auch noch loswerden wollt, dann laßt euch damit mal in meinem Laden blicken. Da werden wir sehen, was sich aushandeln läßt.« Er hob die Hand zum Abschiedsgruß.
»Aber kommt nicht auf die Idee, mich zum Signieren anzuhauen.« Tresh grinste.
Die drei ??? waren gerade auf dem Weg zum Saalausgang, als ein Blitzlichtgewitter losbrach. Da stand Rainey Fields, die ihren neuen Ruhm sichtlich genoß, eingekreist von Reportern sämtlicher Medien – eine jugendliche Heldin der Nation, die mit einem Super-Trick einen Gangster zur Strecke gebracht hatte.
»Justus!« Raineys Augen leuchteten auf, als sie den Ersten Detektiv sah.
»Ja ... hmm ... « brachte er mühsam heraus.
»Der Mann mit dem fixen Mundwerk bricht sich wieder einen ab«, flachste Bob hinter ihm.
Rainey überhörte das. Sie schaut mich an, erkannte Justus. *Mich!*
»Die wollen mich hier zum Star aufbauen, und dabei ist das alles dein Verdienst«, sagte sie zu Justus. »Du hast herausgefunden, wer der Drahtzieher war, und du hast dir im Kamikaze-Laden einen tollen Abgang verschafft. Dann hast du Griswold die Falle gestellt. Wirklich, Justus – du bist super!«
»Ich? ... Ja, also, vielen Dank, Rainey.« Justus warf einen raschen Blick zu den Freunden hinter ihm und senkte seine Stimme ein wenig. »Nun ist ja der ganze Rummel vorbei. Vielleicht könnten wir uns mal in Ruhe treffen. Wo wohnst du denn?«
»Tja – in Portland.«

Justus blinzelte. »Portland? Da oben in Oregon?«
»Genau dort.« Rainey nickte.
»Mit einer so weiten Fahrt hatte ich eigentlich nicht gerechnet. Aber egal ... «
»Spinnst du? Das sind zweitausend Kilometer!« Rainey fing an zu lachen. »Na, ich hoffe, wir werden uns schon irgendwann treffen. Vielleicht jette ich mal eben zu einem Fototermin nach Los Angeles.«
»Oder ich kläre mal eben einen Fall in Portland auf.« Justus holte resigniert Atem.
»Nun hör auf mit dem Trübsalblasen«, ermunterte ihn Rainey mit einem Lächeln. »Vorerst sind wir mal beide hier. Der Tag ist noch lang, und wir können ... «
Da hellte sich Justus' Miene auch auf. Er drehte sich um. »Jungs, wir treffen uns dann später wieder.«
»Und wo bleibt unser Zaster?« erkundigten sich Bob und Peter. Justus überreichte den beiden ihre Anteile. »Gebt es meinetwegen mit vollen Händen aus. Ich werde Rainey zu einem Sojasprossengericht einladen.« Er sah zwei bescheidene Vorspeisenteller mit Sprossen vor sich. Und anschließend mehrere Gänge eines herrlichen Menüs ...
In Rocky Beach würde er dann ganz bestimmt wieder joggen.

Die drei ??? und der giftige Gockel

Erzählt von Megan Stine
und H. William Stine
nach einer Idee von Robert Arthur

Die drei ???
und der giftige Gockel

Ein Alptraum

Peter Shaw bog mit seinem Wagen in den Parkplatz des Memorial Hospital ein und trat auf die Bremse. Er tippte noch zweimal kurz aufs Gaspedal, so daß der Motor seines Scirocco (gebraucht erworben, Baujahr 81) laut und kraftvoll aufheulte, dann schaltete er ihn aus. Die Scheibenwischer stoppten jäh mitten in ihrem Bogen.

»Mann, das schüttet vielleicht. Der reinste Wolkenbruch«, sagte Peter zu seinem Freund Justus Jonas auf dem Beifahrersitz. Im Gegensatz zu dem sportlich durchtrainierten Peter war Justus weder schnittig noch dynamisch. Er selbst nannte sich »vollschlank« oder »kräftig gebaut«, und um weitere beschönigende Bezeichnungen für »übergewichtig« war er nie verlegen. Andere mochten lachen über Justus' Bestrebungen, den wahren Sachverhalt herunterzuspielen; Peter jedenfalls hielt sich mit Sticheleien sehr zurück. Schließlich war Justus Peters bester Freund. Und außerdem hatte Justus das Team »Die drei ???« gegründet. Im Verein mit dem dritten Mann, Bob Andrews, waren sie in Rocky Beach als Detektive bestens bekannt.

Die beiden Jungen blieben im Wagen sitzen und schauten in das Unwetter hinaus. Das war mehr als ein normaler sommerlicher Schauer. Heftig und unablässig prasselte der Regen gegen die Windschutzscheibe. Und nun mußte es ausgerechnet auch noch donnern und blitzen!

»Na, komm. Das hört so schnell nicht auf.« Peter schob sich das rötlichbraune Haar aus der Stirn. »Die Besuchszeit ist schon fast zu Ende, und Kelly wartet auf mich.«

»Daß du dich von dem Mädchen so rumkommandieren läßt«, bemerkte Justus spitz. Widerstrebend löste er seinen Sicherheitsgurt.

»Ich sag' dir das nicht so gern«, meinte Peter darauf, »aber Mäd-

chen sind die einzige Sache, von der du nicht gerade viel verstehst.«
»Recht hast du«, gab Justus zu. »Aber das soll mich nicht davon abhalten, dir gute Ratschläge zu geben.«
Peter lachte.
Die beiden Freunde zogen sich die Kapuzen ihrer Sportjacken über den Kopf und sprinteten durch den Regen zum Klinikeingang. Im Foyer schüttelten sie die Regentropfen ab und liefen zu Zimmer 2113.
Kelly Madigan telefonierte gerade von ihrem Klinikbett aus und drehte dabei eine ihrer langen braunen Locken zwischen den Fingern. Im Fernseher liefen unterdessen Video-Clips, jedoch ohne Ton. Man sah Kelly nicht an, daß sie sich erst vor drei Tagen den Blinddarm hatte herausnehmen lassen.
Kelly war ein hübsches, sportliches Mädchen und besuchte – wie auch Peter, Justus und Bob – in Rocky Beach die High School. Vor sechs Monaten hatte sie von einem Tag zum anderen beschlossen, daß Peter Shaw eine feste Freundin brauchte. Peter hatte keinen nennenswerten Widerstand geleistet.
»Du, Sue, ich mach' jetzt Schluß«, sagte Kelly, während sie Peter und Justus zuwinkte. »Freitag abend habe ich ja immer eine Verabredung. Eben kommt mein Typ mit einem Freund zur Tür rein.« Gleich darauf lachte Kelly. »Wie der Freund so ist?« wiederholte sie Sues Frage. Sie musterte Justus eingehend mit ihren großen grünen Augen.
Justus nahm sich vor, ihrem Blick nicht auszuweichen, doch prompt wurde er nervös und mußte wegschauen.
»Kommt drauf an, Sue«, gab Kelly am Telefon Auskunft. »Zugeknöpft bis tiefgekühlt, würde ich sagen«, setzte sie mit spöttischem, aber liebenswertem Lachen hinzu.
Justus ließ sich verdrossen auf einem der unbequemen Holzstühle nieder, die in Klinikzimmern zur Standardeinrichtung gehören, und verschränkte die Arme.

Doch plötzlich streckte Kelly den Arm aus - und reichte Justus den Telefonhörer! »Sue möchte mal eben mit dir reden.« Sie lächelte gewinnend.
Justus riß sich zusammen und versuchte, so zu tun, als sei ihm das Wort Panik überhaupt kein Begriff. Die Unterhaltung mit einem Tatverdächtigen bei der Aufklärung eines Falles stellte überhaupt kein Problem für ihn dar. Aber mit Mädchen reden - das war war eher Sache von Bob Andrews.
»Na los, Justus«, ermunterte Peter grinsend seinen Freund. Er saß bei Kelly auf der Bettkante.
Justus stand bedächtig auf und nahm den Hörer entgegen. »Hallo«, meldete er sich steif. »Hier Justus Jonas.« Danach machte er erst einmal eine Pause.
»Hi«, sagte eine Mädchenstimme mit verlegenem Kichern. »Ich bin Sue. Wie läuft's denn so?«
»Wie soll was laufen?« fragte Justus zurück. Sein nach den Gesetzen der Logik funktionierender Verstand war auf logische Fragen angewiesen, damit er logische Antworten geben konnte.
»Och ... so allgemein ... « sagte Sue.
Justus räusperte sich und blickte aus dem Augenwinkel zu Kelly hinüber. Daß es bei diesem peinlichen Telefongespräch auch noch Zuhörer geben mußte! Peter und Kelly strahlten ihn in glücklicher Zweisamkeit an.
»Na dann ... vielleicht sieht mal sich mal irgendwo«, meldete sich Sue am anderen Ende der Leitung noch einmal.
In diesem Augenblick steckte eine Krankenschwester mit leuchtend kupferrotem Haar den Kopf zur Tür herein. »Die Besuchszeit ist vorüber. Sie müssen jetzt gehen«, verkündete sie streng.
Justus stieß einen Seufzer der Erleichterung aus und gab den Telefonhörer an Kelly zurück. »Ich ruf' noch mal an, bis gleich«, teilte Kelly ihrer Freundin mit und legte rasch auf. Dann blinzelte sie Justus zu. »Wieder mal typisch Justus Jonas mit seinem umwerfenden Charme.«

Plötzlich wurde die Tür energisch aufgestoßen. Zwei Pfleger rollten in großer Hast eine Trage mit Fahrgestell ins Zimmer. Ein Arzt und zwei Schwestern folgten. Justus hatte gerade noch zur Seite springen können.

Auf der Trage lag eine ganz junge Frau mit dunklem, gelocktem Haar. Ihr hübsches Gesicht war bleich und mit Pflasterverbänden bedeckt. Sie schien nicht bei Bewußtsein zu sein.

»Sie bekommen eine Bettnachbarin, Kelly«, sagte der Doktor, ein junger Stationsarzt mit langem, hinten zusammengebundenem Haar und ruhigem Lächeln. Mit seiner Hilfe wurde die neue Patientin auf das zweite Bett gehoben, das in dem Krankenzimmer mit den grünen Wänden bisher leergestanden hatte.

»Ist sie schwer verletzt?« erkundigte sich Kelly.

»Das dürften wohl nur Schürfwunden sein«, äußerte sich Justus. Seinem Scharfblick entging nichts. »Allerdings vermute ich, daß sie nach einer Gehirnerschütterung noch unter einem Schock steht.«

»Aha – der geborene Diagnostiker.« Mit verdutztem Lächeln sah der Arzt zu Justus hinüber.

Das Pflegeteam bettete die junge Frau behutsam auf der neuen Liegestatt und hängte ihre Tropfflasche an den Ständer, damit die Infusion wieder in Gang kam. Als die Schwestern und die Pfleger sich vergewissert hatten, daß alles in Ordnung war, verließen sie den Raum, und der Arzt machte seine Eintragungen auf dem Krankenblatt.

»Was ist ihr denn passiert?« fragte ihn Kelly anteilnehmend.

»Autounfall auf dem Countyline Drive. Sie kam von der Fahrbahn ab. Bei einem solchen Unwetter am Abend bekommen wir immer einen oder zwei Notfälle herein«, erklärte der Doktor, schon auf dem Weg zur Tür. »Der Vater ist'n großes Tier, freilich kann man von ihr zur Zeit nicht viel erkennen. Sie ist – «

Doch ehe der Arzt seinen Satz beenden konnte, öffnete die Krankenschwester mit dem kupferroten Haar nochmals die Tür.

»Ich hab's schon einmal gesagt. Nun sage ich es nochmal«, fuhr sie Justus und Peter barsch an. »Die Besuchszeit ist zu Ende. Gehen Sie jetzt sofort. Hierbleiben können Sie nur, wenn Sie selbst krank sind. Dann müssen Sie sich allerdings bei der Aufnahme melden.«

»Alles klar«, erwiderte Peter.

»Na schön.« Die Schwester lächelte säuerlich. »Dann brauche ich ja wohl die Wachhunde heute nacht nicht herauszulassen.«

Sie drehte sich um und rauschte ab, und Peter gab Kelly schnell einen Abschiedskuß. »Bis morgen, Kleines. Ich geh' noch mit zu Justus.«

Justus hatte sich mittlerweile mit der Aufschrift des Umschlages befaßt, den der Arzt auf dem Tisch neben dem zweiten Klinikbett zurückgelassen hatte.

»Hey, was machst du denn da?« fragte Peter.

»Ich konnte meine Neugier nicht bezähmen«, antwortete Justus. »Der Doktor kam ja nicht mehr dazu, uns ihren Namen zu verraten. Aber wer ist das nun – Julia Crown?«

Mit einem ratlosen Blick hob Peter die Schultern. Der Name sagte ihm überhaupt nichts. Also verabschiedeten sie sich von Kelly und gingen.

Eine Minute später wußten Peter und Justus dann doch ganz genau, wer Julia Crown war. Als sie auf den Aufzug zuschritten, stürmte gerade ein Riese von einem Mann heraus und lief schnurstracks zum Büro der Stationsschwestern. Er beugte sich über die Informationstheke, so daß sein besorgtes Gesicht ganz dicht vor dem der Schwester mit dem kupferroten Haar war. »Wo ist meine Tochter?« wollte er wissen. »Wo liegt sie?«

»Das ist Big Barney Crown!« Justus hatte den Mann auf den ersten Blick erkannt.

»Richtig – der Chicken King!« rief Peter.

Es konnte gar nicht anders sein. Der Mann trug den wohlbekannten rot-weiß-blauen Jogginganzug, genau wie in seinen Werbespots im Fernsehen. Und Big Barney Crowns Gesicht kannte sowieso jedermann in Südkalifornien. Auf allen Kanälen warb er regelmäßig und höchstpersönlich für seine Grillhähnchen-Imbißkette »Chicken Crown«.

»Julia Crown – Barney Crown«, sagte Justus. »Dann ist die junge Dame also die Tochter vom Chicken King.«

»Zimmer 2113, Mr. Crown«, gab die Schwester Auskunft.

»Ist das auch ein schönes Zimmer?« fragte Big Barney. »Meine Tochter soll hier nur das Beste bekommen. Wo ist es denn? Wo geht's lang? Welche Tür?«

Es tat Justus richtig leid, Big Barney an diesem Ort so erregt und verstört zu sehen. Er trat an die Theke des Schwesternbüros. »Dort drüben ist das Zimmer, Mr. Crown«, sagte er und wies mit dem Finger auf die Tür.

Big Barney Crown, der gut einen Kopf größer war als Justus, sah ihn verwirrt an. »Stimmt das auch?« fragte er.

»Mein Freund und ich kommen von einem Besuch bei der Patientin, die mit Ihrer Tochter im Zimmer liegt«, erklärte Justus. »Wir konnten sehen, daß Julia jetzt schläft.«

Bei so beruhigendem Zuspruch schien sich der Chicken King etwas zu entspannen. »Hier, zwei Gutscheine für euch«, sagte er und gab Justus zwei Kärtchen aus der Tasche seines Sweatshirts. »Du gefällst mir, Junge. Hast ordentlich was auf den Knochen, genau wie meine Hähnchen. Schönen Dank auch.«

Justus grinste und sah Big Barney nach, wie er das Krankenzimmer betrat. Dann riß er die Gutscheine mittendurch.

»Spinnst du?« Peter wollte sich die Kärtchen schnappen, kam aber zu spät. »Was soll denn das?«

»Meine Diät«, entgegnete Justus bedrückt. »Gebratenes und Gegrilltes ist für mich streng verboten, das solltest du doch wissen.«

»Und ob ich das weiß«, sagte Peter. »Jede Zwischenmahlzeit mußt du durch ein Stück Wassermelone ersetzen. Total verrückt. Aber wenn du auf Diät gesetzt bist, muß ich das ja noch lange nicht mitmachen. Ich finde die Grillhähnchen von Chicken Crown echt super.«

»Das mußt du doch jetzt nicht breitwalzen«, beklagte sich Justus. »Ich find' sie ja auch super. Ich kann das direkt riechen – die knusprig gebratene Haut und das weiße Fleisch, schön zart und saftig ... «

Rasch liefen sie zu dem regennassen Parkplatz hinaus, und Peter fuhr los zu dem Haus, in dem Justus bei seiner Tante Mathilda und seinem Onkel Titus wohnte. Mr. und Mrs. Jonas betrieben auf dem gegenüberliegenden Gelände einen Trödelmarkt und Schrotthandel. Seit Jahren betrachteten Justus, Peter und Bob den Schrottplatz als ihr Revier, vor allem wenn sie sich mit einem Fall beschäftigten. Die drei ??? verfügten dort sogar über eine geheime »Zentrale«, nämlich einen Campinganhänger, den sie früher hinter Bergen von Schrott und Gerümpel versteckt hatten. Inzwischen stand der Anhänger nicht mehr im Verborgenen, und sie trafen sich meistens in Justus' Elektronik-Werkstatt, die gleich nebenan lag.

»Schade, daß wir nicht erfahren konnten, wie sich Julia Crowns Autounfall abgespielt hat«, sagte Justus im Auto, kurz bevor sie am Ziel waren. Dann bemerkte er, wie ihn Peter von der Seite ansah. »Ja, ja, ich weiß schon. Nichts deutet auf irgendwelche rätselhaften Ereignisse hin. Ich habe nur so ein Gefühl. Eine gewisse Ahnung.«

Peter bog in den Lagerplatz ein, und dann gingen sie über das aufgeweichte Gelände zu Justus' Werkstatt. Auf Tischen und Regalen stapelten sich elektronische Geräte und Zubehör neuester Bauart, Kataloge für moderne Sicherheits- und Überwachungstechnik, Werkzeuge, Schulbücher und -hefte, leere Pizzakartons und Musikkassetten. Zwei Stühle gab es auch, und außerdem noch ein Telefon mit Anrufbeantworter. Wie stets kontrollierte Justus als erstes, ob eine Nachricht aufgezeichnet worden war.

»Hallo, Leute«, kam eine wohlbekannte Stimme vom Band. Es war Bob Andrews, der dritte Mann im Detektivteam. »Tut mir leid, daß ich heute abend nicht in der Klinik bei Kelly vorbeischaute, aber ich schaffte das einfach nicht mehr. Ich mußte mir eine neue Rockband für die Agentur anhören, weil der Chef auswärts ist. Dann rief mich Jennifer an und erinnerte mich an unsere Verabredung. Das hatte ich dummerweise ganz vergessen, und Amy war dann total sauer, denn sie hatte mich zu einer Strandparty eingeladen. Die ist ja wohl ins Wasser gefallen. Also, Justus, du mußt mir mal ein Computerprogramm schreiben, damit mir solche peinlichen Sachen nicht mehr passieren. Überleg dir's mal. Morgen melde ich mich wieder bei euch.«
»Diese Arbeit für musikalische Nachwuchstalente hält Bob ja ganz schön auf Trab.« Kopfschüttelnd schaltete Justus den Anrufbeantworter ab.
»Allerdings«, stimmte Peter schadenfroh zu. »Der Job in der Agentur läßt ihm kaum noch Zeit für das süße Leben.«
Justus nahm sich ein kleines Gerät vor, das zum Decodieren der Ziffernkombinationen bei elektronischen Schlössern dienen sollte, und Peter setzte sich an einen anderen Tisch und machte sich daran, die Düse der neuen Kraftstoffeinspritzung für seinen Wagen zu reinigen. Dabei unterhielten sie sich so angeregt, daß sie die Zeit darüber ganz vergaßen.
Sie redeten über den Wagen, den sich Justus wünschte, über Bob, der sich wegen seines Jobs in letzter Zeit so rar machte, und über die Zufallsbegegnung mit Big Barney Crown. Und Justus kam immer wieder auf Julia Crowns Unfall zurück. Es störte ihn jedesmal ungemein, wenn er in einer solchen Angelegenheit nichts Genaues wußte.
Plötzlich klingelte das Telefon, und sie schreckten beide auf. Sie sahen auf die Uhr. Fast schon Mitternacht. Wer rief denn jetzt noch an? Auch für einen Freitagabend war es doch recht spät.

Justus ließ sich in einem alten Drehsessel nieder. »Die drei Detektive«, meldete er sich ganz geschäftsmäßig.
»Ich bin's, Justus – Kelly. Stell den Lautsprecher an, ja? Ich hab' was für euch beide.«
»Es ist Kelly«, teilte Justus Peter mit. Er schaltete am Telefon den Verstärker ein.
Peter war ebenso verblüfft wie Justus. »Was gibt's denn, Kel?« fragte er.
»Was äußerst Merkwürdiges«, sagte Kelly. »Julia Crown stöhnt die ganze Zeit und spricht im Schlaf.«
Da hatte Justus wieder jenes Gefühl wie zuvor. Aber er wollte keine voreiligen Schlüsse ziehen. »Angstträume sind nach einem solchen Unfall nichts Ungewöhnliches«, erklärte er.
»Ja, weiß ich«, sagte Kelly ungeduldig. »Aber was sie da zu träumen scheint, das finde ich reichlich makaber. Immer wieder stammelt sie: *Millionen Menschen werden sterben.*«
Dabei überlief es Justus und Peter nun doch kalt.
»Und das ist noch nicht alles«, fuhr Kelly fort. »Sie sagt noch mehr. *Er vergiftet die Hähnchen. Schrecklich ist das. Schrecklich.* Und es hört sich ganz so an, als ob sie genau weiß, wovon sie da redet. Gar nicht so wie das unverständliche Zeug, das jemand im Traum zusammenphantasiert.«
Peter stieß einen leisen Pfiff aus. »Das ist ja ein Hammer.«
»Ich sagte dir ja, daß ich ein ungutes Gefühl habe!« brachte ihm Justus in Erinnerung.
»Tja«, meinte Peter. »Aber wer hätte geahnt, daß so was dahintersteckt – der Chicken King vergiftet meinen Lieblingssnack!«

Besuch zur Nachtzeit

»Hallo?« Aus dem Lautsprecher in Justus' Werkstatt drang Kelly Madigans verdutzte Stimme. »Seid ihr noch da?«
Das waren sie, aber beiden hatte es die Sprache verschlagen. Wie oft hatten sie nun schon bei Chicken Crown einen schnellen Imbiß verdrückt? Hundertmal? Tausendmal? Justus hielt vermutlich den Rekord. Und wie oft hatten sie auf der Mattscheibe Big Barney Crowns freundliches Gesicht gesehen und seine spaßig-verrückte, aber überzeugende Stimme tönen gehört: »Meine Hähnchen sind die besten – die werden bei mir nicht alt und bei meinen Kunden erst recht nicht.«
»Big Barney Crown ... was, der soll seine eigenen Hähnchen vergiften ... ?« Peter schüttelte den Kopf. Ihm versagte die Stimme. Dann wurde er ganz ernst. »So was kann ich nicht glauben.«
»Das verlangt auch keiner von dir«, sagte Justus nach kurzem Überlegen. »Wie mir Tante Mathilda immer wieder predigt, soll man sich niemals zu schnell festlegen, weil das den Blick einengt.«
»Was willst du damit sagen?« fragte Peter.
»Eines ist klar«, meinte Justus. »Big Barney Crown können wir rein gar nichts anlasten. Einmal ist es völlig unbewiesen, daß ausgerechnet Big Barney die Person sein soll, von der Julia im Schlaf spricht. Grillhähnchen vergiften – das können auch andere Leute. Und im übrigen ist es durchaus möglich, daß Julia Crown noch unter der Wirkung der Medikamente oder des Unfallschocks steht, oder daß sie tatsächlich Alpträume hat.«
»Wißt ihr was?« meldete sich Kelly aus ihrem Klinikbett. »Am liebsten würde ich euch direkt mit Julia verbinden, damit ihr selbst mit ihr reden könnt, aber die Anschlußschnur ist zu kurz für eine Verbindung ins Traumland. Oh, hört mal ... habt ihr das eben mitbekommen?«

Peter schüttelte den Kopf. Justus verdeutlichte es Kelly am Telefon. »Nein, nichts gehört. Was war denn?« fragte er.
»Gerade hat sie es wieder gesagt«, berichtete Kelly. »Sie sagte: *Nein – die Leute werden sterben. Nein, nicht!*«
»Also gut«, teilte Justus Kelly mit. »Morgen um elf beginnt die Besuchszeit. Da kommen wir hin und reden mit Julia. Ich nehme doch an, daß sie uns dann selbst berichten kann, ob sie schlecht geträumt hat oder nicht.«
»Recht so«, meinte Kelly. »Aber irgendwas Geheimnisvolles ist da im Spiel, das laß ich mir nicht nehmen.«
»Bis morgen, Kleines«, sagte Peter noch. Dann legte er den Hörer auf.
An Schlaf war in dieser Nacht kaum zu denken. Justus blieb auf und zerbrach sich den Kopf darüber, wer wohl Millionen Menschen vergiften wollte, und aus welchem Grund. War es vielleicht doch Big Barney? Oder gab es etwa eine Verbindung zwischen Julia Crown und irgendwelchen fanatischen Terroristen aus dem politischen Untergrund? Wer sonst sollte auf die Wahnsinnsidee verfallen, ausgerechnet das saftige Hähnchenfleisch Marke Chikken Crown zu vergiften?
Um zwei Uhr in der Frühe rief Justus Bob Andrews an. Er setzte ihn ins Bild und trug ihm auf, am Vormittag ebenfalls zur Klinik zu kommen.
Nach dem Telefongespräch hatte Bob Mühe, noch einmal einzuschlafen, denn es war schon öfter vorgekommen, daß Justus gleich mehrmals hintereinander anrief, wenn er sich in etwas verbissen hatte.
Auch Kelly fand wenig Schlaf. Fast die ganze Nacht lag sie in ihrem Klinikbett wach und lauerte darauf, daß Julia Crown wieder im Schlaf sprechen würde. Jedesmal, wenn Julia in ihrem Bett zu stöhnen anfing, fragte Kelly leise: »Wer, Julia? Wer vergiftet die Hähnchen?« Doch Julia reagierte nicht darauf.
Peter schlief als einziger wie ein Murmeltier.

Als Peter und Justus am späten Vormittag bei Kelly ankamen, schien die Sonne hell ins Klinikzimmer.
Justus nahm sofort gewisse Veränderungen wahr. Kelly sah diesmal sehr müde aus. Die Anzahl der Blumensträuße im Zimmer hatte sich über Nacht vervierfacht. Auf dem Besucherstuhl neben Julias Bett thronte ein riesiges Plüschhähnchen mit einer goldenen Krone. Doch gleich als erstes sprang ihm ins Auge, daß der Bereich um Julias Bett und Schrank durch dichte Vorhänge von der Umgebung abgeschirmt war.
»Ist da etwa sonst noch jemand drin?« erkundigte sich Justus und zeigte auf die Abtrennung. Er wollte dringend mit Julia reden und dem ganzen Spuk ein Ende bereiten.
»Psst.« Kelly gebot Schweigen und erklärte im Flüsterton: »Da ist niemand außer Julia. Ich glaube, sie schläft immer noch.«
In diesem Augenblick betrat Bob Andrews das Zimmer.
»Entschuldigt, daß ich zu spät komme. Dieser verflixte Schlitten wollte mal wieder nicht«, erklärte der große, schlanke Junge. Er nahm den Baumwollpullover ab, den er sich um die Schultern gehängt hatte. Bob war einmal ein magerer, bebrillter kleiner Bursche gewesen, der viele Jahre in der Abgeschiedenheit zwischen den Bücherregalen der städtischen Bibliothek gearbeitet hatte. Doch das hatte sich inzwischen geändert. Kontaktlinsen, farbenfrohe Kleidung, ein Job bei Sax Sendlers Talentvermittlung, ein eigenes Auto, Karateunterricht und eine gute Portion neu erwachten Selbstbewußtseins hatten Bob, der bei den drei ??? für Recherchen und Archiv zuständig war, in einen aufgeschlossenen, attraktiven Jungen verwandelt.
»Na, wo ist unser Fall? Oder ist die kleine Prinzessin des großen Chicken King ausgeflogen?« fragte Bob.
»Der Fall liegt hinter dem Vorhang.« Peter sah kurz hinüber. »Die Patientin schläft. Bedauerlicherweise können wir sie nicht ansprechen.«
»Das würde Justus logischer ausdrücken – im Prinzip könnten wir

sie stundenlang ansprechen.« Bob mußte lächeln. »Allerdings würde sie nicht antworten.«
»Wenigstens hat sie sich inzwischen beruhigt«, sagte Kelly leise. »Ihr hättet mal hören sollen, wie sie die ganze Nacht über gestöhnt hat. Einige interessante Besucher waren übrigens auch hier.«
»Mitten in der Nacht?« fragte Justus überrascht. »Wie konnten die sich nur an dem reizbaren rothaarigen Drachen vorbeimogeln?«
Kelly zuckte mit den Schultern. »Sehr mysteriös, nicht?«
»Und was waren das nun für Leute?« erkundigte sich Justus skeptisch.
»Na, Big Barney kam jede Stunde her. Mir hat er zwei Gutscheine verehrt«, berichtete Kelly.
»Und sonst?« fragte Justus.
»Ein gutaussehender junger Mann, Sean Fellows.«
»Woher kennst du seinen Namen?« hakte Peter mit hochgezogenen Brauen ein.
»Ich hab' ihn danach gefragt. Du mußt nicht gleich eifersüchtig sein«, besänftigte ihn Kelly. »Er ist Julias ehemaliger Freund. Er kam gegen vier Uhr und setzte sich eine Zeitlang vor ihr Bett und sah sie an. Und am frühen Morgen kam noch mal Besuch. Maria Gonzales. Sie sagte, sie wohnt im College mit Julia im gleichen Zimmer.«
»Die Dame scheidet als Verdächtige aus«, befand Justus.
»Wieso?« wollte Bob wissen.
»Weil Julia sagte: *Er vergiftet die Hähnchen*«, erklärte Justus. »Und dieser Sean Fellows regt mich auch nicht weiter auf. Einem Exfreund sieht es eigentlich nicht ähnlich, gleich Millionen zu vergiften.«
»Auch nicht aus Rache?« wandte Peter ein.
Justus hob nur die Schultern, als wollte er diese Frage vorerst offenlassen.
»Jetzt kommt aber das größte Rätsel – Besucher Nummer vier«, fuhr Kelly fort, wobei sie die Stimme noch mehr dämpfte.

Alle sahen zu den zugezogenen Vorhängen vor Julias Bett hin, um sich zu vergewissern, daß sich dahinter nichts regte. Dann berichtete Kelly weiter. »Diese vierte Person heißt bei mir Mr. Sweetness«, spottete sie. »Der kam angeschoben wie eine gereizte Dampfwalze. Er war groß und kräftig, etwa dreißig, und er trug einen Tarnanorak vom Militär. Sobald er mich sah, schlug er den Kragen hoch, damit ich sein Gesicht nicht erkennen konnte. Vielleicht ist er ja auch abgrundhäßlich!«
»Warum hast du den nicht auch nach seinem Namen gefragt?« stieß Peter mürrisch hervor.
»Hey – hab' ich ja, und da sagte er patzig, das gehe mich gar nichts an. Nichts zu machen«, erklärte Kelly. »Dann schlüpfte er zwischen den Vorhängen zu Julia hinein und machte wieder dicht, damit ich nichts mitbekam.«
»Aber du hast doch wohl was gehört?« fragte Justus.
»Ja, schon«, sagte Kelly. »Ich hörte, wie er ihren Schrank und ihren Nachttisch durchwühlte.«
»Ging das langsam oder schnell?« fragte Justus.
»Schnell«, war Kellys bestimmte Antwort.
Justus war zufrieden. »Daraus läßt sich für mich ableiten, daß er nicht nur auf gut Glück herumstöberte. Der suchte etwas ganz Bestimmtes.«
»Aber gefunden hat er nichts. Er verschwand mit leeren Händen wieder«, berichtete Kelly noch.
Justus fing an, im Raum auf- und abzugehen. »Leider läßt sich nun nichts weiter in Erfahrung bringen, ehe Julia aufwacht«, stellte er fest.
»Das sollte aber möglichst noch vor dem Ablauf der Besuchszeit sein, sonst wirft uns der Stationsdrache wieder raus«, meinte Peter.
Bob spähte durch den Spalt in den Vorhängen zu Julia hinein. »Sie sieht gar nicht so schlecht aus«, fand er. »Heute früh stand in der Zeitung, sie hätte mit viel Glück überlebt. Ihr Wagen ist nur

noch Schrott.« Er drehte sich wieder zu seinen Freunden um. »Habt ihr eigentlich schon den Unfallort besichtigt?«
Justus schüttelte den Kopf, ohne seine rastlose Wanderung einzustellen. Da trat die rothaarige Schwester mit einem großen Blumenstrauß ins Zimmer.
Sie sah erst Kelly an, dann der Reihe nach die drei Freunde. »Gleich drei Jungs?« wandte sie sich mit mißbilligendem Kopfschütteln an Kelly. »Von gerechter Verteilung halten Sie wohl nichts?« Sie stellte die Blumen auf Julias Tisch und ging wieder zur Tür. »Ich komme dann noch mal«, drohte sie an.
»Muß das sein?« murmelte Peter, als sie draußen war.
»Hört mal, das ist ja interessant«, sagte Bob. Er hatte sich die Karte bei dem Strauß angesehen. »Die Blumen kommen von Michael Argenti.«
»Wieso ist das interessant?« wollte Peter wissen.
»Weil er von der Grillhähnchen-Konkurrenz ist«, erklärte Bob. »Ihm gehört die Fast-Food-Kette Chickobello.«
»Na, du kennst dich ja bestens aus. Du und Justus, ihr habt wohl immer die Nase vorn. Widerlich!« bemerkte Peter.
Bob lachte. »Ach, zufällig spielte eine der Gruppen, die wir über die Agentur vermitteln, bei der Eröffnung eines neuen Imbißlokals von Chickobello. Michael Argenti sollte auch dabeisein, aber wir mußten in der prallen Sonne vier Stunden lang warten, bis er endlich erschien.«
»Kannst du dir erklären, weshalb Argenti der Tochter seines Erzrivalen Blumen schickt?« fragte Justus.
»Sax, mein Chef, macht so was auch hin und wieder«, sagte Bob. »Das ist so üblich im Geschäftsleben. Es ist nicht unbedingt ein Sympathiebeweis. Mir ist bekannt, daß Argenti und Big Barney einander nicht ausstehen können. Michael Argenti würde jubilieren, wenn Big Barney Pleite machte. Und umgekehrt.«
»Na, immerhin haben wir jetzt doch einige Verdächtige«, äußerte Peter zufrieden.

»Das schon, aber haben wir auch eine Straftat?« fragte Justus.
In diesem Augenblick öffnete Big Barney Crown die Tür. Eine Sekunde lang stand er starr, offenbar überrascht, weil das Zimmer voller Leute war.
Justus betrachtete Big Barneys volles Gesicht. Was war aus diesem Blick herauszulesen? War es väterliche Besorgnis um die Tochter? Oder handelte es sich um die Augen eines Wahnsinnigen, der seine Tochter daran hindern wollte, seine heimtückischen Mordpläne aufzudecken?
Von der Tür her sagte Big Barney: »So, könnte ich nun mal mit meiner Tochter allein sein?«
Justus, Bob und Peter zogen sich widerstrebend auf den Flur zurück. Justus sah sich kurz um und ging dann zum Schwesternbüro weiter vorn. Hinter der Informationstheke saß auch jetzt die Stationsschwester mit dem kupferroten Haar. Auf ihrem Namensschildchen stand »Schwester Elizabeth Lazar«.
»Könnten Sie mir sagen, wer heute Nachtdienst hatte?« erkundigte sich Justus.
»Daß Sie gerade mich das fragen müssen«, bemerkte Schwester Elizabeth spitz. »Eigentlich geht es Sie ja nichts an, aber das war ich selber. Eine Kollegin wollte plötzlich Heiratsurlaub, und da mußte ich drei Schichten hintereinander arbeiten. Vierundzwanzig Stunden in einer Tour.«
Justus wurde ganz aufgeregt und munter. »Ah ja. Dann könnten Sie mir vielleicht etwas über die drei Besucher sagen, die zu Julia Crown kamen«, meinte er. »Abgesehen von ihrem Vater.«
Schwester Elizabeth hob die Augenbrauen und schüttelte den Kopf. »Ausgeschlossen. Auskünfte dieser Art dürfen wir nur an die Angehörigen der Patienten erteilen.«
Damit war die Unterredung auch schon beendet. Das konnte Justus der Schwester am Blick ablesen. Sie war müde, übellaunig und sonst noch alles mögliche, aber bestimmt nicht zum Reden aufgelegt. Justus seufzte und wandte sich ab.

»Es ist wirklich sehr wichtig«, versuchte es nun Bob. Er fuhr sich mit den Fingern durch das blonde Haar. Schwester Elizabeth nahm Bob aufs Korn und erntete ein gewinnendes Lächeln.
»Drei Schichten, alle Achtung«, sagte er äußerst liebenswürdig. »Das ist echt stressig. Was meinen Sie, sollen wir für Sie ganz persönlich drei Strophen Ihres Lieblingssongs von den Beatles singen? Sie dürfen mir glauben, *Sergeant Pepper* können Sie glatt vergessen – wenn Sie es erst mal von uns gehört haben.«
»Ihren Charme können Sie sich sparen. Ich bin völlig geschafft«, erklärte Schwester Elizabeth. Doch ihr Blick war schon nicht mehr so streng, und um ein Haar hätte sie gelächelt. »Na schön. Es waren aber heute nacht und am Morgen nicht drei Besucher bei Julia Crown, sondern nur zwei. Ein junger Mann und eine junge Frau.«
»Und der Bursche in der Militärjacke?« hakte Justus ein.
Elizabeth Lazars Augenbrauen schossen in die Höhe. »Dem habe ich den Zutritt zum Krankenzimmer verboten«, donnerte sie. »Ein unmöglicher Mensch! Brachte mich fast zur Weißglut.«
»Wieso das?« fragte Bob.
»Aushorchen wollte er mich«, sagte sie. »Und was für unverschämte Fragen!«
»Zum Beispiel?« warf Justus ein.
»*Kommt sie wieder auf die Beine?* - so warf er es mir hin. Oder: *Wo sind denn ihre persönlichen Sachen verwahrt?* und noch mehr in dieser Art. Zum Freundeskreis der Familie gehörte der ganz bestimmt nicht.«
»Haben Sie ihn sich genau angesehen?« erkundigte sich Bob.
Schwester Elizabeth schüttelte den Kopf. »Gesichter konnte ich mir noch nie gut merken«, mußte sie zugeben. »Seine Jacke habe ich in Erinnerung und seine Fragen. Seine Körpertemperatur hätte ich mir auch gemerkt, wenn ich sie gemessen hätte. Aber sein Gesicht – nein.«
»Dankeschön«, sagte Bob.

Während die drei ??? sich zum Gehen wandten, meinte Justus noch: »Dieser Mr. Sweetness erscheint mir verdächtig. Aber vielleicht weiß Julia, wer er ist. Gehen wir wieder ins Zimmer und sehen wir nach, ob sie jetzt wach ist.«
»Daraus wird wohl nichts«, rief ihnen Schwester Elizabeth nach. »Es hat Julia Crown ziemlich schlimm erwischt, und sie muß ausgiebig schlafen. Sie wird noch einige Zeit nicht ansprechbar sein.«
Nach dieser Information beschlossen die drei ???, anders vorzugehen. Justus und Bob würden das tun, was sie in unzähligen anderen Fällen zuvor getan hatten: Sie würden zum Polizeipräsidium von Rocky Beach fahren und mit ihrem langjährigen Verbündeten, Hauptkommissar Reynolds, sprechen. Peter hingegen wollte das tun, was Kelly von ihm verlangte – bei ihr in der Klinik bleiben und ihr Gesellschaft leisten.
Bob setzte sich hinters Lenkrad seines roten Golf, und Justus zwängte sich auf den Beifahrersitz.
Kurze Zeit später saßen die beiden Jungen Hauptkommissar Reynolds gegenüber und schauten ihm bei seinem mittäglichen Imbiß zu – einem in appetitliche Teile zerlegten Grillhähnchen von Chicken Crown.
»Mögt ihr auch ein Stück?« bot der Polizeichef an.
»Vielen Dank!« Bob griff in den Pappkarton, der mit dem Werbeaufdruck eines gekrönten Hähnchens verziert war.
Justus hielt sich mit beiden Händen an seinem Stuhl fest und gab sich die größte Mühe, so gelassen wie möglich »Nein, danke« zu sagen.
»Na, was gibt es Neues bei euch Detektiven?« erkundigte sich der Kommissar, während er genüßlich einen Schlegel abnagte.
»Wir interessieren uns für den Hergang des Autounfalls von Julia Crown«, sagte Justus.
»Daran ist nichts Verdächtiges«, erwiderte der Polizeichef mit vollem Mund. »Sie verlor auf abschüssiger Strecke bei Regen die

Herrschaft über ihren Wagen und kam von der Fahrbahn ab. Mehr war da nicht.«
»War denn gar nichts an der Sache irgendwie auffällig?« fragte Justus.
»Einige Fragen müssen noch geklärt werden, aber das ist immer so«, sagte der Kommissar. »Zum Beispiel kam die Unfallmeldung anonym. Den Anrufer würden wir natürlich gern ausfindig machen. Vielleicht war er Zeuge des Unfalls. Aber warum nannte er seinen Namen nicht? Und dann gab es zwei verschiedene Bremsspuren – die eine von Julias Wagen, der plötzlich von der Straße abkam, und daneben noch eine andere. Diese endete weiter unten auf der Gefällstrecke.«
Justus versuchte sich das vorzustellen. Er sah zwei Fahrzeuge bergab fahren. Julia lenkte den ersten Wagen, und hinter ihr kam ein anderer Fahrer – doch wer war das? Nachdenklich knetete Justus seine Unterlippe und dachte sich dazu verschiedene Versionen aus.
»Herr Kommissar«, sagte er schließlich. »Haben Sie schon die Möglichkeit erwogen, daß Julia Crown auf der Flucht vor einem anderen Autofahrer war?«

Kleine Verwechslung

»Julia Crown auf der Flucht?« Hauptkommissar Reynolds setzte die Plastikschale mit Krautsalat ab und starrte die jungen Detektive an. »Wie kommst du darauf, Justus? Das ist ja ein ziemlich wackliges Standbein für eine Theorie. Eine ganz unbegründete Vermutung.«
»Es ist eine durchaus logische Vermutung«, erwiderte Justus. Er lehnte sich auf seinem Stuhl zurück. »Angenommen, Sie fahren

bei Regen auf abschüssiger Straße, und der Wagen vor Ihnen kommt von der Fahrbahn ab – was würden Sie da tun?«

Bob gab die Antwort. »Wenn ich scharf bremste, dann käme ich wahrscheinlich ein Stück weiter vorn zum Stehen.«

»Genau an entsprechender Stelle fanden wir ja die zweite Bremsspur«, fügte der Kommissar hinzu.

»Aber was würde dieser Fahrer als nächstes machen?« fragte Justus weiter.

»Ich würde wohl auf dem Randstreifen im Rückwärtsgang wieder hochfahren«, meinte Bob. »Damit ich im Regen nicht so weit laufen müßte und schneller zu dem verunglückten Wagen käme.«

»Genau«, sagte Justus mit triumphierendem Lächeln. »Und setzte der zweite Fahrer zurück, um Julia Hilfe zu leisten? Oder um wenigstens festzustellen, ob sie noch lebte?«

»Nach den Spuren zu urteilen, tat er das nicht«, gab der Polizeichef zu. »Auf dem unbefestigen, schlammigen Randstreifen fanden wir keine frischen Reifen- oder Fußspuren. Folglich blieb der zweite Fahrer in seinem Wagen sitzen. Und dann fuhr er weiter.«

»Wer bringt denn so was fertig – im Auto sitzenzubleiben und einen anderen nach einem Unfall einfach im Stich zu lassen?« fragte Justus. Die Antwort gab er selbst. »Vielleicht war das ja wirklich einer, der hinter Julia Crown her war und den es völlig kaltließ, ob sie bei dem Unfall möglicherweise ums Leben kam!«

»Als Theorie hört sich das logisch an«, sagte der Kommissar. »Und deine Beweisführung?«

»Daran arbeiten wir zur Zeit.« Justus stand auf und wandte sich zum Gehen. »Komm, Bob.«

Ehe sie an der Tür waren, rief ihnen Hauptkommissar Reynolds noch nach: »Überarbeitet euch lieber nicht. Sobald die Tochter vom Chicken King aufwacht, wird sie uns den Hergang selbst schildern.«

Völlig zutreffend, mußte sich Justus sagen. Wenn Julia erst wieder ansprechbar war, würde sie zweifellos berichten können, ob sie vor dem Unfall von einem Autofahrer verfolgt worden war. Vielleicht hatte er sogar versucht, sie von der Fahrbahn abzudrängen. Und vielleicht war der Fahrer dieses anderen Wagens derjenige, der die Hähnchen vergiften wollte!

Alle Antworten schlummerten vorläufig in Julias Kopf, und den drei ??? blieb nichts anderes übrig, als abzuwarten.

Die Kernfrage war allerdings: Würde Julia wahrheitsgemäß über alles berichten, wenn sie wieder wach war? Falls ihr Vater irgend etwas mit dieser Giftaktion zu schaffen hatte, würde sie dann lügen, um ihn zu decken?

Als die beiden das Präsidium verließen und wieder in Bobs Wagen stiegen, knurrte Justus' Magen vernehmlich.

»Weißt du, Justus, ich find's großartig, daß du so eisern Diät hältst. Aber nichts Gebratenes und zwischendurch nur Melone? Das wird mir langsam unheimlich«, meinte Bob.

»Du hast gut reden. Brauchst du etwa Shirts Größe XXL?« Justus' Ton signalisierte überdeutlich »Ende der Diskussion«.

»Schon gut, entschuldige«, sagte Bob. »Also, was hast du jetzt vor?«

»Vorläufig können wir nur einer einzigen Fährte nachgehen«, antwortete Justus. »Wer saß am Lenkrad des Wagens, der hinter Julia Crown herfuhr? Möglicherweise einer der drei Besucher, die gestern bei ihr in der Klinik waren.«

»Das wären Sean Fellows, Maria Gonzales und dieser Bursche, den Kelly Mr. Sweetness nennt«, sagte Bob.

»Ja. Und wir müssen auch Näheres über Michael Argenti, Big Barneys Rivalen, in Erfahrung bringen«, erklärte Justus. »Das mache ich über den Computer in der Zentrale. Aus der Datenbank DataServe rufe ich alle Informationen über Michael Argenti und Chickobello ab. Das *Wall Street Journal* ist in dieser Datenbank ebenfalls gespeichert. Auch dort gibt es sicher wertvolle Auskünfte. Du könntest mittlerweile herausfinden, wo Sean Fellows gestern abend war, ehe er in die Klinik kam.«

»Das geht leider nicht«, mußte Bob ablehnen. »Ich werde bei Sax in der Agentur gebraucht.«
»Na, dann ruf Peter in der Klinik an, und mach ihm Beine.«
»Geht klar. Aber was machen wir mit Maria und Mr. Sweetness?«
»Wegen Maria mache ich mir kein Kopfzerbrechen«, sagte Justus. »Es sieht wirklich nicht so aus, als hätte sie ein Motiv. Dennoch werde ich sie anrufen und ihr ein paar Fragen stellen. Bei Mr. Sweetness müssen wir einfach abwarten, bis er uns mal über den Weg läuft.«
Da knurrte Justus' Magen schon wieder. Die beiden fuhren zu einem Supermarkt und kauften eine gigantische Wassermelone. Dann setzte Bob Justus beim Schrottplatz ab und steuerte die Agentur an. Von dort aus rief er Peter in der Klinik an und trug ihm auf, Ermittlungen zu Julias ehemaligem Freund, Sean Fellows, anzustellen.
Aber als Peter sich endlich von Kelly losreißen konnte, war es dunkel – zu dunkel, um an fremdem Ort und in unvertrauten Straßen nach Seans Behausung zu fahnden. Also war es schließlich Sonntag, als Peter zur Laurel Street fuhr.
Sein Ziel, das Haus Nr. 23, stand in einer ruhigen, hübschen Wohngegend von Melton, einige Kilometer nördlich von Rocky Beach. Kleine, weiße Holzhäuser säumten die Straße, alle mit breiten Veranden und Ziergärten davor.
Vor dem Haus, in dem Sean Fellows wohnte, war ein altes Bonneville-Cabriolet geparkt. Und auf der Verandabrüstung hockte ein blonder junger Mann mit Bürstenschnitt. Er trug verwaschene Jeans und ein weißes T-Shirt, dazu eine Lederweste. Kaum war Peter auf den Gartenweg getreten, da sprang der Bursche vom Geländer herunter.
»Dann mal los!« brüllte er. Mit einer Hand winkte er Peter zu sich heran, die andere hielt er hinter dem Rücken verborgen. »Kommen wir zur Sache!« Sobald Peter näher heran war, kam auch diese Hand in Sicht – und mit ihr eine Motorradkette!

Was hatte denn das zu bedeuten? Peter überlegte fieberhaft, mit wild klopfendem Herzen. Ohne den geringsten Anlaß sah er sich urplötzlich von einem Wahnsinnigen angegriffen. Der Kerl hatte die Motorradkette zweimal um seine Hand geschlungen, aber das freie Ende pendelte bedrohlich hin und her. Peter war regungslos stehengeblieben. Sollte er seine neuerworbenen Karatetechniken ausprobieren? Oder besser abhauen?
»Diesmal sind wir beide unter uns«, rief der Bursche. »So wolltest du's doch haben, nicht?« Er schwang die Kette, und das Ende knallte in die Latten der Verandabrüstung, so daß das Holz splitterte.
Karate bringt's hier nicht, dachte Peter. Lieber würde er sich rückwärts absetzen.
»Dich mach' ich fertig!« schrie der Kerl und sprang von der Brüstung herunter. Ein Riese war er nicht – lange nicht so groß und kräftig wie Peter. Aber er hatte eine Mordswut und ließ die Kette wild durch die Luft sausen.
»Da muß 'ne kleine Verwechslung vorliegen«, sagte Peter, während er weiter zurückwich. Sein Gegner in den schwarzen Lederstiefeln näherte sich bedrohlich, die Schultern hochgezogen wie ein Gorilla.
»Ich weiß nicht, was das hier soll. Ich jedenfalls suche Sean Fellows«, erklärte Peter standhaft. »Ich bin ein Freund von Julia Crown.«
Die schwarzen Stiefel hielten inne, die wirbelnde Kette kam zur Ruhe.
»Stimmt das auch?« fragte der Bursche. Peter nickte, hielt jedoch vorsichtshalber die Fäuste kampfbereit geballt.
»Na dann ... hm, tut mir leid.« Der andere atmete tief aus. Sein ganzer Körper entspannte sich sichtlich. »Ich bin Sean Fellows. Ich hab' da ein kleines Problem mit einer Horde Punks. Vorhin war so ein Vandale am Telefon und hat mir angedroht, sie wollten meinen Wagen klauen.«

Sean zeigte auf den alten, ziemlich lädierten Bonneville vorn an der Straße. Peter musterte das Auto eingehend.
»Vielleicht wärst du den Schrotthaufen dann bequem losgeworden«, meinte er schließlich lachend. »Die Reifen sind platt, und er verliert jede Menge Öl ... «
»Ja, und außerdem ist seit zwei Wochen die Batterie leer!« Nun mußte auch Sean lachen. »Aber von Punks lass' ich mir nicht auf der Nase rumtanzen, klar?« Dann fiel sein Blick auf die Verandabrüstung. »Sieht so aus, als hätte ich ganz umsonst hier Kleinholz gemacht. Hey – aber jetzt zu Julia! Woher kennst du sie?«
»Eigentlich kenne ich sie gar nicht«, bekannte Peter. »Sie ist in der Klinik im selben Zimmer untergebracht wie meine Freundin Kelly.«
»Ah, so ist das«, sagte Sean. Dann ging er mit Peter ins Haus. Wenn er nicht gerade Motorradketten durch die Luft sausen ließ, wirkte Sean ganz wie ein sympathischer, normaler Collegestudent. Seine Bude war mit aufregenden Posters tapeziert.
»Warum warst du denn am Freitag spät nachts noch in der Klinik?« erkundigte sich Peter.
»Maria – sie teilt sich mit Julia ein Zimmer am College – rief mich an und sagte mir, Julia hätte einen Autounfall gehabt«, erklärte Sean. »Wir haben uns erst vor einigen Monaten getrennt, Julia und ich. Ich bin wohl noch nicht ganz drüber weg. Ich mußte einfach hin und sehen, wie es ihr geht. Ist sie inzwischen aufgewacht?«
»Nein, sie ist noch abgemeldet«, antwortete Peter. »Die meiste Zeit schläft sie jedenfalls. Die Ärzte sagen, daß sie viel Ruhe braucht.«
Sean sah Peter von der Seite her an. Plötzlich wurde ihm klar, daß Peter ein wildfremder Mensch war. »Nun erklär mir mal eines«, sagte er. »Wenn du Julia nicht mal kennst, wozu kommst du dann hierher und fragst mich aus?«
»Kelly, meine Freundin, meint, daß an der Sache irgendwas nicht

stimmt«, gab Peter Auskunft. »Daher will ich einiges überprüfen. Was weißt du von Big Barney?«

»Big Barney? Wenn der nicht wäre, könnte ich noch heute mit Julia befreundet sein.«

»Wieso das?«

»Julias Vater und ich stritten uns andauernd«, erklärte Sean. »Ich bin nämlich Vegetarier. Kein Fleisch, kein Fisch, natürlich auch keine Hähnchen. Ich lehne es ab, daß Tiere für den Menschen geschlachtet werden sollen – oder daß gar einer ein Vermögen damit macht. Meine strikte Einstellung war Barney natürlich verhaßt, und er griff mich deshalb immer wieder an. Schließlich gerieten auch Julia und ich uns in die Haare. Und als sie mir mitteilte, sie wollte nach dem Diplom bei ihrem Vater arbeiten, da krachte es endgültig zwischen uns beiden.«

»Noch eine letzte Frage, dann verschwinde ich wieder«, sagte Peter. »Wie bist du nur um vier Uhr früh in ein Klinikzimmer reingekommen?«

»Ich schwindelte der Schwester vor, Julia und ich seien verlobt«, gestand Sean. »Na ja, Wunschdenken.«

Später am Nachmittag, auf dem Schrottplatz, berichtete Peter seinen Freunden von Sean Fellows. Nebenher machte er sich im Motorraum hinten in Bobs Golf zu schaffen, denn der Keilriemen hatte ausgedient und mußte gewechselt werden. Das übernahm nun Peter.

Als er den neuen Riemen aufgezogen hatte, prüfte er die Spannung durch Daumendruck. »Einen Zentimeter muß er nachgeben«, erklärte er. »Und nach dreihundert Kilometern müssen wir ihn nochmal anziehen. Die Dinger dehnen sich.«

Für Keilriemen hatte Justus nicht viel übrig. Er sagte: »Mich interessiert an Peters Bericht vor allem, daß Sean Fellows ein Auto hat.«

Bob sah ihn kopfschüttelnd an. »Manchmal kann ich dir nicht folgen, Justus. Peter erzählt uns da die tragische Geschichte einer Liebe, die an ... an unterschiedlichen Ernährungsprinzipien gescheitert ist! Und von dir kommt prompt ein völlig abwegiger Kommentar.«

»Wir müssen unser Ziel im Blick behalten«, äußerte Justus. »Schließlich fahnden wir nach einem Verdächtigen, der mit seinem Wagen hinter Julia Crown her war.«

»Da scheidet Seans Wagen aus«, hielt Peter dagegen. »Aus allen vier Reifen ist die Luft raus, und die Batterie hat vor zwei Wochen den Geist aufgegeben.«

»Stimmt das auch?« fragte Justus.

»Ja, ich hörte mich noch in der Nachbarschaft um. Man hat mir das bestätigt.«

»Tja ... « Justus seufzte. »Es gibt eben keinen Ersatz für einen handfesten Beweis. Immerhin scheint mir der Bursche ganz schön aggressiv, mit seiner Kette.«

Peter zuckte mit den Schultern. Er startete den Motor und gab probeweise im Leerlauf Gas. Eine Minute lang ging das normal, und dann folgte eine Serie ganz übler Stottergeräusche.

»Hört sich aber gar nicht gut an, Peter«, bemerkte Bob.

»Das heißt in der Autosprache: *Verscherbel mich – demnächst falle ich auseinander*«, meinte Peter lachend.

Bob war es gewohnt, daß andere sich über sein Uraltvehikel lustig machten, und lachte auch. »Könntest du dich vielleicht etwas präziser ausdrücken?« bat er.

»Vorläufig kann ich nur sagen, daß hier mehr kaputt ist, als ich jetzt gleich reparieren kann. Dafür muß ich mir mehr Zeit nehmen. Vielleicht komme ich nächste Woche dazu.« Dann wandte sich Peter an Justus. »Na, und was gibt es Neues von Maria Gonzalez und Michael Argenti?«

»Maria hab' ich angerufen. Sie hat ein wasserdichtes Alibi für den Unfallzeitpunkt – sie war mit sechs anderen Leuten in einem Aufzug steckengeblieben. Bei Michael Argenti sieht es anders aus. Bekanntlich ist er Big Barneys schärfster Konkurrent. Und aus

dem *Wall Street Journal* war zu entnehmen, daß Argenti seit einiger Zeit dran ist, Big Barneys Chicken-Crown-Kette aufzukaufen.«
»Was, Chickobello will Chicken Crown übernehmen!« rief Bob. »Ist ja hochinteressant! Aber wieso sollte Argenti dann Julia Crown von der Straße abdrängen?«
»Keine Ahnung«, antwortete Justus. »Möglicherweise wollte er Big Barney unter Druck setzen – mit einem brutalen Denkzettel.«
»Meinst du, er ist der Bursche, der Big Barneys Hähnchen vergiften will?« fragte Bob. »Immerhin ist er unser einziger Verdächtiger.«
»Nein – da hätten wir ja noch Big Barney selbst und natürlich Mr. Sweetness. Aber ob der überhaupt noch mal auftaucht?« meinte Justus.
Da klingelte in der Zentrale das Telefon. Peter war als erster am Apparat und nahm ab.
»Drei Detektive, Peter Shaw.« Er schaltete den Verstärker ein. Es war Kelly aus der Klinik. Sie sagte nur vier Worte, doch das reichte aus, um die drei ??? auf Trab zu bringen.
»Peter – Julia ist wach.«

Dr. Jonas am Apparat

Die drei Jungen setzten sich rasch in den Golf und rasten zur Klinik. Leider mußten sie unterwegs dreimal anhalten und eine Kleinigkeit in Ordnung bringen, dies freilich an wesentlichen Teilen des Motors.
Am Ziel angekommen, stürmten sie gleich zu Kellys und Julias Zimmer. Nun sollten sie also endlich die wahrheitsgetreue Schilderung des Unfallherganges am Freitag abend hören. Hatte Julia

einem Verfolger zu entkommen versucht? Oder war es tatsächlich ein Unfall ohne Fremdeinwirkung gewesen? Und was hatte sie gemeint, als sie davon redete, jemand wolle die Hähnchen vergiften?

»Hey, Paul, John und Ringo! Stop!«

Justus blieb stehen, die Hand schon auf der Türklinke. Die drei ??? blickten sich um und sahen die rothaarige Elizabeth Lazar. Sie winkte ihnen aus dem Schwesternbüro zu.

»Tut mir leid, aber jetzt können Sie nicht rein«, sagte sie, diesmal sogar mit einem Lächeln. »Mr. Crown ist bei seiner Tochter. Und bei Kelly wird gerade der Verband gewechselt. Sie müssen warten. Da wäre ja nun Zeit für eine Kostprobe aus *I Want to Hold Your Hand.*«

Bob lachte, aber Justus räusperte sich verlegen und trat lieber den Rückzug an.

Fünfmal klickte der Minutenzeiger der großen Uhr am Ende des Flurs. Dann waren es zehn Minuten. Das Warten setzte Justus schwer zu.

Er trat wieder an die Informationstheke und blätterte die dort ausgelegten Druckschriften durch.

»Was haben Sie es denn so eilig?« fragte ihn Schwester Elizabeth. Ihr Blick blieb an seiner Brust hängen. »Wissen Sie, vielleicht sollten Sie ein positiveres Motto spazierentragen.«

Justus hatte das einzige saubere Shirt an, das er am Morgen in der Schublade vorgefunden hatte. Es trug den Aufdruck: FASTEN BRINGT FRUST.

»Wir sollten dringend mit Julia Crown sprechen«, äußerte Justus in gekonnt dienstlichem Tonfall. »Wir möchten erfahren, welche Erinnerung sie an ihren Unfall hat.«

»Da werden Sie nicht weit kommen«, sagte Schwester Elizabeth bedauernd. »Sie hat nämlich überhaupt keine Erinnerung daran. Sie hat eine Gedächtnislücke. Amnesie.«

Amnesie! Das Wort traf Justus wie ein Keulenschlag. Nach all

dem Warten und all der Unsicherheit war bei der einen Person, die ihre Fragen beantworten könnte, sozusagen das Band gelöscht. Endlich ging die Tür zu Julias und Kellys Zimmer auf, und Big Barney erschien. Er trug einen lilafarbenen Jogginganzug, auf dessen Brusttasche ein Hähnchen in Goldgelb und Orange aufgestickt war. Im Türrahmen blieb er noch einmal stehen und wandte sich zurück.
»Also, dann ist das klar. Morgen komme ich wieder her«, sagte er zu Julia. »Ich nehme dich mit nach Hause, und du vergißt die ganze schlimme Sache – dann ist alles wieder okay. Was bist du denn so bedrückt? Dafür gibt's doch gar keinen Grund. Ciao.«
Big Barney lächelte und schloß die Tür hinter sich. Doch schon bei seinen ersten Schritten auf dem Flur verschwand das Lächeln aus seinem Gesicht. Während er rasch an den drei Jungen vorüberging, murmelte er etwas vor sich hin.
»Was hat er denn eben gesagt? Habt ihr das mitbekommen?« fragte Peter.
»Es hörte sich an wie: *Was soll ich bloß machen?*«, sagte Bob.
»Gehen wir hinein«, meinte Justus. Er ging voran ins Patientenzimmer.
Julia Crown – sie mochte etwa zwanzig Jahre alt sein – saß aufrecht im Bett, von Kissen gestützt. Ihr gelocktes schwarzes Haar war noch zerdrückt vom langen Liegen, aber ihre großen blauen Augen waren weit geöffnet und völlig klar. Auf ihrem Gesicht lag allerdings ein Ausdruck der Unsicherheit.
»Hi«, begrüßte Kelly munter die Besucher. Nur ihr Blick mahnte Peter zur Vorsicht. Auch Justus und Bob entging das nicht. »Da sind sie nun, Julia – die drei Detektive. Selbstbausatz in Lebensgröße, ohne Batterien.« Kelly kicherte. »Das hier ist Justus Jonas, das Bob Andrews – und das ist Peter.«
»Hi«, sagte Julia. Ihre Stimme war weich und angenehm, aber heiser. »Über dich weiß ich schon alles«, wandte sie sich an Peter.

Peter warf Kelly einen resignierten Blick zu.
Justus raffte sich zu einem schüchternen »Hallo« auf.
»Wie geht's denn heute so?« erkundigte sich Bob.
»Ich komme mir vor, als hätte ich zehn Runden mit einem Boxweltmeister durchgestanden«, gab Julia zurück. »Aber keine Knochenbrüche, keine Schnittwunden – nur Blutergüsse und Abschürfungen. Und morgen darf ich schon nach Hause.«
»Schön für dich«, sagte Bob.
Justus trug ungeduldig einen Stuhl von Kellys zu Julias Bett. Dann kam er zur Sache. »Wir konnten es kaum erwarten, uns mit dir über den Unfall zu unterhalten.«
»Das weiß ich von Kelly. Aber eines muß ich gleich vorausschikken«, sagte Julia bedächtig. »Ich habe da eine Gedächtnislücke.«
»Kannst du dich denn an überhaupt nichts mehr erinnern?« lautete Justus' präzise Frage.
»Das letzte, was ich noch weiß, ist, daß ich meine Katze fütterte. Das war vorgestern, ehe ich zur Arbeit in Dads Firma fuhr. Und dann bin ich hier aufgewacht«, berichtete Julia. »Eine solche Amnesie kommt nach einem Unfallschock recht häufig vor. Sie ist nur vorübergehend, jedenfalls sagte das der Arzt. Die fehlende Erinnerung kann sich bei mir also jederzeit wieder einstellen.«
»Und falls das nicht klappen sollte, können wir vielleicht mit Anhaltspunkten nachhelfen«, setzte Bob hinzu.
»Also ist dir vom Unfalltag praktisch überhaupt nichts im Gedächtnis geblieben«, fuhr Justus nachdenklich fort. »Was arbeitest du denn bei deinem Vater im Büro?«
»Ich studiere Betriebswirtschaft«, erklärte Julia. »Und zur Zeit mache ich bei Dad ein Praktikum. Ich durchlaufe nacheinander alle Abteilungen und erstelle gleichzeitig eine Kosten-Nutzen-Analyse für das Unternehmen.«
»Weißt du noch, in welchen Abteilungen du am Freitag warst?« erkundigte sich Justus.
»Eben nicht«, antwortete Julia niedergeschlagen.

»Ist dir etwas davon bekannt, daß du hier in der Klinik schlecht geträumt oder im Schlaf gesprochen hast?« fragte Justus.
Julia schüttelte den Kopf.
Justus gab es auf. Bald darauf verabschiedeten sich die drei Besucher von Kelly und Julia.
Draußen auf dem Flur stellte Justus kategorisch fest: »Hier liegt kein Fall für uns vor.«
»Kelly ist aber anderer Meinung«, wandte Peter ein.
»Kelly liegt seit einer Woche im Bett, und ihre Hauptbeschäftigung ist fernsehen«, entgegnete Justus. »Die langweilt sich hier zu Tode und kommt dabei auf alle möglichen Ideen.«
»Na ja, Phantasie hat sie zweifelsohne – sie hat sich schließlich dich als ständigen Begleiter ausgesucht, nicht?« Bob gab Peter einen freundschaftlichen Rippenstoß.
»Nun mal halblang«, sagte Peter. »Kelly hat ein Gespür für solche Sachen. Sie weiß immer Monate im voraus, was frau in nächster Zeit so anzieht und wie frau sich anmalt – lange ehe die Masse mitzieht.«
»Großartig«, kommentierte Justus. »Sollten wir irgendwann mal unser Gewerbe in *Die drei Modedesigner* ändern, müssen wir sie unbedingt in unser Team aufnehmen.«
Nun war Peter sauer.
»Peter«, versuchte es Justus nun mit Vernunft, »Julia Crown hat einen schlimmen Unfall gehabt und davon Alpträume bekommen. Und jetzt hat sie eine Gedächtnislücke. Daraus kann ich mir keine Straftat zusammenreimen. Oder geht's dir anders?«
Bob meldete sich zu Wort. »Meine Antwort hieße: vielleicht«, sagte er.
Nun war Justus überrascht.
»Laß es mich erklären«, sagte Bob. »Ich kann gut begreifen, daß sie bei dem Aufprall ihr Kurzzeitgedächtnis im Zusammenhang mit dem Unfall verloren hat. Aber Julia erinnert sich auch an den vorausgegangenen Tag überhaupt nicht mehr. Warum ist dieser

ganze Tag ausgelöscht? Vielleicht gab es da noch einen anderen Vorfall.«

Darauf wußte Justus vorläufig nichts zu sagen. Er dachte darüber nach, doch Schwester Elizabeths laute Stimme lenkte ihn ab. Die Frau telefonierte gerade im Schwesternbüro.

»So, so, Sie übernehmen demnächst meinen Posten hier?« sagte sie zynisch. Offenbar war ihr dies angedroht worden. »Da kann ich Sie nur beglückwünschen. Hoffentlich steht Ihnen das Schwesternhäubchen.« Während des Gesprächs drückte sie auf einen Stapel Klinikformulare einen roten Stempel auf. »Allmählich ödet es mich an, daß Sie jede halbe Stunde anrufen und nach Julia Crown fragen. Ich muß mich schließlich noch um dreißig andere Patienten kümmern. Wenn Sie wissen wollen, wie es ihr geht, dann kommen Sie bitte während der Besuchszeit vorbei.«

Als sich Schwester Elizabeth die Entgegnung des Anrufers anhörte, wurde sie recht ungehalten. »Einen Arzt wollen Sie sprechen? Moment bitte.« Sie legte den Hörer mit Nachdruck auf den Tisch und ging weg.

»Warum da wohl einer so oft anruft und sich nach Julia Crown erkundigt?« Justus war hellhörig geworden.

»Weil er sich ihretwegen Sorgen macht«, antwortete Peter.

»Gut, aber was ist der Grund für seine Sorgen? Daß es schlecht um sie steht, oder genau das Gegenteil – daß sie gesund wird? Vielleicht ist das Mr. Sweetness«, meinte Justus. Er räusperte sich.

»Justus, ich ahne, was du vorhast«, sagte Bob. »Du überlegst gerade, welche Stimme du einsetzen willst.«

Justus war ein begabter Schauspieler, und er konnte seine Stimme und seine Sprechweise hervorragend verstellen.

»Der Mann will einen Arzt sprechen.« Justus lächelte listig. Er nahm den Hörer an sich.

»Hallo, hier Dr. Jonas«, meldete er sich. Plötzlich wirkte seine Stimme ganz erwachsen – mindestens wie die eines Dreißigjährigen – und voller Sicherheit und Selbstvertrauen.

»Sie kenne ich ja gar nicht«, erwiderte der Anrufer. Kein junger Mann mehr, sicherlich schon in mittleren Jahren. Er sprach schnell.

»Ich bin neu im Ärzteteam«, gab Justus zurück. »Sie wollten sich nach Julia Crown erkundigen, Mr. ... « Justus hoffte, der andere werde nun seinen Namen nennen.

Statt dessen fragte der Mann nur: »Wie geht es ihr?«

»Darüber darf ich nur den nächsten Angehörigen Auskunft geben«, erklärte Justus. »Gehören Sie zur Familie?«

Nach einer kurzen Pause sagte der Mann: »Ich bin mit der Familie befreundet.«

»Eng befreundet?«

Frage und Antwort. Stoß und Abwehr. Katz und Maus. Die Maus huschte in ein anderes Loch.

»Hören Sie, ich will ja nur wissen, ob sie es überleben wird«, sagte der Mann.

»Sie ist wieder bei Bewußtsein«, teilte Justus mit. Gespannt horchte er auf die Reaktion am anderen Ende der Leitung. »Sie ist außer Gefahr«, setzte er noch hinzu.

»Ja ... «, sagte die Stimme. Es klang jedoch weder beglückt noch erleichtert, nicht einmal fragend. Justus Jonas hörte darin unverkennbar etwas wie *Denkste* ... mitschwingen.

Er hatte dabei kein gutes Gefühl. »Ich werde ihr gern ausrichten, daß Sie angerufen haben«, unternahm er den erneuten Versuch, dem Anrufer seinen Namen zu entlocken.

»Sehr schön, Doc«, ließ sich die Stimme am Telefon hören. »Ich werd' sie dann selbst kontaktieren.« Der Mann legte auf.

»Was war denn? Stimmt was nicht?« fragte Peter ungeduldig, weil Justus verstummt war.

»Er wollte mich nicht länger kontaktieren.« Justus legte den Telefonhörer gerade noch rechtzeitig auf den Tisch. Da kam auch schon Schwester Elizabeth mit einem jungen Stationsarzt angelaufen.

»Der Bursche ist furchtbar aufdringlich«, warnte sie den Arzt. Sie griff zum Hörer. Aber der Anschluß war unterbrochen.
»Ist ja nicht zu fassen – jetzt hat der tatsächlich aufgelegt!« rief sie empört.
»Der ist nicht nur aufdringlich«, sagte Justus leise zu seinen Freunden, »mit dem stimmt etwas nicht. Da geht etwas vor sich, und ich blicke nicht durch.«
»Soll heißen: Du bleibst nun doch an dem Fall, stimmt's?« fragte Bob.
»Ich hab' nie gesagt, daß ich aufgebe«, entgegnete Justus. »Ich sehe nicht klar, und die Patientin kann sich an nichts erinnern, aber ich glaube, daß Julia Crown irgendwie in Gefahr ist. Und wir sind die einzigen, denen das bekannt ist. Wir müssen uns in ihrer Nähe halten.«
Doch das war vorerst nicht möglich, da jeder der drei etwas Unaufschiebbares vorhatte.
Peter, der sich oft mit Reparaturen an Autos ein paar Dollars verdiente, sollte an der Corvette seines Nachbarn die Zündung neu einstellen.
Bob mußte wieder zu seinem Teilzeitjob in der Agentur. Mit einer der Rockbands mußte das Programm für einen Auftritt in einem Vereinsheim besprochen werden.
Und Justus hatte einen Besuch bei Mrs. Teitelbaum versprochen, seiner Nachbarin, die ihm den Tip mit der Melonen-Diät gegeben hatte. Mrs. Teitelbaum betrachtete sich seither als Justus' persönliche Diätassistentin.
So kam es erst am nächsten Morgen wieder zu einem Zusammentreffen, allerdings ohne Bob. Justus und Peter fuhren zur Klinik, aus der Kelly und Julia an diesem Tag entlassen werden sollten. Kelly war begeistert. Auch Julia war in besserer Stimmung, aber ihre Erinnerung war noch nicht zurückgekehrt. Sie saß auf ihrem Bett und wartete, bis Big Barney kommen und sie mit nach Hause nehmen würde.

»Wir kennen ja alle Big Barney«, sagte Julia. »Möglich, daß er im Gorillakostüm aufkreuzt oder eine Musikkapelle mitbringt. Mein Dad liebt ja solche Überraschungseffekte.«

Zehn Minuten später steckte Big Barney den Kopf zur Tür herein. »Hey! Erinnerst du dich überhaupt noch an mich?« Diesmal trug er einen grünen Jogginganzug mit gelben Bündchen und dazu eine buntkarierte Mütze.

»Dad, mir fehlen doch nur zwanzig Stunden, keine zwanzig Jahre«, sagte Julia. »Klar erinnere ich mich. Hast du mir die Sachen mitgebracht, um die ich dich gebeten hatte?«

Big Barney wies ein Köfferchen vor, und Julia öffnete es. Sie zog einen blauseidenen Schlafanzug heraus und hielt ihn in die Höhe.

»Was soll denn das sein?« wollte sie wissen.

»Ein Hosenkostüm aus blauer Seide«, erklärte Big Barney munter. »Genau wie bestellt.«

»Da hast du dich aber vergriffen, Dad.« Julia lachte. »Das hier ist nämlich ein Schlafanzug. Damit kann ich nicht aus dem Haus gehen!«

Big Barney schob seine Sonnenbrille ins Haar hoch und hielt den Schlafanzug auf Armeslänge von sich ab. »Ein Schlafanzug? ... Null Problemo«, sagte er. Blitzschnell suchte er nach einer seiner originellen Lösungen. »Wir sagen den Leuten einfach, daß ein Einbrecher deinen Kleiderschrank ausgeräumt hat. Hahaha!« Sein dröhnendes Lachen hallte sicherlich bis auf den Klinikflur hinaus.

»Ach, Unsinn«, wehrte Julia mit einem Kopfschütteln ab. »Wenn Mama noch lebte, würde sie dich für verrückt erklären!«

»Ich sage: Null Problemo.« Big Barney gab nicht auf. Er sah sich Kelly an, die neben ihrem Bett stand und ihre Sachen packte. »Na? Sie wiegen doch zirka fünfundfünfzig Kilo.«

Kelly war verblüfft. »Ganz genau«, bestätigte sie. »Woher wissen Sie das?«

»Ich kann das Gewicht eines Hähnchens auf dreißig Meter Entfer-

nung schätzen«, grinste Big Barney. »Und die Knochenstruktur ist vergleichbar. Ihre Kleider würden meiner Julia bestimmt passen.«
»Laß mal, Dad«, sagte Julia verlegen. »Das geht doch nicht. Entschuldige, Kelly. Manchmal vergißt Dad, daß nicht jeder gleich rotiert, wenn er auf einen Knopf drückt.«
»Die Idee ist aber gar nicht schlecht«, meinte Kelly. »Du kannst dir gern von mir was zum Anziehen ausleihen.«
»Find' ich toll!« Nun war Julia doch erleichtert. Sie klappte das Köfferchen zu, das ihr Big Barney mitgebracht hatte. »Vielleicht dürfte ich auch deine Kosmetiksachen benutzen? Mein Täschchen hast du ja auch vergessen, Dad.« Julia sprang vom Bett, fiel ihrem Vater um den Hals und flachste: »Wer von uns beiden hat denn nun eine Gedächtnisstörung?«
Kelly trug ihren Koffer zu Julia hinüber. »Da, nimm dir nur, was du brauchst.«
»Dankeschön«, sagte Julia. »Du bekommst schnellstens alles wieder.«
»Eilt nicht«, winkte Kelly ab.
»Ach, da fällt mir was ein.« Julia blickte in die Runde. »Dad hat für mich zu Hause eine Begrüßungsparty geplant. Die soll in zwei Tagen stattfinden. Ich lade euch alle dazu ein. Es wird bestimmt ein netter Abend, und bei der Gelegenheit kannst du deine Sachen mitnehmen, Kelly.«
»Na, wunderbar!« rief Kelly begeistert.
Auch Justus war freudig überrascht, aber er ließ es nicht merken. Eine Party im Haus des Chicken King? Eine Chance, Big Barney aus nächster Nähe ausgiebig zu beobachten? Das kam ja wie gerufen!

Party mit Überraschungen

Justus Jonas saß auf der Bettkante und zog seine Socken an. Heute sollte in Big Barney Crowns Villa die Party stattfinden, und das verursachte Justus Unbehagen. Die Sache kam ihn hart an. Nicht die damit verbundenen Ermittlungen – die würden für ihn ein Hochgenuß sein. Unverbindliches Party-Geplauder hingegen lag ihm überhaupt nicht.

Er stand auf und steckte sein helles Poloshirt in die Hose. Dann trat er vor den Spiegel. Gar nicht schlecht für einen etwas übergewichtigen, mittelgroßen jungen Mann mit widerspenstigem schwarzem Haar. Augenblick mal. Machte es sich vielleicht besser, wenn er das Hemd über statt in der Hose trug? Jetzt spannte es ziemlich über seinem Bauch.

Dann malte er sich aus, wie eine solche Unterhaltung ablaufen könnte. Er redete mit einem Mädchen, das genau sein Typ war: klein und zierlich, mit kurzgeschnittenen Locken.

»Ich bin dir bestimmt noch gar nicht aufgefallen, aber ich hab' dich seit einer halben Stunde im Blick«, sagte das imaginäre Mädchen mit einem Lächeln.

»O nein, mir entgeht nichts«, antwortete er überzeugend.

»Magst du?« fragte sie und hielt ihm einen Teller mit einer verlockenden Auswahl von Big Barneys Grillspezialitäten hin.

»Nein, danke«, lehnte Justus ab. Er warf in seinem Zimmer noch einen Blick in den Spiegel. »Ich möchte ein wenig abnehmen.«

»Oh. Das imponiert mir, wenn einer so willensstark ist«, entgegnete das Mädchen in Justus' Tagtraum.

Ich bin ihr sympathisch, dachte Justus.

»Bist du mit Big Barney befreundet?«

»Eigentlich bin ich nur hergekommen, um herauszufinden, ob er seine Grillhähnchen vergiftet«, rückte Justus mit der Wahrheit heraus.

Das Mädchen machte große Augen. »Soll das heißen«, fragte sie aufgeregt, »daß du ein richtiger Detektiv bist?«
Doch als sich Justus ein vorteilhafter wirkendes Hemd angezogen hatte, stellte ihm seine Wunschpartnerin eine wirklich brisante Frage. »Warum sollte ein Mann, der mit Grillhähnchen Millionen verdient hat, plötzlich darauf verfallen, seine eigene Ware zu vergiften?« wollte sie wissen.
»Das ist eine äußerst scharfsinnige Frage«, sagte Justus. »Und die Antwort darauf ist mir noch nicht klar. Vielleicht will er damit Argenti abschrecken. Vielleicht vergiftet er nur eine Partie seiner Hähnchen, damit Argenti beim Testen feststellt, daß sie Schadstoffe enthalten. Vielleicht dreht er aber auch den Spieß um und vergiftet die Chickobello-Hähnchen, um Argenti zu schaden. Es gibt da viele Möglichkeiten.«
»Du hast ja den vollen Durchblick«, sagte das Mädchen in dem Tagtraum bewundernd.
»Hey, Justus, bist du soweit?« fragte jemand hinter ihm.
Justus ließ seinen Traum sausen und sah Bob in der Tür stehen. Er trug ein dunkelblau und rot gestreiftes Poloshirt und eine sportliche weiße Hose.
»Mit wem hast du da vorhin geredet?« wollte Bob wissen, während die beiden zu seinem Wagen gingen.
Justus wurde es ganz heiß. »Ich bin nur nochmal die Fakten in unserem Fall durchgegangen«, antwortete er verlegen.
Als sie in Big Barneys riesiger Villa in Bel Air ankamen, wurden sie schon von Peter und Kelly erwartet.
»Hoffentlich hast du Kleingeld eingesteckt«, sagte Peter. »Hier muß man in einen Bus steigen, um von der Haustür zum Swimmingpool zu kommen.«
Das stuckverzierte, efeuumrankte Haus hatte wahrhaft gewaltige Ausmaße – vierzig Zimmer auf drei Stockwerken. Doch nur die Fassade wirkte stilvoll. Im Park wurde man auf Schritt und Tritt daran erinnert, womit der Chicken King zum Millionär geworden

war. Die Lampen auf dem Rasen hatten die Gestalt von Hähnchen. Der Windrichtungsanzeiger oben auf der Fahnenstange war ein aufgeblasenes Gummihähnchen. Und viele der üppig ausladenden Sträucher waren kunstvoll zurechtgestutzt – zu Hähnchen mit Kronen.

Die Party fand beim Pool hinter dem Haus statt. Zweihundert Gäste, jung und alt, scharten sich um das in Hähnchenform angelegte Becken. Man ließ sich Grillhähnchen schmecken, tanzte und amüsierte sich bestens.

»Merkt euch eines: Wir sind nicht nur zum Vergnügen hier«, mahnte Justus. »Das gilt besonders für dich, Kelly. Du mußt unbedingt – hm –*vergessen,* deine ausgeliehenen Sachen wieder mitzunehmen. Das verschafft dir Gelegenheit, Julia noch einmal zu treffen.«

»Ja, ja, ich weiß«, gab Kelly ungeduldig zurück. »Komm jetzt, Peter, wir müssen Julia suchen. Und daß du mir nicht auf die Idee kommst, dich hier zu amüsieren – sonst muß ich das Justus melden.« Lachend zog Kelly mit Peter los.

»Warum legt sie nur jedes Wort von mir auf die Goldwaage?« wollte Justus von Bob wissen.

Bob schüttelte den Kopf. »Ich finde, es ist genau umgekehrt. Na komm, sehen wir uns mal hier um.«

Sie drängten sich durch die Gästeschar. Justus hatte den Eindruck, als hätten ausnahmslos alle Leute einen saftigen Hähnchenschlegel oder einen knusprigen Flügel in der Hand – unter anderem, um irgendwohin zu zeigen, um zu winken oder sogar um damit aufeinander loszugehen. Vor allen Dingen aber ließen sie sich die Dinger schmecken.

»Das sind Folterqualen für mich«, stöhnte Justus. »Wenn der Wind in unsere Richtung weht, rieche ich sämtliche Kräuter und Gewürze, die Big Barney in sein Geheimrezept hineinpackt.«

»Probier doch ein Stück Hähnchen, Justus«, meinte Bob. »Es wird dich nicht gleich umbringen.«

Bob sah Justus an, und Justus sah Bob an, und dann schnitten sie beide eine Grimasse. Vielleicht würde es sie wirklich nicht umbringen, überlegten sie – oder etwa doch?
»Nee, danke«, entschied sich Justus.
»Hi«, sagte da ein Mädchen. Sie war etwa siebzehn und hatte ihr kurzes braunes Haar locker zurückgefönt. In einer Hand hielt sie einen Hähnchenschlegel, in der anderen einen leergetrunkenen Pappbecher. Ihr Blick blieb interessiert an Bob haften. »Du bist mir gleich aufgefallen, als du hier aufkreuztest.«
Bob bedachte sie mit einem siegessicheren Lächeln und fragte: »Kennen wir uns nicht von irgendwoher?«
Das Mädchen lachte. »Sehr witzig. Klar kennen wir uns. Ich bin doch deine Mutter.«
Da lachte auch Bob. »Hi, Mama. Holen wir uns was zu trinken, und dabei berichte ich dir, wie unwiderstehlich ich als kleiner Junge war.« Sie gingen zusammen weg.
Justus setzte sich in einen Gartensessel und hörte sich an, wie Big Barney die Anwesenden bei Stimmung hielt – fast wie ein hauptberuflicher Entertainer. Immer wieder dröhnte sein mächtiges Organ von der anderen Seite des Pools herüber und übertönte das Geplauder und Gelächter der Partygäste.
Doch plötzlich wurde Justus auf eine andere Stimme aufmerksam. Sie gehörte zu jemandem, der unmittelbar hinter ihm stand. Unauffällig wandte Justus den Kopf. Er sah einen sportlich wirkenden Mann in einem weißen Anzug, der bei einer blonden jungen Frau stand und sich ihr bekanntmachte.
»Don Dellasandro«, sagte der Mann. Er gab der Frau seine Karte.
»Peggy Bennington«, sagte die Blondine.
»Na, vielleicht haben wir die gleiche Wellenlänge, Peggy«, sagte Don.
Je länger Justus zuhörte, um so stärker wurde seine Gewißheit, daß er diese Stimme kannte.
»Zur Zeit betreibe ich Marktforschung, Peggy«, sagte Don.

»Möchten Sie eine Kostprobe versuchen, die Ihr Anspruchsniveau entscheidend beeinflussen wird?«
»Klar doch.«
Don gab der jungen Frau eine in Metallfolie gewickelte Süßigkeit. Justus stand auf, um besser beobachten zu können.
»Miracle Tastes?« Peggy las den Aufdruck auf der Folie.
»Meine Firma, und mein neuestes Produkt«, erklärte Don.
Peggy wickelte eine Praline aus. Wahrscheinlich mit Cremefüllung, vermutete Justus, aber schmeckt sie wirklich so wunderbar, um diesen hochtönenden Namen zu verdienen – »Miracle Tastes«?
»Eigentlich esse ich nichts Süßes«, meinte Peggy.
»Keine Angst, das hier hat null Kalorien!« Don grinste. »Aber nun kommt erst das Mirakel.«
Peggy hielt die Praline in der rechten Hand, und Dellasandro führte ihre Finger behutsam näher zu ihrem Mund. »Versuchen Sie das, und lassen Sie sich ins einundzwanzigste Jahrhundert entführen.« Da biß Peggy schließlich ein Stückchen ab.
»Das schmeckt ja wirklich super!« rief sie.
Justus lief buchstäblich das Wasser im Mund zusammen. Er leckte sich die Lippen, und das bemerkte der Mann.
»Don Dellasandro«, stellte er sich vor. Er gab Justus seine Karte und eine Praline gleich obendrein.
Die Praline war weich und cremig und schmeckte köstlich.
»Was schmecken Sie heraus?« fragte Don.
»Ich kann ganz deutlich drei Geschmacksrichtungen unterscheiden«, gab Justus zurück. »Bittere Schokolade, Mandelcreme und ein Hauch Pfefferminz. Und das alles ohne Kalorien? Wie machen Sie das?«
»Aromastoffe und Geschmacksverstärker«, erwiderte Don. »Miracle Tastes ist speziell auf diesem Gebiet tätig. Und Sie haben die einzelnen Aromen sofort und zutreffend erkannt. War nett, Sie zu kontaktieren.«

Justus bekam ganz große Augen. Das Interesse an der köstlichen kalorienfreien Schokolade war vorübergehend in den Vordergrund gerückt – bis er jetzt wieder bewußt Dons Stimme hörte. Doch nun gab es für Justus keinen Zweifel mehr. Don Dellasandro war der Mann, der sich jede halbe Stunde in der Klinik telefonisch nach Julia Crown erkundigt hatte! »Ich werde sie selbst kontaktieren«, hatte er Justus noch mitgeteilt, ehe er auflegte.
»Sie können mir wohl nicht Ihre Karte geben, oder?« sagte Don. »Sie wären die ideale Testperson für meine Produkte.«
»Und wo soll der junge Mann eine Karte hernehmen?« meinte Peggy Bennington lachend. »Dafür ist er noch nicht alt genug.«
O doch, dachte Justus, ich habe sehr wohl eine Karte. Nur war es völlig ausgeschlossen, Don Dellasandro eine Karte der drei ??? zu geben. Auf keinen Fall durfte Dellasandro ausgerechnet jetzt abblocken, wenn Justus hundert Fragen an ihn hatte.
Zum Beispiel: Warum er so oft in der Klinik angerufen hatte? Warum er sich am Telefon so rätselhaft ausdrückte? Und in welcher Beziehung Don zu Julia oder zu Big Barney stand?
Da trat Julia heran und nahm Don Dellasandro beim Arm. »Don, ich muß unbedingt noch eine von Ihren Pralinen haben. Sie haben mich leider nicht davor gewarnt, daß man nach der ersten nicht mehr aufhören kann«, scherzte sie gutgelaunt.
Don gab Julia noch eine eingewickelte Kostprobe mit dem Aufdruck »Miracle Tastes«. »Der Junge hier mit seiner feinen Zunge ist ein Naturtalent«, sagte er mit einem Blick auf Justus.
»Justus Jonas dürfen Sie mir aber nicht ausspannen«, erwiderte Julia. »Justus und seine Freunde sind Detektive, und sie wollen mir dabei helfen, daß mir wieder klar wird, wie ich den Tag vor meinem Unfall verbracht habe.«
Nur jetzt keine Miene verziehen, ermahnte sich Justus. Nur nicht anmerken lassen, daß Julia soeben alles vermasselt hat.
»Tatsächlich?« Don sah Justus aus mißtrauisch verengten Augen an. »Das hätte ich Ihnen nie zugetraut, junger Freund.«

Nun mußte Justus ganz schnell Bob und Peter finden. Rein zufällig hatte er da einen vagen Anhaltspunkt bekommen, obgleich er noch nicht ganz durchblickte.
Unter einem Vorwand setzte sich Justus ab und streifte auf der Suche nach seinen Freunden zwischen den Gästen hindurch. Beim schnabelförmigen Ende des Pools drängten sich die Leute dicht zusammen, und mittendrin stand unübersehbar Big Barney Crown. Ein Mann von einsfünfundneunzig würde in einer Gruppe freilich immer herausragen, doch das genügte Big Barney nicht. Unübersehbar war er vor allem in seinem grellorangefarbenen Jogginganzug mit dem aufgenähten Hähnchen-Emblem.
»Und da sage ich: Nee, ich habe keine blasse Ahnung, warum das Hähnchen ausgerechnet über die Straße laufen mußte«, tönte Barney mit dröhnendem Lachen. Big Barney Crowns Lachsalven pflegten geradezu zu detonieren, und sie verfehlten ihre Wirkung nicht – eine Schockwirkung, die sein Publikum ebenfalls zu brüllendem Gelächter hinriß, selbst wenn seine Späße nicht besonders witzig waren.
»Big Barney, was ist eigentlich aus Ihrem Hähnchenragout-Biskuit mit Ananas und Schlagsahne geworden?« erkundigte sich jemand.
»Na ja ... das war eben 1986«, sagte Big Barney. »Damals war die Welt noch nicht reif für ein Hähnchen-Dessert. Hey, hat hier jeder genug zu essen?«
»Das war aber 1985«, warf Justus ein. Er konnte es sich einfach nicht verkneifen.
Alle sahen zu Justus hin, auch Big Barney.
»Es war auch das Jahr, in dem Sie an Ihren Tischen einen Wasseranschluß einrichteten, ganz praktisch für die Eltern, wenn sich ihre Sprößlinge beim Essen bekleckert hatten«, fuhr Justus fort.
»Hey, Junge, du bist aber auf Zack«, meinte Barney. Er kam zu Justus herüber und gab ihm die Hand. »Was hast du sonst noch auf Lager?« Big Barney legte Justus den Arm um die Schulter.

»Na, was kam dann? Ich hör' immer gern zu, wenn mir einer mein Lebenswerk vor Augen führt.«
»Ja, 1986 war dann das Jahr, in dem Sie Ihrem Fritieröl Zucker zusetzten, damit die Kruste noch leckerer schmecken sollte. Vor Ihren Lokalen ließen Sie Junghähnchen in einem Minigarten scharren, und auf einem Schild stand: *Für Big Barney tun wir alles.*«
»Den Burschen werd' ich adoptieren!« verkündete Big Barney allen Gästen. »Julia, du bekommst einen Bruder!«
Während Justus und Barney die Historie des Unternehmens Chicken Crown Revue passieren ließen, unterhielten sich Peter und Kelly mit Julia. Julia hockte auf dem niedrigen Sprungbrett am Rand des Schwimmbeckens.
»Eine tolle Party«, fand Kelly. »Und eine solche Riesenmenge Gäste. Wer sind die eigentlich?«
»Weiß ich nicht – Dad hat eben alle möglichen Leute zusammengetrommelt«, sagte Julia. Sie hatte die Schuhe ausgezogen und planschte mit den Zehenspitzen im Wasser. »Zur Zeit fühle ich mich ganz durcheinander, und dabei bin ich sonst genau das Gegenteil – bestens organisiert. Diese Gedächtnislücke macht mich noch ganz verrückt. Ständig kommen irgendwelche Leute auf mich zu und finden es schön, daß es mir besser geht – und ich weiß nicht, ob ich sie wirklich nicht kenne oder ob ich mich nur nicht an sie erinnern kann.«
»Du hast nicht zufällig einen großen, häßlichen Kerl gesehen, vielleicht mit einer Militärjacke in Tarnfarben?« erkundigte sich Peter.
Julia schüttelte den Kopf. »Mein Typ wäre so einer nicht«, sagte sie. »Warum fragst du?«
»Oh, Julia, das habe ich dir noch gar nicht erzählt«, warf Kelly ein. »Bei mir heißt der nur Mr. Sweetness. Er kam noch in der Nacht nach deinem Unfall in unser Zimmer in der Klinik. Ich hatte nicht den Eindruck, daß er ein Bekannter von dir war. Er ist auch hinterher nicht wieder aufgetaucht.«

In Julias Augen flackerte kurz echte Angst auf.
»Lassen wir das, es lohnt nicht«, sagte Peter. »Übrigens, was macht dein Wagen? Vielleicht kann ich ihn für dich reparieren, wenn er keinen Totalschaden hat.«
»Mein Wagen? Den hat Big Barney umgehend zur Autoverwertung verfrachtet. Ich durfte mir den Schrotthaufen nicht mal mehr ansehen«, berichtete Julia.
»Und du weißt nach wie vor gar nichts mehr davon, wie dieser Tag für dich verlaufen ist?« fragte Kelly.
»Nein«, erwiderte Julia. »Vielleicht macht es irgendwann mal *klick,* wenn ich nächste Woche wieder zur Arbeit gehe.«
Am Abend, nach der Party, saßen die drei ??? in Justus' Werkstatt auf dem Schrottplatz der Firma Jonas und aßen Pizza. Justus war bemüht, seine Diät einzuhalten, und hatte sich einen Kompromiß ausgedacht: Nach jedem Happen Pizza mit Peperoni aß er zwei Schnitze Honigmelone. Mrs. Teitelbaum wäre über dieses Verfahren sicherlich nicht entzückt gewesen.
»Falls das also Don Dellasandro war, der immer wieder in der Klinik anrief – was macht ihn verdächtig?« meinte Peter.
»Es machte mich eben hellhörig – seine Ausdrucksweise, sein Tonfall und seine Wortwahl.« Justus lehnte sich in seinem Drehsessel zurück.
»Okay, nehmen wir uns den Burschen mal vor«, sagte Bob nach einem herzhaften Schluck aus seiner Coladose. »Aber du hast eben eine Verabredung für morgen erwähnt. Was hast du vor?«
»Wir haben eine Verabredung mit Big Barneys Hähnchen«, erklärte Justus. »Bei der Party ulkte er ja, er wolle mich adoptieren. Er hat in mir eben einen echten Fan erkannt. Da habe ich ihm gleich eine Einladung abgeluchst, zu einem Besuch in seinem Forschungslabor und in der Hauptverwaltung.«
»Und was sollen wir da finden? Etwa stapelweise Dosen mit dem Etikett *GIFT*?« fragte Peter. Genüßlich leckte er sich den Käse von den Fingern.

»Was wir finden werden, weiß ich jetzt noch nicht«, antwortete Justus. »Kommt darauf an, wie gründlich wir herumspionieren können.«

»Die Sache hört sich großartig an«, begann Bob. »Nur – «

»Wissen wir schon«, sagten Justus und Peter einstimmig. »Den Vorrang hat Sax Sendler's Talentagentur Rock-Plus.«

»Tut mir leid«, meinte Bob. »Dann macht's gut morgen, ihr beiden.«

Sie aßen die Pizza vollends auf, schlossen die Werkstatt ab und gingen durch das große Eisentor vor dem Betriebsgelände zu Bobs und Peters Wagen. Der Himmel hatte noch einen rosafarbenen Schimmer, der jedoch zusehends verblaßte.

»Seht mal, was da drüben parkt.« Peter zeigte hin. Einige Häuser weiter war auf der anderen Straßenseite ein schwarzes Porsche-Cabrio abgestellt. »Sechzigtausend Dollar auf vier Rädern mit Breitreifen. Sieht man nicht alle Tage!«

»Und schaut euch erst den Fahrer an – den Burschen, der da an der Motorhaube lehnt«, sagte Justus leise. »Er trägt eine Tarnjacke. Genau wie Mr. Sweetness ... «

Peter stand einen Augenblick ganz starr da. Dann lief er los, die Straße entlang. »Hallo, Sie!« rief er dem Mann zu.

Bob und Justus kamen Peter nach, aber der Mann mit der Tarnjacke sprang in seinen Porsche und brauste davon.

Peter machte eine blitzschnelle Kehrtwendung und raste zu seinem eigenen Wagen. Mit einem Satz war er hinter dem Lenkrad, und dann jagte er dem Porsche nach.

»Super Beschleunigung«, kommentierte Peter laut, als sein Scirocco Mr. Sweetness' Porsche fast eingeholt hatte.

Aber als er an die erste Kurve kam und bremsen wollte, wäre es ihm lieber gewesen, kein so irres Tempo draufzuhaben. Versagten etwa die Bremsen? Das Bremspedal ließ sich ohne Widerstand durchtreten!

Zwei Versuchskaninchen

Immer wieder betätigte Peter das Bremspedal. Das durfte doch nicht wahr sein! Er hatte die Anlage noch vor kurzem selbst überprüft!

Aber es war nichts zu machen: Die Bremsen versagten völlig. Sie griffen überhaupt nicht. Und sein Wagen beschleunigte stetig, weil es bergab ging. Es konnte sich nur noch um Sekunden handeln, und dann würde er unaufhaltsam über die Kreuzung vorn rasen. Und heil drüberkommen, falls er Glück hatte! Eher sah es danach aus, daß er einen seitlich ankommenden Wagen rammen würde. Denn die Ampel in Peters Fahrtrichtung stand auf Rot, und dort müßte er eigentlich halten. Die anderen Fahrer konnten ja nicht ahnen, daß der Scirocco seinem Fahrer überhaupt nicht mehr gehorchte. Peter spürte eine solche Beklemmung in der Kehle, als sei ihm dort ein ganzer Apfel steckengeblieben. Seine Handflächen waren schweißnaß.

Doch unbeirrt griff er zum Schalthebel. Er schaltete vom vierten in den zweiten Gang herunter und hoffte, der Motor würde den Wagen abbremsen. Der schwarze Porsche vor ihm wendete inzwischen mit kreischenden Reifen auf der Fahrbahn und verschwand in der Gegenrichtung.

Der Scirocco wurde langsamer, aber es reichte nicht. Er war nur noch hundert Meter von der Kreuzung entfernt. Aus der Querstraße flitzten bereits Autos vorüber, die das gelbe Blinken vor ihrem Grünsignal schon als Aufforderung betrachteten.

Ein blauer Honda hupte warnend, weil Peter viel zu schnell war. Mit wild klopfendem Herzen schaltete Peter nochmals herunter, zog energisch die Handbremse und riß das Lenkrad nach rechts. Der Wagen reagierte sofort und schoß von der Fahrbahn herab in ein freies Gelände, auf dem einige niedrige Apartmenthäuser im Rohbau standen. Der unebene Boden der Baustelle bremste den

Wagen ab – aber zum Halten kam der Scirocco erst höchst unsanft an einem im hohen Gras verborgenen Betonklotz.
Peters Brustkorb wurde mit Wucht gegen das Lenkrad gedrückt, doch immerhin hatte ihn sein Sicherheitsgurt vor einer Kollision mit der Windschutzscheibe bewahrt.
Nun ist der Gurt auch noch im Eimer, war Peters erster Gedanke. Er holte zweimal tief Atem, um ruhiger zu werden. Dann sprang er aus dem Wagen und legte sich davor auf den Rücken, um den Wagenboden mit einer Taschenlampe abzuleuchten. Aha – die Bremsleitung war durchgeschnitten. Peter steckte die Autoschlüssel ein, schlug krachend die Fahrertür zu und trabte in der Dämmerung wieder bergan zum Schrottplatz.
Nach zwei Dosen Ginger Ale hatte sich Peter endlich einigermaßen erholt. Er saß mit Justus und Bob auf Stühlen im Freien vor der Zentrale.
»Nun haben wir also offiziell die Bekanntschaft von Mr. Sweetness gemacht«, stellte Justus fest.
»Er macht seinem Namen alle Ehre«, sagte Peter. »Der Schuft hat mir die Bremsleitung durchgeschnitten und sich dann richtig einladend hingestellt, damit ich ihm hinterherfahre. Es war ihm völlig klar, daß ich bei dieser Verfolgung bergab zu schnell werde.«
»Ein Glück, daß du ein guter Fahrer bist, sonst wären wir jetzt *die zwei ??*«, äußerte Justus.
»Habt ihr das gehört?« Peter sprang auf und warf dabei seinen Stuhl um. »Ich bin ein guter Fahrer! Ein Kompliment von Justus Jonas! Du bist Zeuge, Bob.«
»Oh, ich dachte eigentlich eher an die Kosten für den Druck neuer Geschäftskarten«, wehrte Justus ab.
»Nun mal im Ernst, Leute.« Bob kam wieder zur Sache. »Ich wüßte wirklich zu gern, wer Mr. Sweetness ist und warum er uns an der Aufklärung dieses Falles hindern will.«
»Eher wäre die Überlegung angebracht, wieso er uns überhaupt mit dem Fall in Verbindung bringt«, wandte Justus ein.

»Sehr richtig«, bestätigte Bob. »Auf der Party habe ich ihn ganz bestimmt nicht gesehen.«
»Und Julia kennt keinen Mann, der mit einer solchen Militärjacke herumläuft«, sagte Peter. »Wir hatten sie ja extra danach gefragt.«
»Okay, ein Freund der Familie ist er also nicht«, entschied Justus.
»Vielleicht arbeitet er für jemand anderen.«
»Aber für wen?« fragte Peter.
Diese Frage war noch immer offen, als sich die drei spät abends trennten.
Am nächsten Vormittag vernahm Justus in seiner Werkstatt gleichzeitig eine ihm unbekannte Autohupe draußen und das Klingeln des Telefons drinnen. Justus war schon früh aufgestanden und seit Stunden damit beschäftigt, elektronische Geräte mit seinem Oszilloskop zu prüfen. Er nahm den Telefonhörer ab und spähte dabei zum Fenster hinaus. Rätsel Nummer eins war schon gelöst: Draußen drückte Peter auf die Hupe. Es hörte sich nur anders an, weil Peter nicht seinen Scirocco, sondern den Wagen seiner Mutter benutzte.
Der Anruf hingegen war schon eher eine Überraschung.
»Justus, ich bin's, Julia Crown. Meine Aktenmappe!« stieß Julia aufgeregt hervor.
Justus war Experte für alle möglichen Codewörter, doch dieses hier war ihm ein absolutes Rätsel.
»Vor etwa einer Stunde bin ich aufgewacht, und seither suche ich überall nach meiner Aktenmappe«, berichtete Julia nach einem tiefen Atemzug. »Bis jetzt hatte ich gar nicht mehr daran gedacht, daß ich so was überhaupt besitze!«
Nun sprang die Aufregung auch auf Justus über. »Bei dir kehrt also die Erinnerung allmählich zurück«, stellte er fest.
»So kann man es auch betrachten«, entgegnete Julia, »aber man könnte ebensogut sagen, daß mir allmählich klarwird, wieviel ich vergessen habe. Jedenfalls ist die Mappe nicht hier im Haus. Und warum ich sie unbedingt finden muß, das weiß ich wiederum

nicht. Aber ich vermute, daß etwas Wichtiges darin sein muß. Ich spüre das irgendwie.«
»Peter und ich wollten ohnehin jetzt zur Firma deines Vaters fahren«, sagte Justus. »Wir werden die Sache mit der Mappe im Blick behalten.«
»Ja, vielleicht ist sie in meinem Büro liegengeblieben«, meinte Julia. »Oder in einem der anderen Büros. Ich würde gern selbst danach suchen, aber Dad hat mir noch ein paar Tage Hausarrest verordnet. Vielleicht könntet ihr auch herausbekommen, wo ich am vergangenen Freitag, also in der Zeit vor dem Unfall, war.«
Genau das hatte ich mir schon selbst vorgenommen, sagte sich Justus insgeheim. »Wir werden uns umhören«, teilte er Julia mit. »Aber hast du nicht einen Terminkalender? Wenn wir wüßten, wie dein Plan für den Tag aussah, wäre das eine gute Starthilfe für uns.«
»Natürlich habe ich ein Terminbuch – sehr hübsch, in blaues Leder gebunden«, sagte Julia nachdenklich. »Und ihr könnt es euch gern ansehen. Dazu müßt ihr es aber erst mal finden. Ich verwahre es nämlich immer in meiner Aktenmappe!«
Peter gab erneut ungeduldige Hupsignale.
»Ich werde an allen in Frage kommenden Stellen nachsehen und dich am Abend wieder anrufen«, sagte Justus noch rasch.
»Und ich ruf' bei dir an, wenn mir noch etwas einfällt.« Damit legte Julia auf.
Als Justus ins Freie trat, hatte Peter die Kühlerhaube aufgeklappt und schaute sich den Motor an – ähnlich zwanghaft wie ein Zahnarzt, der jeden Patienten sofort auffordert: »Bitte weit aufmachen.«
»Eben hat Julia angerufen. Sie findet ihre Aktenmappe nicht, in der sich ihr Terminbuch und sonst noch was Wichtiges befindet«, sagte Justus statt besonderer Begrüßung.
»Wetten, daß auch Mr. Sweetness dahinter her ist?« entgegnete Peter, ohne aufzublicken.

Hätte Peter den Kopf gehoben, so hätte er gesehen, wie Justus Jonas vor Staunen den Mund nicht mehr zubrachte. »Mann, ganz beachtliche Schlußfolgerung!« rief Justus. »Hattest du eine besondere Gehirnnahrung zum Frühstück?«

Dann stiegen sie ins Auto und fuhren zu Big Barneys Firmensitz im San Fernando Valley. Auf dem Weg dorthin kamen sie zu der Stelle, an der Peters Wagen ins Gelände geprescht war. Ja, dort stand er noch.

Peter fuhr an der nächsten Tankstelle vor und stieg aus, um zu telefonieren. Er rief Ty Cassey an, Justus' älteren Vetter, der sich – falls er in Rocky Beach war – oft auf dem Schrottplatz nützlich machte, indem er für seine Bekannten Autos reparierte. Über den Sommer hatte sich Ty allerdings bei anderen Verwandten einquartiert, die am Strand von Malibu ein Ferienhaus gemietet hatten.

»Ty?« sagte Peter am Münzfernsprecher. »Ich bin's, Peter. Du hast doch gesagt, du könntest für die nächsten drei Wochen einen fahrbaren Untersatz gebrauchen. Hör mal, ich hab' da ein Angebot. Du kannst meinen Wagen fahren, wenn du hierherkommst und ihn aus dem Gelände rausziehst, wo er zur Zeit festsitzt.«

Die beiden wurden schnell einig. Ty würde sich um den Scirocco kümmern. Peter stieg wieder ein und fuhr weiter.

Als sie in den Parkplatz der Chicken Crown Corporation einbogen, mußten Peter und Justus grinsen. Der Betrieb trug unverkennbar Big Barneys Stempel – er war eine Mischung aus einem modernen sechsgeschossigen Bürokomplex und einem Vergnügungspark. Um das verschlossene Einfahrtstor passieren zu können, mußte Peter sich über eine Sprechanlage anmelden. Sie hatte die Form eines Hähnchens und war haargenau dasselbe Modell, wie es in jedem Drive-in von Chicken Crown zur Bestellungsannahme diente. Zum Spaß orderte Peter zwei halbe Grillhähnchen in der Mitnahmepackung.

Nachdem das elektronisch betriebene Tor zur Seite geglitten war, fuhren Peter und Justus bei dem rot und gelb gestrichenen Verwaltungsgebäude vor.

Big Barney war seit dem frühen Morgen tätig. Im roten Jogginganzug begrüßte er seine Besucher mit einem strahlenden Lächeln. Er überfiel Justus gleich mit der Frage: »Weißt du zufällig auch, seit wann wir Karottenstreifen unter den Krautsalat mischen?«

»Seit 1987«, gab Justus zurück. »Und gleichzeitig wurden die Portionsschalen kleiner.«

»Na bitte, was hab' ich gesagt? Was hab' ich gesagt?« posaunte Big Barney schallend los, so daß es auf dem Betriebsgelände und sogar noch in der Umgebung bestimmt jeder hören konnte. »Du hast 'nen echten Tick, Junge, aber gerade das find' ich so sympathisch an dir. Noch was: Ihr beide dürft nicht ohne Hundemarke hier herumlaufen. Wir haben nämlich strenge Sicherheitsvorkehrungen.« Big Barney heftete Peter und Justus mit einem herzhaften Klaps je einen Aufkleber an den Rücken.

Als sich die beiden gegenseitig von hinten betrachteten, entdeckten sie, daß auf den Schildchen ACHTUNG – BISSIGER HUND! stand. Big Barney lachte unbändig, bis er im Gesicht beinahe so rot war wie sein Jogginganzug. Dann setzte er den Jungen Stirnbänder mit »Chicken Crown«-Reklameschirmen auf.

»Was wollt ihr euch als erstes ansehen?« fragte Big Barney. »Meinen ersten Dollar? Den hab' ich mir einrahmen lassen und in meinem Büro über dem Kamin aufgehängt. Oder meine erste Frau? Die hängt auch dort über dem Kamin. Im Bilderrahmen natürlich, oder was habt ihr gedacht? Hahahaha!«

»Wir würden gern einige Büros sehen, zum Beispiel den Raum, in dem Julia arbeitet«, äußerte Justus eher beiläufig.

»Und ich möchte mir anschauen, wie die Hähnchen zum eßfertigen Produkt verarbeitet werden, und welche Zutaten nötig sind«, sagte Peter.

»Aha, da wollt ihr also meine Alchimisten aus der Hexenküche kennenlernen, wie?« Barney rollte theatralisch die Augen. »Okay, ich werde sie extra für euch aus ihren Käfigen rauslassen. Und dann werde ich dir« – er zog Justus den Schirm über die Augen – »etwas ganz Spezielles zu kosten geben.« Big Barney steuerte oder besser schob Justus und Peter die Flure entlang. »Dieses neue Produkt wirst du kaum fassen können. Ich kann es auch immer noch nicht glauben, und dabei hab' ich's doch selber erfunden.«

Sie fuhren mit einem Aufzug hoch und machten dann einen Rundgang durch verschiedene Büros. So oft Peter und Justus sich für ein paar Augenblicke aus Big Barneys unmittelbarer Reichweite absetzen konnten, fragten sie die Mitarbeiter, ob Julia am vergangenen Freitag im Haus gewesen war. Ein Buchhalter sagte, er wäre ihr an diesem Tag begegnet. Von einer Aktenmappe hingegen war ihm nichts bekannt. Einige andere Leute wußten noch, daß sie beim Verlassen der Firma Julias Mustang auf dem Parkplatz gesehen hatten. Ansonsten ergab sich jedoch nichts Verwertbares.

Schließlich führte Big Barney Peter und Justus ins Untergeschoß, zu einem weitläufigen Laborbereich hinter geschlossenen Glastüren. Der Eingang war elektronisch gesichert, und zusätzlich waren überall Schilder KEIN ZUTRITT angebracht.

Als Big Barney eine Plastikkarte in den Scanner steckte, glitten die gläsernen Schiebetüren zur Seite. »Jetzt die Eidesformel«, sagte Big Barney mit einem strengen Blick auf Peter und Justus. »Ich werde keinem Menschen von Drippin' Chicken erzählen. Wiederholt das.«

»Ich werde keinem Menschen von Drippin' Chicken erzählen«, gelobten Justus und Peter.

»Schön, dann kann's losgehen. *Pandro!*« trompetete Big Barney so laut, daß die großen Glasscheiben der Laborwände ins Vibrieren gerieten.

Sofort kam ein kleiner, bulliger, kahlköpfiger Mann mit goldgefaßter Brille anmarschiert. Er trug einen langen weißen Arbeitskittel, über dessen Brusttasche eine Reihe Chicken-Crown-Ansteck-nadeln wie eine Sammlung militärischer Medaillen prangte. Auch sein Gruß glich eher einem zackigen Salutieren.

»Ich möchte euch Pandro Mishkin vorstellen«, sagte Big Barney, wobei er dem Mann einen satten Schlag auf die breite, stämmige Schulter verpaßte. »Was meint ihr, wo ich Pandro herhabe? Da kommt ihr nie drauf.«

Zweifellos aus Disneyland, vermutete Peter respektlos. Doch folgsam erkundigte er sich: »Oh – woher?«

»Vom Pentagon«, antwortete Big Barney. »Immerhin lag sein Labor in Washington nur fünf Querstraßen vom Pentagon entfernt. Ist doch nahe genug.«

Das Pentagon befindet sich allerdings in Arlington im Staat Virginia, auf der anderen Seite des Potomac, dachte Justus respektlos. Doch das behielt er lieber für sich.

Big Barney ermunterte seinen strammen Untergebenen mit einem Rippenstoß zum Nähertreten. Pandro Mishkin gab den beiden Jungen die Hand. Seine Finger waren feucht und kalt.

»Pandro ist Spezialist für Geschmacks- und Aromastoffe, und er leitet meine Abteilung F & E«, fuhr Barney fort. Justus und Peter kannten diese Abkürzung – Forschung und Entwicklung. »Und wenn er sich in diesem Job bewährt, dann bringe ich ihm die übrigen vierundzwanzig Buchstaben des Alphabets auch noch bei. Haha! Pandro, die jungen Herren hier möchten gern Drippin' Chicken bestellen.«

Pandro beäugte Justus und Peter mißtrauisch. »Zivilisten, Sir?« fragte er.

»Sie sind kein Sicherheitsrisiko, Pandro«, beruhigte ihn Big Barney. »In welchem Jahr gab es bei uns zum ersten Mal Hähnchenflügel an Girlanden als Partygag?«

»1985«, antwortete Pandro.

»22. Juni 1985«, gab Justus genauer Auskunft.

»Der Bursche ist eine wandelnde Firmenchronik. Ich find' ihn

großartig«, sagte Big Barney. »Und nun holen Sie uns Kostproben von Drippin' Chicken, Pandro.«
»Jawoll, Sir«, sagte Pandro. Diesmal salutierte er nicht, doch eine Sekunde lang sah es so aus, als wollte er gleich die Hacken zusammenklappen. Dann marschierte er über den Flur zu einer Versuchsküche, zog einen Schlüssel aus der Tasche und schloß die Tür auf.
»Was ist denn Drippin' Chicken?« fragte Peter, als Pandro gegangen war.
»Stellt euch das mal bildlich vor«, begann Big Barney zu schwärmen. »Ein weißes Chicken-Crown-Brustfilet ohne Knochen, tiefgefroren, in einer zarten Teighülle, die dann goldbraun und knusprig gebacken wird.«
»Klar kann ich mir das vorstellen.« Justus war hingerissen.
»So, und was fehlt jetzt noch?« fragte Big Barney.
»Nichts mehr«, meinte Justus. »Absolut nichts.«
»Und wo bleibt die leckere Soße, die dir am Kinn runterläuft?« fragte Big Barney. Der Riese grinste wie ein kleines Kind, das ein Geheimnis nicht länger für sich behalten kann.
»Dann servieren Sie dazu vielleicht Soße in einer Spritzflasche?« war Justus' Vermutung.
Big Barney schüttelte den Kopf. »Die Soße«, verkündete er, genüßlich jedes Wort auskostend, »ist im Hähnchenfleisch schon drin. Und wie gesagt, beim Reinbeißen landen auch mal ein paar Tropfen auf deinem bestem Hemd. Drippin' Chicken eben, herrlich saftig.«
Peter bekam allmählich Appetit. Justus fieberte geradezu.
»Jeder Bissen Drippin' Chicken liefert euch die phantastisch leckere Soße gleich mit«, verkündete Big Barney. »Durch mein brandneues, geheimes Verfahren kommt ein großer Löffel allerbester Soße, wie hausgemacht, mitten in jedes zarte weiße Filetstück rein. Meine Fast-Food-Fans ahnen ja gar nicht, was ihnen da blüht!«

Bei Big Barneys letzten Worten überlief es Justus und Peter plötzlich eiskalt. Sie wechselten einen Blick. Eben noch hatte ihnen das so köstlich ausgemalte Drippin' Chicken das Wasser im Mund zusammenlaufen lassen. Nun hatten sie beide den gleichen Gedanken. Warum wohl ahnten Big Barneys Fast-Food-Fans nicht, »was ihnen da blüht«? Doch nicht etwa, weil Gift im Drippin' Chicken sein würde?
Es lag auf der Hand. Big Barney wollte ein neues Produkt auf den Markt bringen, und Julia hatte Alpträume. Es mußte da nicht unbedingt einen Zusammenhang geben ... aber Justus' inneres Radarsystem signalisierte, daß sich Julias Ängste um Big Barneys derzeit noch streng geheimes Drippin' Chicken drehten. Beiden Jungen klangen noch Julias Worte im Ohr, die ihnen Kelly übermittelt hatte: »Er vergiftet die Hähnchen. Millionen Menschen werden sterben.«
»Jetzt sind sie heiß und knusprig!« rief Pandro aus seiner Küche herüber.
»Dann kommt mal mit, ihr beiden. Ihr seid jetzt meine Versuchskaninchen«, lautete Big Barneys Einladung. »Ich habe euch dazu auserwählt, mein Drippin' Chicken als die allerersten zu probieren!«

Warnung zum Nachtisch

Big Barney blickte Justus und Peter erwartungsvoll an. War ihnen eigentlich klar, welche Ehre ihnen zuteil werden sollte?
Peter sah auf seine Uhr. »Essenszeit ist jetzt ja nicht«, brachte er vor.
»Mein Diätplan verbietet mir Gebratenes«, erklärte Justus.
»Nichts da, keine Ausreden!« blaffte Big Barney. »Das Drippin'

Chicken ist heiß. Ihr Burschen müßt lernen, die Gelegenheit beim Schopf zu packen, erst recht, wenn es was Gutes zu beißen gibt – schließlich weiß keiner von uns, wann seine Uhr abläuft und er ins Gras beißen muß!«

Justus und Peter konnten sich einfach nicht vor dem Drippin'-Chicken-Geschmackstest drücken, ohne sich in Big Barneys Augen höchst verdächtig zu machen. Also gingen sie langsam den Flur entlang. Pandro trat mit einem beladenen Tablett aus der Küche und führte sie in sein Arbeitszimmer gegenüber. Big Barney kam zum Glück nicht mit hinein. Statt dessen rief er Pandro zu einer kurzen Unterredung nochmals auf den Flur heraus.

In Pandros Zimmer waren also nun zwei dampfende Drippin'-Chicken Sandwiches auf dem modernen Schreibtisch aus Stahl und Glas serviert.

»Die Dinger sehen fabelhaft aus«, sagte Justus.

»Spinnst du? Da kann Gift drin sein. Wir müssen sie verschwinden lassen. Stopf sie in deine Hosentaschen.«

Justus sah an seinen Jeans herunter, die ohnehin ein wenig spannten. »Soll das ein Witz sein?«

»In den Papierkorb können wir sie ja nicht werfen«, murmelte Peter. »Da würde man sie finden. Und ich hab' meine Jogginghose ohne Taschen an.«

»In die Polsterritze am Sofa hier?« schlug Justus vor.

Peter schüttelte den Kopf. »Das Zeug riecht doch, das würden sie sofort finden. Rein in deine Taschen – na los!«

Peter blieb stur, und Justus gehorchte. Die Soße lief heraus und rann an seinem Bein herunter. »Ich paß an der Tür auf, ob Pandro hereinkommt«, sagte Peter. »Sieh du dich hier um.«

Justus suchte den Raum nach Julias Aktenmappe ab. Sie war jedoch weder hinter noch unter dem Schreibtisch, und auch nicht in einer der Schubladen. Und die Aktenschränke waren abgeschlossen. Also gab Justus die Suche nach der Mappe auf und begann auf gut Glück herumzustöbern.

»Hey, schau mal«, sagte er gleich darauf. »Aus Pandro Mishkins Tageskalender auf dem Schreibtisch ist ein Blatt herausgerissen. Freitag letzter Woche.«
»Das ist der Tag, der in Julias Gedächtnis fehlt«, sagte Peter. »An dem sie abends den Unfall hatte.«
»Wir müssen herausfinden, ob hier ein Zusammenhang besteht«, beschloß Justus. Doch in diesem Augenblick waren Schritte zu hören.
»Wenn ich nachher auf den Kalender komme, mußt du mich in eine Diskussion verwickeln, klar?« flüsterte Justus Peter zu.
Peter nickte.
Schon betrat Pandro wieder das Zimmer. »Du meine Güte, die Sandwiches haben Sie aber fix weggeputzt«, sagte er. »Unser Drippin' Chicken muß Ihnen wirklich geschmeckt haben.«
»Ich muß aufrichtig bekennen, daß ich etwas Derartiges noch nie gegessen habe«, bestätigte Justus.
»Das wird der General mit Freuden hören«, prophezeite Pandro die Reaktion seines Arbeitgebers. »Er läßt sich übrigens entschuldigen. Die Pflicht ruft.«
»Haben Sie das Herstellungsverfahren für Drippin' Chicken erfunden?« fragte Justus.
»Nein.« Pandro schüttelte den Kopf. Er setzte sich an seinen Schreibtisch. »Diesen Auftrag hat der General außer Haus vergeben. Ich riet ihm erst davon ab. Ich sagte, das könnten wir hier genausogut schaffen. Aber er ließ mich abblitzen und holte sich für die Entwicklung des Drippin' Chicken gleich den besten Mann, Don Dellasandro von Miracle Tastes. Ein Spitzenteam – der Chicken King und der Flavor King.«
»Dann wissen Sie nicht, was darin ist?« fragte Peter.
»Natürlich weiß ich das«, erwiderte Pandro. »Meine Aufgabe war es, die Geheimrezeptur für die Würzsoße zu analysieren, um sicherzugehen, daß sie genau die Zutaten enthielt, wie sie Mr. Dellasandro angegeben hatte. Dann gab ich dem General auf

meine Verantwortung hin grünes Licht. Damit verdiente ich mir das zehnte Vögelchen.« Pandro zeigte mit einem dicklichen Finger auf die silberne Hähnchen-Anstecknadel, die an seinem weißen Kittel am Ende der Reihe prangte. »Die Ingredienzien sind natürlich Betriebsgeheimnis. Dazu darf ich Ihnen nichts sagen.«
»Das sollen Sie auch gar nicht«, wehrte Justus ab. »Der Besuch hier ist für uns auch so spannend genug. Und dabei haben wir Big Barney erst vor *acht* Tagen kennengelernt, stimmt's, Peter?«
Peter starrte Justus verständnislos an. Dann bemerkte er, daß Justus zu dem Kalender auf Pandros Schreibtisch hinsah. »Nicht ganz, Justus. Vor *sechs* Tagen war das, oder irre ich mich?« fragte er zurück.
Justus schüttelte den Kopf. »Acht Tage ist es her.«
»Du täuschst dich«, sagte Peter. Er ging zu Pandro Mishkins Schreibtisch und blätterte in dem Kalender. »Es war vor sechs Tagen. Vergangenen Freitag. Da bin ich ganz sicher – oh, da fehlt ausgerechnet dieses Blatt.«
»Ich weiß«, sagte Pandro ohne lange Überlegung, als hätte er etwas ganz Beiläufiges mitzuteilen. »Ich schreibe meine Einkaufsliste immer auf ein altes Kalenderblatt und nehme das dann mit.«
»Wir möchten Sie jetzt nicht länger aufhalten«, meinte Justus. »Wir müssen nach Hause und uns umziehen.«
Peter mußte einen Hustenanfall markieren, um sich nicht durch Lachen zu verraten. Justus hatte wahrhaftig recht. Der Soßenfleck auf seiner Hosentasche breitete sich schon deutlich sichtbar aus. Sie schlugen sich zum Ausgang des großen Gebäudes durch und fuhren nach Hause. Der nächste Abfalleimer wurde mit zwei Portionen Drippin' Chicken beschickt.
An diesem Abend stapelten sich in Justus' Werkstatt die telefonisch vorbestellten Mitnahmepackungen aus dem chinesischen Schnellrestaurant Sun Yee. Bei sechserlei Spezialitäten diskutierten Justus, Bob und Peter ihren Fall. Bob wurde ausführlich darüber informiert, was die beiden anderen am Nachmittag bei der

Chicken Crown Corporation gesehen und mit wem sie gesprochen hatten.

»Damit sieht es so aus, als wüßten wir möglicherweise, um *was* es hier geht – Ziel einer Vergiftungsaktion ist vermutlich das neue Produkt Drippin' Chicken«, sagte Bob. »Darauf wenigstens können wir mit einiger Sicherheit tippen. Aber vier Fragen bleiben noch offen: wer, wo, wann und wie? Und immerhin ist es auch noch möglich, daß Michael Argenti etwas im Schild führt.«

»Julias Mappe haben wir nicht gefunden, also können wir vorläufig keinen Zusammenhang herstellen«, sagte Justus. Er verspeiste gerade einen von Fett triefenden, zusammengerollten Pfannkuchen mit einer Füllung aus Schweinefleisch und Honigmelone.

»Kein Mensch konnte sich erinnern, Julia am vergangenen Freitag gesehen zu haben – bis auf einen, den Alten«, bemerkte Peter. »Und der blickte es womöglich nicht. Wetten, daß der die Tage in der Erinnerung nicht mehr so genau auseinanderhalten kann?«

»Wo stammt eigentlich heute unser Essen her?« fragte Bob unvermittelt.

»Vom gleichen Chinesen wie immer«, sagte Peter. »Sun Yee China-Restaurant. Wieso? Ist was?«

»Die Prophezeiung zum Nachtisch finde ich heute nicht besonders erfreulich.« Bob starrte ungläubig auf einen der kleinen Zettel aus der Verpackung des süßen Gebäcks. Über diese traditionellen chinesischen Weissagungen hatten sich die drei ??? schon oft amüsiert. Bob gab den Zettel an Peter und Justus weiter. Das Stück Papier war nicht wie sonst bedruckt, sondern es trug die folgende handgeschriebene Mitteilung:

Was ihr da gegessen habt, hätte vergiftet sein können. In Zukunft werdet ihr sicher sein!

Werberummel

Betroffen las Justus die Warnung und gab dann den Zettel an Bob zurück. Zunächst kam von keinem der drei eine Reaktion. Sie saßen stumm da und fühlten sich beobachtet – und unmittelbar bedroht.

Dann packte Justus die beiden anderen Gebäckstücke aus. Auch darin fand sich die gleichlautende Mitteilung.

Bob schob seine Schale mit Reis und Krabben auf dem Tisch weit von sich. »So was verdirbt einem mit Sicherheit den Appetit«, sagte er.

Peter griff zum Telefonhörer.

»Wen willst du denn anrufen?« fragte Justus.

»Das Sun Yee China-Restaurant. Wir müssen doch herausfinden, wer dahintersteckt.«

»Gute Idee«, meinte Bob.

»Eben nicht«, widersprach Justus. »Laß mal, Peter.«

»Wieso?«

»Weil ich hundertprozentig sicher bin, wie sich die Sache abgespielt hat«, antwortete Justus bedächtig. Dann allerdings hielt er inne.

»Na?« hakte Peter schließlich ein. »Sag schon, Justus.«

»Ich nehme an«, erklärte Justus widerstrebend, »daß ein Kellner im Restaurant die Papierchen beim Gebäck ausgewechselt hat. Und zwar vermutlich deshalb, weil jemand ins Lokal kam und ihm fünf Dollar zusteckte, für einen kleinen Scherz.«

»Woher weißt du das?« fragte Peter.

»Ich weiß es eben. Ihr müßt mir nur vertrauen«, entgegnete Justus.

»Klar vertrauen wir dir«, sagte Bob. »Allerdings – «

» – kennen wir dich zu gut«, beendete Peter den Satz. »Wir merken nämlich, daß du uns was verheimlichst.«

»Na schön«, gab Justus zu. »Ich kenne mich mit Scherzen dieser Art deshalb aus, weil ich's selber schon ein paarmal praktiziert habe – freilich als harmlosen Jux.«
Bob ging ein Licht auf. »Also deshalb wird dir bei chinesischen Weissagungen immer bescheinigt: *Sie sind hochintelligent, gutaussehend und eine Führernatur,* wogegen es bei uns heißt: *Sie sollten sich mehr anstrengen, um dem Vorbild Ihres geistig hochstehenden Freundes näherzukommen!«*
»Das ist doch das Letzte!« Peter warf seine zu einer Kugel zusammengeknüllte Papierserviette nach Justus.
»Es war ja nur ein Ulk!« verteidigte sich Justus. »Es besteht doch ein himmelweiter Unterschied zwischen meinen gelegentlichen Späßen und dieser ... dieser ... Todesdrohung.« Damit hatte er die üble Sache beim Namen genannt, und ihnen allen wurde der Ernst der Lage bewußt. »Der springende Punkt ist«, fuhr Justus fort, »daß diese Mitteilung bereits die zweite Warnung an uns darstellt. Wir können daraus folgern, daß die durchgeschnittene Bremsleitung an Peters Wagen nicht irgendein dummer Streich war, sondern daß dieser Sabotageakt ebenfalls mit unseren Ermittlungen zum Chicken King zusammenhängt. Hier tut sich tatsächlich etwas ganz Übles. Und wir müssen künftig noch besser achtgeben, denn irgend jemand bespitzelt uns.«
»Wetten, daß der Kerl, der so was tut, Klamotten aus dem Army-Shop trägt und ein schwarzes Porsche-Cabrio fährt?« fragte Peter.
»Würde mich nicht überraschen«, sagte Justus. »Er scheint wirklich eine ganze Menge von uns zu wissen.«
Bei Justus' letzten Worten klingelte das Telefon. Alle drei erschraken heftig.
»Die drei ???, Justus Jonas am Apparat.«
»Hab' ich doch gleich meinen richtigen Kandidaten an der Strippe!« dröhnte die Stimme des Anrufers. »Du hast die Ehre mit Big Barney Crown!«
»Big Barney ist es.« Justus hielt die Hand vor den Hörer.

»Weshalb ruft er an? Ob er wohl was zum China-Restaurant weiß?« platzte Peter heraus.
Justus schüttelte den Kopf und legte den Finger an die Lippen.
»Hör mal, junger Freund«, sprach Big Barney weiter. »Ich hab' da 'ne echte Sensation für dich. Morgen kommt mal wieder mein großer Auftritt – da machen wir beim Fernsehen die ersten Werbespots für Drippin' Chicken. Ein Meilenstein in der Kulturgeschichte des Grillhähnchens! Und dich möcht' ich dabeihaben, Junge. Das gibt mir noch mehr Auftrieb.«
Justus konnte sein Glück kaum fassen. Da wurde ihm durch Big Barneys Einladung genau das ermöglicht, was jetzt nottat – am Ball zu bleiben und Barneys Aktionen zu beobachten. »Wo? Und wann?« erkundigte sich Justus.
»Im Maltin Mix Studio am Alta Vista Drive. Ein Uhr. Und bitte pünktlich.«
Schon hatte er aufgelegt.
Am späten Abend, nachdem Peter und Bob gegangen waren, sah sich Justus eine Videokassette an, auf die er Big Barneys Fernsehwerbung überspielt hatte. In seinen Filmen saß Barney immer an einem vollbepackten Schreibtisch in einem Zimmer, das eine Mischung aus Büro, Bibliothek und Hobbyraum war. Manchmal unterhielt er sich mit einem Gast, oder er las Briefe von begeisterten Kunden vor. Am besten gefielen Justus allerdings solche Spots, die aus dem Rahmen fielen. So hatte Big Barney während der von ihm ausgerufenen »Anti-Hamburger-Woche« einer Kuh eine Sahnetorte an den Kopf geschmettert. Und in einem anderen Film saß der Chicken King stur mit dem Rücken zur Kamera, weil er der Fernsehnation grollte – sie hatte seinen Geburtstag vergessen. Hell entzückt war Justus von Big Barneys Werbung für zwei neue Hähnchen-Spezialitäten, Cracklin' Crunchy und Burnin' Barbecue. Big Barney hatte einen Standesbeamten aus Las Vegas für die Trauung eines Hähnchenpaares engagiert! Ein Hähnchen im schwarzen Anzug, ein Hühnchen im Spitzengewand, und

daneben der Chicken King als Trauzeuge – typisch Big Barney!
Als Justus sich die Kassette angesehen hatte, ging er zu Bett, doch er verbrachte eine unruhige Nacht. Immer wieder mußte er sich fragen, ob Big Barney selbst derjenige war, von dem Julia im Schlaf geredet hatte. Und wollte er nun seine neue Spezialität Drippin' Chicken vergiften – oder etwas anderes? Ließ Big Barney tatsächlich einen Werbespot für ein Produkt herstellen, das für Millionen tödlich sein konnte?
Punkt ein Uhr trafen Bob und Justus am nächsten Tag bei den Maltin Mix Studios am Stadtrand von Beverly Hills ein. Zwei Minuten später kamen Peter und Kelly im Wagen von Kellys Mutter an.
»Da siehst du's«, sagte Bob zu Justus. »Auf der Fahrt hierher hast du dich laufend beklagt, weil du kein eigenes Auto hast. Aber was willst du eigentlich, wenn nicht mal Peter, der Experte, eins hat?«
»Also gut«, erwiderte Justus. »Ich werde mich so lange nicht mehr beklagen, bis Peters Wagen repariert ist. Dann fange ich wieder damit an.«
Im Innern des Gebäudes wartete schon Julia beim Eingang zu Atelier A. Sie trug ein Stirnband mit Chicken-Crown-Reklame auf den schwarzen Locken.
»Hi. Dad hat schon nach dir gefragt«, begrüßte sie Justus gutgelaunt. »Habt ihr irgendwas Neues herausbekommen?«
»Nein«, antwortete Justus. »Aber nach einer chinesischen Weissagung, die wir gestern abend mit unserem Essen bekamen, sind wir auf der richtigen Fährte.«
»Gut«, sagte Julia. »Hoffentlich findet ihr bald meine Aktenmappe. Ich kann mich immer noch nicht daran erinnern, was darin ist. Aber ich muß das unbedingt haben! Es ist schon zu einer Zwangsvorstellung geworden.«
Dann ging sie mit Justus, Bob, Peter und Kelly in den von Glaswänden umgebenen Regieraum an einem Ende des Ateliers,

von dem aus sie die Aufnahme verfolgen konnten. Viele Mitarbeiter aus Big Barneys Unternehmen waren da, auch Pandro Mishkin, der Geschmacksexperte. Big Barneys Schreibtisch im Aufnahmebereich war an diesem Tag vollgepackt mit Briefen, leeren Kaffeebechern, Gummihähnchen, Buntstiftzeichnungen von Grillhähnchen, die eine Schulklasse eingeschickt hatte, und einer Fotografie von Julia als Kind im Hähnchen-Karnevalskostüm.
Schließlich gab der Regisseur übers Mikrofon durch: »Wir sind soweit. Kann mal jemand Big Barney aus der Maske holen?«
Eine Minute später trat Big Barney auf, diesmal in einem rotweißblau gestreiften Jogginganzug. Ein Hahnenschnabel aus Gummi bedeckte Nase und Oberlippe. In beiden Händen trug er ein großes antikes Silbertablett mit einem schweren, verzierten Kuppeldeckel. Er blinzelte ins Scheinwerferlicht und versuchte in den Regieraum zu schauen.
»Ist mein junger Mann zur Stelle?« rief er.
Der Regisseur auf seinem Drehsessel wandte sich zu Justus um.
»Jawohl, Mr. Crown«, bestätigte er. Der Erste Detektiv trug sein Jubiläums-Shirt mit dem Aufdruck »10 Jahre Big Barney« und der gelungenen Karikatur eines Hähnchens mit Barneys Kopf.
»Pandro sagte, ihr hättet euch nach der Kostprobe meines Drippin' Chicken alle zehn Finger geleckt«, rief Barney herüber. »Heute habe ich genug für die ganze Mannschaft mitgebracht.«
»Pech, daß du deine besten Jeans anhattest«, flüsterte Peter Justus boshaft zu.
Nachdem sich Big Barney bequem hingesetzt und die Füße auf den Schreibtisch gelegt hatte, wurde es still im Atelier, und der Regisseur verkündete: »Absolute Ruhe bitte. Drippin' Chicken, die erste!«
Und nun begann Big Barney zu plaudern, den Blick in die Kameras gerichtet, als könnte er sein Fernsehpublikum geradewegs ins Auge fassen.
»Hallo, verehrte Zuschauer«, begann er: »Hier ist er wieder, der

gute alte Big Barney Crown. Sie wissen ja, ich mache nur dann Werbung im Fernsehen, wenn mir wieder mal was Neues eingefallen ist und ich das an Sie verkaufen kann, möglichst gewinnbringend natürlich, haha. Diesmal kann ich Ihnen nur sagen, daß ich mich selbst übertroffen habe. Zugegeben, die Erfindung des Rades kann ich nicht für mich beanspruchen. Auch nicht die des Penicillins. Nicht mal die der Büroklammer. Vor diesen geschichtsträchtigen Ereignissen erging kein Ruf an mich. Oder aber dieser Ruf erreichte mich nicht. Werde deshalb meine Sekretärin fristlos entlassen. Hahahaha! Doch dies ist nun ein historischer Augenblick, den ich auskosten werde – und Sie können es mir jederzeit nachmachen.«
Hier hob Big Barney den silbernen Deckel. Auf dem Tablett präsentierte sich ein Berg aus dampfend heißen Drippin'-Chikken-Sandwiches. Da bekamen sogar die Leute im Regieraum Appetit und seufzten »Aah« und »Ooh«.
Big Barney nahm sich ein Sandwich und führte es zum Mund. Eine der Kameras zoomte ihn in Nahaufnahme heran. Die drei ??? hielten den Atem an. Würde der Mann jetzt wirklich hineinbeißen?
»Ich habe das verwirklicht, wonach die Menschheit seit ihren kulturellen Anfängen – oder meinetwegen seit ihrem kulturellen Niedergang – lechzt. Ich habe Drippin' Chicken geschaffen, das Hähnchensandwich mit dem vollsaftigen Biß und der verführerischen, würzigen Soße. Und wohlgemerkt – die Soße ist im Sandwich schon drin! Ja, Sie haben richtig gehört. Jetzt gibt es kein Halten mehr – ein paar Soßenspritzer auf Ihrer weißen Weste müssen Sie eben riskieren. Ich hab' meiner Mannschaft gesagt, diesmal müssen die Leute in ihrem Sandwich was entdecken, worauf sie nie gekommen wären. Genau das ist uns gelungen, und nun kann ich's kaum erwarten, bis Sie alle herzhaft reinbeißen. So!«
Und dann tat er es. Big Barney biß ein großes Stück aus dem Drippin'-Chicken-Sandwich in seiner Hand. Und während ihm

die braune Soße am Kinn herunterlief, grinste er breit in die Kamera.
»Aus!« rief der Regisseur. »Großartig!«
Einige der grellen Scheinwerfer im Atelier wurden abgeschaltet, und die Anspannung im Regieraum ließ nach.
Kelly beugte sich zu den Jungen herüber und sagte: »Der ist ja total aus dem Häuschen!«
Aber Justus, Bob und Peter blickten noch immer gebannt durch die Glaswände zu Big Barney hin. Und sie sahen, wie er den Bissen Drippin' Chicken ungekaut wieder ausspuckte! Sein Leckerbissen schien ihm nicht zu munden!
Sah das nicht geradezu so aus wie Big Barneys Eingeständnis, daß Drippin' Chicken vergiftet war – lebensgefährlich für den Verbraucher!

Ein Paket für Justus

Justus kannte sich im Fernsehbetrieb gut aus und wußte, daß die Aufnahmen für Drippin' Chicken damit noch nicht zu Ende waren. Allerdings hatte er nicht damit gerechnet, daß sie sich über weitere fünf Stunden hinziehen würden. Big Barney wiederholte seinen Werbespot noch zwanzigmal. Und am Ende jeder Aufnahme genehmigte er sich einen großen, saftigen Bissen seines Drippin' Chicken, den er jedesmal wieder ausspuckte, wenn der Regisseur »Aus« rief.
Als schließlich alles gelaufen war, brüllte Big Barney: »So, und jetzt wollen wir feiern!« und lud alle Anwesenden zu einer Kostprobe seines neuen Leckerbissens ein. Im Atelier gab es einen Mikrowellenherd, in dem die Sandwiches nochmals erhitzt werden konnten. Die Kameraleute, die Techniker und das Regieteam

kamen eifrig angelaufen, um sich die heißen Sandwiches mit saftiger Hähnchenfüllung schmecken zu lassen.
Justus beobachtete das alles gespannt.
Niemand fiel tot um. Niemand wand sich in Krämpfen oder bekam einen Kreislaufkollaps – keinerlei Vergiftungssymptome machten sich bemerkbar. Wenn Justus mitunter ein Stöhnen hörte, so war dies lediglich Ausdruck des Entzückens über das phantastische Geschmackserlebnis.
Langsam ging Justus zu dem Tisch hinüber, auf dem das Silbertablett mit seinem verlockenden Angebot stand. Nur noch zwei Sandwiches waren übrig. Er wollte sich gerade eines nehmen, als Bob ihn von hinten an der Schulter faßte. »Schon gemerkt, wer beim Futtern nicht mithält?« fragte er.
Justus sah sich um.
»Big Barney und Mishkin«, sagte Bob. »Wie kommt es, daß ausgerechnet die beiden Leute, die Drippin' Chicken besonders gut kennen, nichts davon essen?«
Justus zögerte – und damit hatte er seine Chance vertan.
»Entschuldigung«, sagte eine junge Frau. Sie trat neben Justus hin und griff sich beide Sandwiches. »Ich wollte meinem Freund eines mitbringen, aber sie sind einfach unwiderstehlich.« Vor Justus' Augen vertilgte sie erst eines, dann das andere.
Justus sah Bob bitter enttäuscht an, doch dann sagte er ganz gelassen: »Na schön, wenn sich herausstellt, daß damit alles in Ordnung ist, habe ich ja künftig genügend Gelegenheit, mir frische Ware von Chicken Crown zu besorgen.«
Nach dem Stehimbiß gingen die drei ??? ins Freie, um frische Luft zu schnappen. Bei ihren Autos warteten sie auf Kelly und Julia und besprachen, was als nächstes zu tun war.
Schließlich kamen auch die beiden Mädchen aus dem Atelier zum Parkplatz. Im Gehen fuhr sich Kelly mit den Fingern durch das lange braune Haar. »Ich fahre noch mit Julia nach Hause und hole mir meine Sachen ab, die sind ja immer noch dort«, sagte sie.

Damit war Justus nun gar nicht einverstanden. Es sollte doch für Kelly weiterhin einen Anlaß geben, die Verbindung mit Julia aufrechtzuerhalten. Er wartete ab, bis Julia in eine andere Richtung sah, und schüttelte demonstrativ den Kopf. Kelly schien begriffen zu haben, denn sie nickte ihm augenzwinkernd zu, ehe sie in Julias Wagen stieg.

»Da fährt das Chickenmobil«, sagte Peter. Er zeigte auf ein gelb und orangefarben lackiertes Cadillac-Cabrio mit einem riesigen Chicken-Crown-Emblem als Kühlerfigur. Beim Anfahren drückte Big Barney auf die Hupe, und es ertönte ein munteres Kikeriki.

»Wo fährt er jetzt wohl hin?« fragte Justus.

»Der genehmigt sich bestimmt bei MacDonald's einen Big Mac!« Bob lachte.

»Peter, du fährst mal hinterher«, ordnete Justus an. »Bob und ich hängen uns an Pandro Mishkin an. Wenn wir Glück haben, bringt uns das auf irgendeine neue Spur.«

Peter fuhr in Kellys Wagen weg. Bob und Justus setzten sich in Bobs Golf und lauerten Pandro Mishkin auf. Nach einiger Zeit stieg Pandro in einen großen Lincoln-Kombi, auf dessen Türen das Chicken-Crown-Emblem prangte, und fuhr weg.

Bob und Justus fuhren ihm stundenlang hinterher, erst zu einem Strandrestaurant, wo Mishkin allein zu Abend aß, und schließlich zu einem kleinen Haus oben an einem sehr steilen Hang abseits der Straße, in einem Ort, der sich Sugarloaf Canyon nannte. Als sie hinkamen, dämmerte es bereits. Sugarloaf Canyon machte den Eindruck einer Wohngemeinde für Leute, die nichts von Nachbarn halten. Die Häuser lagen weit auseinander, und der Zugang zu ihnen war beschwerlich.

Justus und Bob parkten unten am Hang vor Mishkins Haus und überlegten, was sie nun tun sollten.

»Schau mal – er ist nicht reingegangen«, stellte Bob fest, während sie durch das dichte Buschwerk rings um das Haus spähten.

»Gerade geht er hinters Haus.«
»Dann los.« Nach dem langen Sitzen in dem engen Auto stieg Justus höchst erleichtert aus.
Sie warteten noch kurz, um nicht zu dicht hinter Pandro anzukommen. Dann gingen sie die lange Zufahrt hinauf und auf dem gleichen Weg wie der Besitzer um das niedrige Gebäude herum. Drinnen brannte kein Licht, doch hinter dem Haus hing an einem Baum eine Laterne.
»Da ist ein Zaun«, sagte Justus. »Und nach der Bauart und Höhe zu schließen, liegt dahinter ein Schwimmbecken.«
Kaum hatte Justus ausgeredet, da hörten die beiden lautes Geplansche.
»Komm, Baby, du schaffst es«, drang die bekannte Stimme von Pandro Mishkin zu ihnen. »Los doch, meine kleine Petunia. Hopp, zwei, drei! Schwimm schon!«
Planschen und Spritzen klangen weiter durch die laue Sommerluft herüber. Das Licht der Laterne an dem Baum schien trübe durch die Ritzen im Holzzaun.
»Wen hat er denn da drinnen bei sich?« meinte Bob verdutzt. Die beiden Jungen sahen einander fragend an.
»Wollen wir mal nachsehen?« schlug Justus leise vor.
Bob nickte, und beide gingen zu dem Tor in der Poolumzäunung. Lautlos öffneten sie es und schlüpften durch. Eine kleine freistehende Dusche und ein Geräteschuppen versperrten ihnen die Sicht auf den tiefen Bereich des Beckens. Sie schlichen sich daran vorbei, um einen besseren Ausblick zu haben.
Doch plötzlich stolperte Justus über einen Wasserschlauch. Mit lautem Krachen plumpste er auf einen Liegestuhl. Im nächsten Augenblick wußten Justus und Bob, wer Pandro Mishkins Schwimmschüler waren. Fürchterliches Bellen, Knurren und Platschen brach los – und zwei riesenhafte Dobermannpinscher sprangen aus dem Becken!
»Auf zum Angriff! Feinde im Lager!« brüllte Mishkin vom Bek-

ken her. »Faß, Petunia! Schnapp dir die Kerle, Zeus! Macht sie fertig!«

Justus schürfte sich die Hände auf, als er sich hochrappelte, um den aufgehetzten Hunden zu entkommen. In Panik stürzte er los, zum Tor hin. Bob war schon ein gutes Stück voraus. Blindlings, mit lauten Hilfeschreien, rasten die Jungen davon. Aber wer sollte sie hören? Die nächsten Nachbarn waren weit weg.

Das Gebell kam näher. Wo war nur das Tor? Es konnte doch nicht plötzlich verschwunden sein. Obwohl es nur noch wenige Schritte entfernt war, kam Bob und Justus der Weg endlos vor. Endlich waren sie am Tor angelangt. Sie hasteten hindurch, und Bob schlug es zu, damit die Hunde nicht nachkommen konnten. Dann liefen sie die Zufahrt hinunter zu Bobs Wagen.

»Mann, das war knapp«, fand Bob, als er hinter dem Lenkrad saß. Er startete so schwungvoll, daß der Golf den Schotter aufspritzen ließ wie ein Sportwagen.

Als sie schon einige Kilometer Fahrt hinter sich hatten, hämmerte Justus' Herz noch immer wild. Schließlich war er wieder einigermaßen zu Atem gekommen und konnte normal handeln, was bei ihm hieß: die Lage erörtern und Anweisungen geben. »Viel haben wir nicht erfahren«, meinte er. »Aber immerhin wurde uns klar, daß Mishkin sein Wohnhaus bestens abgesichert hat. Warum wohl? Fahren wir zur Zentrale zurück. Wir müssen jetzt planvoll vorgehen.«

Später am Abend trafen sich alle in Justus' Werkstatt, und Peter und Kelly wurden über Pandro Mishkin und seine schwimmenden Dobermannpinscher ins Bild gesetzt.

Dann war Peter an der Reihe. »Ich fuhr Big Barney nach, zu einem vegetarischen Restaurant. Er kaufte sich eine große Schale Salat zum Mitnehmen und fuhr zu Don Dellasandros Firma.«

»Zu Miracle Tastes?« fragte Justus.

»Genau«, sagte Peter. »Dellasandro hat unten in Long Beach einen großen Betrieb mit Büros, Labors und einer Lagerhalle.«

»Und die Sicherungsmaßnahmen?« erkundigte sich Justus.
»Die Wachmannschaft wirkt ziemlich lahm«, sagte Peter. »Aber der Zugang zum Gebäude ist phantastisch gesichert. Gleich mehrere Alarmanlagen und ein computerüberwachtes Scannersystem.«
»Ja, und ich hab' mich beim Abholen meiner Klamotten schrecklich ungeschickt angestellt«, meldete Kelly lachend. »Julia gab mir alles zurück, und da passierte es – ich verkleckerte meinen Eistee drüber. Julia war ganz geknickt und bot mir sofort an, die Sachen erst mal zur Reinigung zu bringen. Morgen kann ich sie dann bei ihr holen.«
»Oder auch übermorgen oder überübermorgen.« Justus grinste. »Gut gemacht, Kelly.« Dann wandte er blitzschnell den Kopf zum Werkstatteingang. Er legte den Finger an die Lippen und forderte Peter mit einem Wink zum Mitkommen auf. Die beiden schlichen leise zur Tür und bezogen rechts und links Posten. Dann riß Justus energisch die Tür auf.
Im Dunkeln draußen war niemand zu sehen, nur eine Schachtel stand da, etwas größer als ein Schuhkarton. Sie war in braunes Packpapier gehüllt und mit rotem Bindfaden verschnürt. Jemand hatte sie direkt vor die Tür gelegt. Auf dem Papier stand von Hand geschrieben »Für Justus Jonas«.
Peter stupste die Schachtel mit der Schuhspitze ein Stück weg. »Fühlt sich schwer an«, meinte er.
Justus bückte sich und hob das Paket auf. »Ja, das Ding ist schwer«, bestätigte er. Er trug es in den Raum, ließ jedoch die Tür offen.
»Willst du das etwa aufmachen?« fragte Bob.
»Laß das lieber«, warnte Kelly und faßte Peter am Arm.
Justus horchte aufmerksam an der Schachtel und lauschte dann in die Nacht hinaus. War da nicht doch noch jemand draußen? Peter und Bob spitzten auch die Ohren und spannten schon vorsorglich ihre Beinmuskeln für einen Blitzstart an.

Schließlich öffnete Justus die Verschnürung. Das Paket schien sich in seinen Händen zu bewegen. »Da drin kullert was ziemlich Schweres herum, und die Schachtel kommt davon immer wieder aus dem Gleichgewicht.« Er schlug das Packpapier zurück, hielt dabei aber die Schachtel mit dem Deckel nach unten, und der Inhalt plumpste ihm weich auf die Füße.
Flupp!
Kelly stieß einen Schrei aus, und Justus wurde ganz blaß.
Auf Justus' neuen weißen Sportschuhen lag ein Hähnchen ohne Kopf, frisch geschlachtet! Es war noch nicht steif, und das Blut am Hals war kaum eingetrocknet. Dann sah Justus den beschriebenen Zettel voller Blutflecken. Langsam hob er ihn auf und las: *Justus Jonas – Du stehst auch gut im Futter und hast ein schönes Gewicht. Misch dich nicht in Sachen, die dich nichts angehen! Das ist die letzte Warnung!*

Fünfzigtausend jede Woche

Plopp... plopp...plopp... In der warmen Morgensonne hielten Peter und Justus ein improvisiertes Basketball-Match vor dem Korb ab, der über dem Garagentor der Shaws befestigt war. Peter reckte sich mit seinen 80 Kilo Lebendgewicht zu einem artistischen Sprung, und der Ball schoß durchs Netz.
»Na, wie sieht's aus, Justus?« Peter spielte Justus den Ball zu. »Machst du überhaupt noch mit?«
»Ich muß immer wieder an gestern abend und an das tote Hähnchen denken«, bekannte Justus.
»Meinst du, ich nicht?« gab Peter zurück. »Igitt – das verfolgt einen ja noch im Traum. Da muß man sich ein wenig Bewegung verschaffen, das lenkt ab.«

Justus schüttelte sich bei der Erinnerung an den schockierenden Anblick. Aber schon nahm ihm Peter den Ball wieder ab und landete den nächsten Einwurf.
»Richtig, vergessen wir den Schrecken in der Abendstunde«, meinte Justus. »Bleibt allerdings die Frage: Wer hat das Paket an uns geschickt? Wer will verhindern, daß wir uns mit Big Barney befassen? Bestimmt nicht er selbst, denn das ist überhaupt nicht sein Stil. Und außerdem signalisieren uns seine Einladungen genau das Gegenteil – er wünscht ja gerade, daß wir sein Unternehmen besser kennenlernen.«
»Du kriegst das schon heraus, Justus, davon bin ich überzeugt«, sagte Peter ernsthaft. »Du hast es noch jedesmal geschafft.«
Justus grinste seinen Freund an und nahm ihm blitzschnell den Ball ab. Er warf ihn in weitem, hohem Bogen – und verfehlte den Korb um etliche Meter.
»Das wird ja schon besser«, fand Peter. »Immerhin ist der Ball diesmal nicht über die Staatsgrenze geflogen.«
Da hupte es vorn an der Zufahrt, und Bob sprang aus seinem Golf.
»Morgen, Leute«, begrüßte er die beiden. »Zufällig schon die Presse gelesen, Justus?« Er warf Justus die Zeitung herüber. »Schau mal in den Wirtschaftsteil rein, die erste Seite.«
Peter gab den Basketball an Bob, und die beiden spielten weiter, während Justus sich über das Neueste vom Tage informierte.
»Das kommt ja genau hin«, sagte Justus nach einigen Minuten. »Michael Argenti bemüht sich verstärkt um den Erwerb der Chikken-Crown-Kette. Hmmm ... ich muß mal telefonieren.« Er ging in Peters Haus.
Nach fünf Minuten erschien er wieder mit seinem berühmten Hab'-ich's-doch-gewußt-Lächeln.
»Wen hast du angerufen?« wollte Peter wissen.
»Michael Argenti«, erklärte Justus. »Es war wirklich höchste Zeit, daß wir uns mal um ihn kümmern. Es könnte ja auch sein, daß er es nicht schafft, die Chicken-Crown-Lokale aufzukaufen.

Und dann legt er es aus Frust womöglich darauf an, Big Barneys Firma zu ruinieren, indem er seine Hähnchen vergiftet.«
»Und was meint Argenti zu alledem?« fragte Peter.
»Der war für mich nicht zu sprechen«, sagte Justus. »Von seiner Sekretärin hörte ich, er sei heute auf Dienstreise. Und wißt ihr, wo er ist?«
»Keine Ahnung. Wenn du's nicht selber weißt, ist diese Unterhaltung reichlich albern«, konterte Peter.
»In Petaluma«, verkündete Justus. »Im Norden von San Francisco. Dort ist Big Barneys Aufzuchtfarm.«
Nach knapp einer Stunde bestiegen Justus und Peter eines der kleinen Flugzeuge, die für Geschäftsreisende die Strecke nach San Francisco im Pendelverkehr bedienten. Sie hatten Julia angerufen und ihre Zusage erhalten, daß sie alle Kosten für die Ermittlungen der drei ??? übernehmen würde. Freilich konnte sie nicht ahnen, daß diese Ermittlungen auch ihrem Vater galten. Bob flog nicht mit, weil er in der Agentur eine dringende Verpflichtung hatte. Eine Band sollte an diesem Tag gleich auf zwei Hochzeitsfeiern auftreten, und Bob war dafür verantwortlich, daß die Musiker es pünktlich und einigermaßen nüchtern vom ersten zum zweiten Termin schafften.
Auf dem Flughafen von San Francisco nahmen Peter und Justus einen Mietwagen und fuhren eine Stunde nach Norden bis Petaluma. Big Barneys Aufzuchtbetrieb war leicht zu finden – gut ausgeschildert und im Ort allgemein bekannt. Von außen glich das Unternehmen eher einem Automobilwerk als einer Hähnchenfarm. Da standen zwei große zweistöckige Hallen in Hohlblockbauweise, jede fast so lang wie ein Fußballplatz. Ein stabiler Metallgitterzaun umgab das Gelände.
Vor dem Zaun blieben Peter und Justus kurz stehen und hielten Ausschau. Niemand war zu sehen, vermutlich weil es Sonnabend war. Also öffneten die Jungen das Tor und gingen fünfzig Meter weit bis zum ersten Gebäude. Sie warfen einen raschen Blick in die

Runde, doch niemand beobachtete sie. Vorsichtig traten sie ein. Zunächst wollten sie ihren Augen nicht trauen, und schon gar nicht ihren Ohren. In dem hellen Innenraum wimmelte es von Hähnchen – nicht Hunderte waren es, sondern Hunderttausende. Der Lärm war unbeschreiblich. Das Licht fiel wie bei einem Gewächshaus durch ein Glasdach ein, und eine Klimaanlage sorgte für die richtige Temperatur.

Justus und Peter nahmen sich zwei Stirnbänder mit Chicken-Crown-Schirmen von einem Haken neben der Tür und setzten sie auf, damit sie wie Betriebsangehörige aussahen. Dann machten sie sich an ihre Inspektionsrunde.

Als erstes mußten sie erfahren, daß es für Menschen recht beschwerlich war, sich in diesem Bau zu bewegen. Außer zahllosen Hähnchen gab es nämlich überall rote Plastikrohre, die etwa zwei Handbreit über dem Fußboden verlegt waren. Wie lange, niedrige Hürden zogen sich die Rohre durch den Raum, und beim Gehen mußten Peter und Justus immer wieder darübersteigen. Dieses Rohrsystem diente zur Futterversorgung, und im Abstand von jeweils fünfzig Zentimentern waren kleine rote Plastiknäpfe darunter befestigt. Ein zweites Rohrnetz lieferte das Trinkwasser; aus kleinen Öffnungen konnten die Tiere es aufnehmen. Das war also die vollautomatisierte Geflügelaufzucht, die den Menschen als Helfer überflüssig gemacht hatte.

Das Federvieh wurde je nach Alter in langen, voneinander getrennten Sektoren gehalten, von flaumigen gelben Küken bis hin zu gut gemästeten schlachtreifen Hähnchen mit schön glänzendem Gefieder. Peter und Justus schritten alle Abschnitte nacheinander ab.

»Warum sehen manche von denen so eigenartig aus?« fragte Peter. »Schau dir mal den Burschen da an – so kümmerliche Flügelstummel sind mir noch nicht begegnet.«

»Ein Forschungsergebnis der Biotechniker«, sagte Justus. »Durch sorgfältig abgestimmte Ernährung und Auswahlverfahren bei der

Zucht erzielt man, daß erwünschte Körperbaumerkmale sich dominant weitervererben. Manche Tiere sollen besonders große Flügel haben, andere wiederum möglichst viel weißes Brustfleisch – so wie der Hahn hier. Er sieht ganz unproportioniert aus, als wollte er gleich vornüberfallen.«
Da merkten Justus und Peter plötzlich, daß sie nicht die einzigen Menschen in der Halle waren. Drei Männer waren hereingekommen und sahen sich um. Sie standen noch beim Eingang, im Bereich mit den kleinsten Küken.
»Schnell«, sagte Justus. »Wir müssen uns an irgendwas zu schaffen machen.«
»Geht nicht«, meinte Peter. »Wird alles maschinell erledigt.«
»Also wegtauchen!«
Justus und Peter kauerten sich hinter eine Trennwand, die zwei Gruppen verschieden großer Hähnchen voneinander abteilte. Da die Wand nicht sehr hoch war, konnten sie darüber hinwegspähen und so die Männer noch besser belauschen. Allerdings scharten sich nun die Hähnchen um die beiden Jungen und pickten sie in die Beine.
»Ich muß hier raus«, stieß Justus in jäher Beklemmung hervor. »Jedesmal wenn ich ein weißes sehe, muß ich wieder an das Paket von gestern abend denken.«
Aber in diesem Augenblick kamen die drei Männer auch schon näher heran. Einer von ihnen hatte ein rotweißkariertes Hemd und eine khakifarbene Hose an. Auf seiner weißen Mütze mit dem Chicken-Crown-Emblem stand in großen roten Buchstaben HANK. Die beiden anderen Männer wirkten hier völlig fehl am Platze. Sie trugen dunkelblaue Maßanzüge, und der eine hatte eine verspiegelte Sonnenbrille im Pilotenstil auf. Er war jung und hatte kurzes dunkles Haar. Als er die Brille abnahm, blitzten seine blauen Augen auffallend lebhaft.
Dann hörte Justus Hank fragen: »Kann ich Ihnen sonst noch was zeigen, Mr. Argenti?«

Michael Argenti? Diese Unterhaltung durfte Justus sich nicht entgehen lassen!
Michael Argenti sah geradewegs durch Hank hindurch und richtete seine nächsten Worte an den anderen Mann im Stadtanzug. »Ich habe genug gesehen«, äußerte er mit hörbarem Mißfallen. »Machen Sie sich Notizen, und schreiben Sie einen Bericht. Hier werde ich einiges von Grund auf ändern müssen. Soviel sehe ich jetzt schon.«
»Ja, Mr. Argenti.« Der Assistent nickte beflissen. Er zog einen Stift und ein kleines Notizbuch aus seiner Brusttasche.
Michael Argenti setzte seine verspiegelte Brille wieder auf und wandte sich an Hank. »Wie hoch ist Ihre Produktion?«
»Vom Eintagsküken bis zur Schlachtung neun Wochen«, gab Hank Auskunft. »In einer Woche verarbeiten wir etwa fünfzigtausend Stück.«
»Das ist zu wenig. Der Bestand muß verdoppelt werden«, befand Michael Argenti. Der Assistent schrieb es auf.
»Big Barney läßt aber den Tieren lieber mehr Auslauf«, wandte Hank ein.
»Es handelt sich hier nun mal um kein Luxushotel für Hähnchen«, erklärte Michael Argenti mit boshaftem Lächeln, »sondern um einen Wirtschaftsbetrieb. Je mehr wir produzieren, um so höher ist unser Umsatz. Im übrigen sind unsere Vögel bei Chickobello in sieben Wochen schlachtreif. Das soll uns erst mal einer nachmachen.«
Michael Argenti warf noch einen Blick in die Runde und schüttelte dabei den Kopf. Dann bückte er sich und nahm eine Handvoll Körner aus einem der Futternäpfe auf. Die Küken pickten sie ihm aus der aufgehaltenen Hand. Argenti drehte sich zu Hank um. »Beim Futter ist auch eine Umstellung fällig. Darum werde ich mich aber persönlich kümmern«, sagte er. »Ich habe dazu schon meine Vorstellungen.«
Inzwischen hatte der Assistent die Tür ins Freie geöffnet. Michael

Argenti verließ die Halle und stieg mit sportlichem Schwung in seinen Wagen, einen protzigen Daimler. Als er wegfuhr, sah sich Justus das Kennzeichen an.
Natürlich die Angeberversion – »MA 1«.

Verfolgungsjagd im Nebel

»Genauso hatte ich mir Michael Argenti vorgestellt«, sagte Justus zu Peter, während sie wieder südwärts nach San Francisco fuhren. »Ein unverschämter, arroganter, rücksichtsloser, aufgeblasener Geschäftemacher.«
»So seh' ich's auch«, bestätigte Peter. »Große Klappe und nicht viel dahinter.«
Sie fuhren schweigend weiter, doch als sie gegen sieben Uhr abends kurz vor der Stadtgrenze waren, schrie Justus plötzlich: »Hier rausfahren!«
»Was gibt's denn?« Peter hatte sofort reagiert und den kleinen Mietwagen auf die Autobahnausfahrt gezogen. Nun erst sah er das Reklameschild. Ein überdimensionales buntbemaltes Hähnchen mit einer blinkenden Neonkrone thronte auf dem rustikalen roten Dach eines Chicken-Crown-Restaurants. »Und wie verträgt sich das mit deinem Speck-weg-Programm?« schmunzelte Peter.
»Nach neuesten Forschungsergebnissen können Nahrungsmittel, die reich an gesättigten Fettsäuren sind, ebenfalls durchaus wertvoll sein«, erwiderte Justus.
»Ist doch Augenwischerei, und das weißt du genau«, meinte Peter. »Aber dasselbe kann man auch von deiner Melonendiät sagen. Schön, gehen wir was essen!«
Peter schloß den Wagen auf dem Parkplatz ab und lief Justus nach, den es unwiderstehlich zum Chicken-Crown-Imbiß hinzog.

Am Eingang blieb Justus stehen und zog genüßlich die Luft durch die Nase ein. »Weißt du übrigens, daß der Geruchssinn der schwächste der fünf Sinne ist?« fragte er Peter. »Schon nachdem man kurze Zeit einem bestimmten Geruch ausgesetzt ist, stumpft die Wahrnehmung ab, und man riecht nichts mehr. Deshalb ist es wichtig, diese ersten fettgeschwängerten Duftschwaden gleich beim Eintreten auszukosten.«

»Mach's kurz, Justus. Hinter uns warten Leute, die auch reinwollen«, sagte Peter nur.

Sie gingen zur Bestelltheke. Dahinter stand ein junges Mädchen in rotkarierter Bluse und khakifarbenem Rock und lächelte sie an. Ihre weiße Mütze hatte statt des Schirms einen Hähnchenschnabel und trug in roten Buchstaben ihren Namen: Carol.

Carol begrüßte die neuen Gäste ganz im Stil von Big Barney: »Hi, Jungs. Nett, daß ihr mal wieder reinschaut. Was soll's denn heute sein? Alles da – vom Schlemmerhappen bis zum Menü für den Riesenhunger. Na, was möchtet ihr?«

»Ich nehme ein halbes Gifthähnchen«, sagte Peter geistesabwesend.

»Wie bitte?« fragte das Mädchen verdutzt.

»Oh, Entschuldigung – ein halbes Grillhähnchen.«

Justus bestellte sich eine komplette Mahlzeit aus Hähnchen, Pommes frites, Mayonnaise und Salat, und die beiden ergatterten einen Tisch an der Fensterfront. Doch als sie Platz genommen hatten, hockte Peter mit sichtlichem Unbehagen vor seinem Essen und rührte es nicht an.

»Hör mal«, meinte er zu Justus, »eigentlich sind wir recht vertrauensselig. Wenn nun ausgerechnet in diesen Portionen Gift drin ist – hier in dem Schlegel, in den du gerade reinbeißen willst?«

»Ich hab's nicht vergessen, und ich ziehe die Möglichkeit nach wie vor in Betracht«, entgegnete Justus. »Aber zu gewissen Zeiten muß der Mensch auch mal ein Risiko eingehen – so wie jetzt.« Er

biß herzhaft in den Hähnchenschlegel und schloß dabei verzückt die Augen.
Peter zuckte mit den Schultern und überwand sich dazu, an seiner Portion herumzupicken.
»Der Schlüssel zu diesem Fall ist Julia Crown und möglicherweise ihre Aktenmappe«, sagte Justus nach einigen weiteren Bissen. »Um die Lösung zu finden, können wir aber leider nicht abwarten, bis ihr Gedächtnis zurückkehrt. Unser Giftmischer weiß, daß wir uns mit der Sache befassen, und wenn er uns nicht abhängen kann, geht er vielleicht noch schneller und gezielter ans Werk. Also nehmen wir uns mal MGM vor, im Hinblick auf unsere drei Tatverdächtigen.«
»Metro Goldwyn Mayer? Eine Filmgesellschaft interessiert sich ja wohl nur für druckreife Krimi-Drehbücher – samt Lösung.«
»Meine ich doch gar nicht«, entgegnete Justus. »Sondern die klassische Faustformel für jeden Detektiv: Motiv, Gelegenheit und Mittel. Erst zu Big Barney. Zweifellos hat er die Mittel und die Gelegenheit, seine Hähnchen zu vergiften. Er könnte den Tieren etwas ins Futter mischen oder bei der Verarbeitung des Fleisches etwas einspritzen.«
Peter musterte den Hähnchenflügel in seiner Hand und ließ ihn auf den Teller fallen.
»Aber was könnte Big Barneys Motiv sein?« fuhr Justus fort.
»Vielleicht ist er verrückt«, sagte Peter.
»Auch verrückt genug, um Millionen Menschen umzubringen und das Leben seiner eigenen Tochter zu gefährden?« fragte Justus.
»Weiß ich nicht«, antwortete Peter. »Aber wer schickte uns dann ein geköpftes Hähnchen?«
»So einen Vogel kann sich jeder beschaffen. Und wir dürfen nicht vergessen, daß auch Michael Argenti im Hähnchengeschäft mitmischt«, sagte Justus. »Da hätten wir nun einen Mann mit einem unwiderlegbaren Motiv. Offenbar ist er fest entschlossen, Big

Barneys Firma entweder zu übernehmen – oder sie zu ruinieren. Klappt es mit dem Aufkaufen, schön und gut. Aber für den Fall, daß er das nicht schafft, sinnt er vielleicht schon auf Rache – Big Barneys Hähnchen vergiften. Bei seinem heutigen Besuch in Petaluma wollte er möglicherweise untersuchen, wie er Gift ins Futter praktizieren kann. Soviel zum Punkt Mittel. Und zur Gelegenheit – der Zutritt zu Big Barneys Aufzuchtbetrieb ist für jedermann leicht möglich. Wir konnten einfach reinstiefeln.«

»Schön. Und der Verdächtige Nummer drei?« fragte Peter.

»Mr. Sweetness? Da tappen wir beide noch ziemlich im dunkeln. Er ist ein Strohmann – aber wer steckt dahinter?«

Sie kippten den Abfall in einen Mülleimer mit weit aufgerissenem Hühnerschnabel und gingen zum Wagen hinaus.

Auf der Weiterfahrt nach San Francisco war es nun schon dunkel, und der berüchtigte Nebel kam vom Meer herein. Wie ein riesiger Wattebausch hatte er sich um die beiden Masten der Golden Gate Bridge gelegt, so daß die Jungen zwar noch deren Spitzen und die über die Brücke fahrenden Autos sehen konnten, doch überhaupt nichts dazwischen. Auch an die sieben Hügel von San Francisco hatte sich eine dichte Nebelschicht angelagert, die wohl Gipfel und Täler freiließ, aber die mittleren Höhenlagen dem Blick entzog. Peter fand das ungeheuer beeindruckend, und Justus versuchte sich die meteorologischen Bedingungen zu erklären, die im Hochsommer allnächtlich diesen Nebel zustandebrachten. Sie grasten im Radio alle Rockmusikprogramme ab und hörten sich einen Song der Stone Bananas an, einer von Sax betreuten neuen Band.

Als sie nur noch etwa zwanzig Kilometer vom Flughafen entfernt waren, wurde Peter allmählich nervös. Immer wieder schaute er in den Rückspiegel, und dazu trommelte er mit den Fingern gegen das Lenkrad.

»Schau mal nach hinten, Justus«, sagte er. »Siehst du den dunkelroten Cavalier?«

»Klar«, bestätigte Justus. »Was ist damit?«
»Ich glaube, der verfolgt uns«, meinte Peter.
Logisch betrachtet war das unmöglich. Niemand konnte wissen, daß Peter und Justus nach San Francisco gefahren waren. Sie waren ja Hals über Kopf dorthin aufgebrochen. Doch Peter war von seiner Befürchtung nicht abzubringen.
»Na gut. Nimm das Gas weg«, sagte Justus schließlich. »Sehen wir uns den mal an.«
Peter fuhr langsamer, und der dunkelrote Wagen holte auf und ordnete sich in die Spur zur Rechten ein. Nun war sein Kühler fast auf der Höhe ihrer hinteren Stoßstange. Justus schaute nach hinten, wurde aber vom Scheinwerferlicht geblendet und konnte deshalb das Gesicht des Fahrers nicht sehen. Er ließ das Fenster herunter. Da öffnete der Fahrer des roten Wagens ebenfalls sein Fenster und schob sich noch ein wenig mehr nach vorn. Dann war er mit Justus auf gleicher Höhe, und sie konnten einander ins Gesicht sehen.
Justus erschrak heftig und zuckte zurück. Es war Mr. Sweetness! Er trug die Tarnjacke mit dick gefütterten Ärmeln. Sein Gesicht war von Narben entstellt, und den Mund hatte er zu einem starren, fast grimassenartigen Lächeln verzogen. Justus war sogleich klar, daß er in die kalten Augen eines Mannes blickte, der vor nichts zurückschreckte.
»Los, wir müssen weiter!« rief Justus.
Peter nahm kurz den Blick von der Fahrbahn, um nachzusehen, warum Justus so außer sich war. Mr. Sweetness lachte, und plötzlich kam der rote Wagen gefährlich dicht heran. Doch Peter gab Gas, und der Mietwagen schoß vorwärts.
»Der verfolgt uns nicht nur – er will uns von der Fahrbahn abdrängen«, erkannte Peter nach einem raschen Blick in den Rückspiegel.
Mr. Sweetness zog wieder herüber auf Peters Spur und hielt sich unmittelbar hinter ihm. Jedesmal wenn Peter wegen des starken

Verkehrs das Tempo verringern mußte, schob sich der dunkelrote Cavalier an den Mietwagen heran und fuhr hinten auf. *Rums!* Es reichte gerade, um die Stoßstange einzudrücken, ohne daß die Karosserie Schaden nahm. *Rums!*

»Bei der nächsten Ausfahrt gehen wir runter«, schlug Justus vor. »Dann können wir ihn abhängen!«

Peter verließ die Autobahn, doch der Cavalier folgte. Egal wie stark Peter beschleunigte, der Cavalier blieb hartnäckig hinter ihnen. *Rums!* Offenbar gab es keinen Ausweg, als immer weiterzufahren... aber wie lange noch? *Rums!*

Es war beiden Jungen klar, daß sie sich aufgrund der großen Entfernung von Rocky Beach in Sicherheit gewiegt hatten. Nicht im Traum hatten sie erwogen, daß Mr. Sweetness ihnen überallhin folgen würde. Und nun erlebten sie genau das als böse Wirklichkeit... allein... bei Nacht... *Rums!*

Als sie sich einem Wohngebiet im Hügelland näherten, scherte Peter jäh aus und bog in die Zufahrt ein. *Rums!*

Auf einem Schild konnten sie lesen, daß sie gerade auf der idyllischen Straße zu einer der großen Attraktionen von San Francisco unterwegs waren – nach Twin Peaks. Von den beiden Berggipfeln hatten Besucher einen großartigen Rundblick über das Wasser, das Lichtermeer der Stadt und den gesamten Küstenstrich der Bucht.

Doch als die Straße sich bergan schlängelte, erkannte Peter bald, daß sie geradewegs in die dicke Nebelschicht einfuhren, die den mittleren Bereich der Berge einhüllte. *Rums!*

»Solchen Nebel hab' ich noch nie erlebt.« Peter war ganz entmutigt. Er fuhr langsamer. Der Nebel war tatsächlich so dicht, daß sie nur unmittelbar vor den Scheinwerfern knapp einen halben Meter weit sehen konnten. *Rums!* Rasch überlegte Peter, ob er wenden und wieder ins Tal fahren sollte. Doch dazu war kein Platz – und Mr. Sweetness würde es erst gar nicht so weit kommen lassen. *Rums!*

Unbehaglich blickte sich Justus nach hinten um. Den Cavalier konnte er überhaupt nicht sehen, nicht einmal seine Scheinwerfer. Er bekam es nur jedesmal zu spüren, wenn Mr. Sweetness ihren Wagen rammte.
Und dann tat sich eine lange Zeit gar nichts mehr.
»Glaubst du, er hat angehalten?« fragte Peter mit angespannter, heiserer Stimme.
»Ich weiß nicht«, antwortete Justus. »Ich kann leider nichts sehen. Fahr nur zu.«
Peter packte das Lenkrad fester. Nun kam eine Kurve, und er wollte sich nicht ablenken lassen. Kaum konnte er vor dem Wagen die Straße erkennen, geschweige denn den Fahrbahnrand, hinter dem der Hang steil abfiel.
Gerade als Peter sich dem Scheitelpunkt der Kurve näherte, tauchte plötzlich der dunkelrote Cavalier aus dem Nichts auf. Er fuhr auf der Überholspur in Schlangenlinien und versuchte, Peter und Justus über die Böschung zu drängen!
»Paß auf! Sonst stürzen wir ab!« schrie Justus.
Peter riß das Lenkrad nach links. Reifen quietschten, und die Jungen spürten, wie ihr Wagen vom Randstreifen wieder auf die Fahrbahn geriet. Peter hielt kurz den Atem an, dann gab er Vollgas und raste blindlings geradeaus. So beklemmend das Fahren im Nebel auch war, es war immer noch besser, als durch Zaudern eine neue Berührung mit Mr. Sweetness zu riskieren.
Und ganz oben am Berg war die Sicht plötzlich wieder klar. Sie hatten die Nebelgrenze durchbrochen.
Mit klopfendem Herzen bog Peter in den halbkreisförmig angelegten Parkplatz auf der Aussichtsplatte mit dem herrlichen Rundblick ein. Als er sich den Schweiß von der Stirn wischte, zitterten ihm die Hände. Aber wütend und zu allem entschlossen stieß er hervor: »So, und jetzt kann Mr. Sweetness anrücken.«

Endstation Schrottpresse

Schweigend saßen Peter und Justus bei laufendem Motor auf dem Aussichtsplatz Twin Peaks. Sie warteten darauf, daß der dunkelrote Cavalier mit Mr. Sweetness auf der nebelfreien Höhe auftauchen würde. Zum Glück waren sie dem Nebel entronnen und von einigen Dutzend Ausflüglern umgeben, die ihnen notfalls zu Hilfe eilen konnten. Peters Beklommenheit war nun ganz dem Zorn gewichen. Er hatte eine mächtige Wut im Bauch.

»Wie springt denn dieser Kerl eigentlich mit uns um?« Immer wieder hieb Peter mit der Faust aufs Lenkrad. »Den würde ich mir gern in einem ehrlichen Kampf vornehmen, das kannst du mir glauben.« Er ging im Kopf die Karateschläge durch, die er beherrschte und Mr. Sweetness verpassen würde, falls er ihn vor sich hätte. »Und wo bleibt er jetzt? Oder anders gefragt: Was muß er überhaupt auf dieser Straße rumgondeln?«

»Weiß ich doch nicht«, meinte Justus nachdenklich. »Da gibt es viele Möglichkeiten ... «

Sie warteten etwa eine halbe Stunde. Der Cavalier ließ sich nicht blicken.

Plötzlich richtete sich Justus auf. »Wir müssen jetzt los zum Flughafen«, stellte er fest.

»Und Mr. Sweetness?« wollte Peter wissen.

»Der kommt nicht mehr«, sagte Justus. »Er hat bestimmt gewendet und ist ins Tal zurückgefahren.«

Peter versetzte dem Lenkrad einen letzten Fausthieb und ließ dann den Wagen an.

»Die Sache hat uns doch auch was gebracht«, fand Justus. »Jetzt wissen wir wenigstens, wie er aussieht.«

Peter fuhr zügig zum Flughafen und stellte das Fahrzeug auf dem Parkplatz der Mietwagenfirma ab. Wie abgemacht, ließen sie die Schlüssel im Wagen und liefen dann zum Büro, um zu bezahlen.

Doch als sie gerade davorstanden, packte Peter Justus am Arm und riß ihn herum.
»Da, schau!« Er zeigte auf einen ebenfalls zurückgegebenen Mietwagen in der vordersten Reihe.
»Ein dunkelroter Cavalier!« rief Justus. »Aber ob das der ist, den wir suchen?«
Sie eilten hin und gingen um den leeren Wagen herum.
»Dem Kennzeichen nach ist er es«, meinte Justus. »Schnell, geh du ins Büro und sieh nach, ob Mr. Sweetness noch dort ist, und halt ihn irgendwie hin. Wenn er nicht da ist, dann versuch' vom Personal seinen richtigen Namen herauszukriegen. Ich komm' sofort nach.«
Als Peter gegangen war, öffnete Justus die Beifahrertür des dunkelroten Wagens und beugte sich in den Innenraum. Befand sich vielleicht etwas im Wagen, das die drei ??? als Indiz verwerten konnten? Justus begann systematisch zu suchen, auch unter dem Bodenbelag vor, hinter und unter den Sitzen. Er schaute in die Aschenbecher und ins Handschuhfach, und er zwängte die Hand in den engen Raum zwischen den Pedalen, um sogar hier unter den Fußmatten nachzuforschen. Dann richtete er sich wieder auf und mußte erst einmal ausgiebig verschnaufen.
Doch die Mühe hatte sich gelohnt. Er hatte etwas gefunden, etwas sehr Bedeutsames. Es verriet ihm zwar nicht, wer Mr. Sweetness war, aber dafür das nächstbeste: wohin er sich wenden konnte, um dies herauszufinden. Justus sauste los zum Büro der Mietwagenfirma und traf an der Tür mit Peter zusammen, der gerade herauskam.
»Na, was hat man dir da drin gesagt?« fragte Justus.
»Wir wünschen Ihnen noch einen schönen Tag«, erwiderte Peter.
»Ach was, ich meine doch zu dem roten Wagen.«
»Wir wünschen Ihnen noch einen schönen Tag«, wiederholte Peter. »Mehr war nicht zu wollen. Da drin arbeitet nämlich nur ein Computer.«

»Sieh mal, was ich gefunden habe.« Justus zeigte Peter ein zerknülltes Stückchen Papier, eine Seite weiß, die andere mit glänzender Metallfolie beschichtet.

»Das Einwickelpapier von einem Bonbon«, stellte Peter fest. Er strich das Papier glatt, bis er den in silbernen Buchstaben aufgedruckten Namen lesen konnte. »Miracle Tastes! Das ist ja das gleiche Zeug, wie es Don Dellasandro bei Big Barneys Party verteilt hat!«

»Genau das gleiche«, sagte Justus. »Die Gratisprobe einer neuen Marke, die noch gar nicht im Handel ist. Damit ergeben sich zwei Möglichkeiten. Mr. Sweetness war vielleicht auch auf der Party und bekam Kostproben wie alle anderen. Oder aber – und das wäre von erheblich größerem Interesse – Don Dellasandro und Mr. Sweetness machen eventuell gemeinsame Sache.«

»Eine kleine Flugreise müssen wir schon noch hinter uns bringen, ehe wir weiterfahnden können«, mahnte Peter. »Komm, es wird Zeit!«

Erst um Mitternacht kam Justus wieder nach Hause, und zu so später Stunde ließ sich nichts mehr erledigen. Also arbeitete er noch ein wenig an seiner neuesten elektronischen Errungenschaft, dem Decoder für Zahlenschlösser, bis ihn Müdigkeit überkam. Er schaltete das Licht in der Werkstatt aus und war schon vor der Tür, um abzuschließen.

Da klingelte das Telefon.

»Hallo?« Justus hatte im Dunkeln abgenommen.

»Hallo, Justus. Peter hier. Kelly möchte mit dir reden. Schieß los, Kleines.«

Justus knipste das Licht noch einmal an.

»Hi, Justus!« In Anbetracht der Tageszeit war Kelly noch ganz schön munter. »Du, hör mal ... ja, also ... Julia Crown ist heute mit mir essen gegangen ... « fing sie an.

Justus konnte sich vorstellen, wie Kelly sich beim Telefonieren eine Strähne ihres langen braunen Haares um die Finger wickelte, und er ahnte, daß es eine lange Geschichte anzuhören gab. Er schaltete den Lautsprecher ein, damit er währenddessen auf- und abgehen konnte.

»... nur weiß sie nicht mehr, wo sie war oder wo ihre Aktenmappe sein könnte«, berichtete Kelly gerade. »Irgendwas dämmert ihr von einem Wagen, der an diesem Abend hinter ihr herfuhr ... aber nur ganz verschwommen. Na ja, nach dem Essen hat sie mich nach Hause gefahren, und das war ganz toll. Big Barney hat ihr ein neues Mustang-Cabrio geschenkt.«

»Das Modell kennst du«, meldete sich Peter aus dem Hintergrund zu Wort. »Einfach sagenhaft, mit dem Fünf-Liter-V-acht-Motor und dem – «

»Peter, bitte«, wehrte Kelly ab. »Justus will doch hören, um was es hier wirklich geht. Also, wo war ich stehengeblieben? Ah ja. Ehe Julia in den Wagen stieg, machte sie den Kofferraum auf und warf ihre Handtasche da rein. Hey, dachte ich mir, das ist aber merkwürdig. Ich fragte sie, warum sie das macht, und sie sagte, das hätte sie sich so angewöhnt. In ihrem alten Mustang war sie mal mit offenem Verdeck gefahren, und prompt langte einer rein und schnappte sich ihre Handtasche. Na, fällt der Groschen bei dir, Justus?«

Justus' Augen blitzten auf. Der Kofferraum! Julias Aktenmappe könnte noch im Kofferraum ihres alten Autos liegen!

»Ja! Glänzend beobachtet, Kelly. Du hast schon viel von mir gelernt«, lobte Justus.

Kelly prustete los vor Lachen.

»Gib mir mal Peter«, forderte Justus sie auf. »Peter, am Montag früh fahren wir sofort zur Autoverwertung und untersuchen bei Julias Schrottauto den Kofferraum.«

»Alles klar«, sagte Peter zu. »Okay, bis dann.«

Am Montag morgen kamen Peter und Bob um neun Uhr mit dem Golf an. Justus hatte allerdings noch etwas zu erledigen. Er ging zum Telefon und wählte die Nummer der Polizei. Als Justus mit

Hauptkommissar Reynolds verbunden wurde, erklärte er, daß er wegen Julia Crowns Aktenmappe anrufe.
»Aktenmappe? Das ist ja ganz was Neues«, entgegnete der Polizeichef.
»Sie haben doch gewiß am Unfallort sorgfältig alle persönlichen Sachen sichergestellt«, sagte Justus.
»Gewiß haben wir das«, gab der Kommissar geduldig zurück.
»Und was war im Wagen?« fragte Justus.
»Justus, ich habe Dienstuniformen, die älter sind als du«, bemerkte Hauptkommissar Reynolds. »Ich beherrsche meinen Job aus dem Effeff. Im Wagen wurde nichts vorgefunden, das meldeten mir meine Leute.«
»Ich wollte nur in einer Detailfrage klarer sehen«, erwiderte Justus darauf.
»Aber sonst tappst du im dunkeln, wie? Na, wollen wir zu dem Fall nicht eine kleine Wette abschließen, Justus?« fragte der Kommissar lachend. »Der Verlierer lädt den Gewinner zum Hähnchenessen bei Big Barney ein, ja?«
»Kommissar, wenn ich hier den kürzeren ziehe, rühren Sie freiwillig kein Grillhähnchen von Big Barney mehr an«, erklärte Justus. »Ich melde mich später wieder bei Ihnen.«
Danach fuhren die drei ??? zum Verschrottungsplatz der Autoverwertung Miller. Das Gelände umfaßte zwei Häuserblocks und war von einem hohen Holzzaun umgeben. Im hinteren Bereich türmten sich die Neuzugänge von Wagen mit Totalschaden, die noch ausgebeint werden mußten, zu Bergen. Überall lagen Stapel aussortierter Teile wie Reifen und Stoßstangen, und dazwischen standen einzelne Autowracks herum, die so stark beschädigt waren, daß sich das Ausschlachten nicht mehr lohnte. In der linken hinteren Ecke des Geländes waren eine riesige Schrottpresse und ein siebzig Meter hoher Kran aufgestellt.
Als hätte es der Drehplan einer Abenteuer-Fernsehserie so vorgesehen, trafen die Jungen genau zu dem Zeitpunkt ein, als Julias

kleiner blauer Mustang von dem gewaltigen Elektromagneten am Ausleger des Krans in die Luft gehievt wurde.

»Der landet gleich in der Schrottpresse!« rief Peter. »Das ganze Ding wird zu einem kompakten Block zusammengedrückt!«

»Und dann kommen wir nicht mehr an den Kofferraum ran!« Bob raste los.

Sie sprinteten auf den Kran zu und versuchten, den Kranführer mit Rufen und Winken auf sich aufmerksam zu machen. Als sie hinkamen, sahen sie, daß es Dick Miller war, der Sohn des Firmeninhabers, der vor einem Jahr die High School abgeschlossen hatte. Dick stellte den Motor ab und trat auf die breite gelbe Plattform vor dem Führerstand heraus. »Wo brennt's denn?« schrie er zu ihnen herunter.

»Ist das Julia Crowns Wagen? Da müssen wir ran!« brüllte Justus zurück.

»Klar ist er das. Aber zum Ausschlachten taugt der nicht mehr, Leute.«

»Wir sollten ihn nur mal kurz ansehen«, erklärte Justus.

»Okay, ich setz' ihn da drüben ab«, rief Dick Miller. Er zeigte auf eine freie Fläche in der Mitte des Platzes neben einem riesigen Stapel schrottreifer Lastwagen.

Die drei ??? nickten und liefen auf die bezeichnete Stelle zu. Schon arbeitete der Kran wieder, und das Autowrack unter dem flachen, runden Magneten des Auslegers schwebte hoch über ihnen vorwärts. Justus drehte sich um und sah, wie der Wagen sacht hin- und herpendelte. Doch mit einem Mal bewegte er sich schneller und begann, in immer größeren Kreisen durch die Luft zu schwingen.

»Wenn das Ding runterkommt, schlägt es ein wie eine Bombe«, sagte Peter. »Der spinnt ja.«

Sie wichen aus und liefen zurück, aber der über ihnen kreisende Wagen folgte nach und sauste immer wieder in bedenklich geringem Abstand an ihnen vorbei.

»Hey – soll das ein Witz sein?« brüllte Peter aus vollem Hals in die Höhe, um das Motorgeräusch des Krans zu übertönen.
»Um Himmels willen! Schaut doch!« schrie Bob.
Am Fuß des Krans lag Dick Miller auf der Erde, gekrümmt vor Schmerzen, beide Arme vor dem Magen verkrampft. Ein anderer war in den Führerstand hinaufgeklettert und steuerte nun den Ausleger – und zwar so, daß der Wagen drei Meter über ihren Köpfen im Kreis schwang.
»Wer ist denn das da oben?« stieß Justus hervor.
Zur Antwort blieb keine Zeit mehr. Der Kran machte einen jähen Schwenk, die Last kam auf sie zugesaust, und dann ließ der Elektromagnet Julias Autowrack fallen. Eineinhalb Tonnen Metallschrott donnerten auf den Boden herunter.

Die Zeitbombe

Mit ohrenbetäubendem Krachen prallte das Autowrack am Boden auf. Die drei ??? hatten sich gerade noch durch einen Sprung in Sicherheit bringen können. Nun kauerten sie hinter einem Stapel Schrottautos und sahen den Elektromagneten ohne Last in der Luft baumeln. Der Magnet selbst war groß und schwer genug, um einen Menschen zu erschlagen. Und zweifellos würde der Kranführer, der jetzt an den Hebeln saß, es auf einen solchen »Unfall« ankommen lassen, ohne mit der Wimper zu zucken.
Als der gewaltige Magnet zur Ruhe gekommen war, riskierte Peter einen Blick aus seinem Versteck, um zu sehen, wer im Führerstand saß.
»Hätte ich mir denken können«, flüsterte er seinen Freunden zu. »Natürlich Mr. Sweetness.«
Die drei Jungen wagten sich hinter dem Schrottberg hervor. Sie

sahen einen großen Mann in einem Militär-Tarnanzug aus der Kabine treten und zu Boden springen. Dann schlug er Dick Miller brutal mit der Faust ins Genick, so daß dieser regungslos liegenblieb. »Er kommt hierher«, sagte Peter. Die drei zogen sich zur anderen Seite des Autostapels zurück, um nicht in das Blickfeld des Mannes zu geraten.

»Der will doch bestimmt an Julias Wagen ran – genau wie wir«, meinte Justus.

Plötzlich hörten sie, wie eine Flasche zersplitterte, und darauf einen scharfen Knall. Peter wagte sich erst wieder aus seiner Deckung hervor, als er den Rauch roch. Ein Blick zeigte ihm, daß Mr. Sweetness gerade einen zweiten Molotow-Cocktail in Julias Wagen schleuderte.

Peter war entsetzt. »Der zerstört ja unser Beweismaterial!«

»Das wär's dann wohl«, meinte Justus. »Er will das, was im Wagen ist, gar nicht haben. Er will nur dafür sorgen, daß es uns nicht in die Hände fällt!«

»Wenn noch Benzin im Tank ist, geht das Ding irgendwann hoch wie eine Rakete!« stieß Peter hervor.

Sobald das Auto Feuer gefangen hatte, lief Mr. Sweetness zu seinem Porsche bei der Einfahrt zum Platz. Peter wollte hinterher, aber Bob und Justus hielten ihn zurück.

»Laß den mal.« Bob packte Peter energisch am Arm. »Wir müssen an den Kofferraum!«

»Schnell, sonst brennt der Wagen aus!« drängte Justus.

»Wenn er nicht vorher in die Luft geht«, sagte Bob beklommen.

Peter warf einen Blick auf Julias Autowrack, aus dem kleine Flammen züngelten, und raste los. Er schaute in offenstehende Kofferräume und wühlte in Schrotthaufen. Endlich fand er, was er brauchte – eine alte Brechstange. Damit stürzte er sich auf Julias nun auch noch bombengeschädigten Mustang. Das Feuer hatte im Fahrgastraum reichlich Nahrung gefunden und fraß sich jetzt zum Heck hin – und dort befand sich der Benzintank.

Der Schweiß rann Peter in Strömen von der Stirn, während er den Kofferraumdeckel mit der Brechstange aufzustemmen versuchte. Dabei hielt er den Blick wachsam auf die Flammen gerichtet. Endlich gab die Klappe nach und sprang auf.

»Das hätten wir!« rief Peter triumphierend. Er zog eine Aktenmappe aus weichem braunem Leder aus dem Kofferraum und hielt sie in die Höhe. »Jetzt schnell weg, ehe die Kiste hochgeht!« rief er.

Justus grinste. »Da mir die Gepflogenheiten und Vorschriften auf Schrottplätzen bestens vertraut sind, weiß ich mit Bestimmtheit, daß bei beschädigten Autos erst mal der Tank leergepumpt wird«, sagte er zu Bob. »Der Wagen hier kann folglich nicht in die Luft gehen.«

»Und warum hast du mir das nicht vorher gesagt?« fragte Peter mit entgeistertem Blick.

»Weil der Wagen ausgebrannt wäre, bis ich dir das überzeugend beigebracht hätte«, antwortete Justus. »Und im übrigen: Wenn der Mensch wirklich unter Druck steht und sich beim Handeln auf seine Instinkte verlassen muß, arbeitet er viel besser.«

Peter stöhnte. »Vielen Dank für die Belehrung.«

Nachdem sie einen Krankenwagen gerufen hatten, blieben Justus, Bob und Peter bis zu dessen Ankunft noch auf dem Platz, um den verletzten Dick Miller nicht alleinzulassen. »Ich hatte schon gehört, daß ihr Detektive seid«, sagte Dick. »Nur wußte ich nicht, daß ihr euch auch mit solchem Gesindel wie Bombenlegern befaßt.«

»So knüppeldick kommt's zum Glück nicht immer«, meinte Justus beschwichtigend.

Danach fuhren sie schnellstens zu Big Barneys Villa. Julia und Kelly hatten schon auf sie gewartet. Big Barney selbst war nicht da; er würde erst spät nach Hause kommen.

»Habt ihr was gefunden?« fragten die beiden Mädchen wie aus einem Mund, als sie den Jungen die Haustür öffneten.

Zum Beweis für das überstandene Abenteuer hielt Justus wortlos die Aktenmappe hoch.
Julia war sehr erleichtert. Sie führte alle ins Wohnzimmer, und dort legte Justus die Mappe auf den Glastisch beim Sofa. Hastig öffnete Julia den Reißverschluß der Vortasche und zog ihr in blaues Leder gebundenes Terminbuch heraus. Sie schlug die Seite mit dem Zeitplan für jenen verhängnisvollen Freitag auf – den Tag ihres Unfalls, der in ihrem Gedächtnis ausgelöscht war.
»Hier steht's«, sagte sie. Ihr Atem ging rasch.
Sie blickte lange auf die Buchseite hinunter und schüttelte dann den Kopf. »Für den ganzen Tag ist nur F&E eingetragen.«
»Aha, Forschung und Entwicklung, also Pandro Mishkins Abteilung, nicht wahr?« sagte Justus. »Wozu solltest du dich bei Mishkin aufhalten?«
»Ich verbringe in jeder Abteilung einen Tag, um das Wichtigste zu lernen«, erklärte Julia. »Aber von diesem Tag weiß ich überhaupt nichts mehr.«
»Vielleicht fällt dir etwas ein, wenn du dir die anderen Sachen in deiner Mappe ansiehst«, drängte Justus.
Julia schaute im Hauptfach nach und fand ein Ringbuch mit etwa zweihundert fotokopierten Blättern. Sie nahm es heraus und blätterte etliche Minuten lang den Inhalt durch. Dann legte sie es hin und zuckte mit den Schultern. »Diese Texte sagen mir nichts, ich kenne sie überhaupt nicht«, sagte sie. Es war ihr anzumerken, daß sie fest damit gerechnet hatte, nach dem Auffinden ihrer Aktenmappe die Erinnerung an die Zeit vor dem Unfall wiederzuerlangen. Nun war sie zutiefst enttäuscht.
»Darf ich mal reinsehen?« bat Justus. Er nahm das Ringbuch zur Hand. Auf der ersten Seite war Mishkins Name eingestempelt. Rasch überflog Justus die beschrifteten Seiten.
Nachdem er einige Zeit gelesen hatte, ohne sich zu äußern, sah er auf und setzte zu einer seiner Reden an.
»Ich kann mir nun die Ereignisse an jenem Freitag, an dem Julia

den Unfall hatte, größtenteils vorstellen«, begann er. »Das hier ist Pandro Mishkins Exemplar eines Forschungsberichts über einen Lebensmittelzusatzstoff namens Multisorbitane. Don Dellasandro hat die Substanz vor mehreren Jahren entwickelt. Der Bericht kommt zu dem Ergebnis, daß Multisorbitane als Geschmacksverstärker hervorragende Eigenschaften aufweist, jedoch auch ein Risiko darstellt. Nahrungsmittel mit diesem Zusatz schmecken so viel besser und intensiver, daß der Verbraucher danach geradezu süchtig werden kann.«

»Und das soll ein Risiko sein?« fragte Bob.

»Das nun eben nicht. Jetzt kommt erst die Überraschung«, kündigte Justus an. »Unsere nationale Gesundheitsbehörde hat Multisorbitane streng geprüft, wie dies bei allen neuentwickelten Lebensmittelprodukten und Zusatzstoffen Vorschrift ist. Und sie hat Don Dellasandro den Vertrieb von Multisorbitane verboten, weil es sich herausstellte, daß die Substanz möglicherweise karzinogen ist.«

»Was bitte?« fragte Peter.

»Krebserregend heißt das«, erklärte Bob.

Justus räusperte sich und fuhr fort: »Wir wissen, Julia, daß du an diesem Freitag in Pandro Mishkins Abteilung warst. Und wir wissen, daß du sein Exemplar dieses negativen Berichts in deiner Mappe hattest. Nun geht es von dem, was wir wissen« – er legte die Hand auf das Ringbuch – »zu dem, was wir vermuten. Ich nehme an, daß du während deiner Anwesenheit in Mishkins Büro auf dieses Ringbuch gestoßen bist, vielleicht durch Zufall. In Anbetracht des Unfallzeitpunkts möchte ich meinen, daß es schon Abend war, als du den Bericht entdecktest. Und diese Entdeckung muß dich ziemlich schockiert haben.«

Justus war aufgestanden und schritt im Raum auf und ab. Er redete sich immer mehr in Fahrt. »Ich glaube, sie hat dich so gründlich schockiert, daß du das Ringbuch an dich nahmst und fluchtartig Mishkins Büro verließest. Vermutlich lief er dir hinterher, um es dir wieder abzunehmen. Und als du in deinem Wagen aus dem Betriebsgelände wegfuhrst, muß dir Pandro Mishkin nachgefahren sein. Der langen Rede kurzer Sinn: Nach meiner Meinung kann nur er der Fahrer des Wagens gewesen sein, der am Unfallort die zweite Reifenspur hinterließ.«

»Endlich hast du's auf den Punkt gebracht«, sagte Peter. »Und warum war der Bericht ein solcher Schock für Julia?«

»Das eben ist die Kernfrage, nicht wahr?« Justus lächelte vielsagend. »Sie war entsetzt, weil sie wußte oder doch vermuten mußte, daß Multisorbitane als Zusatzstoff bei der Herstellung eines köstlichen neuen Produktes namens Drippin' Chicken verwendet wird!«

Justus gab den anderen einen Augenblick Zeit, um diese Eröffnung zu verdauen, und sprach dann weiter. »Julia, du hattest die niederschmetternde Tatsache entdeckt, daß jemand – vielleicht Pandro, vielleicht Dellasandro, vielleicht sogar dein Vater – wissentlich und absolut kaltblütig dem Hähnchenfleisch dieses Gift zusetzt. Die Auswirkungen des Multisorbitane würden sich natürlich jahrelang nicht bemerkbar machen. Aber ganz allmählich würde sich im Laufe der Zeit bei Millionen Menschen, die mit der Nahrung regelmäßig diesen krebserregenden Stoff aufgenommen hatten, eine Krebserkrankung entwickeln. Niemand würde die Gefahr erkennen, bis es zu spät wäre. Eine regelrechte Zeitbombe.«

Julias Lippen zitterten. »Etwas Derartiges käme meinem Vater niemals in den Sinn!« rief sie erregt.

»Das überzeugt mich nicht. Du mußt uns helfen, es zu beweisen,« parierte Justus sofort.

Alle erkannten wieder einmal, daß seine Gedanken und Absichten dem Gesprächsverlauf längst vorausgeeilt waren.

»Und wie hast du dir das gedacht, Justus?« fragte Bob.

»Ganz einfach«, sagte Justus. »Wir müssen herausfinden, ob Big Barney die Verwendung von Multisorbitane bei der Herstellung

von Drippin' Chicken überhaupt bekannt ist. Hat jemand eine Idee, wie wir das anstellen könnten?«
»Ich schon«, meldete sich Julia. »Die Rezepturen für seine Erzeugnisse hält mein Vater in einem Safe in seinem Büro unter Verschluß.«
Justus schnippte mit den Fingern. »Das will ich doch hoffen. Kannst du uns die Unterlagen besorgen?«
»Ich kenne die Kombination am Zahlenschloß nicht«, entgegnete Julia. »Die ist nur Big Barney bekannt.«
»Schade, das bringt uns nichts«, sagte Justus. »Wir müßten uns ja die Rezeptur ohne sein Wissen beschaffen. Er darf auf keinen Fall ahnen, was wir vorhaben.«
Plötzlich heiterte sich Julias Gesicht auf. »Vielleicht geht es über Dads Sekretärin?« meinte sie. »Sie weiß über alles Bescheid und kennt ihn womöglich besser, als er sich selber kennt. Möglicherweise ist ihr die Kombination bekannt.«
»Dann los, Leute«, sagte Peter.
»Lieber nicht. Das mache ich am besten allein«, wehrte Julia ab. »Aber ich weiß nicht, ob ich das überhaupt tun sollte. Dads Rezepturen sind sein streng gehütetes Geheimnis – ihr müßt mir also fest versprechen ... «
»Abgemacht, keine Sorge«, sagte Justus. »Wann kannst du wieder zurück sein?«
»In etwa zwei Stunden«, meinte Julia.
Zwei Stunden sind lang, doch sie gingen vorüber. Die drei ??? und Kelly vertrieben sich die Zeit nach Julias Vorschlag: Sie sahen in ihrem Zimmer fern, knabberten dazu Gebäck und versuchten sich zu entspannen. Letzteres war, was Justus anbetraf, allerdings zuviel verlangt.
Eine weitere Stunde verstrich.
Endlich ging die Tür auf, und Julia war wieder da. Sie hatte ein Blatt Papier bei sich und lächelte alle der Reihe nach strahlend an.

»Ich habe die Rezeptur«, flüsterte sie mit einem verstohlenen Blick zur Tür, als könnte ihr Vater gleich hereinkommen. »Unter den Zutaten für Drippin' Chicken ist Multisorbitane nicht aufgeführt. Na, was hab' ich gesagt? Mein Dad ist doch kein Wahnsinniger, der Menschenleben aufs Spiel setzt.«
Justus nahm rasch das Papier an sich und las den Text.
»Unser Fall löst sich anscheinend in Wohlgefallen auf«, stellte Peter fest.
Justus faltete den Bogen und steckte ihn in die Tasche. Dann sah er Julia an. »Wenn also niemand dem Hähnchenfleisch Gift zusetzt, warum hast du dann im Schlaf davon gesprochen? Und warum war es für dich so wichtig, deine Aktenmappe zu finden? Und warum befand sich darin dieser Bericht über das Multisorbitane mit Pandro Mishkins Namensstempel?«
»Das ist mir alles nicht bekannt«, sagte Julia.
»Und uns ebensowenig«, ergänzte Justus. »Allerdings gibt es doch einiges, das wir wissen. Unsere Liste der Tatverdächtigen schrumpft zusehends. Dein Vater gehört allem Anschein nach nicht mehr dazu. Michael Argenti desgleichen, denn mit Multisorbitane oder mit diesem Bericht von Pandro Mishkin hat er ganz offenbar nichts zu tun. Pandro selbst müssen wir mit einem Fragezeichen versehen. Er könnte unbeteiligt sein, könnte aber auch die Finger drin haben. Doch der Verdächtige, der mich am meisten interessiert, ist ein gewisser Jemand, der zu verhindern suchte, daß wir diesen Bericht an uns bringen ... jemand, der Mr. Sweetness losschickte, um unsere Ermittlungen zu vereiteln ... jemand, der die Geschmackssensation Drippin' Chicken überhaupt erst ermöglicht hat. Don Dellasandro!«
»Und was jetzt?« wollte Kelly wissen. »Verständigen wir die Polizei?«
»Nein. Erst brauchen wir Beweise«, sagte Justus. »Wir müssen uns Zutritt zur Firma Miracle Tastes verschaffen und herausfinden, welches Geheimnis Don Dellasandro dort hütet.«

Peter hatte Bedenken. »Aber Justus, der Betrieb ist bestimmt so erstklassig gesichert, daß wir da nie reinkommen.«
»Na, dann werden wir eben heute nacht dort aufkreuzen. Recht spät, damit die Wachmänner nicht allzu wach sind.«
»Besser wäre es gleich nach Feierabend«, wandte Julia ein. »Dads Sekretärin hat mich an etwas erinnert, das ich glatt vergessen hatte. Heute abend soll nämlich eine große Presseveranstaltung steigen, eine Riesenparty. Big Barney wird sein Drippin' Chicken der Welt präsentieren – und den geladenen Gästen gleich auftischen!«
»Das gibt's doch nicht!« stieß Kelly hervor.
Justus fielen Big Barneys Worte wieder ein, und er zitierte lakonisch: »Die Fast-Food-Fans ahnen ja gar nicht, was ihnen da blüht!«

Etikettenschwindel

Nachmittags um fünf saßen die drei ??? in Bobs Wagen, der unauffällig gegenüber dem Büro- und Lagergebäude der Firma Miracle Tastes in Long Beach geparkt war. Zuvor hatten sie sich zu Hause schwarze Jeans und schwarze T-Shirts angezogen. Justus hatte außerdem eine geheimnisvolle, kleine schwarze Ledertasche mitgebracht, die er vorsichtig auf den Knien festhielt. Peter und Bob war das Ding bisher noch nicht aufgefallen.
»Sobald Dellasandro den Betrieb verläßt, gehen wir los«, verkündete Justus, die Hände sorgsam um das schwarze Behältnis gelegt.
»Woher wissen wir überhaupt, daß er da ist?« fragte Bob.
»Sein Wagen steht auf dem Parkplatz«, sagte Peter. »Ich kenne ihn.«
»So? Woher denn?« erkundigte sich Bob überrascht.

»Von der Fernsehaufzeichnung für Big Barneys neuen Werbespot. Hinterher fuhr ich ja Big Barney nach«, erklärte Peter. »Unter anderem hierher, zu Miracle Tastes.«
Der Firmenparkplatz leerte sich nach und nach. Doch erst gegen sechs Uhr startete Don Dellasandros grauer Cadillac Allant, und zwar in Richtung Los Angeles.
»Der will wahrscheinlich auch zu Big Barneys Presseparty«, meinte Peter.
Sie stiegen aus und liefen über den nun fast verlassenen Parkplatz. Als sie vor dem Eingang der Firma Miracle Tastes standen, hielt Bob Wache, während Peter und Justus die Tür untersuchten.
»Schaut euch bloß diese Sicherung an!« Peter stöhnte.
Alle sechs Augen richteten sich auf einen kleinen elektronischen Schaltkasten mit einer von innen beleuchteten Zifferntastatur. Das Gerät war in die mit Chromplatten verkleidete Wand neben der gläsernen Eingangstür eingelassen. Gleich hinter der Tür befand sich der Dienstschalter für einen Wachmann; dieser war jedoch nicht besetzt.
»Bestimmt dreht der Bursche gerade seine Runde«, meinte Bob. »Machen wir lieber schnell.«
Für die drei ??? lag es auf der Hand, daß das System ähnlich funktionierte wie ihre eigene Eingangssicherung vor der Zentrale. Die Tür ließ sich erst dann öffnen, wenn man eine bestimmte Ziffernkombination eingetippt hatte. Die Frage war nur: Was würde bei Eingabe einer falschen Zahl passieren?
Justus öffnete den Reißverschluß an seiner kleinen schwarzen Ledertasche. »Es fügt sich glücklich für uns, daß ich wochenlang an der Konstruktion eines elektronischen Decoders für Zahlenschlösser gearbeitet habe«, erklärte er. »Wenn ich dieses Lesegerät an die Tastatur anschließe, kann es die Kombination erkennen. Ich habe das in der Zentrale getestet, und es funktioniert.«
Flink schraubte Justus die Abdeckplatte der Tastatur ab und schloß die beiden Krokodilklemmen des Decoders an zwei

bestimmte Kabel der elektronischen Türsicherung an. Sein Herz klopfte heftig dabei. Er betätigte einen Schalter, und nach einigem Piepsen und Blinken zeigte der Decoder eine Ziffernkombination an.
»Aha. Dann wollen wir mal!« Peter streckte die Hand nach der Tür aus.
Doch Justus hielt Peter an der Schulter zurück. »Halt, warte! Hier stimmt was nicht.« Nervös fummelte er an dem schwarzen Decoder herum.
»Scheint mir auch so«, bestätigte Bob nach einem Blick auf Justus' Gerät. »Das zeigt ja eine falsche Kombination an. Nämlich die Ziffernfolge für unser eigenes System in der Zentrale!«
Justus wurde über und über rot. Die Sache war ihm äußerst peinlich. »Im Kondensator ist wahrscheinlich der Wurm drin... vielleicht ist auch die Impedanz falsch berechnet... au weia. Tut mir leid, Leute.«
»Nimm's nicht so tragisch«, sagte Bob. »Nur mach jetzt das Ding ganz fix wieder ab – da kommt nämlich der Wachmann.«
Justus steckte den Decoder in die Tasche, und die drei taten ganz harmlos, während der Wachmann im Schalterraum auf seinen Schreibtisch zuging. Ehe er sich hinsetzte, drückte Bob auf die Nachtglocke neben der Tür.
Der Mann öffnete die Tür spaltbreit und beäugte die Besucher mißtrauisch. »Was kann ich für Sie tun?« erkundigte er sich vorsichtig.
Justus war entschlossen, sein Mißgeschick mit dem Decoder wieder wettzumachen.
»Wir sind vom Kurierdienst *Drei Mann in Schwarz*«, erklärte er. »Wir sollen etwas aus Mr. Dellasandros Büro abholen. Er sagte, es sei lebenswichtig.«
»Und dazu müssen Sie wirklich drei Mann hoch anrücken?« fragte der Wachmann mißtrauisch.
»Na ja, mir hat er den Auftrag gegeben«, antwortete Justus.

»Aber dann mußten wir meinen Wagen nehmen«, setzte Bob hinzu.
»Und ich habe die Ortskenntnisse«, schloß Peter.
»Na, wenn das so ist ... Ist ja nicht mein Bier«, murmelte der Wachmann. Er öffnete die Tür und ließ die drei ein. »Holen Sie sich Ihre Sendung, und dann verschwinden Sie wieder.« Er zeigte den Jungen, welche Richtung sie von der Eingangshalle einschlagen mußten.
Die drei ??? schritten weisungsgemäß auf dem teppichbelegten Flur nach links; dort lagen die Büroräume. In den Gebäudetrakt zur Rechten führte ein betonierter Gang.
Ganz hinten auf dem Flur kamen sie zu einer massiven Nußbaumtür mit dem Schild GESCHÄFTSLEITUNG.
Don Dellasandros Büro war sehr geräumig und hatte an zwei Seiten Fenster, die vom Fußboden bis zur Decke reichten. Der Raum war voller Blütenduft; allerdings war nirgends eine Vase mit Blumen zu sehen. Beeindruckend wirkte der große Schreibtisch aus Rosenholz mit funktionell integrierter Telefon- und Computeranlage. In einer Ecke standen chromblitzende Geräte für Bodybuilding. Die Wände waren über und über mit gerahmten Anerkennungsschreiben und Preisurkunden für Dellasandros Aromastoffe behängt. Auch Markenzeichen und Verpackungen von Süßigkeiten, Salatsoßen, tiefgekühlten Gemüsezubereitungen und anderen Produkten, die dank Miracle Tastes unwiderstehlich schmeckten, waren hinter Glas zur Schau gestellt.
Von den Preisen und Auszeichnungen war Justus nicht beeindruckt, von Don Dellasandros ausgeklügeltem Registratursystem hingegen um so mehr.
»Was suchen wir eigentlich?« fragte Peter, der sich Dellasandros riesigen Schreibtisch vorgenommen hatte.
»Eine Dose Multisorbitane wäre jetzt zu schön«, sagte Justus. Er zog die Schublade eines Aktenschrankes auf. »Aber ich begnüge mich mit einem stichhaltigen Beweis dafür, daß die Rezeptur für

Drippin' Chicken einen Stoff aus Don Dellasandros Produktion enthält.«

Mit flinken Fingern blätterte Justus einen Aktenhefter nach dem anderen durch.

»Sogar in seiner Manager-Toilette hat er einen Computer«, meldete Bob aus dem Waschraum. Er genehmigte sich einen Spritzer eines der teuren Herrenparfums, die Dellasandro hier zur Auswahl standen, und trat dann wieder zu den anderen. »Na bitte, wie findet ihr diesen frischen Duft?«

»Der Duft von frischgebackenem Apfelkuchen wäre mir jetzt lieber«, meinte Peter. »Oder meinetwegen auch von frischgegrillten Hähnchen.«

»O ja, aber bitte mit naturidentischem Aromastoff FB 433!« rief Justus.

»Der soll wohl das Geschmackserlebnis steigern?« fragte Bob skeptisch.

»Jedenfalls ist FB 433 von Miracle Tastes eine Zutat bei der Herstellung von Drippin' Chicken«, erklärte Justus. »So steht es wenigstens in der Rezeptur, die Julia für uns besorgt hat.«

Energisch schob er eine Schublade wieder in den Aktenschrank ein. »Allerdings habe ich nun die Bestellungen, Rechnungen und Lagerbestandslisten aus zwei Jahren durchgefilzt. Nirgends findet sich ein Hinweis darauf, daß bei Miracle Tastes eine Substanz mit dieser Bezeichnung eingekauft oder im eigenen Betrieb hergestellt wurde! Wir müssen jetzt sofort ins Warenlager.«

Sie liefen auf dem teppichbelegten Flur zurück und stießen beim Eingang auf denselben Wachmann wie zuvor. Er war eingedöst und schreckte hoch. »Haben Sie Ihre Sendung?« fragte er.

Peter und Bob sahen Justus hilfesuchend an.

»Nein«, antwortete Justus. »Er sagte, das Paket läge hier im Lagerbüro, aber da war es nicht.«

»Lagerbüro?« stieß der Wachmann hervor. »Hier links ist doch gar nicht das Lager! Sieht es da etwa aus wie in einem Warenlager?

Sie müssen die Augen schon besser aufmachen, Herrschaften!« Er schüttelte den Kopf. Dann zeigte er nach rechts. »Gehen Sie diesen betonierten Gang entlang. Sie müssen durch drei rote Türen gehen. Dann kommt das Warenlager«, sagte er. »Wie eine Tür aussieht, das wissen Sie zufällig?«

»Er weiß es.« Peter zeigte auf Justus.

Am Ende des Ganges und nach drei roten Türen öffnete sich den drei ??? ein düsterer Raum, in dem es undefinierbar roch. Überall standen hohe pyramidenartige Stapel verplombter Blechtonnen, in denen sich vermutlich chemische Substanzen befanden.

»Los, Leute, wir müssen alle Etiketten überprüfen«, ermunterte Justus seine Freunde.

»Wie spät ist es eigentlich?« fragte Bob, als er vor einen der Stapel trat.

»Gleich sieben.«

»Und die Party für die Presse steigt um neun«, fiel es Bob ein. »Da müssen wir uns beeilen.«

Peter und Justus hatten sich ebenfalls je einen Bereich mit gestapelten Tonnen vorgenommen.

»Hey, kommt mal hier rüber!« rief plötzlich Bob.

Peter und Justus schlängelten sich zwischen den Reihen hindurch zu Bob vor. Die Sohlen ihrer Turnschuhe quietschten auf dem glatten Farbanstrich des Betonbodens. Bob stand vor einem hohen Stapel Blechtonnen. Und auf jedem Behälter stand in großen Buchstaben NATURIDENTISCHER AROMASTOFF FB 433.

»Da ist doch das Zeug, das du suchst, Justus«, sagte Bob. »Aber was beweist uns das?«

Justus sah sich die Tonnen aufmerksam an. »Schaut mal, das Wareneingangsdatum auf den Etiketten«, sagte er.

»Das Zeug wurde vor zwei Monaten an Dellasandro geliefert«, stellte Peter fest.

»Und wie soll das zugehen?« fragte Justus. »Ich bin doch vorhin alle Rechnungen durchgegangen. Daraus geht eindeutig hervor, daß Dellasandro in den letzten zwei Jahren kein einziges Kilo, nicht einmal ein Gramm FB 433 bestellt und auf Lager genommen hat. Wir holen uns jetzt eine Probe des Inhalts heraus. Ich muß wissen, was tatsächlich in diesen Tonnen ist.«

»Und was hat man am Ende von zu großer Neugier? Das könnt ihr euch ja wohl denken«, sagte jemand hinter ihnen.

Die drei Jungen fuhren herum. Da stand Don Dellasandro.

»Ich hatte schon gehofft, ein solches unangenehmes Zusammentreffen würde mir und euch erspart bleiben«, zischte er. »Ich hatte erwartet, ihr würdet künftig die Finger von der Sache lassen, aber ihr schnüffelt nach wie vor herum. Ich muß dies mit äußerstem Mißfallen registrieren – und endgültig unterbinden.«

Justus, Bob und Peter erstarrten vor Entsetzen.

»Ich bedaure«, sagte Don Dellasandro. Er zog einen Revolver aus der Tasche und zielte auf Justus. »Ihr Burschen stört mich doch sehr empfindlich. Jetzt könnt ihr die Quittung dafür haben.«

Ein kaltblütiger Gegner

Don Dellasandro hielt seinen Revolver noch immer im Anschlag. Nun warf er einen raschen Blick auf seine Uhr. »Na, da bleibt mir ja noch ein wenig Zeit, ehe im Hotel Beverly Hilton Big Barneys Party startet.« Er griff in seine andere Jackentasche.

Was kommt nun? fragte sich Justus.

Bedächtig zog Dellasandro die Hand aus der Tasche, hielt sie jedoch zur Faust geschlossen. »Einige Minuten lang können wir unseren Dialog noch fortsetzen«, sagte er. »Wie wäre es mit einer kleinen Marktforschungsstudie, ehe ich die Herrschaften auf ihre letzte Reise schicke?«

»Was soll das heißen?« fragte Justus mit skeptischem Blick auf Dellasandros Faust.
Der Mann öffnete seine Hand. Es waren eingewickelte Bonbons darin. »Das mußt du mal testen«, forderte er Justus auf.
»Vorsicht, Justus – Gift«, warf Peter warnend ein.
»Wie käme ich dazu, jemanden mit so sensiblem Geschmacksempfinden zu vergiften? Daß ich euch alle drei zum Schweigen bringen muß, ist eine andere Sache. Aber um ihn ist es jammerschade.«
Justus sah Dellasandro an, dann den Revolver, dann die Bonbons, dann die Uhr an der Wand. Was würde es nützen, wenn er Zeit zu gewinnen versuchte? Die Polizei hatte keine Ahnung, was hier lief. Niemand würde den drei ??? zu Hilfe kommen.
»Ich würde es außerordentlich begrüßen, dein Urteil zu hören«, fuhr Dellasandro fort. »Und du willst sicher nicht auf ein allerletztes Geschmackserlebnis verzichten, oder? Koste mal und sag mir, was du schmeckst und ob meine Aromakomposition im Trend liegt.«
»Na schön«, entgegnete Justus zögernd. »Ich werde kosten. Aber das wird Sie etwas kosten.«
»Alles hat seinen Preis«, sagte Dellasandro. »Früher dachte ich mal, als Chemiker sei man ein angesehener Wissenschaftler. Aber wenn man einmal Geschmack am Erfolg gefunden hat, will man nicht mehr hinter Reagenzgläsern und Bakterienkulturen versauern. Biß muß man haben, und den Riecher fürs richtige Aroma – das bringt's!«
Bob schnüffelte. »Ich rieche was – unverkennbar das Aroma der Selbstbeweihräucherung«, sagte er trocken.
»Nimm dich in acht!« fuhr Dellasandro Bob aufgebracht an. »Keine faulen Witze über meine Branche! Sei lieber froh, daß dein Freund hier über so prachtvolle Geruchs- und Geschmacksnerven verfügt, sonst wärst du inzwischen schon abgemeldet.« Er holte zweimal tief Luft und setzte dann kalt und gelassen hinzu:

»Na, ihr bekommt es noch früh genug zu schmecken – das bittere Ende vom süßen Leben.«
Justus stand regungslos da, während ihm endgültig klar wurde, daß Dellasandro nicht ganz zurechnungsfähig war. Vielleicht hatten sich während seiner Versuche in all den Jahren solche Substanzen wie Multisorbitane in seinem Organismus angereichert.
»Ich werde ein Bonbon versuchen«, sagte Justus ruhig. »Allerdings unter einer Bedingung. Sie müssen mir eine Frage beantworten.«
Dellasandro nickte und gab Justus eine seiner Kostproben. Justus steckte sie in den Mund.
»Schmeckt nach drei Dingen«, stellte er dann fest. »Zitrone – das Aroma ist echt, nicht künstlich – , Haselnuß und außenherum eine dünne Krokantkruste. Ein Krokantbonbon mit Zitronen-Haselnußfüllung.«
»Phänomenal«, erklärte Dellasandro.
»Jetzt bin ich dran«, sagte Justus. »In diesen Blechtonnen, auf denen das Etikett *Naturidentischer Aromastoff FB 433* klebt, lagern Sie Multisorbitane, richtig?«
»Richtig«, bestätigte Dellasandro. »Na und?«
»Und wozu wollen Sie es verwenden? Zweifellos ist Ihnen bekannt, daß diese Substanz nach einer Entscheidung der Gesundheitsbehörde als Nahrungsmittelzusatz nicht statthaft ist?«
»Sieh da, noch eine Frage. Dann erst ein Bonbon. Bitte sehr!« Mit teuflischem Grinsen hielt Dellasandro Justus das restliche Sortiment in seiner Hand zur Auswahl hin.
»Laß das, Justus. Da ist was faul«, warf Peter ein.
Justus glaubte nicht im Ernst, daß das Bonbon vergiftet war, doch er mußte damit rechnen, daß es Multisorbitane enthielt. Indessen blieb ihm keine andere Wahl. Er wollte Dellasandro ein Geständnis entlocken, und er wollte Zeit schinden. Er nahm sich noch ein Bonbon, wickelte es aus der Folie und zerbiß es.

»Kirschgelee mit Banane und süßer Sahne«, definierte er diese Geschmackskomposition. »Das wäre meine Antwort. Jetzt sind Sie wieder an der Reihe. Was haben Sie mit diesen Behältern voller Multisorbitane vor?«

Dellasandro ließ sich Zeit für seine Erwiderung. Schließlich sagte er: »Okay, ich werd's euch verraten – ihr habt ja keine Gelegenheit mehr, es auszuposaunen. Erst muß ich mal ein wenig ausholen. Vor etwa einem Jahr suchte Big Barney Crown mich auf. Er machte mir ein Angebot zur Zusammenarbeit für ein neues Produkt, wie es noch kein Mensch gesehen, gekostet oder auch nur erträumt hatte – schon gar nicht Michael Argenti. Den Ertrag wollte er mit mir teilen, und uns beiden schwebten schon astronomische Profitziffern vor. Allerdings stellte Big Barney dann zwei Bedingungen. Erstens: Die würzige Soße müßte im Hähnchenfleisch enthalten sein. Zweitens: Jeder Happen müßte ein sensationelles Geschmackserlebnis sein.«

»Und wollte Big Barney etwa, daß so was Kriminelles reinkommt?« fragte Bob.

»Schnauze!« brüllte Dellasandro Bob an. Wieder versuchte er, seine Erregung mit tiefen Atemzügen in den Griff zu bekommen. Dann hatte er seine Ruhe zurückgewonnen. »Die Soße in das Fleisch zu praktizieren stellte sich als recht einfach heraus«, berichtete er weiter. »Die Hähnchenbrustfilets werden mit gefriergetrockneter Soße in Pulverform sozusagen geimpft. Bei der Zubereitung im Restaurant wird dann das Hähnchenstück von der im Fleischsaft gelösten Soße völlig durchdrungen. Wesentlich schwieriger war die zweite Aufgabe, nämlich das neue Produkt für den Verbraucher unwiderstehlich zu machen. Ich probierte für die Soße alles mögliche aus – natürliche und naturidentische Aromastoffe, Geschmacksverstärker aller Spielarten. Das Ergebnis war gut, aber noch keine Offenbarung.«

»Und da verfielen Sie auf Multisorbitane?« fragte Justus.

Prompt reichte Dellasandro Justus ein drittes Bonbon. »Allmäh-

lich drängte die Zeit«, fuhr er fort. »Ich wußte nicht, was ich sonst noch in die Soße geben sollte. Schließlich stand mein Renommee auf dem Spiel, und dazu der Millionengewinn.« Hier merkte Dellasandro, daß Justus sich das dritte Bonbon nicht einverleibt hatte. »Was ist denn – bist du etwa schon satt?«
»Das spare ich mir auf, zum Nachtisch«, sagte Justus.
»Mann, Justus, vergiß bloß nicht, was er ins Drippin' Chicken getan hat – einen krebserregenden Stoff«, mahnte Bob.
»Krebssymptome treten erst im Verlauf von zehn oder zwanzig Jahren auf«, sagte Dellasandro ungerührt. »Das ist eine lange Zeit. Niemand wird dann Verdacht schöpfen. Auch Big Barney nicht, weil ich das Soßengranulat direkt an seine Vertragsfirmen für die Hähnchenverarbeitung liefere. Die wiederum beliefern die Restaurants mit dem vorbereiteten Hähnchenfleisch, und dort wird der Verbraucher bedient. Und alle sind happy – bekanntlich das oberste Gebot für modernen Lebensstil.«
Justus sah noch einmal auf die Uhr an der Wand. Kurz vor acht – und gleich würden ihm die Ideen ausgehen. Freilich hatte er von Anfang an klargesehen: Der Versuch, Zeit zu gewinnen, war aussichtslos. Und doch – wie unter innerem Zwang würde er immer noch eine Minute herausschinden.
»Ich habe noch eine Frage, wenn Sie gestatten«, sagte Justus. »Warum kamen Sie heute abend nochmals hierher?«
»Ich bezahle mein Wachpersonal gut«, erwiderte Dellasandro.
Da stach Bob der Hafer. »Und die besonders qualifizierte Schlafmütze läßt Fremde ohne weiteres unbeaufsichtigt im Betrieb rumspazieren«, warf er spöttisch ein.
»Sondererlaubnis für ein ganz bestimmtes Besuchertrio. Aktion Mausefalle«, gab Dellasandro zurück. »Früher oder später mußte ich hier im Betrieb mit euch Schnüfflern rechnen. Der Wachmann hatte Anweisung, mich zu verständigen, sobald drei Typen wie ihr unter einem fadenscheinigen Vorwand hier aufkreuzten. Er erwischte mich übers Autotelefon.«

Er blickte auf das letzte Bonbon, das Justus noch immer in der Hand hielt. »Nun iß deinen Nachtisch auf, junger Mann, denn unser Intermezzo hier ist demnächst zu Ende.«
Justus wickelte das Bonbon aus. Es war anders als die vorigen. Hart und schwer lag es in seiner Hand. »Mr. Sweetness arbeitet für Sie, nicht wahr?« fragte er. »Der Bursche in den Militärklamotten.«
»Mr. Sweetness?« Dellasandro lachte. »Sehr originell. Ja, Vinnie ist mein Nachbar. Bei der Marine rausgeflogen, wie man hört. Anscheinend war er sogar denen zu brutal, hatte zu wenig Teamgeist. Als Julia bei Big Barneys Party herausließ, daß ihr Detektive seid, da legte ich mir zurecht, wie ich Vinnie als Helfer einsetzen könnte, um euch das Ermitteln zu vermiesen. Er bekam von mir genaue Anweisungen. Als erstes zapfte er euer Telefon an.«
»Aha, daher wußte er, daß wir beim Chinesen unser Essen zur Abholung bestellten«, ging es Justus auf.
»Ja, diese Sache bekam er auf Anhieb hin. Ich war von seinem Einfallsreichtum sehr beeindruckt. Aber letzten Endes konnte er euch nicht beikommen.« Dellasandro wies mit dem Revolver auf Justus' Mund. »Iß jetzt dein Bonbon«, befahl er.
»Laß es lieber, Justus«, warnte Peter.
Justus schob bedächtig das Bonbon in den Mund. Gleich darauf stellte er fest: »Karamel.«
»Warte nur«, sagte Don Dellasandro mit einem Lächeln. Justus fing an zu kauen und sagte dann: »Oh, höchst interessant. Karamel mit Apfel. Jetzt schmecke ich das Apfelaroma heraus.«
»Mr. Sweetness – so werde ich diese Spezialität nennen.« Dellasandro lachte. »Und jedesmal, wenn mir der Name wieder begegnet, werde ich mir euch drei in Erinnerung rufen.«
»Sie mögen ein hervorragender Wissenschaftler und Geschäftsmann sein, aber Menschenleben bedeuten Ihnen nicht viel«, bemerkte Justus.
»In unserer Zeit kann einer nicht immer das tun, was er möchte,

aber er muß das tun, worauf es ankommt«, entgegnete Dellasandro düster. »Und meine innere Stimme sagt mir, daß es mit euch drei jetzt zu Ende geht.«
»Ihr Revolver ist aber nicht entsichert«, sagte Justus.
»Was?« Dellasandros Blick ging zu der Waffe in seiner Hand. Das war das Signal für Peter. Instinktiv holte er zu einem seiner besonders gut geübten Karateschläge aus – gegen Dellasandros Hand. Der Revolver schnellte in weitem Bogen zur Seite und landete scheppernd auf dem Fußboden.
Peter und Bob stürzten sich auf Dellasandro, aber der Mann war reaktionsschnell und kräftig. Auch verfügte er anscheinend selbst über Karatekenntnisse. Rasch versetzte er Bob einen Fußtritt gegen das Knie, und Bob ging zu Boden. In der nächsten Sekunde griff er Peter an, doch geschickt wehrte dieser mit einem Schlag gegen Dellasandros Brustkorb ab. Mit schmerzverzerrtem Gesicht taumelte der Mann rückwärts. Peter setzte zum Sprung an und riß das rechte Bein hoch.
»Aiiya!« brüllte er und traf den Gegner hart, so daß er stürzte. Doch Dellasandro kam sofort wieder auf die Beine. Er blickte sich um und erspähte den Revolver am Boden – ganz kurz, ehe Justus ihn auch sah. Mit einem Satz war er bei der Waffe. »Ihr werdet mir ernstlich lästig!« zischte er. »Das hat jetzt ein Ende!«

Der große Preis

Blitzschnell bückte sich Dellasandro nach dem Revolver. Justus war auch losgehechtet, kam aber einen Sekundenbruchteil zu spät. Mit einem Lachen – dem Lachen eines Irren – riß Dellasandro die Waffe an sich. Dann richtete er sich auf und wandte sich den drei Jungen zu.

Es war Pech für Dellasandro, daß er sich zu sehr auf sein Schießeisen konzentriert und die drei ??? nicht genügend im Blick behalten hatte. Denn in diesem Augenblick kam eine schwere Blechtonne mit der Aufschrift NATURIDENTISCHER AROMASTOFF FB 433, in Wahrheit allerdings voll Multisorbitane, durch die Luft gesaust.

Peter und Bob hatten das Ding mit vereinten Kräften hochgestemmt und in Dellasandros Richtung geschleudert. Die Tonne traf den Mann mit der Wucht einer Abbruchbirne, und diesmal ging er endgültig zu Boden. Beim Aufprall platzte der Behälter auf, und dann war alles ringsumher mit dem Multisorbitane eingepudert, auch dessen Erfinder.

»Nun hat er seine Geschmackssensation pur«, kommentierte Bob mit einem leisen Pfiff.

Peter und Bob fesselten Dellasandro rasch mit Elektrokabeln. Bald darauf kam der Mann wieder zu Bewußtsein.

»Was ist denn passiert?« stammelte er benommen.

»Viel haben Sie nicht versäumt«, gab Justus zurück. »Sie haben ein volles Geständnis abgelegt, dann kam es zum Kampf, und den haben Sie verloren. Jetzt sind Sie gut verschnürt. Fertig zur Abholung.«

»Wir haben keine Zeit mehr, die Polizei zu verständigen«, drängte Bob. »Das müssen wir später erledigen.«

»Die Polizei?« wiederholte Dellasandro.

»O ja«, sagte Justus. »Wir werden Sie anzeigen, weil Sie einen rücksichtslosen Schlägertyp gegen uns aufhetzten, weil Sie einen nicht zugelassenen Lebensmittelzusatz vertreiben wollten und weil Sie uns bedrohten – mit Mord, wohlgemerkt. Mit Sicherheit bringt Ihnen das eine Anklage ein. Nur müssen wir vorerst los zum Hotel Beverly Hilton. Auf geht's, Leute.«

Die Fahrt hätte normalerweise eine halbe Stunde gedauert, aber Peter schaffte es schneller. Sie stellten den Wagen einfach vor dem Hotel ab und liefen ins Foyer. Auf einem Schild sahen sie,

daß die Presseveranstaltung im Empire-Ballsaal in wenigen Minuten beginnen würde.
Die drei ??? liefen an den Eingangstüren zum Saal vorbei und stürmten gleich die Küche. Als erster fiel ihnen Big Barney auf, im gelben Jogginganzug, der mit orangefarbenen und roten Federn bestückt war. Julia und Pandro Mishkin waren ebenfalls da. Und auf sämtlichen Ablageflächen in der Küche standen Tabletts voller dampfender Drippin'-Chicken-Sandwiches.
»Hey, mein Freund!« Schon hatte Big Barney Justus erspäht und legte ihm den Arm um die Schultern. »Sag mir deine aufrichtige Meinung, auch wenn mir die Antwort womöglich nicht gefällt und ich dich dann fallenlasse wie eine heiße Kartoffel – ist dieser Aufzug zu wenig originell?«
»Big Barney, es geht jetzt um was ganz anderes. Sie können nicht öffentlich auftreten«, erklärte Justus. »Ihr Drippin' Chicken ist gesundheitsschädlich. Es ist ein gefährlicher krebserregender Zusatz drin. Sie müssen die Party abblasen, und Sie dürfen das Produkt nicht auf den Markt bringen – sonst hätten Sie eines Tages Millionen Menschenleben auf dem Gewissen.«
Big Barney starrte Justus verständnislos an. Der Lärm und die Hektik in der Küche wichen einer betretenen Stille. Und dann brach der Chicken King plötzlich in Gelächter aus. »Hahahaha! Der Witz des Tages! Fast wäre ich drauf reingefallen. Leute, ich sag's noch mal: Den Jungen sollte ich glatt adoptieren.«
»Achtung! Mishkin will verschwinden!« rief Bob.
Alle sahen zur Tür hin. Gerade wollte Pandro Mishkin sich heimlich absetzen.
Blitzschnell griffen Peter, Bob und Justus nach dem nächsterreichbaren Gegenstand. Es war ein großes Tablett mit einer kunstvoll aufgeschichteten Pyramide aus Drippin' Chicken. Das warfen die Jungen dem flüchtenden Mann hinterher. Es traf ihn im Rükken, und ringsum klatschten die saftigen Sandwiches auf die Fliesen. Peter hechtete nach vorn, packte Pandro Mishkin bei den

Schultern und riß ihn zu Boden, mitten in den Drippin'-Chicken-Matsch.

»Grober Verstoß gegen die Disziplin! Meuterei!« brüllte Mishkin, der Militarist, im Handgemenge mit Peter. »Ein Fall fürs Kriegsgericht!«

»Vor Gericht kommen Sie selbst, Mr. Mishkin«, ließ sich Justus vernehmen. »Im Drippin' Chicken ist ein giftiger Stoff, und das ist Ihr Werk!«

»Ihr könnt mich meinetwegen scharf verhören – von mir erfährt man nur Namen, Dienstgrad und Nummer meiner Einheit. Ich verweigere die Aussage«, konterte Mishkin stolz.

»Das ist nicht weiter schlimm«, teilte ihm Justus mit. »Don Dellasandro hat uns soeben alles berichtet, was wir wissen müssen – auch daß Sie ihn dafür bezahlten, Big Barneys Hähnchen zu vergiften.«

»Dieser elende Verräter – und Lügner dazu!« schrie Mishkin. »*Er* hat *mich* bezahlt!«

Justus konnte sich ein Lächeln nicht verkneifen. »Ja, richtig«, sagte er. »Hab' mich versprochen.«

»Was soll denn das ganze Geschrei, Mishkin?« fragte nun Big Barney mit ungläubig aufgerissenen Augen. »Berichten Sie gefälligst sachlich.«

»Jawoll, Herr General«, antwortete Pandro. »Ihr Drippin' Chikken enthält eine Substanz, die die Gesundheitsbehörden schon vor Jahren als Schadstoff verboten haben. Na, wie schmeckt Ihnen das?«

»So haben Sie mich hintergangen?« brüllte Big Barney.

»Von Ihnen bekam ich keine Million Dollar. Dafür aber von Don Dellasandro«, entgegnete Mishkin.

»Und dazu mußten Sie nur die Zutaten für Drippin' Chicken heimlich frisieren«, warf Justus ein.

»Für eine Million hat man mir meine Soldatenehre abgekauft«, murmelte Mishkin. »Zum Söldner bin ich geworden.«

Big Barney stürzte sich auf Mishkin und riß ihm die Hähnchen-Anstecknadeln vom Arbeitsmantel. »Den Hals müßte ich Ihnen umdrehen!« stieß er wütend hervor.

Justus hielt Big Barney zurück und stellte Mishkin noch eine Frage. »Der Autofahrer, der Julia Crown vor ihrem Unfall auf der Straße verfolgte – das waren Sie, stimmt's?«

»Jawoll«, sagte Mishkin.

»Warum das, Mr. Mishkin?« mischte sich Julia ein. Sie hatte sich bei ihrem Vater untergehakt, als brauchte sie Beistand.

»Der Bericht über Multisorbitane lag auf meinem Schreibtisch und gleich daneben die Liste mit den Zusatzstoffen für Drippin' Chicken. Sie waren nach Feierabend in meinem Büro – ohne dienstliche Erlaubnis! Sie sahen sich die Unterlagen an, und gerade als ich zur Tür hereinkam, drehten Sie durch. Das verflixte Zeug hatte immerhin den Stempel GEHEIM! Ein Unbefugter schnüffelt nicht ungestraft in einer geheimen Verschlußsache herum!«

»Und da riß Julia den Bericht an sich und lief los – und Sie hinterher«, vermutete Justus.

»Ja«, bestätigte Mishkin. »Aber ich wollte ihr nichts antun.« Er sah Julia offen in die Augen. »Als Ihr Wagen im Unwetter von der Fahrbahn abkam, war das wirklich ein Unfall. Auf Ehre.«

»Und warum haben Sie nichts unternommen? Warum haben Sie keine Hilfe geleistet?« fuhr Big Barney auf.

»Ich hielt ja an ... ich wollte ihr helfen. Aber ich durfte mich nicht zu erkennen geben. Also rief ich die Polizei an und erstattete Meldung über den Unfall – anonym natürlich.«

»Dad«, setzte Julia mit zitternder Stimme an. »Alles fällt mir jetzt wieder ein. Der Aufprall, das Krachen – es war schrecklich!« Sie war den Tränen nahe. Big Barney legte den Arm um seine Tochter.

»Eine Zeitlang hatten wir Michael Argenti im Verdacht«, erklärte Justus Big Barney. »Wir waren in einer Ihrer Aufzuchtfarmen, als

er dorthin kam, und hörten ihn davon reden, daß er Ihr Unternehmen aufkaufen und die Futterzusammensetzung ändern wollte.«
»Dieser aufgeplusterte Zwerghahn kennt ja nicht mal den Unterschied zwischen Geflügelfutter und Geflügelsalat. Dauernd experimentiert er mit seinem Futter. Seine Hähnchen sind bestimmt allesamt schon ganz verwirrt«, meinte Big Barney. »Na, jedenfalls kann der nie im Leben genügend lockermachen, um meinen Laden zu kaufen.«
Julia hatte mit Justus noch ein Hühnchen zu rupfen. »Du hattest ja sogar meinen Dad im Verdacht – gib's nur zu!«
»Na ja ... « Voll Unbehagen sah Justus Big Barney an. »Ich konnte mir nun mal nicht vorstellen, warum Sie im Aufnahmestudio jedesmal, wenn die Szene im Kasten war, Ihren Happen Drippin' Chicken wieder ausspuckten.«
»Das machen doch alle so, bei Werbeaufnahmen für Lebensmittel«, erklärte Big Barney. »Wer das Zeug jedesmal runterschluckte, wäre bei der dreißigsten Wiederholung vollgestopft bis obenhin. Dann würde er's einfach nicht mehr schaffen, glückstrahlend noch mal abzubeißen – für Nummer einunddreißig.«
Julia wandte sich an ihren Vater. »Dad, draußen warten hundert ausgehungerte Presseleute auf dich«, erinnerte sie ihn. »Was willst du jetzt machen?«
Big Barney in seinem Federkleid schien sich mit geschwellter Brust zu plustern. Nach kurzem Nachdenken verkündete er lächelnd: »Das werdet ihr schon sehen.«
Damit rauschte er ab in den Ballsaal und nahm den Platz ein, der ihm zustand – im Scheinwerferlicht vor dem Mikrofon.
»Einen wunderschönen guten Abend, meine Damen und Herren«, fing er an. »Sie fragen sich sicher schon, warum ich Sie hierher zusammengetrommelt habe. Natürlich weiß ich genau, was die Mehrzahl der Anwesenden über mich denkt: Big Barney will immer nur abkassieren und Schlagzeilen machen. Da kennen Sie mich recht gut, muß ich sagen!«

Er lachte dröhnend, und seine Gäste fielen begeistert ein. »Heute allerdings stehe ich nicht vor Ihnen, um Ihnen mit meinen hochberühmten, delikaten Grillhähnchen vor der Nase herumzuwedeln. Und zum Beweis dafür wird diesmal etwas ganz anderes aufgetischt, nämlich ... « Beinahe hätte sich Big Barney am nächsten Wort verschluckt. » ... Pizza! Ja, Sie haben richtig gehört: Pizza! Bestimmt kommt das für Sie genauso überraschend wie für mich, hahaha!« Mit einem gefiederten Arm wischte sich Big Barney den Schweiß von der Stirn. »Und außerdem, Leute, kann ich Ihnen mit berechtigtem Stolz eine ganz große Neuigkeit ankündigen«, fuhr er fort. »Hiermit präsentiere ich den neu gestifteten Big-Barney-Preis *Rocky Beach ganz vorn.* Diesen Preis werde ich künftig alljährlich an solche Mitbürger verleihen, die dazu beitragen, daß es sich in unserer Stadt noch besser leben läßt. Und da ich natürlich viel zu bescheiden bin, um mir diese Auszeichnung an die eigene Brust zu heften, gebe ich hiermit die allerersten Preisträger bekannt – sie sind hier unter uns, und ich bin ihnen väterlich zugeneigt: Justus Jonas, Peter Shaw und Bob Andrews, die drei Ausrufezeichen der Detektivgilde. Mit meiner heutigen Ehrung würdige ich insbesondere all ihre Verdienste, die sie sich *hinter* den Kulissen erwerben. Hiervon kommt Ihnen nicht unbedingt immer alles zu Ohren, doch wir alle sind dem jungen Team für solche Leistungen zu Dank verpflichtet. So, Leute, und nun lassen wir unsere Preisträger spüren, wie sehr wir sie schätzen – mit einem kräftigen Applaus!« Unter dem Beifall der Anwesenden schritten Justus, Bob und Peter nach vorn und traten ins Scheinwerferlicht, wovon freilich Big Barney den Löwenanteil für sich beanspruchte.
Barney schüttelte den dreien die Hand und beschenkte sie mit einer Menge Chicken-Crown-Gutscheine, und zwischendrin winkte er immer wieder mit strahlendem Gesicht in die Fernsehkameras.
»Meinen Dank, ihr Burschen, meinen tiefempfundenen Dank!«

verkündete Big Barney. »Im übrigen werde ich monatelang von dieser Superwerbung zehren.«

»Bitte sehr, gern geschehen«, sagte Justus mit einem Seufzer.

»Freut mich, daß es Ihnen was bringt«, sagte Bob.

»Ja, eben«, sagte Peter.

»Nun steht doch nicht so belämmert rum, Jungs«, ermunterte Big Barney die drei ???. »Ihr werdet jetzt als Preisträger von den Medien entdeckt – endlich seid ihr jemand! Na, und wer hat das glanzvoll hingekriegt? Euer alter Freund, der Chicken King! Hahahaha!«

Die drei ???
und die
gefährlichen Fässer

Erzählt von G. H. Stone
nach einer Idee von Robert Arthur

Die drei ???
und die gefährlichen Fässer

Über der Sierra Nevada

Die Cessna surrte in der Morgensonne über die Sierra Nevada hinweg. Unter dem kleinen Flugzeug lagen die Kiefernwälder der wilden kalifornischen Gebirgslandschaft wie ein weites grünes Meer.

Bob Andrews spähte mit dem Fernglas aus der Kanzel in die Tiefe. Sein Vater auf dem Pilotensitz steuerte die einmotorige Turboprop-Maschine über den zerklüfteten Granit der Berggipfel und die sattgrünen Täler.

»Da ist was«, stellte Bob fest. »Es läuft dort unten durchs Gras. Ich glaube, es ist ein Berglöwe. Könnt ihr's auch sehen?«

Peter Shaw stieß Justus Jonas mit dem Ellbogen an und zwinkerte ihm zu. Die beiden saßen auf den Passagiersitzen hinter Mr. Andrews und Bob. Auch sie betrachteten aus dem Fenster das abwechslungsreiche Bergpanorama. Das Fernglas teilten sie sich zu dritt.

»Tatsächlich, ein Berglöwe!« rief Peter. »Sicher auf Achse in Sachen Abendessen. Schaut genauso hungrig aus wie du, Justus. Nur dürfte der Bursche im Gegensatz zu dir eher Beschaffungs- als Verzichtprobleme haben!«

Justus erhob sich bedächtig. Nein, ganz so schlank wie der Berglöwe war er nicht. Er hatte ein rundes Gesicht und glatte schwarze Haare, und das weite T-Shirt, das er über der Hose trug, verbarg eine beachtliche Körperfülle. Aber irgendwann würde sich der Lohn für die Mühe seiner ausdauernden Diätübungen schon einstellen. Und bis dahin blieb Justus eben »vollschlank«, wie ihn alle kannten.

Raum zum Aufrechtstehen bot die Cessna nicht, und so schob sich Justus in gebückter Haltung zum Heck hin, wo Reisegepäck und Zubehör lagerten.

»Was machst du denn, Justus?« wollte Peter wissen.

»Ich suche noch ein Fernglas«, erklärte Justus. »Damit ich mich in der Tierwelt genauer umsehen und ebenso witzige Vergleiche anstellen kann. Über einer Wüstenlandschaft wäre es einfach. Der unbedarfte Blick eines Kamels zum Beispiel – «

Alle lachten. Es war ein guter Start für ein sommerliches Wochenende. Die Sonne schien vom wolkenlosen blauen Himmel, und vor ihnen lag unbeschwerte Freizeit – ein ganzer Tag, vielleicht sogar zwei oder drei Tage. Das hing davon ab, wie lange Mr. Andrews für seine Reportage in Diamond Lake brauchte.

Nun hatten sie abgehoben und ihre Alltagspflichten in Rocky Beach hinter sich gelassen, und nichts konnte sie mehr bremsen. Bald würden sie in einem der schönsten Ferienorte in den kalifornischen Bergen ihren Spaß haben. Diamond Lake war berühmt für seinen Golfplatz, für sein Schwimmbad von olympischen Ausmaßen und für Tennis, Reiten und gepflegte Campingplätze. Es gab sogar eine Landepiste für die Privatmaschinen der Prominenten und der reichen Geschäftsleute, die dort regelmäßig Urlaub machten.

Emsig wühlte Justus in den Sachen hinten im Flugzeug herum. »Mit dem Fernglas könnte ich vielleicht sogar schon Mr. Andrews' Kontaktperson erspähen«, sagte er verschmitzt, während er Werkzeuge, einen leeren Saftbehälter, einen alten Schaumgummiball und andere Dinge aufhob und wieder weglegte. »Wie hieß er noch gleich, Mr. Andrews?«

»Dazu hatte ich mich nicht geäußert«, erwiderte Mr. Andrews.

»Aha!« bemerkte Justus. »Ihr Partner ist also ein Mann. Ich fragte, wie er hieße, und das ließen Sie so stehen. Das ist unser erster Anhaltspunkt, Leute!«

»Unsinn«, wehrte Mr. Andrews ab, doch dabei lächelte er. Justus hatte wieder einmal ins Schwarze getroffen.

»Sag schon, Dad«, drängte Bob. »Wer ist er nun? Wir halten bestimmt dicht.«

»Tut mir leid.« Mr. Andrews schüttelte den Kopf. Er war ein

schlanker, liebenswürdiger Mann, hochgewachsen, mit großen Händen und Füßen. Noch überragte er seinen Sohn ein wenig, doch vermutlich nicht mehr lange. Er trug eine Sonnenbrille, eine Baseballmütze von den Los Angeles Dodgers und einen marineblauen Anorak, aus dessen Brusttasche ein halbes Dutzend Schreibstifte hervorschauten.

»Um was geht es denn in dem Bericht, den Sie schreiben wollen?« fragte Peter. »Um einen Spitzenathleten? Einen, der in Diamond Lake in extremer Höhe trainiert?« Peter, der begeisterte Sportler, interessierte sich natürlich besonders für solche Themen. Der große, kräftige und durchtrainierte Bursche hatte seine Freunde schon des öfteren aus mißlichen Lagen befreit. »Hey, jetzt weiß ich's – ein Boxer! Im nächsten Monat wird nämlich die Endrunde der kalifornischen Meisterschaft ausgetragen!«

»Kein Wort werdet ihr von mir erfahren. Ein Reporter darf seine Informationsquellen nicht vorschnell preisgeben«, erklärte Mr. Andrews.

»Ja, ja, alles bestens bekannt.« Bob seufzte. »Ohne vertrauliche Informationsquellen«, wiederholte er die so oft gehörten Worte, »kann ein Reporter seine Geschichte nicht bis in alle Hintergründe durchleuchten.«

»Und wenn ein Reporter seine Quellen offenlegt«, zitierte Peter den Rest der wohlbekannten Litanei, »dann trocknen sie aus!«

»Wir wissen, wie wichtig Geheimhaltung ist«, versicherte Justus Mr. Andrews, »und Sie können sich darauf verlassen, daß wir nichts ausplaudern werden!«

Mr. Andrews grinste. »Tu ich ja. Was ihr nicht wißt, könnt ihr nicht ausplaudern!«

Die drei Jungen stöhnten. Nein, Mr. Andrews ließ sich nicht herumkriegen. Schließlich gehörte er zu den besten Reportern bei seiner Zeitung, einer der ganz großen in Los Angeles. Unter keinen Umständen würde er etwas über die Sache, in der er jetzt unterwegs war, verraten.

Am Vortag hatte Bob zu Hause mitbekommen, wie sein Vater eines der kleinen Flugzeuge des Presseverlags für diesen Sonderauftrag in Diamond Lake anforderte. Bob hatte gehört, daß es um etwas Brandaktuelles ging, doch wer beteiligt war, was vorlag und welcher Zweck damit verfolgt wurde, das war ihm entgangen.
»Wundert mich nur, wieso du dich darauf eingelassen hast, uns mitzunehmen«, murmelte Bob.
»Schreib es deinem Charme und deiner Überredungskunst zu«, sagte Mr. Andrews mit einem anerkennenden Blick auf seinen wohlgeratenen Sohn – blond, blauäugig, gutaussehend und rundum sympathisch. »Und natürlich deinem festen Versprechen, daß ihr drei euch aus der Sache heraushalten werdet. Es ist euch bekannt, daß hier absolut kein Fall für die drei ??? vorliegt.«
Ja, das war den drei Jungen bekannt. Seit Jahren betrieben sie ihre Junior-Detektei »Die drei ???« und konnten keinem Geheimnis widerstehen. Sie hatten schon viele rätselhafte Fälle gelöst, eine Menge seltsamer Geschehnisse aufgeklärt und sogar etliche Diebe und sonstige Gauner der Strafjustiz zugeführt.
»Nun sehen Sie es doch nicht so eng. Wir machen ja auch gerade Urlaub«, versicherte Peter Mr. Andrews.
»Eben«, bestätigte Justus. »Nur Spaß ist angesagt!« Er warf den weichen Ball durch die Kanzel. Mit einem »Plopp« traf er Bob mitten ins Gesicht.
Peter drückte Bob in seinen Sitz zurück und hielt ihn trotz seiner Proteste und seines Gezappels fest.
»Hey, da verzichtet man auf drei bezahlte Arbeitstage, und dann muß man sich solche blöden Scherze gefallen lassen!« stieß Bob lachend hervor.
Um mit dabeizusein, hatte Bob bei Rock-Plus, der Agentur für Talentvermittlung, in der er regelmäßig aushalf, freigenommen. Der alte Studebaker, den Peter zur Zeit für einen Vetter von Justus reparierte, mußte ein paar Tage warten. Und Justus hatte in einem Sondereinsatz die vollständige Inventarliste des

»Gebrauchtwarencenter T. Jonas« nach dem neuesten Stand in eine Computerdatei aufgenommen und ausgedruckt. Die Firma handelte mit Schrott und Trödel und gehörte Justus' Onkel Titus und Tante Mathilda. Leider hatten diese beiden Computer-Laien die gespeicherten Daten schon einmal versehentlich gelöscht. Deshalb hatte Justus vorsichtshalber im letzten Augenblick vor der Abreise Sicherungskopien erstellt und gut verwahrt. Nun konnte nichts mehr passieren!

Mit dem Geld, das sich die Jungen auf diese Weise in den vergangenen Sommerwochen verdient hatten, konnten sie sich ein einfaches Dreibettzimmer in Mr. Andrews' Hotel leisten. Fürs Essen würde es wohl auch reichen. Schwimmen und Sonnenbaden beim Hotel kostete nichts, und natürlich wollten sie noch anderen Freizeitspaß zum Nulltarif ausfindig machen.

»Schaut mal, ihr drei«, meldete sich Mr. Andrews. »Das ist doch wirklich großartig. Seht ihr das Tal da vorn?« Er wies mit einem Kopfnicken hin.

Bob spähte durchs Fernglas und gab es dann an Peter weiter. Beide Jungen waren beeindruckt von dem Anblick.

»Ich könnte ja ein wenig runtergehen, dann sehen wir es noch besser«, sagte Mr. Andrews. »Wir sind auch schon fast im Anflug auf Diamond Lake.«

Die Maschine ging mit der Nase sacht nach unten. Ruhig und rhythmisch arbeitete der Motor.

Justus gab die Suche nach einem weiteren Fernglas auf und kam zu seinem Sitz hinter Mr. Andrews zurück. Er blickte nach vorn, auf das enge, langgestreckte grüne Hochtal, dem sie sich näherten. Es war zu beiden Seiten von steil aufragenden Granitfelsen umschlossen und verlief fast genau in Nord-Süd-Richtung. Ein wallähnliches Felsmassiv erstreckte sich am südlichen Ende jeweils einige Kilometer nach Osten und Westen. Ein Wasserfall stürzte in silbrig sprühenden Kaskaden von der dem Tal abgewandten Steilwand herab und setzte als Gebirgsbach seinen Lauf fort.

»Ein phantastischer Anblick«, bestätigte Justus.
»Wie das Tal wohl heißt?« meinte Bob.
»Möchte ich auch wissen«, sagte Mr. Andrews. »Es ist prachtvoll. Jetzt schaut weiter voraus. Da liegt der See – Diamond Lake. Von hier aus noch etwa siebzig Kilometer nach Norden.«
Silberblau und fast kreisförmig glitzerte Diamond Lake wie ein in die Bergwelt eingesetzter Edelstein im Sonnenlicht. Längs einer Uferstrecke drängten sich Häuser, die von oben winzig erschienen, zusammen. Eine breite, asphaltierte Straße schlängelte sich zwischen den Bergen hindurch und umrundete den See.
Bob pfiff durch die Zähne, als er das alles sah. »Toll!«
»Und wir kommen gerade richtig zum Mittagessen!« rief Justus.
»Du kriegst aber höchstens ein Stück Wassermelone«, zog ihn Peter auf.
In diesem Augenblick gab es in der Cessna eine kleine Erschütterung. Zumindest hatte Justus diese Empfindung. Ein fast unmerklicher Ruck ...
»Moment mal, habt ihr ... « fing Justus an. Dann schien mit einem Mal die Zeit stillzustehen.
Die drei Jungen sahen einander an und blickten dann instinktiv nach vorn, zum Motor der Cessna.
Das vertraueneinflößende Surren war verstummt. Der Motor hatte ausgesetzt.
»Mr. Andrews ... «
Schon zuckten die Hände des Piloten blitzschnell, aber besonnen über die Armaturentafel. Mr. Andrews besaß den Pilotenschein seit zwei Jahren. Er hatte die verlagseigenen Maschinen oft selbst geflogen und jede Situation sicher zu meistern gewußt.
Er betätigte Schalter, las Instrumente ab und stutzte einen Augenblick, als sich nichts tat. Die Skalenzeiger standen auf Null und bewegten sich nicht mehr. Auf den digitalen Anzeigen erschienen keine Ziffern. Flughöhe, Geschwindigkeit, Kraftstoff - überall Fehlanzeige.

»Die Stromversorgung ist ausgefallen!« erkannte Bob.
»Und der Motor?« fragte Justus, obgleich er die Antwort schon wußte.
»Aus«, sagte Mr. Andrews. »Wir müssen schnellstens runter zur Landung, ehe wir abschmieren!«

Bruchlandung im Gebirge

Ohne Motorengeräusch glitt die Cessna durch die Luft, deren Pfeifen und Jaulen nun zu hören war. Mr. Andrews riß das Mikrofon der Funkanlage an sich und drückte auf den Sendeknopf.
»Mayday! Mayday!« Seine Stimme war gefaßt, aber eindringlich. »Hier Cessna November 3638 Papa. Motor ausgefallen. Versuchen Landung. Position ist ... «
Mr. Andrews drückte Bob das Mikrofon in die Hand und korrigierte die Steuerung.
Bob drückte auf den Knopf und wiederholte: »Cessna November – «
»Laß mal, Bob«, unterbrach ihn Mr. Andrews, der plötzlich ganz blaß geworden war. »Das bringt ja nun nichts mehr.«
»Was?« fragte Bob verwirrt.
»Wir sind ohne Strom«, sagte Justus. »Und damit auch ohne Funkverbindung.«
»Wir haben aber für den Notfall eine Funkbake an Bord, einen Leitstrahlsender«, fiel es Bob ein. »Bei Bruchlandung oder Absturz wird das Signal automatisch ausgelöst.«
»Schöne Alternative, vielen Dank«, sagte Justus mit klopfendem Herzen. »Hoffentlich schaffen wir eine einigermaßen glatte Notlandung ... «
Bob und Peter nickten nur.

Schweigend legten alle ihre Sicherheitsgurte an.
»Wie hoch muß die Mindestgeschwindigkeit im Gleitflug sein?« wollte Justus wissen.
»Etwa hundertvierzig bei diesem Typ«, gab Mr. Andrews knapp Auskunft.
»Und was bedeutet das?« fragte Peter voll Unbehagen.
»Wenn wir zu langsam werden, schmiert die Maschine ab«, erklärte Justus mit angespanntem Ausdruck. »Wir müssen die Nase immer runterhalten. Dann gibt uns die Schwerkraft zusätzlichen Schub, und wir bleiben über hundertvierzig.«
»Wenn wir die Cessna überziehen«, stellte Bob ingrimmig fest, »plumpst sie runter wie ein Stein.«
»Du könntest dich ja vorn auf die Spitze setzen, Justus«, versuchte Peter zu scherzen.
Die Jungen rangen sich ein Grinsen ab, doch mittlerweile machte sich in der kleinen Kanzel die Spannung unangenehm bemerkbar. Die Spitze des Flugzeugs wies jetzt genau auf die unten liegenden Granitberge. Im Vergleich dazu wirkte die Maschine so zerbrechlich wie ein Spielzeug. Wenn sie gegen eines dieser Felsmassive stieß, würde sie in kleinste Trümmer zersplittern. Dann gäbe es für die Insassen keine Rettung!
Justus wurde es vor Angst ganz flau im Magen, und der Schweiß brach ihm aus.
Peter hatte die Hände ineinander verkrampft. All seine Muskeln waren so angespannt, daß er buchstäblich glaubte, aus der Haut fahren zu müssen.
Bob schluckte und versuchte gleichmäßig zu atmen. Er gelobte im stillen, daß er niemals wieder über Justus' Übergewicht lästern würde, wenn sie nur alle heil davonkamen ...
»Wohin wollen wir?« fragte Bob mit beklommener Stimme.
»Dort runter!« Mr. Andrews zeigte hin. Eine ausgedehnte Grasfläche kam immer klarer ins Blickfeld, östlich des Tals, das sie zuvor gesehen hatten.

»Wie lang noch?« fragte Justus.
»Drei Minuten«, brummte Mr. Andrews. »So etwa.«
Die Jungen schauten wie erstarrt zu den Fenstern hinaus. Sie konnten den Blick nicht abwenden, während die Maschine im Sinkflug nach unten sauste. Bäume und Felsen wurden rasch größer. Der langgestreckte, helle Bergzug im Norden der grasbewachsenen Fläche wurde höher und heller – und rückte immer näher.
Bob dachte an seine Mutter. Schrecklich wäre das, wenn sie aus der Zeitung von dem Absturz erfahren müßte. Ihr Mann und ihr Sohn ... tot.
Je mehr sich das Flugzeug der Erde näherte, um so mehr schien es zu beschleunigen – als wolle es wie eine Rakete ins Verderben schießen!
»Runter mit dem Kopf!« befahl Mr. Andrews. »Die Arme zum Schutz vors Gesicht!«
»Dad – «
»Ja, du auch, Bob. Spiel hier nicht den Helden.«
Bob beugte sich auf seinem Sitz vor und legte die Arme um den Kopf. »Wenigstens sind wir für die Landung gerüstet«, murmelte er, sich selbst und den anderen zur Beruhigung. »Das Fahrgestell muß man bei der Cessna nicht erst ausfahren.«
Von den Bremsen redete niemand. Es war klar, daß sie ohne Stromversorgung nicht ansprechen würden.
Das Rauschen des Luftstroms um das Flugzeug wurde lauter.
Jetzt! dachte Bob in höchster Erregung.
Die Cessna schlug auf.
Der Anprall riß Bob und die anderen in die Gurte und wieder in die Sitze zurück. Bob spürte einen scharfen Schmerz und sah rote und weiße Funken.
Noch einmal schnellte die Maschine in die Luft und krachte von neuem mit betäubender Wucht auf die Erde. Wiederum wurden sie alle wie Marionetten vor- und zurückgeschleudert. Und dann machte die Cessna noch einen Sprung.

»Achtung!« brüllte Mr. Andrews.
Das Flugzeug prallte zum dritten Mal auf. Es bebte, knirschte und machte noch etliche kleine Hopser. Aber es hob nicht nochmals ab. Dafür schoß es nun auf dem Boden dahin wie eine abgefeuerte Kanonenkugel.
Bob hielt seinen Gurt umklammert und den Kopf eingezogen. Das irrsinnige Tempo drückte ihn in seinen Sitz zurück. Ihm war so mulmig zumute wie nie zuvor. Sie waren am Leben – aber wie lange noch?
Plötzlich zerriß das ohrenbetäubende Kreischen berstenden Metalls die Luft.
Bob, sein Vater und die beiden anderen wurden nach vorn gerissen und zurückgeworfen. Dann wurden sie alle mit dem Kopf gegen die Seitenwände geschleudert. Bücher und Papiere segelten durch die Kanzel. Elektrokabel und Zubehörteile flogen ihnen um die Ohren. Bob bekam einen Schlag gegen den Arm. Der Schmerz durchzuckte ihn so stark, daß er kaum atmen konnte. Und immer noch raste das Flugzeug vorwärts, schleudernd und von einer Seite zur anderen schwankend.
Und dann war es still. Ganz eigenartig still. Die Cessna war zum Stehen gekommen.
Langsam hob Bob den Kopf.
»Dad ... «
Mr. Andrews war mit abgewandtem Gesicht über der Armaturentafel zusammengesunken.
Bob rüttelte seinen Vater an der Schulter. »Dad! Geht's dir nicht gut?« Doch sein Vater rührte sich nicht.
»Wir müssen ihn hinausschaffen!« entschied Peter, der sich zwischen die beiden Vordersitze gedrängt hatte.
Rasch nahm Bob seinem Vater den Kopfhörer ab. Peter löste den Sicherheitsgurt des bewußtlosen Piloten. Mr. Andrews hatte eine große Platzwunde an der Stirn, doch zum Glück blutete sie nur wenig.

Bob stieg hastig aus, Peter folgte ihm, und beide liefen um die Maschine herum. Bob war nichts passiert, Peter und Justus offenbar auch nichts, aber Mr. Andrews war verletzt! Bob riß die Tür beim Pilotensitz auf. *Dad atmet noch!* war seine Hoffnung.
Peter tauchte neben Bob auf. Er umschlang Mr. Andrews mit seinen starken Armen und hob ihn auf wie ein Kind. Dabei vergaß Peter seine eigenen kleinen Beschwerden und Schmerzen. Jetzt brauchte Mr. Andrews seine Hilfe.
Peter lief mit seiner Last auf einige große Felsblöcke zu, die Schutz bieten würden. Bob hielt sich neben ihm, ohne seinen Vater aus den Augen zu lassen.
»Wo ist Justus?« rief Peter Bob zu.
»Hier.« Justus' Stimme klang schwach und benommen. Er hockte noch im Flugzeugwrack und fühlte sich sehr elend. Langsam und prüfend bewegte er Arme und Beine. Seine Glieder gehorchten ihm anscheinend noch ...
»Mach, daß du rauskommst!« schrie ihn Peter an, der gerade um die Felsbrocken herumlief. Vorsichtig legte er Mr. Andrews auf eine grasbewachsene Stelle.
Bob beugte sich über seinen Vater und tastete nach seiner Halsschlagader. »Dad, kannst du mich hören?« fragte er. »Dad?«
Peter rannte zu Justus zurück.
»Ich komm' schon«, murmelte Justus. Verwirrt sah er Peter an.
»Die Benzintanks!« Peter packte Justus am Arm.
Da plötzlich war Justus hellwach. »Die Benzintanks!« wiederholte er entsetzt. Der Motor war ja noch heiß, und wenn die Tanks beim Aufprall beschädigt worden waren, konnte Sprit auslaufen und sich entzünden!
Justus ließ sich aus der Tür fallen und rappelte sich auf. Nun war keine Zeit mehr, sich um etwaige Wehwehchen zu kümmern. Entweder kam er nun vom Fleck – oder nicht! Stolpernd lief er Peter hinterher, auf die Felsblöcke zu, hinter denen schon Mr. Andrews und Bob in Sicherheit waren.

Neben Mr. Andrews ließ sich Justus keuchend und mit schweißüberströmtem Gesicht auf die Erde fallen. Auch Peter kauerte sich hin.
Und dann warteten sie auf die Explosion, auf die Hitzewelle und den öligen Brandgeruch.
Bob hatte seine Jeansjacke ausgezogen und zusammengerollt unter den Kopf seines Vaters geschoben. »Der Puls ist normal«, sagte er mit einem Blick auf seine beiden Freunde.
Justus nickte. »Hoffen wir, daß er nur kurz ohnmächtig ist.«
»Er hält schon was aus«, meinte Peter. Er zog ebenfalls seine Jacke aus, deckte Mr. Andrews damit zu und stand auf. Er reckte und streckte sich, ließ die Arme kreisen, und dann kauerte er sich wieder hin und wartete ab, bis das Flugzeug explodierte ... oder der Motor abkühlte. Vom Umherschleudern auf dem Sitz tat ihm der Rücken weh, und die Brust schmerzte noch vom Druck des Sicherheitsgurtes. Doch diese Beschwerden tat er damit ab, daß sie nicht viel schlimmer waren als ein Muskelkater nach dem Sport.
Mr. Andrews stöhnte.
»Dad?« Bob reagierte sofort. »Wach auf, Dad.«
»Können Sie uns hören, Mr. Andrews?« versuchte es Justus.
Mr. Andrews öffnete die Augen und sah seinen Sohn an.
Bob grinste seinen Vater fröhlich an. »Die Landung war super, Dad.«
»Echt Spitze«, bestätigte Justus.
»Wann können wir Flugstunden bei Ihnen nehmen?« erkundigte sich Peter.
Mr. Andrews lächelte, sichtlich unter Schmerzen. »Seid ihr drei alle in Ordnung?«
»Klar, nur von der Maschine kann man das nicht gerade behaupten«, antwortete Justus.
Mr. Andrews wollte sich aufsetzen, doch Bob hielt ihn behutsam davon ab.

»Die Maschine!« rief Mr. Andrews. »Eine Tragfläche ist ja wohl abgerissen?«
»Eine Tragfläche?«
Die Jungen standen auf und spähten hinter den Felsblöcken hervor. Ein Bild der Zerstörung lag vor ihnen. Das Flugzeug hatte eine lange Furche in die idyllische Bergwiese gepflügt. Die zerfetzten Stümpfe junger Baumschößlinge, deren Zweige von den Tragflächen der Cessna abrasiert worden waren, boten im Sonnenlicht einen traurigen Anblick. Eines der eineinhalb Meter langen Propellerblätter war abgebrochen. Die Trümmer hatte es dreißig Meter weit weggeschleudert. Zwei Räder des Fahrwerks waren unter der Maschine eingeknickt. Und die rechte Tragfläche, glatt abgerissen, hing eingeklemmt in dem zerklüfteten Felsmassiv, das die Cessna letztlich zum Stehen gebracht hatte. Es war klar, daß dieses Flugzeug nicht wieder von der Grasebene starten konnte – es würde nie mehr fliegen.
»O Mann«, sagte Bob.
»Wirklich Klasse, die Landung«, äußerte Peter seine Hochachtung.
»Und ich hab' bloß ein paar Kratzer abbekommen.« Justus konnte es immer noch nicht fassen.
Mr. Andrews hörte gar nicht richtig hin. »Wo ist meine Mütze?« fragte er. Eigensinnig hielt er sich an einem großen Felsen fest und zog sich daran hoch.
»Dad!«
»Mr. Andrews!«
Mr. Andrews stand gegen den Felsen gelehnt und hielt sich den Kopf. Er lächelte mühsam. »Na ja, der Schädel brummt gewaltig.«
»Du solltest dich wieder hinsetzen!« gebot Bob energisch.
»Nee, laß mal«, sagte Mr. Andrews. »Muß mir den Vogel doch näher ansehen.«
»Aber der heiße Motor ... « fing Peter an.

»Eine Explosion, meinst du?« fragte Mr. Andrews. »Na, wenn es bis jetzt nicht passiert ist, dann wird's wohl keine mehr geben.« Noch etwas unsicher machte er sich Schritt für Schritt zu der Cessna auf. »Geht ja schon wieder«, murmelte er.
Bob faßte seinen Vater rasch beim Arm, um ihn zu stützen. Peter machte es auf der anderen Seite ebenso.
»Hat dir schon mal einer gesagt, daß du verdammt dickköpfig bist?« fragte Bob seinen Vater.
»Ja, der Chef der Lokalredaktion«, gab Mr. Andrews munter zurück. »Fast jeden Tag.« Aber dann ließ er sich doch von den Jungen helfen.
Justus ging nebenher. Als sie zum Wrack der Cessna kamen, beugte sich Bob über den Pilotensitz und hob Mr. Andrews' Sonnenbrille und die Baseballmütze vom Boden auf. Mr. Andrews steckte die Brille in die Tasche seines blauen Anoraks. Dann probierte er bedächtig aus, wie sich die Mütze am besten so auf dem Hinterkopf plazieren ließ, daß der Rand nicht auf die Verletzung an der Stirn drückte. Er rückte die Mütze noch einmal zurecht und tippte dann mit einem zufriedenen Lächeln gegen den Schild. Ja, so ging es.
Nun ließen sie den Blick über den weiten Wiesenhang und den dichten Wald ringsum schweifen. In der Ferne dahinter ragten zu beiden Seiten Granitberge auf. Auch vor ihnen lagen hohe, sonnenbeschienene Berge. Im Norden erhob sich eine breite, steile, etwa sechzig Meter hohe Felswand, die sich zur Rechten und zur Linken der Grasfläche bis in den Wald hinein erstreckte und die Sicht auf das jenseits gelegene Bergpanorama versperrte.
Von menschlicher Zivilisation fand sich keine Spur. Diamond Lake lag fünfzig oder sechzig Kilometer entfernt, außerhalb des Blickfeldes, irgendwo hinter der Steilwand.
Bob nahm die Umgebung aufs Korn. Unter anderen Umständen hätte er diesen Anblick großartig gefunden. Die wild gezackten Berggipfel erhoben sich über Tälern, die so dicht bewaldet waren,

daß der Erdboden nicht zu sehen war. Jetzt allerdings bewegte Bob nur eines: Sie waren hier von der Welt abgeschnitten, ausgesetzt auf einer entlegenen Bergwiese, ohne Wasser, Verpflegung, Radio oder Funk, Transportmittel und Campingausrüstung.
»Also, ihr drei«, sagte Mr. Andrews erschöpft, als könnte er Bobs Gedanken lesen, »was habt ihr in Sachen Überlebenstraining zu bieten?«

Gefahr für Bob!

»Wie kalt wird es hier eigentlich?« fragte Bob seinen Vater. Die beiden saßen in der warmen Sonne, während Peter und Justus im Wrack Verbandszeug und ein Gefäß für Wasser suchten.
»Nicht so sehr«, antwortete Mr. Andrews. »Im August gibt es noch keinen Nachtfrost. Die Temperatur wird wohl nicht unter fünf Grad fallen.«
»Fünf Grad!« Bobs Augenbrauen schnellten hoch. »Na danke!«
»Und so was ist mein Sohn.« Mr. Andrews grinste. »Ein abgehärteter kalifornischer Naturbursche.«
»Aus dem Land der ewigen Sonne, bitte sehr«, warf Peter ein. Er sprang aus dem Wrack und kam angetrabt, einen flachen Blechkasten in der Hand.
»Wir sind hier genetisch auf Wärme programmiert!« hakte Bob prompt ein.
Peters Magen knurrte vernehmlich. »Und auf Nahrungsaufnahme. Ich hatte mich schon so auf das Mittagessen in Diamond Lake gefreut«, gestand er. »Mit allem Drum und Dran.«
Bob und Mr. Andrews nickten. Auch sie waren hungrig.
»Justus hat es besser – hier kann er endlich mal eisern Diät halten«, meinte Bob.

»Alles erlaubt, nur gibt's nix!« Peter lachte.
Mr. Andrews sah ganz zuversichtlich aus. »Na, mit ein wenig Glück kommen wir hier bald wieder heraus. Irgendwer wird das Peilsignal unserer Funkbake schon hören. Sie sendet zur Zeit auf 121,5 Megahertz.«
»Sind Sie sicher, daß das Ding eingeschaltet ist?« Peter spürte ein jähes Unbehagen.
»Das geht automatisch«, beruhigte ihn Mr. Andrews. »Das Gerät ist batteriebetrieben und schaltet sich bei starkem Aufprall ein. Ich hab' gehört, daß schon bei unabsichtlichem Runterwerfen genügend Wucht entstehen kann, um das Signal auszulösen.«
Mr. Andrews sah einem schwachen weißen Kondensstreifen nach, der sich hoch am blauen Himmel bildete. »Der Jet da oben fliegt zu hoch für den Sichtkontakt mit uns, aber unser SOS-Signal kann er empfangen.«
Bob blickte zu dem Flugzeug in der Ferne auf und nickte dann seinem Vater erleichtert zu. Sie saßen hier ganz schön in der Patsche, aber sein Vater hatte so unbeschwert gesprochen, daß er sich gleich besser fühlte. Natürlich würden sie gerettet werden.
»Was hast du gefunden, Peter?« fragte Bob seinen Freund.
»Einen Notfallkasten. Ganz verstaubt, aber alles drin.«
»Super!« sagte Bob.
Sie öffneten den Blechkasten. Er enthielt Aspirin, biologisch abbaubare Seife, Verbandmaterial, Mückenschutz, Wundsalbe, Jodtabletten zur Wasserdesinfektion, eine Schachtel Streichhölzer und sechs ultraleichte »Astronauten-Matten« aus glänzender Thermofolie und so dünn, daß sie zusammengefaltet nur je ein taschenbuchgroßes Päckchen ergaben.
»Streichhölzer!« stellte Bob triumphierend fest.
»Und Jodtabletten«, sagte Mr. Andrews. »Damit können wir einwandfreies Trinkwasser herstellen.«
»Das Zeug verwenden sie bei der Raumfahrt«, erklärte Peter, während er eine der Thermofolien entfaltete. Er steckte sich

einen Zipfel hinten ins T-Shirt wie einen Umhang. »Hey, seht mal. Fast wie Batman!«
Mit dem Material aus dem Kasten reinigte und verband Bob Mr. Andrews' Platzwunde an der Stirn. Sie war nicht tief, aber das umgebende Gewebe war geschwollen und stark gerötet.
Bob untersuchte die Schwellung. »Du solltest dich nicht anstrengen, Dad. Kopfwunden können gefährlich sein. Wenn dir schwindlig wird, dann setz dich gleich hin ... «
»Gut, daß ich dich zum Erste-Hilfe-Kurs geschickt habe«, sagte Mr. Andrews lachend.
»Find' ich auch.«
Peter hatte seinen improvisierten Umhang wieder säuberlich zusammengefaltet und streifte nun zum Holzsammeln am Rand der Wiese entlang. Seine Beute schichtete er vor den Felsblöcken auf, bei denen sie zuvor Schutz gesucht hatten. Feuer durften sie wegen der Benzintanks nur in sicherer Entfernung vom Flugzeug machen.
Justus war noch in der Cessna auf der Suche nach einem Wasserbehälter.
»Hey, Leute!« rief er herüber. Es klang betroffen. »Hier stimmt was nicht!«
Bob und Peter liefen zu dem Wrack. Mr. Andrews kam auch hin.
»Das Peilsignal«, meldete Justus ganz verstört. »Es funktioniert nicht.«
»Laß sehen«, sagte Mr. Andrews gepreßt.
Justus hatte das Gehäuse der Bake geöffnet. »An dem Gerät soll doch ein rotes Lämpchen blinken, als Anzeige für das gesendete Signal. Die Kabel und die Anschlüsse sind in Ordnung. Somit kann es nur an der Batterie liegen. Und die ist leer, wie mir scheint.«
»Leer?« wiederholte Bob bestürzt.
»Dann hat das Ding überhaupt kein Notsignal gefunkt?« fragte Peter mit entsetzt aufgerissenen Augen.

»Eben nicht, das ist es ja«, gab Justus zurück.
»O Mann«, sagte Peter. Hilflos ballte er die Fäuste und öffnete sie wieder. Es überlief ihn kalt, und sein Herz schlug wild. Das war eine Katastrophe!
»Erst die Elektrik in der Maschine ... « Bob schüttelte den Kopf. »Und jetzt das!« Ihm war richtig übel.
»Wie verhext ist das«, sagte Peter.
»Stromaggregate versagen hin und wieder«, erklärte Mr. Andrews. »Selten zwar, aber es kommt vor. Irgendein Fehler in der Verkabelung zum Beispiel. Und Batterien werden manchmal ausgerechnet dann nicht überprüft, wenn es wichtig wäre – und folglich nicht rechtzeitig ausgewechselt.«
»Verdammter Mist«, murmelte Peter.
Da war gar nichts zu machen. Also stiegen sie wieder aus dem Flugzeug. Auf der weiten Wiesenfläche raschelten die Halme im Nachmittagswind. Die Felswand hinten im Norden ragte in bizarren Stufen gegen den tiefblauen, klaren Himmel auf.
»Ein Paradies«, sagte Bob mit einem Kopfschütteln.
»O ja, man könnte sich davon einnehmen lassen«, fand Mr. Andrews.
»Ich auf keinen Fall«, stellte Justus klar. »Giftschlangen, Steinschlag, gefährliche Schluchten, Gewitter, Waldbrände, hungrige Raubtiere, giftige Beeren – um nur einige Probleme zu nennen.« Justus war die freie Natur noch nie so richtig geheuer gewesen.
»Moment mal«, sagte da Bob mit neuer Hoffnung. »Wie ist das mit deinem Interviewpartner in Diamond Lake, Dad? Der wird sich doch denken, daß was passiert ist, wenn wir nicht zum vereinbarten Termin bei ihm auftauchen.«
»Daß ihr drei dabei seid, weiß er nicht«, erwiderte Mr. Andrews. »Als ich zuletzt mit ihm sprach, wußte ich das selbst noch nicht. Wenn ich nicht hinkomme, ruft er vielleicht bei der Redaktion an - falls wir Glück haben. Und sonst dauert es eben drei Tage, bis unsere Leute zu Hause sich allmählich um uns sorgen.«

»Sagenhafte Aussichten«, murmelte Peter.
»Na gut, Peter, du hast doch Campingerfahrung, nicht?« kam Mr. Andrews zur Sache. »Was machen wir jetzt als erstes?«
»Zunächst mal eine Bestandsaufnahme.« Peter erholte sich schon wieder ein wenig. »Bei mir sind das die Sachen, die ich anhabe.« Er trug wie üblich Jeans und Tennisschuhe, und dazu ein schwarzes T-Shirt mit dem Aufdruck »Pink Floyd« in großen Goldbuchstaben. »Und außerdem habe ich eine Jacke mit, ein Taschenmesser und ein paar Klamotten zum Wechseln in meiner Reisetasche. Wie sieht's bei euch aus?«
»In etwa dasselbe«, sagte Bob. Er hatte Edeljeans an und ein T-Shirt mit dem Jux-Emblem »Kultusministerium Bananenrepublik«. »Ein Messer hab' ich allerdings nicht.«
»Ich auch nicht«, schloß sich Mr. Andrews an. Auch er trug Jeans, dazu ein Sporthemd, seine Jacke und seine Dodgers-Mütze.
»Ja, wenn ich das geahnt hätte, daß ein Rucksack mit allem Drum und Dran jetzt ganz praktisch wäre ... « Justus seufzte. »Aber drei Tage, das geht ja noch an, auch wenn wir uns mit den Naturgewalten herumschlagen müssen und wenig zu essen haben – «
»Wie war das eben?« unterbrach ihn Bob. »Was soll das heißen, wenig zu essen? Du verheimlichst uns was, sonst hättest du sagen müssen *nichts zu essen!* Also hast du was Eßbares dabei!«
Justus' rundes Gesicht überzog sich mit Röte. »Na ja ... eigentlich nichts Rechtes.«
»Her damit!« stieß Peter hervor. »Rück's raus!«
»Du mußt nicht gleich zur raubgierigen Bestie werden!« wehrte Justus patzig ab. »Wie wär's denn mit einem freundlichen *bitte*?«
»Bitte – och bitte!« flehte Peter.
»Ich könnte auch einen Happen vertragen«, bekannte Mr. Andrews.
Justus zuckte mit den Schultern. »Okay, aber viel wird's euch nicht bringen.« Er kroch in das Flugzeug.

»Hey, was brauchst du denn so lange?« erkundigte sich Peter nach einer Weile. »Steckst du da was in die Mikrowelle?«
Justus erschien wieder mit seiner Jacke. Sie war leuchtend rot mit weißen Randstreifen und dem Werbeaufdruck PIZZA HEAVEN. Aus den Taschen zog er einen Plastikbeutel mit Popcorn, ein Säckchen unzubereiteter Maiskörner und eine ansehnliche Auswahl Schokoriegel.
»Na, dann laß mal rüberwachsen!« rief Peter. Sein Magen knurrte gewaltig. »Gib schon her!«
»Das soll also deine Diätkost sein?« Bob war fassungslos. »Und warum wirkst du nicht so ausgehungert wie wir? Bestimmt hast du von dem Zeug auch was in deinem Shirt verstaut.«
»Ich mache eine Popcorn-Diät«, erklärte Justus gemessen. Er richtete sich zu seiner vollen Größe von einsvierundsiebzigeinhalb auf. »Alle zwei Stunden muß ich eine Tasse Popcorn essen. Soeben habe ich meine planmäßige Mahlzeit eingenommen.« Umständlich fummelte er in den beiden unergründlichen Taschen seines Sweatshirts und förderte drei weitere Säckchen mit Popcorn zutage. Jedes hatte etwa den Inhalt einer Tasse. Er gab sie an Peter, Bob und Mr. Andrews weiter. »Das ist für euch.«
»Und die Schokoriegel?« wollte Peter wissen, den Mund voller Popcorn.
»Bedient euch bitte«, sagte Justus etwas lahm.
»Schöne Diät«, fand Bob. »Schokoriegel.« Er aß gierig. Nun ging es ihm schon entschieden besser.
»Immerhin besser als vorausgegangene Kurpläne«, meinte Peter. »Wißt ihr noch – Grapefruit und Kartoffelchips?«
»Oder Salzstengel und Trockenpflaumen ... « fiel es Bob ein.
»Und erst die Dosen mit dem Getränk, das nach Benzin roch!« fügte Peter noch an.
Beide Jungen stöhnten demonstrativ bei der Erinnerung an jene Zeiten.
»Eines muß ich zugeben«, sagte Justus nachdenklich, »dieser

kalorienarme Mineraldrink hatte einen äußerst unbefriedigenden Wirkungsgrad.« Er grinste. »Die jetzige Diät hingegen scheint einen recht ansprechenden Kurerfolg zu zeitigen.«
»Was war das grade?« wandte sich Peter an Bob.
»Gebremster Optimismus«, erklärte Bob.
Nun starrte Peter fragend Mr. Andrews an.
Mr. Andrews lachte. »Justus hofft, daß er in nächster Zeit vielleicht ein wenig abnehmen wird.« Er schob sich eine Handvoll Popcorn in den Mund.
Peter schüttelte den Kopf. »Justus, warum treibst du eigentlich keinen Sport? Geh doch wieder zum Judokurs.« Er beugte und streckte die Arme. »Dabei nimmst du ab und fühlst dich einmalig fit.«
Justus lehnte schlaff am Flugzeugrumpf. »Immer wenn bei mir der Drang zum Fitnesstraining aufkommt«, sagte er, wobei er die Lider schloß, »dann lege ich mich lang und warte, bis sich das wieder gibt.«
Nun lachten alle. Justus öffnete die Augen wieder und blickte hochbefriedigt in die Runde. Was er zu Meisterleistungen und zu äußerster Beweglichkeit trainiert hatte, das war sein Gehirn. Und für ihn war das genau richtig.
»Vielen Dank für den Imbiß, Justus«, sagte Mr. Andrews. »Teile den Rest gut ein, er muß uns drei Tage reichen. Aber bedenke lieber, daß es auch länger gehen kann!«
»Wir müssen Hilfe suchen«, stellte Peter fest. »Vielleicht gibt es in der Nähe ein Farmhaus oder eine Jagdhütte. Oder auch einen Campingplatz, oder wenigstens eine Straße. Auf jeden Fall brauchen wir dringend Wasser. Beim Holzsammeln hörte ich irgendwo einen Bach rauschen.« Er zeigte nach Südwesten. »Und Campingplätze liegen normalerweise an Wasserläufen.«
»Das hier können wir mit Wasser füllen«, sagte Justus. Er brachte aus der Cessna eine Plastikflasche zum Vorschein, die einmal Orangensaft enthalten hatte.

»Gut.« Peter gab die Flasche an Bob weiter. »Wasch sie gründlich mit der Seife aus, dann kannst du sie mit sauberem Wasser füllen und Jodtabletten dazugeben, damit man es unbedenklich trinken kann.«
Bob nahm die Flasche an sich. »Kein Problem, ich werd' schon Wasser finden. Aber was hast du vor?«
»Ich hab' im Wald, südwestlich von hier, einen Trampelpfad gesehen. Vielleicht stammt er nur von Tieren. Aber wer weiß?«
»Gute Überlegung, Peter«, meinte Mr. Andrews. »Ich werde die Felswand hochklettern.« Er sah zu dem Granitmassiv hin, das die Wiese gegen Norden begrenzte. Die treppenartigen Schichtungen des Gesteins würden das Besteigen erleichtern. »Vom Plateau aus müßte man einen guten Fernblick haben. Vielleicht sehe ich irgendwo Rauch aufsteigen.«
»Bist du auch fit genug für so ein Vorhaben, Dad?« erkundigte sich Bob.
»Aber ja. Mit deinen eigenen Worten: Kein Problem.«
Und nun wandten sich Mr. Andrews, Bob und Peter erwartungsvoll Justus zu.
»Tja-a«, sagte Justus gedehnt. »Ich werd' wohl hier in der näheren Umgebung bleiben – für den Fall, daß jemand zu unserer Rettung erscheint.«
»Schön«, sagte Peter. »Wir brauchen mehr Holz. Und zwar nasses Holz. Es muß ein großes Feuer mit viel Qualm geben, der unseren Standort signalisiert. Und du könntest ein paar Shirts aus unserem Gepäck holen. Steig damit auf drei oder vier Bäume und binde das Zeug als bunte Beflaggung oben am Wipfel fest.«
Nach Peters Vorschlägen schien Justus schon im voraus vor Erschöpfung in sich zusammenzusinken. Bei der Vorstellung, daß sein schwergewichtiger Freund gleich einem überdimensionalen Weihnachtsengel in der Spitze einer Kiefer thronte, hätte Bob beinahe laut losgelacht.
»Und anschließend«, fuhr Peter lebhaft fort, »rollst du jede Menge

Steine in die Mitte der Wiese und legst sie dort zu einem schönen großen SOS aus, damit das einer lesen kann, der vielleicht in einem Flugzeug nahe genug drüberfliegt.«

Justus stöhnte. »Soll ich nicht auch gleich noch eine Blockhütte zimmern, wenn ich schon am Werken bin?« stieß er ermattet hervor. Peter, Bob und Mr. Andrews lachten.

»Also, Leute, alles klar«, sagte Justus schließlich. »Ich werd' nasses Holz ranschleppen.«

»Aber massenhaft!« trug ihm Peter auf. Dann lief er mit Bob die Wiese entlang.

»Prägt euch Wegzeichen ein!« rief Mr. Andrews den beiden nach. »In einem unbekannten Wald verirrt man sich leicht!«

Am Rand der Wiesenfläche trennten sich Bob und Peter. Bob lief nach Südwesten los, wo er im Kiefernwald schon das schwache Geräusch fließenden Wassers vernahm. Peter wollte auf dem zuvor entdeckten Pfad den Wald im Südosten erkunden.

Bob nahm sich die Ermahnung seines Vaters zu Herzen und prägte sich sorgfältig den Weg ein. Er kam an einer eigenartigen dreistämmigen Kiefer vorüber – drei Schößlinge waren einmal an einer Stelle entsprossen und bildeten nun einen aus drei verschieden dicken Walzen geformten Stamm. Später fiel ihm eine flache Felsplatte mit tiefen schüsselartigen Mulden auf. Es sah aus, als hätten Indianer hier früher mit steinernen Stößeln Getreide oder Nußkerne zermahlen. Er reihte es zusammen mit anderen bemerkenswerten Dingen, die er sonst noch am Weg sah, in seinem Gedächtnis ein. Schließlich fand er einen Tierpfad und folgte ihm in der Richtung, aus der das Wasserrauschen zu ihm drang. Das Geräusch wurde immer lauter.

Und dann sah er einen kleinen Fluß, etwa sechs Meter breit und nicht sehr tief. Das Wasser in dem Kiesbett schoß über Felsbrokken und an tiefhängenden Ästen vorbei. Hier und da glitzerte es in der hellen Sonne, doch an anderen Stellen, im Baumschatten, erschien es fast schwarz. Das vorüberströmende Wasser wirkte jedoch kristallklar und war offensichtlich zum Trinken geeignet. Bob wusch die Orangensaftflasche mit der biologisch abbaubaren Seife aus dem Notfallkasten aus. Dann spülte er mit klarem Wasser nach, füllte die Flasche und gab Jodtabletten hinzu. Er richtete sich auf und schaute den Flußlauf hinauf und hinunter. Seine nächste Aufgabe war nun die Suche nach Rettern. Ein Campingplatz würde sich noch am ehesten finden lassen. Flußaufwärts oder flußabwärts?

Das Tal, das sie vom Flugzeug aus gesehen hatten, fiel ihm wieder ein. Er wußte, daß es westlich von der Wiesenfläche lag und daß es von einem Wasserlauf durchschnitten wurde. Es könnte sich durchaus um diesen kleinen Fluß hier handeln. Falls er sich nicht verschätzt hatte, müßte er auf das Tal stoßen, wenn er nach Norden ging. Mit ziemlicher Wahrscheinlichkeit war in einem so reizvollen Tal ein Campingplatz angelegt.

Bob richtete seine Schritte flußaufwärts. Wo es möglich war, ging er am Ufer entlang, doch hier und da mußte er einen Bogen um Felsblöcke, dorniges Gestrüpp oder sumpfige Stellen schlagen. Im Gehen hörte er das anschwellende Tosen von Wasser.

Nachdem Bob ein Gehölz roter Manzanitabäume umgangen hatte, bot sich ihm wieder freie Sicht auf den Fluß. Das Wasser schoß hier über Stromschnellen, und in diese bewegte Fläche rauschte ein langer Wasserfall steil herunter. Es war ein überwältigender Anblick. Die stürzenden Wassermassen brausten wie ein Millionenheer schwärmender Hummeln.

Bob atmete tief den feinen Sprühnebel ein. Er blickte hinauf zum Wasserfall und zu der zerklüfteten, steilen Felswand, die dahinter aufragte und sich zu beiden Seiten im Kieferndickicht verlor. Das Wasser hatte eine tiefe Rinne ins Gestein eingeschnitten.

Wenn dies der Wasserfall war, den Bob vom Flugzeug aus gesehen hatte, dann müßte jenes Tal gleich hinter der Felswand liegen. Also mußte er sie erklettern. Die Frage war nur, wo er am besten hinaufgelangen würde.

Bob ließ den Blick über die bizarre Granitfassade schweifen und erspähte eine Stelle, wo eine Verwerfung eine simsartige Fußstütze bildete. Er legte die Wasserflasche auf die Erde und stieg vorsichtig über eine mächtige Halde aus Gesteinstrümmern, die der Wand vorgelagert war. Dann begann er seine Klettertour. Unter seinen Füßen bröckelten Steine ab. Bedächtig arbeitete er sich hoch. Kleine Vorsprünge und Wurzelwerk dienten ihm zum Festhalten.
Und dann passierte es.
Von oben prasselten ihm einige kleine Steine auf den Kopf. Ein dumpfes Poltern drang an seine Ohren.
Er blickte auf. Zu seiner Rechten kam ein gewaltiger Felsbrocken herabgedonnert, begleitet von einer Masse Geröll. Gleich würde ihn der Steinschlag in die Tiefe reißen und begraben!

Peters vergeblicher Hilferuf

Die Geröll- und Trümmerlawine aus der Steilwand hoch über Bob war unaufhaltsam ins Rollen gekommen. Der Rückzug hatte keinen Zweck, wie ihm schnell klar wurde. So würde er dem Steinhagel nicht entrinnen. Die Kehle wurde ihm eng vor Furcht. Zu weiterem Überlegen blieb keine Zeit. Los, weg!
Bob hangelte sich nach links, den Körper ganz dicht an die Felswand geschmiegt. Schweiß rann ihm von der Stirn und brannte ihm in den Augen. In seinen Nasenlöchern setzte sich Geröllstaub fest.
Mit letzter Kraft kletterte er am Felsmassiv ein Stück zur Seite. Das Poltern wurde unheimlich laut.
Dann dröhnte die Lawine an ihm vorüber. Steinsplitter, spitz wie Nadeln, prallten gegen seine Haut.

Gesteinsbrocken und Schutt prasselten donnernd auf die riesige Trümmerhalde herunter, die bereits am Fuß der Wand aufgetürmt lag. Nun wurde Bob klar, daß sich an dieser Stelle sicherlich sehr häufig ein solcher Bergrutsch ereignete. Der Granit der Steilwand besaß keine stabile Struktur. Dieser letzte Steinschlag konnte einen ganz beliebigen Auslöser haben – einen Berglöwen, ein minimales Erdbeben oder ganz einfach einen herabstürzenden Felsblock, der sich durch Verwitterung gelockert hatte. Diese Wand war absolut nicht klettersicher!
Bobs Herz schlug heftig. Er schloß die Augen, noch ganz im Bann der tödlichen Gefahr, der er mit knapper Not entronnen war.
Doch hier konnte er auch nicht länger bleiben.
Er öffnete die Augen wieder und sah sich um. Was sollte er tun? Weiter hinaufklettern? Oder absteigen?
Und da stach ihm etwas Merkwürdiges in die Augen. Handgriffe und Trittmulden! Die waren doch wohl von Menschenhand hier ins Gestein gehauen worden! Die Natur hatte diese Simse und Griffe, deren Form sich Füßen und Händen geradezu anbot, bestimmt nicht geschaffen.
Noch immer ein wenig benommen kroch Bob von der Spalte, in der er sich festgeklammert hatte, zu den Sicherheit bietenden Mulden und Griffen hinüber. Nun erkannte er erst, wie zahlreich sie waren. Sie reihten sich zu einem klar erkennbaren, aber gefährlichen Pfad aneinander, der zu seiner Linken schräg an der fast senkrecht abfallenden Felswand hinaufführte. Folglich mußte das Gestein in diesem Bereich stabil und sicher sein. Vielleicht war dieser Kletterpfad ebenso das Werk von Indianern aus längst vergangener Zeit wie die schalenartigen Vertiefungen in dem Granitblock, den Bob zuvor am Weg gesehen hatte.
Bob sah auf seine Uhr. Es wurde schon Abend. Bestimmt warteten die anderen schon ungeduldig auf ihn.
Mit Hilfe der Griffe und Trittmulden kletterte er weiter an der Wand hinauf, bis er zu der Einkerbung des Wasserfalls kam. Von

hier aus wurde er um eine Biegung geleitet, und dann konnte er in einer breiten, tief ausgewaschenen Rinne neben dem Flußlauf weiter hochsteigen. Die Luft war kalt und feucht vom Sprühnebel des Wasserfalls unter ihm.
Und dann lag es vor ihm – das reizvolle Tal, das sie aus der Luft gesehen hatten. Es war stellenweise bewaldet und dehnte sich fast bis zum Horizont hin. Der helle Granit der steilen Berge ringsum funkelte in der Sonne. Der kleine Fluß, der mitten durch das Tal verlief, strömte hier seicht und ruhig dahin – ein völlig anderes Bild als das aufgewühlte Wildwasser, das weiter unten über den Felshang und die Stromschnellen schäumte. Doch von einem Campingplatz, den Bob hier zu finden gehofft hatte, war nichts zu entdecken.
Der Wind wehte aus Norden und trug den stechenden Geruch von Schwefel herüber. Das konnte bedeuten, daß es im Tal heiße Quellen gab. Bob spürte ein Brennen in den Augen und mußte sich kurz abwenden. Dann warf er noch einen Blick über das Tal. Es schien schon eine Ewigkeit her zu sein, seit er zusammen mit Justus, Peter und seinem Vater diese Gegend aus der Luft überschaut hatte. Inzwischen war so vieles geschehen. Sie hatten mit Glück überlebt. Hätte sein Vater das Flugzeug nach dem Stromausfall nicht so meisterhaft gesteuert ...
Bob mochte den Gedanken nicht zu Ende spinnen. Er machte sich wieder an den Abstieg über den Kletterpfad, erst die Rinne entlang, dann um die Biegung und schließlich die Felswand hinab. Er gelangte zu der Stelle, an der ihn fast der Steinhagel getroffen hätte. Dann führte der Weg auf einem schmalen, von dichtem Gebüsch bewachsenen Vorsprung entlang, und nur hier und da begleiteten ihn eingehauene Haltegriffe für die Hände. Nach etwa hundert Metern ging es von neuem steil abwärts, und es gab wieder reichlich Kletterhilfen.
Aus irgendeinem Grund waren die Indianer darauf bedacht, ihren Zugang zu dem Hochtal geheimzuhalten. Im unteren Abschnitt

verlief der Kletterpfad stets im dichtbewaldeten Bereich, damit er von der offenen Flußniederung aus nicht sichtbar war.
Endlich landete Bob wieder vor dem Steilhang auf dem Waldboden. Wieder sah er auf die Uhr. Inzwischen war es sehr spät geworden.
Er holte die Wasserflasche und lief auf dem Trampelpfad durch den Wald zurück. Im freien Gelände hielt er sich in umgekehrter Reihenfolge an die Wegmarkierungen, die er sich eingeprägt hatte.
Als vor ihm die Bergwiese auftauchte, der Schauplatz ihrer Bruchlandung mit der Cessna, war es noch etwa eine Stunde bis zum Sonnenuntergang. Bob war erschöpft, aber aufgeregt. Die anderen würden ganz schön staunen – bei dem, was er alles durchgestanden hatte!

Nachdem sich Bob und Peter getrennt hatten, war Peter dem Tierpfad gefolgt, der ihm beim Holzsammeln aufgefallen war. Ja, er führte nach Südosten in den dichten Kiefernwald.
Zwischen den mächtigen Ästen fielen Sonnenstrahlen ein und warfen warme Lichtflecken auf die dunkle, kühle Erde. Die Bäume standen dicht, und ihre Kronen berührten sich, so daß der Himmel nicht immer zu sehen war. Es duftete würzig nach Kiefernnadeln und Walderde.
Peter ging eine halbe Stunde lang auf dem Pfad weiter und hielt nach Spuren von Menschen Ausschau. Er sah Fährten von Rehen, Waschbären und Berglöwen sowie Kot von Rotwild und Bären, doch zu seiner Enttäuschung keine Abdrücke von Bergstiefeln oder Sportschuhen. Insgeheim hatte er sich Hoffnungen gemacht – auf den Rauchgeruch eines Lagerfeuers, auf das Motorengeräusch eines Jeeps, auf einen Telefonmast. Aber nichts dergleichen begegnete ihm.
Oder doch? Plötzlich hatte er das Gefühl, daß sich jemand im Unterholz parallel zu dem Pfad von hinten näherte, und zwar sehr schnell. Ein Mensch oder auch irgendein Tier.

Es raschelte.
Peter blieb stehen und lauschte mit äußerster Anspannung. Lautlos ging er vom Weg ab und stellte sich hinter einem Baum auf Beobachtungsposten.
Das Rascheln kam immer näher – nun war das schwache Geräusch auf gleicher Höhe mit ihm. Doch dann entfernte es sich auch schon wieder und verlor sich rasch weiter vorn im Wald. Gesehen hatte Peter überhaupt nichts. Ihm sträubte sich das Nackenhaar. Wer – oder was – war das gewesen?
»Hallo!« rief er. Wenn es ein Tier war, würde Peters Stimme es erschrecken und in die Flucht schlagen. »Halt!« Ein Mensch hingegen würde stehenbleiben, um zu erkunden, wer da rief und was überhaupt los war.
Peter horchte. Keine schreckhaften Sprünge, kein panisches Flüchten durchs Dickicht – nur jenes verstohlene Rascheln war nach wie vor zu hören, als hätte da niemand gerufen.
Mit langen, federnden Schritten trabte Peter dem Geräusch nach. Er war sportlich und durchtrainiert, und er brauchte ohnehin wieder einmal Bewegung. Der Lauf tat ihm gut.
Dann ging er langsamer und horchte erneut. Nun waren sie wieder neben ihm, die verstohlenen Laute!
Quer zum Pfad schlug er sich in die Büsche. Kiefernzweige peitschten ihm ins Gesicht.
Und dann entdeckte er etwas – eine menschliche Gestalt. Einen Mann, der sich kaum wahrnehmbar zwischen den dunklen Schatten der Bäume fortbewegte.
»Halt, bleiben Sie stehen!« brüllte Peter. Die Gestalt war ihm unheimlich, aber er nahm die Verfolgung auf. »Hören Sie mich doch an! Wir brauchen Hilfe!«
Der Unbekannte schien zu zögern und in seinem gleichmäßigen, lockeren Trab kurz zu verhalten. Und dann legte er wieder zu und verschwand im tiefen Schatten hinter dicht beisammenstehenden Bäumen.

Peter stürmte blindlings hinterher. Was war das nur für ein Kerl - reagierte überhaupt nicht, wenn man ihn um Hilfe bat! Rasch umrundete Peter die Baumgruppe.
Die geisterhafte Gestalt war verschwunden. Wie weggeblasen. Der Bursche war Peter ganz entschieden nicht geheuer.
Er stand regungslos da, hielt Ausschau und lauschte. Nichts. Entweder hatte sich dieses Wesen tatsächlich in Luft aufgelöst, oder es hielt sich jetzt versteckt.
»Ich will Ihnen doch nur etwas sagen!« rief Peter. »Meine Freunde und ich sind in Not!« Er wartete.
Nichts.
»Wir wollen Ihnen doch nichts tun ... «
Stille.
Den finde ich, nahm sich Peter vor. Er machte sich daran, das schattige Dickicht in der Umgebung abzusuchen.
Plötzlich wurde ihm bewußt, wie spät es war. Er sah auf seine Uhr und stellte fest, daß er schleunigst umkehren mußte.
Aber wo ging es lang?
Ich bin ein Idiot, schalt er sich. Er wußte nicht einmal mehr, wo der Pfad war! Bei seinem hastigen Drauflosstürzen hatte er sich dummerweise keine Orientierungspunkte gemerkt.
Ein schreckliches Unbehagen kroch in Peter hoch, als ihm klar wurde, was ihm passiert war.
Er hatte sich verirrt!

Einer kehrt nicht zurück

Peter atmete bewußt langsam. Immer mit der Ruhe! sagte er sich. Du hast dir das eingebrockt, nun sieh zu, wie du wieder rauskommst!

Wieder sah er auf die Uhr. Dann ging er zu einer Stelle, an der sich der Wald lichtete, damit er zwischen den Baumwipfeln den Sonnenstand erkennen konnte.

Er rechnete sich aus: Von der Wiese aus hatte ihn der Waldpfad nach Südosten geführt, und die Sonne hatte er über der rechten Schulter neben sich gehabt. Nun stand sie tiefer, und wenn er nun nach Nordwesten wollte, müßte er sie von links sehen, etwa in Brusthöhe.

Es konnte schwierig werden, aus diesem ausgedehnten, dichtbewaldeten Gelände wieder zu dem Wiesenhang zu finden, aber versuchen mußte er es auf jeden Fall.

Bedachtsam machte sich Peter auf den Weg, wobei er immer wieder nach dem Sonnenstand sah. Vögel sangen, und der Wind bewegte sacht die Zweige. Ab und zu scheuchte sein Schritt ein kleines Tier auf, das sich raschelnd davonmachte.

Nun war er schon eine Stunde lang gegangen. Reuig mußte er sich eingestehen. daß ihm hier gar nichts bekannt vorkam. Kein einziges Wegzeichen hatte er sich zuvor gemerkt!

Die Sonne hatte sich dem Horizont genähert und würde in etwa einer Stunde untergehen. Da hörte Peter wieder eine Bewegung im Dickicht. Schon wollte er rufen, doch dann entschied er sich dagegen, denn bei seinem ersten Versuch hatte sich der Bursche abgesetzt.

So geräuschlos wie möglich folgte er den Lauten.

Sie führten ihn nach Norden und waren viel deutlicher zu hören als die Schritte jenes ersten geheimnisvollen Wesens.

Aber war das nicht Wahnsinn? Er wollte doch zur Wiese zurück und sich nicht noch tiefer im Wald verirren!

Da verstummten die Geräusche.

Peter zögerte eine Sekunde, dann stürmte er durch den Wald los.

Mit einem Ruck blieb er erschrocken stehen.

»Bob!« rief er, maßlos verblüfft.

Bob drehte sich zu ihm um. »Na, Peter, wie geht's?« Er grinste.

Peter war überglücklich. Wunderbar, einen Menschen zu treffen, der normal reagierte! Mit vorgeschobenem Kopf sprintete er von neuem los.
»Paß auf, Mann!« schrie Bob lachend.
Peter war vor Begeisterung gar nicht zu bremsen. Mit voller Wucht prallte er auf Bob, und beide stürzten auf den Grasboden. Das war ja die vertraute Wiese!
»Was sagst du dazu – rein zufällig stoße ich auf einen ganz alten Bekannten!« Peter wollte sich schieflachen.
Bob befreite sich von Peters Gewicht und schüttelte nachsichtig den Kopf. »Mann, du bist total übergeschnappt.«
Sie standen auf. Peter legte Bob den Arm um die Schultern. Auf dem Weg zur Cessna tauschten sie ihre Erlebnisse aus.
»Dich hätte es aber schlimm erwischen können!« sagte Peter zu Bob. »Steinschlag!«
»Du hast ja auch was hinter dir«, gab Bob zurück. »Ein Waldgeist führt dich in die Irre!«
Ja, sie hatten beide Pech gehabt.
»Sieh mal, wenigstens Justus hat ein Erfolgserlebnis!« Bob zeigte nach vorn. »Solch dicker schwarzer Rauch müßte jeder Brandwache auffallen!«
Justus saß vor einem heftig qualmenden Feuer. Gegen Abend wurde es nun kühl, und er hatte seine Jacke angezogen und den Kragen hochgeklappt. Er hatte das Gepäck aus dem Flugzeugwrack geholt und ein provisorisches Feldlager aufgeschlagen. Im Umkreis von zwei Metern vor der Feuerstelle war der Boden von Laub und Gras gesäubert, damit sich die Flammen nicht ausbreiten konnten. Und Justus hatte reichlich frische Kiefernzweige abgeschnitten und aufgeschichtet, damit sie sich später daraus ein Lager herrichten konnten.
»Das ging ja eben wild zu bei euch beiden. Habt ihr euch in die Wolle gekriegt?« erkundigte sich Justus, als Bob und Peter bei ihm ankamen.

»Nee, Peter hat sich nur so irrsinnig über unser Wiedersehen gefreut«, erklärte Bob.
Mißtrauisch musterte Justus Peters athletische Gestalt. »Na, dann will ich mal hoffen, daß die Freude bei meinem Anblick etwas gedämpfter ist!« Vorsichtshalber wich er zurück.
Die drei Jungen lachten laut. Dann zogen auch Bob und Peter ihre Jacken an und stellten sich ans Feuer, um sich die Hände zu wärmen, während sie Justus von ihren Abenteuern berichteten. Mittlerweile war es wirklich kalt geworden.
Bob sah sich um. »Wo ist denn Dad?«
»Noch nicht zurück«, sagte Justus.
»Er hätte aber schon längst wieder da sein müssen«, meinte Bob besorgt. Er blickte an der Felswand hinauf und dachte an die Platzwunde und die Prellung, die sich sein Vater am Kopf zugezogen hatte. Entschlossen lief er los.
»Hey, warte, ich komm' mit!« rief Peter.
Justus seufzte. Nun ja, einer mußte dableiben und aufs Feuer achtgeben. Ein unbewachtes Lagerfeuer konnte einen Waldbrand verursachen. Doch am liebsten wäre er mit Peter und Bob losgezogen. Auch er machte sich Sorgen um Mr. Andrews.
Peter sah nach Westen. Bis Sonnenuntergang blieb nur noch etwa eine halbe Stunde. Danach würde es noch kurze Zeit hell sein und dann schnell dunkel werden.
Bob kletterte schon am Felsmassiv hoch, das hier eine feste Struktur aufwies, im Unterschied zu dem Bereich beim Wasserfall weiter drüben, wo es durch Erosion verwittert war. Der Granit lag stufenartig geschichtet, was das Klettern erleichterte. Allerdings war das jahrtausendelang von Gletschern polierte Gestein glatt und stellenweise glitschig.
Oben angekommen, richteten sich Bob und Peter mühsam atmend auf.
Voll Unbehagen sah sich Bob um. »Ich kann Dad nirgends entdecken«, sagte er niedergeschlagen.

»Vielleicht hat er sich irgendwo hingesetzt, zum Ausruhen«, meinte Peter.
Vor ihnen lag nun der Rundblick in die Weite, den auch Mr. Andrews nach dem Erklettern der Felswand hier oben zu finden gehofft hatte. Bewaldete Bergrücken erstreckten sich Hunderte von Kilometern weit wie grüne Wellenkämme. Die tiefstehende Sonne warf lange Schatten und ließ die Täler als düstere Schluchten, die Berggipfel hingegen vergoldet erscheinen. Nirgends sahen sie einen Turm der Brandwache.
Sie untersuchten das langgestreckte Plateau des Granitmassivs, eine meist ebene Fläche. Steintrümmer und große Blöcke lagen herum, und aus Felsspalten hatten sich hier und da struppige Bäume gezwängt, die ums Überleben kämpften. Auch zu beiden Seiten hin bot sich ein ähnliches Bild. Im Norden, knapp einen Kilometer entfernt, wuchsen hohe, dichte Kiefern an einem Berghang hinauf, dessen Grat sich weit hinten am Horizont hinzog. Irgendwo jenseits dieses Bergzuges lag Diamond Lake.
Bob und Peter trennten sich und machten sich in entgegengesetzter Richtung auf.
»Dad!«
»Mr. Andrews!«
»Dad!«
Ein ungemütlich kalter Wind fegte über das öde Plateau. Bob erschauerte. Wo war sein Vater? Es war kaum vorstellbar, daß er den näheren Umkreis ihres Lagers verlassen hatte, ohne Bescheid zu sagen.
Da sah er etwas. Die blaue Dodgers-Mütze seines Vaters.
»Dad!« schrie er. Er lief zu der Mütze hin, die neben einem dürren Manzanitastrauch lag. »Dad!« Sein Vater mußte doch hier sein! *»Wo bist du?«*
»Was hast du da gefunden?« Peter kam angelaufen.
Bob zeigte ihm die Mütze. »Dad ist ganz vernarrt in dieses Ding. Die Mütze hütet er wie seinen Augapfel. Da muß was passiert sein.

Ich weiß es. Ihm ist übel geworden. Oder schwindlig. Er ist benommen. Vielleicht hat er die Orientierung verloren!«

»Zeig mal her«, sagte Peter. Er drehte die Mütze um und um und untersuchte sie genau. »Sieht normal aus.« Sie war nicht zerrissen oder schmutzig, auch nicht blutig.

»Dad!« rief Bob von neuem.

»Vielleicht hat er die Mütze eben doch zufällig verloren?«

Bob schüttelte entschieden den Kopf. »Nein, sie ist doch sein Talisman.«

Peter bückte sich nach faustgroßen Steinen. »Ich werde hier einen Kegel aufstellen, damit wir später sehen können, wo wir die Mütze gefunden haben. Du suchst weiter.«

Bob nickte und machte sich wieder auf.

Peter sah sich nach der leuchtend orangefarbenen Sonne um. Gleich würde sie untergehen. Flink stellte er den Kegel fertig, das allgemeinverständliche Zeichen für Waldwanderer und Kundschafter. Dann setzte auch er die Suche nach Mr. Andrews fort. Seine eigene große Besorgnis wollte er Bob lieber nicht mitteilen.

Immer wieder legten die beiden Jungen die Hände an den Mund und riefen laut. Der Wind schien den Schall fortzutragen. Sie schauten hinter gewaltige Steinblöcke, in den schattigen Grund unter windzerzausten Bäumen und hinab in dunkle Spalten, die sich bei Erdbeben in dem Granitplateau gebildet hatten.

»Wir müssen umkehren!« rief Peter schließlich zu Bob hinüber.

»Noch nicht!« schallte es von Bob zurück. Er ging auf den Waldrand an der Nordseite des Plateaus zu, um auch dort zu suchen.

»Komm jetzt!« kam es schroff von Peter. »Dein Vater würde uns zurückschicken!«

»Nein!« Sein Vater war hier in der Nähe. Bob war sich ganz sicher!

»Er wäre sehr böse, wenn wir uns jetzt auch noch verirrten!« schrie Peter.

Da blieb Bob stehen. Mutlos ließ er die Schultern hängen.

»Die Sonne geht jetzt unter!« rief Peter energisch. »Bald sehen wir überhaupt nichts mehr!«
Bob machte kehrt, der Vernunft gehorchend. Aber aufgeben würde er nicht. Morgen komme ich gleich wieder hierher, nahm er sich fest vor.
Sie trotteten am Rand des Plateaus entlang, bis sie die Stelle fanden, an der sie heraufgeklettert waren. Im Schein der letzten Sonnenstrahlen stiegen sie an der Felswand wieder hinunter. Der fast volle Mond war aufgegangen, doch sein Licht war nicht hell genug, um die Suche fortzusetzen.
Zitternd vor Kälte liefen sie über die Wiese zu dem Lager, das Justus errichtet hatte. Nun war es dunkel. Der Lichtkreis des Feuers empfing sie warm und behaglich.
»Kein Glück?« fragte Justus.
»Nur seine Mütze«, entgegnete Peter.
Er berichtete Justus, was vorgefallen war. Bob setzte sich auf einen Stein und starrte niedergeschlagen in die Flammen.
Wortlos hob Justus die Augenbrauen. Peter begriff sofort und nickte. Sie mußten Bob aufheitern.
»Da fällt mir ein«, fing Peter an, »die *Hot Pistons* sollen ja ganz toll sein.« Diese Rockgruppe wurde von der Agentur betreut, in der Bob arbeitete.
»Oh, die sind in Ordnung, denke ich«, meinte Bob. Er war gar nicht bei der Sache.
»Sagt mal«, schaltete sich Justus ein, »wie heißt eigentlich ihre neue Single?«
Peter wußte es. »*Low to the Ground.* Wie geht das noch, Bob?«
»Ach, wißt ihr ... «
»Leg schon los, Bob. Es ist finster, und das Rascheln hier ringsum macht mich ganz kribblig«, gab Peter vor.
»Na gut ... *Cruisin' in my Chevy down the Coast Highway* ...«, stimmte Bob zaghaft an.
Seine beiden Freunde fielen ein, und bald schallte der Song von

den schnellen Schlitten und den qualmenden Reifen durch die Nachtluft. Peter hob einen Zweig auf und imitierte damit eine Schlaggitarre. Zum Erstaunen und zur Begeisterung seiner Freunde versuchte es Justus mit einer Tanzeinlage und ließ seine wohlgepolsterten Hüften kreisen. Davon wurde ihm bald heiß, und nun mimte er mit einem dicken Ast den Schlagzeuger. Bob wurde von den Faxen der beiden anderen mitgerissen und von den bedrückenden Gedanken an seinen Vater abgelenkt.

Sie sangen noch andere Hits und bereiteten sich dann aufs Schlafengehen vor.

»Das Shirt, das ihr am Leib habt, müßt ihr ausziehen«, erklärte Peter, »und dafür eure übrigen Shirts übereinander anziehen. Die Feuchtigkeit auf der Haut tut jetzt nicht gut.«

Justus murrte, weil ihm dabei kalt wurde, aber er mußte einsehen, daß Peter recht hatte. In der Nacht würde die Temperatur beträchtlich fallen, und zudem konnte das Feuer ausgehen.

Sobald die Jungen ihre Jacken über den trockenen Shirts wieder geschlossen hatten, befahl Peter: »Und jetzt dasselbe mit den Socken. Das Paar, das ihr den ganzen Tag über getragen habt, ist feucht, und das würde dem Körper Wärme entziehen.«

Schließlich waren sie fertig. Die Shirts waren in den Hosenbund und die Hosenbeine in die Socken gesteckt, damit keine Zugluft an den Körper dringen konnte.

Justus holte die Abendration Popcorn und Schokoriegel aus dem Flugzeug und verteilte sie. Die drei ??? hatten diese Mahlzeit im Nu verdrückt. Dann schichteten sie die Kiefernzweige zu dicken, federnden Liegeplätzen übereinander.

Peter brachte die leeren Popcornbeutel in die Maschine zurück. »Wenn man Reste und Abfall herumliegen läßt«, erklärte er, »dann zieht das ungebetene Gäste an. Die Tiere in der Wildnis können den Essensgeruch an Tüten oder Beuteln von weitem wahrnehmen und kommen an, um sich was Leckeres zu holen. Und Menschenfleisch ist im Zweifelsfall auch ganz lecker ... «

Die Jungen wickelten sich in die Thermofolien ein und legten sich beim Feuer nieder. Orangefarben und blau züngelten die Flammen hoch in den schwarzen, sternenübersäten Himmel auf.
Sie machten die Augen zu – am nächsten Tag mußten sie ausgeruht und tatkräftig sein. Gleich als erstes würden sie sich wieder auf die Suche nach Mr. Andrews machen!
Peter und Justus glitten in einen unruhigen Schlaf, doch Bob lag noch lange wach. Er öffnete die Augen und sah zum Sternbild des Großen Wagens auf. »Wo du auch bist, Dad«, flüsterte er ganz leise, »mach dir keine Sorgen. Wir finden dich schon!«
Er schloß die Lider wieder. Ein Eulenruf drang zu ihm. Coyoten heulten. Zwischen den Bäumen am Waldrand bewegte sich ein Tier. Dann glaubte er das schwache Rumpeln eines Lastwagens auf einer Gebirgsstraße in weiter Ferne zu vernehmen. Bei Nacht hatten solche Geräusche eine größere Reichweite. Vielleicht war es auch Einbildung ...
Bob atmete ein paarmal tief durch. Es brachte ihm oder seinem Vater überhaupt nichts, wenn er hier wachlag und grübelte. Allmählich entspannte er sich. Dann übermannte ihn die Erschöpfung, und er sank in tiefen Schlaf. Oftmals schreckte er aber während der Nacht auf und fragte sich bang: Wo ist er?

Der gespenstische Waldläufer

Über den Bergen im Osten kam blaß und kühl die Sonne herauf. Die drei Jungen standen schnell auf, vertraten sich kräftig die Beine und rieben sich die Hände. Das Feuer war ganz heruntergebrannt, denn niemand hatte über Nacht Holz aufgelegt. Doch die Astronautenfolie über mehreren Schichten Kleidung hatte sie warmgehalten.

»Frost hat's nicht gegeben«, stellte Bob fest. »Zum Glück für Dad.«
Zum Frühstück aßen sie den Rest Popcorn. Die Schokoriegel, die nun noch übrig waren, würden sie sich für den Abend aufsparen. Sie legten die Folien zum Trocknen über Büsche und zogen die zusätzlichen Shirts und Socken aus.
Bob stieg in die Cessna und brachte einen kleinen Spiralblock an. »Dads Notizblock«, erklärte er. »Auf der ersten Seite steht der Vermerk über den Termin von gestern, und dabei ein Name – Mark MacKeir. Sagt euch das etwas?«
»Nein«, antworteten Justus und Peter gleichzeitig.
»Vielleicht ist das der Bursche, mit dem Dad sich treffen wollte«, meinte Bob. »Das Datum stimmt ja, und sonst hatte Dad kein anderes Notizbuch mit.« Er steckte den Block in die Jackentasche, und die drei liefen über die Wiese zur Felswand.
Bob war als erster oben auf dem Plateau angelangt und wartete bei dem Steinkegel auf die anderen. Die Hände in die Hüften gestemmt, das Kinn in die Luft gereckt, überblickte er die öde, mit Geröll bedeckte Fläche. Er hatte sich die blaue Mütze aufgesetzt und sah damit aus wie eine jüngere, schlankere Ausgabe seines Vaters.
»Also gut«, sagte er entschlossen. »Verteilen wir uns wieder von hier aus übers Gelände. Die nähere Umgebung haben Peter und ich gestern abend schon abgesucht.« Mit einer weitausholenden Armbewegung wies er in die Runde. »Jetzt will ich nach Norden, dort drüben, wo die Bäume stehen. Ihr beide geht nach rechts und links los. Und in einer Stunde treffen wir uns hier wieder, okay?«
Die drei Freunde machten noch einen Uhrenvergleich und trennten sich dann, um systematisch auf dem Felsmassiv zu suchen. Immer wieder riefen sie Mr. Andrews' Namen.
Bedächtig arbeiteten sie sich über das Plateau vor, um nur keine einzige Felsspalte zu übersehen, die es abzusuchen galt.
Dennoch brachten sie ansehnliche Strecken hinter sich. Auf dem

Rückweg hoffte jeder angesichts des eigenen Mißerfolges, daß einer der anderen Mr. Andrews gefunden hatte.
Und dann kam es ganz schlimm.
Der Steinkegel zur Markierung der Stelle, an der Bob die Baseballmütze seines Vaters gefunden hatte, war nicht mehr da.
»Wo ist denn das Ding?« fragte Peter verblüfft.
Sie suchten ringsum den grauen Granit ab.
»Hier war er«, meinte Bob.
»Nein, dort«, widersprach Peter.
»Ihr irrt euch beide«, sagte Justus. »Genau an diesem Platz war der Kegel. Ich habe mir diesen runden Moostuff auf dem Granit gemerkt. Gar keine Frage, hier war unser Ausgangspunkt.«
Er bückte sich und hob einen Zigarettenstummel auf. »Seht mal. Das Papier ist ganz weiß, also liegt die Kippe noch nicht lange hier. Und heute früh, als wir losgingen, war sie ganz bestimmt nicht da, sonst wäre sie uns aufgefallen.«
»Was willst du damit sagen?« fragte Peter mit zusammengekniffenen Augen.
»Justus meint, daß jemand hier oben war«, erklärte Bob nachdenklich. »Ein Raucher. Und er hat unsere Markierung zerstört. Er ist hier herumgeschlichen. Möglich, daß er uns nirgends entdeckt hat, aber hinter den großen Felsblöcken hätte er sich auch leicht verstecken und uns beobachten können.«
»Pure Zerstörungslust, nehme ich an.« Justus untersuchte den Zigarettenstummel. Ein schmaler grüner Streifen war vor dem Filter auf das weiße Papier aufgedruckt. »Sieht nach einer teuren Marke aus.« Er versenkte die Kippe in eine der großen Taschen an seinem Sweatshirt.
»Wir sollten lieber weitergehen«, beschloß Bob. »Hier ist Dad nicht. Ich bin dafür, daß wir dort suchen, wo Peter gestern war. Er ist ja jemandem begegnet. Vielleicht war es sogar Dad.«
»Glaub' ich nicht«, meinte Peter.
»Ausgeschlossen ist es nicht«, argumentierte Bob. »Genaues

konntest du ja nicht sehen. Möglicherweise hat sich Dad den Kopf noch einmal angestoßen und war danach so benommen und verwirrt, daß er ziellos da unten im Wald umherstreifte.«
»Aber wenn es dein Vater war, warum hat er dann auf mein Rufen nicht reagiert?« fragte Peter.
Darauf wußte keiner der drei eine Antwort.
»Mit etwas Glück könnten wir ja herausfinden, wer das nun tatsächlich war. Und vielleicht irgendeinen Forstaufseher auftreiben«, drängte Bob zur Tat. »Die Leute können das Gelände viel weiträumiger absuchen als wir.«
Justus und Peter wechselten einen Blick und nickten. Das war ein vernünftiger Vorschlag. Die Forstbehörde verfügte über die geeignete Ausrüstung und über genügend Personal, um eine wirklich gezielte Suche einzuleiten.
Sie hielten sich noch kurz am Lagerplatz auf. Die verkohlten Überreste ihres Feuers waren kalt, aber zur Sicherheit schüttete Justus Erde darüber. Peter und Bob wälzten Steine in die Mitte der Wiesenfläche und legten sie in die Form eines großen SOS. Die rohen Maiskörner und die restlichen Schokoriegel steckten sie sich in die Taschen. Bob holte noch die Wasserflasche.
»Die Folien nehmen wir auch mit«, verfügte Peter. »Und den Inhalt des Notfallkastens. Da unten bin ich schon mal in die Klemme geraten. Falls es jetzt ganz dick kommt, sollten wir gerüstet sein.«
Bob und Justus nickten. Bob mußte daran denken, wie nötig sein Vater in der vergangenen Nacht eine solche wärmende Umhüllung gehabt hätte.
Durch die hohen Baumkronen fielen Sonnenstrahlen ein und sprenkelten den schattigen, kühlen Waldboden mit hellen Lichtkringeln. Im Gänsemarsch trabten Bob, Justus und Peter den schmalen Pfad entlang, auf dem Peter am Vortag unterwegs gewesen war. Bob trug noch immer die Baseballmütze und hielt unbeirrt nach seinem Vater Ausschau.

Sie waren gerade vor einer Lichtung angekommen, als sie über sich das Motorengeräusch eines Flugzeugs hörten.
»Ausgerechnet jetzt, wo wir hier im Wald sind!« rief Justus.
Sie liefen vor zur Mitte der Lichtung und schwenkten die Arme, während die Maschine hoch über ihren Köpfen dahinzog.
Dazu riefen sie, so laut sie konnten. Peter riß die silberglänzende Folie aus seiner Jackentasche und wedelte heftig damit herum. Bob und Justus taten es ihm nach. Bob sprang vor Aufregung und Hilflosigkeit immer wieder in die Höhe. Er brauchte Hilfe für die Suche nach seinem Vater!
»Wir sind hier!«
»Schaut runter – hierher!«
Aber das Flugzeug zog seine Bahn und verschwand wieder.
»Vielleicht haben sie unser SOS gesehen!« stieß Bob voller Hoffnung hervor.
Doch es war ihnen klar, daß die Maschine in zu großer Höhe flog. Vermutlich war das Zeichen nicht bemerkt worden.
Bob kehrte zum Pfad zurück und ging weiter. »Dann müssen wir Dad eben ohne fremde Hilfe finden.«
Entschlossen machten sich die drei wieder auf die Wanderschaft. Peters Magen knurrte. Justus erging es ebenso.
»Hunger in Stereo«, witzelte Peter.
Bob lächelte. »Ihr seid vielleicht Spaßvögel.«
Plötzlich blieb Peter stehen und hielt einen Finger an die Lippen. Er spähte ins Kieferngeäst zur Linken.
Bob folgte Peters Blick. Dort hinten, im Schatten, bewegten sich Zweige. *Dad!*
Ein leises Rascheln war zu hören. Und dann bekam er die Ursache zu Gesicht – eine schlanke, drahtige Gestalt in langen Hosen, die im schattigen Wald schnell dahintrabte. Bob war maßlos enttäuscht. Es war nicht sein Vater.
Stumm, aber energisch deutete Peter auf den Pfad, um Justus und Bob einzuschärfen, daß sie diesen nicht verlassen sollten. Und

schon war er zwischen den Stämmen im Wald verschwunden. Justus und Bob hasteten auf dem Weg weiter, streng darauf bedacht, mit Peter Schritt zu halten. Nebenan hörten sie es rascheln, und manchmal konnten sie Peter auch sehen. Denjenigen, den er verfolgte, entdeckten sie allerdings nicht.

Auf der Fährte des Fliehenden schlängelte sich Peter zwischen den Kiefernstämmen hindurch. Das war doch bestimmt derselbe wie gestern! Peters Schritt war geschmeidig und fast unhörbar, inzwischen schon geübter. So ging die Verfolgungsjagd weiter, bis Peter merkte, daß die Schritte vor ihm stoppten.

Der andere mußte Peter hinter sich wahrgenommen haben. Er brach nach rechts aus und flitzte um eine Gruppe dicht beisammenstehender Bäume herum, um Peter abzuhängen – genau wie am Vortag.

Doch diesmal schlug Peter einen Haken nach links, um die Baumgruppe aus entgegengesetzter Richtung zu umlaufen. Als er es fast geschafft hatte, blieb er wie angewurzelt stehen, fassungslos vor Staunen.

Er blickte direkt in die glänzenden schwarzen Augen eines jungen Mannes, der in seinem Alter sein mochte. Er war Indianer und trug Jeans und eine dunkle Lederweste.

Der Bursche war im tiefen Schatten der Bäume regungslos stehengeblieben, so starr und stumm, daß er selbst einem Baum glich. Kein Muskel zuckte in seinem Gesicht, nicht einmal die Lider.

Peter holte tief Luft. »Hey, wir könnten Hilfe brauchen ... « setzte er an.

Der Indianer reagierte überhaupt nicht darauf. Blitzschnell machte er auf dem Absatz kehrt, schnellte mit einem Ruck wieder los und lief fast geräuschlos auf dem Waldboden davon.

Peter setzte ihm nach, doch schon verschwand der andere von neuem zwischen den Bäumen. Dieser Indianer war der schnellste Läufer, dem Peter je begegnet war!

Obwohl in ihm die Erkenntnis wuchs, daß die Verfolgung aussichtslos war, stürmte Peter weiter. Es empörte ihn immer mehr, daß der Indianer sich nicht ansprechen ließ und Hilfe einfach verweigerte ...

Mittlerweile liefen Bob und Justus in flottem Trab auf dem Pfad dahin. Bob bestimmte das Tempo, und Justus versuchte keuchend mitzuhalten. Der Weg erschien ihnen endlos, besonders während der langen Strecken, auf denen sie keinen Sichtkontakt zu Peter hatten.

Dann tauchte Peter etwa dreißig Meter vor ihnen plötzlich auf dem Pfad auf, ganz außer Atem. Sein rötlichbraunes Haar stand wirr vom Kopf ab, und sein Gesicht glänzte vor Schweiß.

»Habt ihr ihn gesehen?« fragte Peter, als Bob und Justus herangekommen waren.

»Wen?«

»Den jungen Indianer!«

»Was?« Bob begriff nicht gleich.

»Wahrscheinlich ist er mir jetzt endgültig entwischt«, meinte Peter niedergeschlagen. »Aber gehen wir weiter.«

Die drei trabten auf dem hügeligen Waldweg wieder los. Peter berichtete, was er erlebt hatte.

»Also ist er immer in dieser Richtung weitergelaufen«, stellte Bob nachdenklich fest.

»Ja, und nun stellt sich die Frage, was da vorn sein könnte«, ergänzte Peter.

»Egal was – «, meldete sich Justus kläglich, »ich hoffe nur, daß es nicht mehr weit ist!«

Justus zuliebe machten sie fünf Minuten Pause, und dann setzten sie unbeirrt ihre Wanderschaft fort.

Die Sonne näherte sich allmählich dem Zenit und wärmte den Wald auf. Schmetterlinge tanzten vorüber, und ein Eichelhäher ließ seinen schrillen Ruf hören. Aus den Bäumen stieg der starke Duft von Kiefernnadeln und Harz auf.

Rastlos und ungeduldig strebte Peter vorwärts und wartete dann

immer wieder, bis Bob und Justus aufgeholt hatten. Beim dritten Mal rief er ihnen zu, sie sollten ganz schnell herkommen.
»Was gibt's denn?« fragte Bob, als er in Peters Sichtweite angelangt war.
»Hoffentlich lohnt es die Mühe«, knurrte Justus.
»Klar doch!« schrie Peter aufgeregt. »Wie findet ihr das – eine Straße!«
Bob und Justus hasteten zu Peter hin, der am Rand eines schmalen, furchendurchzogenen Fahrwegs stand. Er führte aus dem Wald im Nordosten heraus und verlor sich zwischen den Bäumen im Südwesten. Im Grunde war das nichts Auffälliges, aber es waren frische Reifenspuren zu erkennen.
»Aus der Luft habe ich hier bestimmt keine Straße gesehen«, meinte Bob.
»Als wir diese Gegend überflogen«, stellte Justus klar, »hatten wir Wichtigeres zu tun, als das Gelände zu erkunden. Wir mußten uns auf eine Bruchlandung vorbereiten!«
Sie blickten in beiden Richtungen den Feldweg entlang, der von überhängenden Büschen und Bäumen gesäumt war. Zwei Fahrzeuge fanden wohl kaum Platz nebeneinander.
»Talwärts.« Justus' Vorschlag wurde von seinen müden Beinen diktiert.
»Gut, einverstanden«, sagte Peter.
»Dann los«, drängte Bob zum Aufbruch. Irgendwo in der Nähe gab es Hilfe für die Suche nach seinem Vater. Und diese Hilfe mußte er sich sichern.
Sie gingen den leicht abfallenden Feldweg entlang, der kurz darauf nach Westen abbog.
Trocken und steinhart lag die Fahrbahn vor ihnen. Die tiefen Furchen waren wohl während der Regenfälle im Herbst und Frühjahr entstanden. Im Winter war der Boden sicherlich fest gefroren und meterhoch mit Schnee bedeckt.
Die Jungen gingen Seite an Seite in den Abschnitten neben den

Furchen, wo der Erdboden ziemlich eben war. Sie waren müde und hungrig. Sie redeten nicht viel, sondern konzentrierten sich auf den Weg. Vögel flogen vorbei. Die Sonne stieg höher.
Geräusche, ähnlich einem schwachen Echo, drangen zu ihnen herüber. Fragend sahen die drei einander an. Während sie ihren Weg fortsetzten, wurde ihnen der Ursprung klar – es handelte sich um menschliche Laute, Hundegebell, Kinderstimmen.
Nach städtischem Getriebe hörte es sich nicht gerade an, aber dort vorn waren Menschen – endlich!
Die drei Jungen liefen noch schneller. Bob war es schon leichter ums Herz.
Der Feldweg machte eine weite Biegung, und dahinter scharte sich eine Anzahl dicht beisammenstehender, baufälliger Holzhütten, alter Wohnwagen und Baracken um eine Gruppe hoch aufragender Fichten. Vor den Behausungen standen Angel- und Jagdgerät, Hühnerställe, Holzrahmen mit zum Trocknen aufgespannten Tierfellen und uralte, verbeulte Pickups und Jeeps, die eigentlich schon vor Jahren verschrottet gehört hätten.
Es war ein kleines Indianerdorf. Zwei Kinder in Shorts und T-Shirts blickten von ihrem Spiel auf und starrten Bob, Justus und Peter stumm an. Sie hatten rotgeränderte Augen, und die Nase lief ihnen. Ein brauner Hund kam angesprungen und beschnupperte die Turnschuhe der drei Jungen.
In der Siedlung schien etwas vor sich zu gehen. Frauen und Kinder begannen sich auf einem Platz in der Mitte zu versammeln. Rhythmischer Trommelschlag setzte ein.
»Du!« rief Peter plötzlich. »Warte mal!«
Schon raste er los, hinter eine der Holzhütten. Er packte einen jungen Indianer mit Lederweste und Jeans an der Schulter.
Energisch zerrte er den Burschen zu sich herum, so daß dieser fast das Gleichgewicht verlor. Feindselig starrte er Peter an.
»Du!« Peter starrte wütend zurück. »Du bist doch der, hinter dem wir die ganze Zeit her waren!«

Wer kann die Kranken heilen?

»Was bist du nur für ein Typ!« herrschte Peter den jungen Indianer an. »Einfach davonzulaufen!«
Der Indianer ballte die Fäuste. Er sah verwegen und angriffslustig aus mit dem glatten schwarzen Haar, dem durchdringenden Blick seiner schwarzen Augen und den breiten, aufgeworfenen Lippen. Dann aber erkannte er Peter und starrte ihn verdutzt an. Jetzt gab er sich zugänglicher, und ein Lächeln ließ die weißen Zähne aufblitzen.
»Wie kommst du hierher?« fragte er Peter. »Hast du mich die ganze Zeit verfolgt? Nein, das kann nicht sein. Also hast du uns zufällig hier entdeckt! Ich hätte mich ja sobald wie möglich wieder auf die Suche nach dir gemacht. Aber erst mal mußte ich weiter, tut mir leid.«
Nun war Peter seinerseits verblüfft. »Was soll das heißen, du mußtest weiter?« fragte er.
»Das erkläre ich dir gern«, antwortete der junge Mann freundlich. Er strich die kurze Lederweste glatt, die er zu den alten, ausgeblichenen Jeans trug. Seine Gürtelschließe war auffällig und sehr schön gearbeitet – eine ovale Silberplatte mit einem eingesetzten Türkis. Er legte eine Hand an die Schließe und sagte: »Ich war mitten in einem Meditationslauf ... «
In diesem Augenblick waren auch Justus und Bob angelangt und traten hinzu.
»Ich heiße Daniel Grayleaf«, sagte der junge Indianer gerade. »Ich – «
»Gibt es hier ein Telefon?« platzte Bob heraus. »Wir müssen die Forstbehörde anrufen. Wir hatten eine Bruchlandung mit dem Flugzeug, und nun vermissen wir meinen Vater. Bis jetzt haben wir ihn nirgends gefunden!«
Daniel schüttelte den Kopf. »Tut mir leid. Wir haben hier kein

Telefon, nicht einmal ein Radio. Wenn wir etwas brauchen, müssen wir wegfahren und es uns besorgen.«
»Könntet ihr uns dann zur nächsten Forststation bringen?« fragte Bob.
»Niemand fährt jetzt weg«, meldete sich hinter den drei Besuchern eine tiefe, rauhe Stimme. »Wer sind diese Fremden?«
Die drei ??? drehten sich um und sahen sich einem Mann gegenüber. Er war mittelgroß, stämmig und muskulös und hatte ein breites Gesicht. Seine Augen waren rotgerändert und tränten.
»Onkel, das sind die Jungen, von denen ich dir erzählt hatte«, sagte Daniel.
»Du hast doch nicht mit ihnen gesprochen?«
»Im Wald nicht, nein.«
»Gut.« Der Mann nickte Daniel anerkennend zu. Als er sich aber den »Fremden« zuwandte, war sein Blick finster.
Peter, Justus und Bob nannten ihre Namen.
Daniel stellte ihnen seinen Onkel als Amos Turner, Oberhaupt ihrer Gemeinde und Jagdmeister, vor. Sein Titel lautete Headman.
»Mein Vater ist verschwunden«, erklärte Bob. In steigender Verzweiflung schilderte er, was vorgefallen war.
»Wie können wir ihnen helfen, Onkel?« fragte Daniel.
Erwartungsvoll sah Bob den Headman an.
»Das ist schwierig«, sagte der Mann. »Dies ist in meiner Amtszeit noch nicht vorgekommen. Hier muß ich Rat einholen.«
Der Headman drehte sich um und verschwand wieder, ebenso plötzlich und lautlos, wie er herangekommen war. Enttäuscht ließ Bob den Kopf hängen.
»Wir müssen abwarten«, wandte sich Daniel Grayleaf zuversichtlich an Bob. »Wenn wir Glück haben, kommt mein Onkel mit guten Nachrichten zurück.«
Bob nickte, noch immer in Sorge.
»Was ist ein Meditationslauf?« fragte Justus, um das Thema zu

wechseln und Bob abzulenken. Doch ehe Daniel antworten konnte, knurrte Justus' Magen laut. Hier wurde irgendwo irgend etwas Köstliches zum Essen zubereitet. Der diätgestreßte Erste Detektiv hatte es erschnuppert.
»Das erzähle ich euch dann«, antwortete Daniel, »aber kann ich euch nicht zuerst etwas zu essen anbieten?«
»O ja – herrlich!« rief Justus.
»Und dein Popcorn, Justus?« erkundigte sich Peter mit gespieltem Ernst. Auch sein Magen meldete sich nun.
Justus lachte. »Willst du denn hier Maiskörner in eine Pfanne werfen? Das dauert mir entschieden zu lang!«
»Ich komm' gleich wieder«, erklärte Daniel. Er lief zu dem großen freien Platz hin, von dem die eindringlichen Trommelschläge kamen.
»Wie der läuft, wie geschmeidig er sich bewegt ... « sagte Peter voll Bewunderung.
Bob allerdings hatte nur den einen Gedanken. »Die müssen uns doch von hier aus irgendwohin fahren können!«
»Das tun sie bestimmt«, versicherte ihm Justus. Insgeheim war er jedoch nicht voll davon überzeugt. Er sah sich in der Umgebung um und fragte sich, was das Trommeln wohl zu bedeuten hatte.
Bald kam Daniel wieder an. »Kommt mit. Das Essen ist aufgetragen. Erst tanzen wir, dann gibt es für uns ein Festmahl, dann folgt die Zeremonie. Als unsere Gäste sollt ihr aber jetzt gleich zu essen bekommen.«
»Und ihr müßt noch warten?« Bob war das unangenehm. »Das ist aber nicht gerecht.«
»Wir warten auch«, meinte Peter rasch entschlossen.
Justus schluckte. »Sehr gern warten wir.« Hoffentlich hörte sich seine Versicherung aufrichtig an!
»Ach Unsinn.« Daniel lachte. »Das Essen ist fertig, und ihr seid hungrig. Für uns ist es eine Ehre, wenn ihr die ersten bei Tisch seid.«

Die drei Freunde sahen einander an.
»Dann sollten wir unsere Gastgeber nicht enttäuschen«, meinte Justus.
»Ganz richtig«, bekräftigte Peter.
»Danke, Daniel«, sagte Bob. Er hoffte, daß auch sein Vater – wo immer er jetzt sein mochte – zu essen bekommen würde.
Sie folgten Daniel durch die Siedlung, von groß und klein neugierig angestarrt. Zum Dorfplatz, wo sich bereits Frauen und Kinder versammelt hatten, kamen nun auch die Männer, mit nacktem Oberkörper, Federschmuck auf dem Kopf und Halsketten aus Federn und bunten Steinen. Die Frauen hatten sich ebenfalls mit Ketten geschmückt und trugen Kleider mit feiner Perlenstickerei. Einige der Männer machten im Rhythmus der Trommeln Tanzschritte und schüttelten dazu paarweise aneinandergebundene Stäbe, die in verschiedenen Tonhöhen leise klapperten.
»Das sind Klangstäbe«, erklärte Daniel. »Die Männer stimmen sich auf den Tanz ein. Aber nun kommt hier herüber. Nehmt euch Teller und füllt sie selbst. Während des Essens könnt ihr zuschauen, und ich werde euch erklären, was vor sich geht.«
Frauen hoben Deckel aus Korbgeflecht von großen Platten mit dampfenden Speisen. Die drei Jungen füllten ihre Teller mit Fleisch, Kartoffeln, Bohnen und Brot. Justus war so hingerissen, einmal wieder deftige Kost zu Gesicht zu bekommen, daß er sich gewaltige Portionen auf den Teller häufte. Zum Kuckuck mit seiner Diät!
»Ist das Wild?« fragte Peter Daniel vor einer der Fleischplatten.
»Ja, und dies ist Fleisch vom Feldhasen, und das hier vom Eichhörnchen. Da drüben gibt es auch Fisch. Den angeln wir im Truoc. In unserer Sprache heißt *Truoc* Fluß.«
Sie setzten sich auf Bänke unter einem riesigen Sequoiabaum. Als Tisch diente eine große Holzkiste mit Schablonenbeschriftung in Blockbuchstaben: MOTORTEILE – SPEDITION NANCARROW. Gleich daneben war ein alter Chevrolet-Lastwagen auf

Holzklötzen aufgebockt, und die Teile des zerlegten Motors lagen auf einer weiteren Kiste mit der Aufschrift MOTORTEILE. An der anderen Seite des Sitzplatzes floß der klare, tiefe Truoc, der im Grunde eher ein breiter Bach als ein Fluß war, am Dorf vorüber.

»Ist das derselbe Fluß, der aus dem langen Tal nördlich von hier kommt?« erkundigte sich Bob bei Daniel. Ihm war das verborgene Hochtal wieder eingefallen.

»Du kennst dieses Tal?« fragte Daniel, und plötzlich klang seine Stimme mißtrauisch.

»Eigentlich nicht«, gab Bob vorsichtig zur Antwort. Er nahm einen Bissen Wild. »Ich habe es aus der Ferne gesehen.«

»Kein Fremder darf es je betreten«, erklärte Daniel. »Es ist ein geheiligter Ort. Wir nennen es das Tal der Ahnen. Es gehört zu unserem Reservat und ist der Begräbnisplatz für unsere Toten. Manchmal veranstalten wir dort feierliche Zeremonien.«

»Ich bin nicht dorthin gegangen«, versicherte Bob dem jungen Indianer. Er nahm noch einen Bissen von dem köstlichen Fleisch. »Dein Volk wohnt hier sicher schon seit langer Zeit.«

»Wie kommst du darauf?«

»Durch die Handgriffe und Trittmulden an der steilen Granitwand. Dort wäre ich fast vom Steinschlag erwischt worden, andernfalls hätte ich sie vielleicht gar nicht entdeckt. Mir kam es so vor, als seien sie schon vor langer Zeit in den Fels gehauen worden.«

»Sie stammen noch aus dem Anfang, als der Schöpfer unser Volk erschuf«, sagte Daniel. »Er hat auch den Steinschlag gemacht, zum Schutz gegen die Unwissenden, und die Weiden, aus deren Zweige wir Körbe flechten, um darin unsere Toten in das Tal hinaufzutragen. Alle Dinge hat der Schöpfer erschaffen.« Er lächelte. »Ich weiß schon. Du warst auf der Suche nach deinem Vater. Dafür hätten die Ahnen Verständnis.«

»Aber für neugierige Touristen sicherlich nicht.«

»Für Touristen nicht«, bestätigte Daniel ernsthaft. »Niemals!«

Justus hatte seinen Teller zur Hälfte geleert und fühlte sich endlich wieder wohler. »Hier muß etwas sehr Wichtiges vor sich gehen, wenn keiner von euch das Dorf verlassen darf.«
»Wir alle sind seit einiger Zeit nicht gesund«, erklärte Daniel. »Wir haben gerötete Augen, beim Atmen schmerzt es in der Brust, und manche husten stark. Bei anderen sitzen feuerspeiende Dämonen in den Eingeweiden. Die Dorfältesten haben beschlossen, eine Zeremonie mit feierlichen Gesängen abzuhalten, um die schlimme Krankheit wieder zu vertreiben. Bis morgen mittag besteht ein strenges Verbot, das Dorf zu verlassen. Keiner von uns darf weggehen.«
»Solltet ihr nicht besser zu einem richtigen Arzt gehen?« meinte Peter.
Justus kickte ihn unter dem Tisch gegen das Schienbein. Peter zuckte vor Schmerz zusammen.
»Laßt es gut sein«, beschwichtigte Daniel. »Ärzte gibt es bei euch und bei uns. Unser Arzt hier ist ein heilkundiger Zeremonienmeister, ein Schamane. Er betreut unser Dorf schon seit der Zeit, ehe ich zur Welt kam. Er ist sehr weise. Manchmal schickt er einen von uns in die Klinik nach Bakersfield, aber das kommt nur ganz selten vor. Wir sind meistens gesund, und von Krankheiten erholen wir uns rasch wieder. Aber seit einigen Monaten ist das anders.«
»Sind wir von dem Gebot, daß alle hierbleiben müssen, auch betroffen?« erkundigte sich Bob. »Kann uns in diesem Notfall nicht doch jemand wegbringen?«
»Das bespricht Onkel zur Zeit mit dem Schamanen.«
Plötzlich wurden die Trommelschläge lauter. Das Rasseln der Klangstäbe verschmolz zu einem anhaltenden Wirbel. Gellender Gesang, unheimlich und kaum noch menschenähnlich, schallte weithin durch die Siedlung. Die vier Jungen standen still da, den Blick auf den Dorfplatz gerichtet.
Die Tänzer schritten in einem großen Kreis vor und zurück. Im

Takt des Trommelschlages bewegten sie gewandt die Füße in den Mokassins.

»Sie gehen immer im Wechsel vor und zurück, seht ihr?« sagte Daniel. »Denn die Welt ist wie ein Boot. Wenn alle gleichzeitig zu einer Seite hindrängen, wird es schwanken und kentern. Das ist nicht gut.«

Bald begaben sich einige Solotänzer in die Mitte des Kreises. Sie vollführten eigenartige Zuckungen und Sprünge.

»Als die Welt wiedergeboren wurde«, erklärte Daniel, »ernannte der Schöpfer den Specht zu seinem Kundschafter, der ihm zutragen sollte, wie es auf der Erde zugeht. Deshalb springen Männer mit reinen Herzen mitten in den Kreis und zucken mit dem Kopf vor und zurück wie ein Specht. Sie breiten die Arme zum Flug aus und singen das Lied des Spechts. Das ruft den Geist des Spechts auf, dem Schöpfer zu berichten, daß Kranke unter uns sind. Wenn der Schöpfer das erfährt, kann er dem Doktor große Macht verleihen, damit die Kranken wieder gesund werden.«

Der Tanz ging immer weiter. Die Indianer waren schweißüberströmt. Neue Tänzer lösten die Männer im Kreis ab. Die Frauen und Kinder sahen zu, und oft begleiteten sie den Tanz mit Händeklatschen und Gesang. Die am schwersten erkrankten Dorfbewohner lagen auf Matten, den Kopf mit zusammengerollten Dekken gestützt, damit sie das Schauspiel verfolgen konnten. Es war eine farbige und äußerst eindrucksvolle Zeremonie.

Und dann war sie zu Ende.

Die Trommeln verstummten. Tänzer und Zuschauer gingen zu den Tischen mit den Speisen, und wieder nahmen die Frauen die Korbdeckel von den Platten ab. Justus erkannte, daß alle Tänzer gerötete Augenlider hatten, und nun husteten auch einige.

Der Headman, den Daniel Onkel nannte, und ein alter Mann mit ernstem Blick kamen heran. In der stolzen Pracht ihres zeremoniellen Federschmucks schritten sie durch die Menge. Aus dem Respekt, der ihnen von allen Seiten zuteil wurde, schlossen die

drei ???, daß der Alte der heilkundige Schamane des Dorfes war. Hin und wieder blieben die beiden Männer kurz stehen, um einige Worte mit den Tänzern zu wechseln, doch sie bewegten sich zielstrebig auf Daniel und die drei Jungen zu.
Und dann standen sie vor ihnen.
»Wir können euch nicht helfen«, verkündete Amos Turner, der Headman. »Ihr müßt allein weitergehen. So haben wir es beschlossen.«

Ein Traum und eine Botschaft

»Das Risiko ist zu groß«, sprach der Schamane. »Die Zeremonie darf auf keinen Fall gestört werden. Wir haben viele, viele Kranke.«
Sein altes Gesicht war wettergegerbt und faltig, und Bob, Justus und Peter glaubten darin aufrichtiges Bedauern zu erkennen. Doch das nützte Mr. Andrews nicht viel.
»Am besten bleibt ihr noch hier«, riet der Headman, Amos Turner. »Morgen wird euch jemand wegfahren.«
»Wir müssen aber heute noch los«, sagte Bob. »Mein Vater ist vielleicht verletzt.«
»Das Land ist groß«, fuhr der gestrenge Headman fort, »viel größer, als ihr meint. Wie wollt ihr den Weg nach Diamond Lake finden?« Mißbilligend schüttelte er den Kopf.
»Wir gehen immer dem Fahrweg nach«, entgegnete Peter.
»Dann werdet ihr sechzig Kilometer unterwegs sein«, teilte ihm der Headman mit.
»Sechzig Kilometer?« Das traf Peter hart.
Justus spürte diesen Gewaltmarsch buchstäblich schon in den Füßen. Dann hatte er eine Erleuchtung.

»Könnten Sie uns nicht vielleicht einen Ihrer Pickups leihen?« schlug er vor.
Zum ersten Mal, seit sie in der Siedlung angelangt waren, hellte sich Bobs Gesicht auf. Das war typisch Justus – auf eine einfache, vernünftige Lösung zu kommen, die bisher noch niemandem eingefallen war.
»Wir haben alle den Führerschein«, sagte Bob rasch.
»Und auch Geld.« Peter zog seine Brieftasche. Sie enthielt seine Ersparnisse, die er für die Ferientage in Diamond Lake eingesteckt hatte. »Wir können dafür bezahlen.«
»Und wir stellen den Wagen für die Abholung dort ab, wo Sie wünschen«, erklärte Justus. »Wir werden auch sehr vorsichtig damit umgehen. Hier, nehmen Sie unsere Karte. Schon oft haben sich Menschen mit einem Problem vertrauensvoll an uns gewandt. Nun bitten wir Sie, uns beim Lösen unseres Problems zu helfen.«
Justus gab jedem der beiden Männer eine kleine weiße Geschäftskarte.
Der Headman hielt sich die Karte ungelenk vor die Augen. Der Schamane würdigte sie nicht einmal eines Blickes, sondern gab sie gleich an Daniel weiter. Daniel las den beiden den Aufdruck vor.

Die drei Detektive
???
Wir übernehmen jeden Fall

Erster Detektiv	Justus Jonas
Zweiter Detektiv	Peter Shaw
Recherchen und Archiv	Bob Andrews

Der Headman schüttelte den Kopf. »Es ist kein guter Plan.«
Der Schamane runzelte die Stirn. »Mag sein, aber ich sehe keine Gefahr darin.« Aus seinen alten, klugen Augen blickte er die Jungen anerkennend an. »Diese drei werden sich auf jeden Fall aufmachen. Sollen sie mitnehmen, was wir ihnen geben können.«
Der Headman preßte die Lippen aufeinander. Er war nicht einverstanden, doch dem Schamanen kam die Entscheidung zu. »Gut. Ich werde mich darum kümmern.« Er wandte sich ab und drängte sich an den Leuten vor den Tischen vorbei.
»Vielen Dank«, sagte Bob mit erleichtertem Lächeln.
Auch der alte Mann lächelte, und seine Augen blitzten lebhaft auf. »Noch so jung«, murmelte er, »und all die Zeit in solcher Sorge.« Dann sprach er Daniel an. »Nun?«
»Ich tat, was Ihr mir aufgetragen hattet.«
»Sag ihnen, was du getan hast«, befahl der Schamane. »Sie möchten es wissen.«
Daniel wandte sich den drei Jungen zu. »Ich habe einen Meditationslauf hinter mir. Vierundzwanzig Stunden lang fastete ich. Am Tag lief ich durch den Wald und blieb nur stehen, um zu beten. In der Nacht legte ich mich schlafen, damit mir der Schöpfer eine Botschaft senden konnte.«
»Was war dein Traum, Enkel?« fragte der Schamane.
»Enkel? Bist du hier mit allen verwandt, Daniel?« platzte Peter heraus.
Daniel und der Doktor lachten.
»Die Anrede ist eine der Formen, mit denen wir unsere Achtung vor dem anderen bekunden«, sagte Daniel. Der Schamane nickte zur Bestätigung.
»Also ist der Headman nicht wirklich dein Onkel?« fragte Bob.
»Nein, und ich bin auch nicht der Enkel des Schamanen. Aber für uns alle ist er wie ein Großvater.«
Da nickten die drei ???.
»Mein Traum war seltsam, Großvater«, sprach Daniel nun in

bedächtig gewählten Worten weiter. »Er begann bei einem großen grünen See. Ich watete hinein, und ein Fisch sprang mir in die Hände. Ich schätzte mich sehr glücklich – der Fisch würde ein gutes Mahl sein. Ich sagte Dank. Darauf sprangen mir mehr Fische in die Hände, und es waren so viele, daß ich nicht alle fangen konnte. Sie sprangen mir fortwährend zu, an den Rücken, an die Brust, ins Gesicht. Hart prallten sie auf, immer härter.«

»Du glaubtest, sie würden dich erschlagen?« fragte der Schamane.

Daniel nickte. »Ich schleuderte all die Fische von mir und ging aus dem Wasser.«

»Da tatest du recht. Was hast du gelernt?«

»Das, was uns ohne Mühe zufällt, ist oft nutzlos und bisweilen sogar schlecht«, erwiderte Daniel ohne Zögern.

Der Schamane nickte befriedigt. »Und welche Botschaft hast du vom Schöpfer empfangen?«

»Am richtigen Ort, doch ohne Segen.«

»Ah.« Leise wiederholte der Schamane die Worte. Während er über ihren Sinn nachdachte, schien er blaß zu werden. »Und beantwortet dies deine Frage?«

Die drei Jungen sahen Daniel forschend an.

»Ich verstehe die Botschaft nicht«, entgegnete Daniel bedrückt. »Ich werde ihn niemals finden.«

»Der Schöpfer gab dir die Antwort«, wies ihn der Schamane zurecht. »Mach sie dir zunutze.«

Daniel senkte den Blick. »Ja, Großvater.«

»Du mußt dich für den Fortgang der Zeremonie ankleiden.«

»Ja, Großvater.« Daniel wandte sich wieder Justus, Bob und Peter zu. Unverhofft bedachte er sie mit einem strahlenden Lächeln. »Viel Glück.« Dann lief er pfeilschnell weg.

»Lebt wohl, junge Krieger«, sagte der Schamane zum Abschied. »Vertraut nur auf eure eigene Kraft.«

Er wanderte durch die Menschenmenge davon, um lächelnd und aufmunternd mit seinen kranken Gläubigen zu sprechen.

»Seht mal, der Headman.« Peter zeigte auf eine Wellblechbaracke in etwa fünfzehn Meter Entfernung.
Der stämmige Headman stand vor der Baracke und unterhielt sich mit einem drahtigen Indianer, der fortwährend die Hände an den Hosenbeinen seiner Jeans rieb. Der kleine Mann nickte immer wieder, als gebe ihm der Headman eine Reihe von Anweisungen. Schließlich ging der Headman zu den gedeckten Tischen zurück, und der andere verschwand in der Hütte. An einer ihrer Seitenwände waren zahlreiche Holzkisten verschiedener Größe gestapelt. Jede Kiste trug die Aufschrift SPEDITION NANCARROW in großen Blockbuchstaben.
Justus setzte sich wieder, um seinen Teller mit Fleisch und Kartoffeln leerzuessen. Er griff zu seiner Gabel, beugte sich vor und wollte gerade loslegen. Da entdeckte er den Zigarettenstummel. Er lag dicht neben der Nancarrow-Transportkiste auf der Erde. Justus hob den Stummel auf. Er war vergilbt und zertreten, aber der grüne Streifen vor dem langen Filter war noch zu erkennen. Genau wie bei der Kippe, die er am Morgen gefunden hatte!
»Hey, Justus!« Peter war aufmerksam geworden. »Was gibt's?«
»Da!« sagte Justus nur. Er hielt Peter auf der offenen Hand beide Zigarettenstummel hin.
»Mann!« sagte Peter.
»Was soll man denn *davon* halten?« meinte Bob verblüfft.
»Keine Ahnung«, bekannte Justus. »Aber die werd' ich mal aufbewahren. Man kann nie wissen.«
Eine junge Frau löste sich aus der Menge und kam auf Justus, Bob und Peter zu.
»Ich bin Mary Grayleaf, Daniels Schwester«, machte sie sich den drei ??? bekannt. Bob wurde sogar mit einem Lächeln bedacht. »Hier.« Sie gab ihm einen Autoschlüssel. »Unser Headman läßt euch ausrichten, daß der Pickup in Kürze für euch bereitsteht. Habt ihr euch sattgegessen?«
»O ja, vielen Dank«, versicherte Bob mit einem langen Blick auf

die junge Indianerin. Ihr schönes, ausdrucksvolles Gesicht war von langem, glattem Haar umrahmt. Zu einem weiten weißen Kleid trug sie eine Halskette aus Türkisen. Bob bemerkte, daß auch ihre Augenränder rot waren – fast so rot wie die Stickerei, die den Saum und die Ärmel ihres Kleides zierte.
»Sind Sie nun tatsächlich Daniels Schwester«, erkundigte sich Bob, »oder ist das auch wieder eine Höflichkeitsformel?«
Mary Grayleaf stutzte. Dann lachte sie hell auf. »Nein, wir sind wirklich Geschwister.«
Justus und Peter wechselten einen Blick, und Justus hob eine Augenbraue. Peter verkniff sich ein Grinsen. Bob hatte es wieder einmal geschafft, sogar ohne es eigens darauf anzulegen. Er hatte nun einmal Glück bei hübschen jungen Damen.
»Geht die Zeremonie noch weiter?« fragte Bob.
»Nun wird der Schamane singen und tanzen«, gab Mary zurück. »Dann wird er beten. Er macht sich bereit zum Empfang einer Botschaft des Schöpfers, aus der er erfahren wird, was unsere Gemeinde krank macht. Wenn er das weiß, wird er den Schuldigen oder die Ursache mit einem Bannfluch belegen. Dann kann er unsere Heilung bewirken.«
»Und ein solcher Bannfluch ist wirksam?« fragte Bob lächelnd.
»Immer«, erwiderte sie ernsthaft. »Ebenso wie eine Heilung.«
Nun hielt Justus es nicht länger aus. »Auch ein Meditationslauf?«
Mary horchte auf. »Ihr habt Daniels Botschaft schon gehört? Wie lautet sie?«
Justus mußte kurz überlegen, dann sagte er: »Am richtigen Ort, doch ohne Segen.«
Sie dachte über die Worte nach und schüttelte dann den Kopf. »Ich weiß nicht, was das bedeuten soll. Weiß es Daniel?«
»Nein. Der Schamane riet ihm, darüber nachzudenken«, sagte Bob. »Geht es um etwas sehr Wichtiges?«
»O ja ...« Mary zog die Brauen zusammen und schloß kurz die Augen. »Unser Onkel, unser wirklicher Onkel, ist verschwunden.

Er half unserer Mutter, Daniel und mich großzuziehen, nachdem unser Vater uns verlassen hatte. Das liegt viele Jahre zurück. Nun ist auch unser Onkel fort. Er wird schon seit mehr als einem Monat vermißt, und seither sucht Daniel den ganzen Wald nach ihm ab.«

»Hier spielen sich schon unheimliche Dinge ab«, stellte Bob fest. »Mein Vater ist auch verschwunden.«

Mary nickte bedrückt. Der Blick ihrer dunklen Augen schweifte über die Menschen. Da wurde sie plötzlich auf den kleinen, drahtigen Mann aufmerksam, der die Anweisungen des Headman entgegengenommen hatte. Die Jungen hatten ihn nicht aus der Baracke kommen sehen. Nun hob er die Hand und winkte Mary zu.

»Euer Pickup ist fahrbereit«, sagte sie, wobei sie sich die geröteten Augen rieb.

Sie führte die drei zum entgegengesetzten Ende der Siedlung, vorüber an angeketteten Hunden und einem hohen Erdhügel vom Durchmesser eines großen Hauses. »Das ist die Schwitzkammer, zur Körperreinigung für die Männer«, erklärte sie.

»Ich habe noch eine Frage«, sagte Justus. Seine Hand glitt in eine der großen Hemdentaschen und förderte die beiden Zigarettenstummel zutage. »Wissen Sie, wer solche Zigaretten raucht?«

»Nein«, antwortete Mary verdutzt.

Enttäuscht steckte Justus seine Fundstücke wieder ein.

Sie kamen zu einem leuchtend roten neuen Ford-Pickup, der sich auffällig von den alten Transportern und Jeeps des Dorfes abhob.

»Der gehört dem Headman«, sagte Mary. »Er ist ein guter Mann und der beste Gewehrschütze im Dorf. Er kauft uns neue Kleider, Werkzeuge und Ersatzteile für die Fahrzeuge, wenn Reparaturen nötig sind.«

»Und woher nimmt er das Geld dafür?« wollte Justus wissen.

Sie zuckte mit den Schultern. »Das weiß ich nicht. Ich glaube, er arbeitet gelegentlich in Diamond Lake. Es geht mich nichts

an.« Sie klopfte auf die Stoßstange eines zerbeulten, rostigen Ford F-100. »Das ist sein alter Wagen, den will er euch leihen. Geht achtsam damit um. Bei der Forststation in Diamond Lake sollt ihr ihn dann abstellen.«
Nachdem die Jungen ihr Marschgepäck im Laderaum verstaut hatten, stiegen sie ins Führerhaus. Sicherheitsgurte gab es nicht. Peter setzte sich ans Lenkrad. Er kannte sich mit Autos aus wie ein gelernter Mechaniker und war der beste Fahrer der drei.
»Ihr müßt auf unserem Feldweg nach Norden fahren, bis er in einen zweispurigen Forstweg einmündet«, erklärte Mary den Jungen. »Darauf geht es weiter nach Westen. Auch diese Strecke ist nicht asphaltiert, aber sie führt euch direkt zur Verkehrsstraße. Da biegt ihr rechts ein und fahrt durch bis Diamond Lake.«
Die drei bedankten sich. Peter ließ den Motor an. Mary lächelte und winkte zum Abschied, den Blick auf Bob gerichtet. Nach einigen Fehlzündungen rumpelte der alte Pickup los. Staubfahnen wehten hinter den Rädern auf. Hunde bellten dem Gefährt hinterher.
»Ein fahrbarer Untersatz«, äußerte Peter befriedigt. »Endlich.«
»Hm«, meinte Justus. »Könnte einen fast über die nachgerade peinlichen Auswirkungen von Bobs Charme hinwegtrösten.«
»Tut mir leid, Leute«, sagte Bob munter. »Was soll ich dazu sagen? Wenn euch was einfällt, laßt's mich wissen.«
Justus und Peter drehten sich zu Bob um und schnitten Grimassen. Dann konzentrierte sich Peter wieder auf die schmale Fahrbahn, um ein Abrutschen in die eingegrabenen Furchen zu vermeiden. Der Weg schlängelte sich aus dem Sequoiawald heraus, dann folgte ein Kieferngehölz. Auf und ab ging die Fahrt über das hügelige Gelände.
»Dem Headman scheinen wir ja nicht gerade sympathisch zu sein«, fand Peter.
»Aber dafür dem Schamanen«, hielt Justus dagegen. »Er sorgte dafür, daß wir den Wagen bekamen. Habt ihr sein Gesicht gese-

hen, als Daniel ihm die Botschaft aus seinem Meditationslauf mitteilte? Der Mann weiß ganz genau, was sie bedeutet, und es bedrückt ihn sehr.«

»Glaubst du, daß dem Onkel etwas zugestoßen ist?«

»Ein Monat ist eine lange Zeit, wenn jemand vermißt wird«, sagte Justus. »Und was ist die Ursache dafür, daß all die Indianer dort nicht gesund sind? Es könnte eine Viruserkrankung sein, aber ich frage mich ... « Er verstummte und knetete seine Unterlippe. Das tat er immer, wenn er scharf überlegte.

Drei Kilometer nach ihrem Start begann der Weg anzusteigen und führte dann steil bergan. Inzwischen war es früher Nachmittag, und die Kiefern verströmten im warmen Sonnenschein ihren würzigen Duft.

Oben auf der Kuppe knallte es noch mehrmals aus dem Auspuff. Nun ging es mit starkem Gefälle wieder talwärts. Der Pickup kam ganz schön in Fahrt.

Peter tippte auf die Bremse, und die alte Karre wurde langsamer. Er nahm den Fuß weg, und wieder beschleunigte der Wagen rasant. Immer schneller holperte er an Bäumen und Büschen vorüber.

Nun bremste Peter stark. Ganz kurz verringerte sich das Tempo, und dann bot das Bremspedal plötzlich keinen Widerstand mehr. Peter konnte es ohne Auswirkung bis zum Boden durchtreten. Von neuem begann der Pickup zu Tal zu rasen. Nutzlos lag das Bremspedal am Wagenboden auf.

»Das gibt's doch nicht!« Peter war starr vor Entsetzen. »Die Bremsen versagen!«

Die Wahnsinnsfahrt

Der Pickup ratterte nun irrsinnig schnell den steilen Hang hinunter. Die Reifen waren in die tiefen Furchen gerutscht und kamen nicht mehr heraus.

Peter klammerte sich am Lenkrad fest. Justus neben ihm wurde hin- und hergeschleudert wie ein Gummiball. Bob konnte sich wenigstens an der Armstütze der Beifahrertür Halt verschaffen. Aber es riß alle drei Jungen immer wieder von den Sitzen hoch, so daß sie sich die Köpfe am Dach anstießen.

»Die Handbremse!« rief Justus.

»Wir sind zu schnell«, wehrte Peter ab. »Bringt gar nichts mehr!«

»Was dann?« schrie Bob.

»Vielleicht geht es wieder in die Ebene!« preßte Justus zwischen den aufeinanderschlagenden Zähnen hervor.

»Ich schalt' mal runter«, brüllte Peter. »Wenn's klappt!«

Als er den Schalthebel packte, brach ihm der Schweiß aus. Kurz zögerte er, dann schaltete er ruckartig vom dritten in den zweiten Gang herunter.

Bei dem abrupten Drehzahlwechsel heulte der Motor auf. Das Fahrzeug schoß noch ein Stück dahin, dann wurde es endlich langsamer. Es reichte aber nicht. Die Talfahrt war noch immer wahnwitzig schnell.

»Achtung – da kommt eine Kurve!« rief Bob. Vor ihnen bog der Weg nach rechts ab und verlor sich hinter einer Anhöhe.

Die drei Jungen hielten den Atem an, während der Pickup um die langgezogene Biegung weiter bergab fegte. Aus den Hängen seitlich der Fahrstrecke ragten Baumwurzeln heraus, denn die Erosion hatte an vielen Stellen das Erdreich ausgehöhlt.

Peter steuerte mehr nach rechts, wo das Gelände gleich neben dem Weg steil anstieg. »Ich streife mal mit der Kiste am Hang entlang!« erklärte er. »Das bremst uns ab!«

Der Pickup hoppelte aus den Furchen heraus.
»Obacht!« schrie Justus.
Am Wegrand häuften sich loses Erdreich, Schotter und größere Steine aus der ausgewaschenen Böschung. Der Wagen pflügte mitten hinein.
Peter mühte sich nach Kräften am Lenkrad, doch der Wagen brach nach links aus. Er vibrierte und ruckte wie eine alte Waschmaschine.
Von neuem steuerte Peter die Böschung an. Zu spät – der Wagen schleuderte und sackte wieder in die tiefen Furchen hinein. »Das war's dann!« stieß Peter ingrimmig hervor.
Wie ein Schienenfahrzeug auf starrer Route raste der Pickup an der Böschung vorüber um die nächste Kurve.
»Da!« meldete sich Bob. »Es geht wieder bergauf!«
Vor ihnen lag ein kleiner Hügel, und dort stieg das Gelände sacht an.
»Endlich!« Justus wischte sich den Schweiß von der Stirn.
Der Wagen schoß den Rest der steilen Gefällstrecke hinunter, dann wieder hügelan. Es war die reinste Achterbahnfahrt in irrem Tempo!
Peters Hände umklammerten das Lenkrad so fest, daß die Knöchel weiß hervortraten. Bob hielt eisern die Fensterkante gepackt. Justus in der Mitte saß schweißüberströmt da. Mit der einen Hand stützte er sich am Armaturenbrett und mit der anderen am Dach ab.
Die hohe Böschung zur Rechten war weit hinter ihnen zurückgeblieben. Hier war der Wegrand flach und von dichtem Gebüsch überwuchert. Immerhin wurde der Pickup allmählich langsamer, während es bergan ging.
Die Jungen atmeten wieder freier. Wenn dort oben eine längere ebene Strecke kam, würde der Wagen ausrollen können ...
»Nein!« schrie Justus entsetzt, als der Pickup oben angelangt war. Wieder eine scharfe Hügelkuppe!

Trotz der etwas verringerten Geschwindigkeit nahm der Wagen die Kuppe mit dem Schub einer Rakete. Er segelte buchstäblich darüber hinweg und landete mit einem Ruck, der die Jungen brutal durchschüttelte, wieder am Boden – erst auf den Hinterrädern, dann auf den Vorderrädern.

Und wieder ging es auf rasende Schleuderfahrt die nächste Gefällstrecke hinunter, so daß die Bäume rechts und links wie Schatten vorbeiwischten.

»Festhalten!« krächzte Peter. Immer wieder mußte er gegensteuern, um den ausbrechenden Wagen unter Kontrolle zu bekommen.

Ohne Sicherheitsgurte waren die drei den Schleuderkräften hilflos ausgesetzt. Das alte Vehikel schüttelte sich, als hätte es einen schweren Krampfanfall. Und dann landete es mit den Rädern wieder in den Furchen!

»Irgendwann fällt die Kiste auseinander!« prophezeite Justus düster.

»Denkste – die fällt gleich da runter!« rief Bob, der sich aus dem Fenster gelehnt hatte. Neben dem rechten Fahrbahnrand war plötzlich gar nichts mehr. Aus dem Nichts ragten Baumwipfel herauf. Ein Steilhang aus Granitfelsen, spärlich mit Büschen und Kiefern bewachsen, fiel dreißig Meter tief ab. Da hinunter – das wäre das Ende.

Peter mußte sich wider Willen eingestehen, daß die Führung in den Furchen jetzt von Vorteil war – so konnte der Wagen wenigstens nicht ausbrechen und den Abhang hinunterschleudern. Schwankend ging es in eine leichte Kurve, und dann hatten sie endlich den steilen Abgrund nicht mehr unmittelbar zur Rechten.

»Seht mal!« sagte Peter aufgeregt.

Gleich vorn zeichnete sich das Ende ihrer Alptraumfahrt ab. Es schien eine echte Chance zu sein.

Vor ihnen ragte eine hohe Granitwand auf, die von Osten nach Westen verlief. Der Weg bog dort nach rechts ab und führte parallel zum Felshang weiter. Wenn Peter das Fahrzeug vorsichtig an dieser Wand entlangschrammen lassen konnte ...

»Du spinnst ja!« meinte Justus. »Das reißt uns glatt die ganze Seite auf!«

Auch Bob hatte Bedenken. »Da braucht nur ein Funken zu fliegen, und der Benzintank geht hoch!«

»Habt ihr einen besseren Vorschlag?« stieß Peter hervor, zu allem entschlossen.

Da schwiegen Justus und Bob. Sie sahen zu dem grauen Granitmassiv hinüber, das inzwischen den linken Rand des Fahrwegs säumte.

Der Ford raste weiter. Peter riß ihn aus der Furchenspur heraus. Die Fahrertür und die Pritschenwand krachten gegen die rauhe Granitfläche. In einem Funkenregen prallte der Wagen wieder ab.

»O Mann«, murmelte Bob.

Peter ließ die Felswand nicht aus den Augen. Wie einen grauen Schleier sah er sie vorüberfliegen. Wieder zog er die Lenkung ganz leicht nach links und versuchte die Richtung zu halten. Und wieder streifte der Ford das Granitmassiv, wieder stoben die Funken. Noch einmal das Ganze. Und noch einmal.

Im Führerhaus war die Spannung fast körperlich wahrzunehmen. Aber Justus und Bob standen nun voll hinter ihrem Freund Peter. Das Wagnis – oder der sichere Untergang. Gleiches Risiko für alle.

»Nicht durchdrehen«, sagte Justus beschwichtigend.

»Du schaffst es, Peter«, feuerte Bob seinen Freund an.

Noch einmal riß Peter das Lenkrad herum. Das Fahrzeug schrammte an der Felswand entlang. Wie zum Protest kreischte das Metall. Ein ganzes Funkenfeuerwerk sprühte auf.

Den drei Jungen brach der kalte Schweiß aus.

Aber der Pickup wurde tatsächlich abgebremst. Wie ein erschöpfter kleiner Elefant verfiel er in einen Zuckeltrab, dahinpolternd und vom Gestank des Abriebs umweht.

Die Reifen knirschten im Geröll, und die Karosserie ächzte. Noch immer war der Schub beträchtlich.
Dann endlich blieb der alte Ford einfach stehen. Peter stellte den Motor ab. Der linke vordere Kotflügel war zuletzt noch am Felsen eingedrückt worden.
Peter, Justus und Bob saßen da und genossen die jäh eingetretene Stille. In der Luft hingen Staubwolken. Keiner der drei rührte sich, keiner sprach.
»Peter, du hast diesen Wagen zu Schrott gefahren«, bemerkte dann Justus mit Nachdruck.
»Du haftest für den Schaden«, setzte Bob hinzu.
»Damit wird deine Versicherung teurer.«
»Und dein Ruf als guter Fahrer ist ruiniert.«
Langsam wandte sich Peter den beiden zu und starrte sie ungläubig an.
»Sag bloß, wie wir dir dafür danken sollen!« Justus schlug Peter herzhaft auf die Schulter.
»Die spannendste Fahrt unseres Lebens!« Bob grinste und gab Peters Arm einen tüchtigen Knuff.
Da mußte Peter lachen. »Schon gut, ihr Spinner. Aber wollt ihr den ganzen Tag hier rumsitzen? Ich wüßte zu gern, wie die Karre jetzt aussieht. Falls ihr es noch nicht gemerkt habt: Ich hab' ein bißchen wenig Platz zum Aussteigen.«
Sie kletterten aus dem übel zugerichteten Pickup und gingen nach hinten.
Peter schüttelte den Kopf. »Na, Justus, wenn dein Vetter Ty das erfährt ... «
An der Fahrerseite waren von der vorderen bis zur hinteren Stoßstange auf breiter Fläche Lack und Rost abgeschmirgelt. Der Stahl glänzte wie poliertes Silber. Tiefe Schrammen durchzogen das eingedrückte Blech. Die Türkanten hatten sich im Rahmen verkeilt, und den Türgriff hatte es irgendwann abgerissen.
»Aha«, sagte Peter. Er ging zum Führerhaus zurück.

»Wieso aha?« Justus kam nach.
Peter lag schon vor den Sitzen auf dem Wagenboden, Kopf und Hände unter dem Lenkrad bei den Fußpedalen. Er hob etwas vom Boden auf.
»Na, was ist?« fragte Justus ungeduldig.
Peter schlüpfte wieder aus dem Fahrzeug und stand auf. Er zeigte Justus einen abgebrochenen Metallstift.
Justus untersuchte das Stück. Die Bruchstelle wies glatte Schnittflächen auf. Der Stift war bis über die Mitte angesägt worden. Justus gab ihn Bob. »Deshalb versagten also unsere Bremsen, stimmt's?« meinte er dazu.
»Jede Wette«, bestätigte Peter. »Das Bremspedal ist über ein Gestänge mit dem Hauptbremszylinder verbunden, und wenn man das Pedal betätigt, drückt ein Kolben die Bremsflüssigkeit aus diesem Zylinder in die Bremsleitungen, die zu den Rädern führen –«
»Mußt du das in einem solchen Satzungetüm ausdrücken?« beschwerte sich Bob.
»Na schön, dann eben kurz und bündig«, knurrte Peter. »Das Ding hier ist der Verbindungsbolzen zwischen Bremspedal und Gestänge.«
»Und irgendwer hat ihn so gründlich angesägt, daß er bei der ersten stärkeren Belastung abbrechen mußte«, stellte Justus gelassen fest.
»So ist es«, bestätigte Peter.
Bob stöhnte. Damit war ihr Ziel, seinen Vater zu finden, in unbestimmte Ferne gerückt.
Die drei Freunde sahen einander an. Nun war die Lage wirklich sehr kritisch.
»Das muß einer der Indianer gewesen sein«, erklärte Justus.
»Der Headman?« meinte Peter. »Der hatte ja was gegen uns. Aber muß er uns denn dann gleich umbringen?«
»Daniel war es auf keinen Fall«, betonte Bob.

»Und auch nicht Mary«, sagte Justus noch.
»Mary bestimmt nicht«, wiederholte Bob überzeugt.
»Wir können aber nicht wieder hinwandern und die Indianer noch mal um Hilfe bitten«, meinte Peter.
»Nein, das scheidet aus, wenn es einer von ihnen so konsequent auf unser Leben abgesehen hat«, bestätigte Justus. »Wir marschieren besser in Richtung Diamond Lake los. Oder kannst du das Bremspedal vielleicht reparieren, Peter?«
»Mit einem neuen Bolzen ginge das schon. Aber woher sollen wir den nehmen?«
Peter und Bob durchsuchten den Pickup nach Werkzeug und Ersatzteilen. Sie fanden nichts, nicht einmal einen Wagenheber.
»Meinst du, in der Cessna könnte ein passender Bolzen zu finden sein?« fragte Justus Peter. »Werkzeug hab' ich jedenfalls hinten in der Maschine gesehen.« Schon ging Justus los, an der Felswand entlang nach Westen.
Peter und Bob wechselten einen Blick und starrten dann Justus nach.
»Wir sind ja wieder an dem Berg, den wir kennen!« rief Peter aufgeregt.
»Ganz so sieht es aus«, rief Justus zu den beiden zurück. »Wir können also an dieser Felswand entlang zur Wiese zurückgehen, uns so einen Bolzen holen, wieder hierherkommen und den Pickup reparieren – und dann endlich nach Diamond Lake fahren, wo wir Hilfe bei der Suche nach Bobs Vater finden können.« Justus seufzte. Mit seinem Plan war er zufrieden, doch sah er schon jetzt die Mühsal der damit verbundenen Fußmärsche vor sich.
Bob holte die Wasserflasche aus dem Laderaum. Die drei Jungen knoteten sich ihre Jacken um die Hüfte und gingen auf dem Weg längs der Felswand wieder bergan. Sie sahen die Spuren der Verwüstung, die der Pickup hinterlassen hatte. Als sie an dem abgebrochenen Türgriff vorbeikamen, kickte ihn Bob ins Gebüsch auf der anderen Seite.

Bei der Stelle, an der die staubige Fahrstrecke in südlicher Richtung zu der Indianersiedlung abbog, wechselten die Jungen ins Gelände über und folgten dem Verlauf des Felsmassivs nach Westen, in den Wald.
Bald standen die Bäume mit den hohen, gebogenen Wipfeln dicht beisammen. Die Vögel sangen, und eine leichte Brise kam auf. Es war ein sommerlich warmer Spätnachmittag, doch im schattigen Wald hielt sich die Kühle.
Plötzlich krachte ein Schuß.
Ein Geschoß pfiff an Peters Ohr vorbei und schlug hinter ihm in eine Kiefer ein. Holzsplitter sausten durch die Luft.
Justus, Bob und Peter warfen sich lang auf den Boden. Ein zweites Geschoß fetzte über sie hinweg. Entsetzt starrten die Jungen einander an.
Da wurde auf sie geschossen!

Drei Jäger

»Wo sind sie?« stieß eine heisere Stimme im Dickicht hinter den drei ??? hervor.
»Komm weiter, Biff«, antwortete eine zweite Stimme. »Auf geht's. Die finden wir schon!«
Der Schall widerhallte zwischen den Bäumen. Es ließ sich nicht genau feststellen, aus welcher Richtung die Worte kamen.
»Warum sollte da einer auf uns schießen?« flüsterte Bob, das Gesicht an die Erde gepreßt.
»Keine Ahnung«, flüsterte Justus zurück, »aber es wäre heller Wahnsinn, wenn wir uns weiter hier herumdrückten.«
Die drei verständigten sich mit Blicken, nickten und richteten sich vorsichtig wieder auf.

»Los!« gebot Peter leise. Schon huschte er zwischen den Kiefern davon.
Bob und Justus eilten ihm so geräuschlos wie möglich hinterher. Sie liefen parallel zu der Felswand, in der Richtung der Wiese. Wieder knallte es irgendwo im Wald. Ganz in der Nähe rieselten Kiefernnadeln herab.
Die Jungen zogen den Kopf ein und ließen sich auf Hände und Knie nieder. Auf diese Weise krochen sie ein Stück weiter, bis sie hinter einem Felsblock, so groß wie ein Haus, Schutz fanden.
»Wo sind die nur hin?« hallte die heisere Stimme von hinten aus dem dichten Wald.
»Diese verdammten Bengel!« fluchte der andere Mann.
Das Geräusch schwerer Schritte drang zu den Jungen, dazu das Knacken abgeschlagener Zweige und das Knirschen des Gerölls am Boden. Die Männer schien es nicht zu kümmern, ob man sie hören konnte.
Die Jungen machten sich wieder auf. Peter erkundete den günstigsten Pfad zwischen den Stämmen.
»Da laufen sie!« brüllte die heisere Stimme. »Gleich haben wir sie!«
Die nächsten Schüsse krachten. Jaulend schlugen die Geschosse vor und hinter den Jungen in den Waldboden ein. Erdfontänen spritzten auf.
»Schneller!« befahl Peter.
Er hetzte weiter durch den dämmrigen Wald, gefolgt von Bob und Justus. Um sich nicht zu verirren, hielten sie sich in Sichtweite des Felsmassivs zu ihrer Seite. Justus keuchte mächtig, doch er schlug sich wacker, um mit den Freunden Schritt halten zu können. Schließlich schöpften sie Atem hinter einem Dickicht aus Manzanitasträuchern.
»Hat einer von euch gesehen, was das für Kerle sind?« keuchte Justus.
»Nee«, antwortete Bob. Er nahm die Mütze seines Vaters ab und

wischte sich den Schweiß vom Gesicht. »Geht's noch, Justus? Dein Gesicht ist knallrot, wie eine Tomate.«
»Gut für die Durchblutung«, hechelte Justus. »Muntert richtig auf, so ein kleiner Waldlauf.«
»Und weiter geht's, Leute«, beschloß Peter.
Wieder brachen sie auf, diesmal zu einem etwas gemäßigteren Dauerlauf.
»Was meint ihr, haben wir die abgehängt?« fragte Bob.
»Wenn wir Glück haben, ja«, meinte Justus.
»Es hörte sich allerdings nicht so an, als wollten sie aufgeben«, gab Peter zu bedenken.
Weiter ging es nach Westen, immer parallel zum Bergrücken. Stets waren die drei darauf bedacht, rasch irgendwo unterschlüpfen zu können. Auf diese Weise legten sie etwa drei Kilometer zurück, vorüber an Wildblumen und -kräutern, dunklem Kieferndickicht, verstreuten Felsbrocken und einem klaren Bach, an dem sie ihre Wasserflasche wieder füllten.
»Wie weit ist es noch?« fragte Peter.
»Wenn die Richtung stimmt, müßten wir bald da sein«, meinte Justus.
Dann machten sie sich wieder auf.
»Geschafft!« rief Peter schließlich.
Sie waren am Südrand der weiten, wohlbekannten Wiesenfläche angelangt.
»Wo ist das Flugzeug?« war Justus' erste Reaktion.
Entgeistert starrten sie nach vorn. Die Cessna war nicht mehr da. Sogar die abgerissene Tragfläche war verschwunden! Wie konnte das nur möglich sein?
»Wartet mal.« Peter spähte genauer hin. »Es ist alles nur Tarnung!«
»Da hat jemand die Cessna mit Zweigen zugedeckt!« erkannte Bob. »Und da – unser großes SOS-Zeichen! Abgeräumt!«
»Dann kann uns freilich niemand aus der Luft ausfindig machen«, folgerte Peter.

»Wißt ihr was?« äußerte Justus bedächtig. »Ich habe den Eindruck, daß da einer etwas gegen uns hat.«
»Schon. Aber wer?« überlegte Bob. »Und wieso?«
»Habt ihr Burschen euch verlaufen?« fragte da eine tiefe Baßstimme.
Die Jungen fuhren herum.
Ein großer, kräftiger blonder Mann mit Sonnenbrille kam in zügigem Wanderschritt aus Südosten durch den Wald auf sie zu.
»Kann ich irgendwie helfen?« fragte er mit zuvorkommendem Lächeln. Er trug khakifarbene Sportkleidung und einen Rucksack. Über die linke Schulter hatte er eine lederne Flintentasche gehängt. Die Klappe war nicht festgezurrt und schlug bei jedem seiner Schritte gegen die Tasche.
»Wo kommen Sie denn her?« erkundigte sich Peter verdutzt.
»Ich war auf der Jagd, hatte aber heute kein Glück«, gab der Mann zurück. »Hier war ich noch nie. In diesem Gebiet der Sierra Nevada kenne ich mich nicht aus.« Er streckte eine große, fleischige Hand aus. »Ich heiße Oliver Nancarrow, für meine Freunde bin ich Ollie.« Mit freundlichem Grinsen schüttelte er die Hände der drei Jungen. Auch sie nannten ihre Namen.
Bob wandte sich hoffnungsvoll an den Mann. »Haben Sie einen Wagen hier, Mr. Nancarrow ... hm ... Ollie?«
»Den hab' ich dort oben abgestellt.« Nancarrow wies auf das hohe Felsmassiv. »Ziemlich weit von hier. Es gibt da im Norden einen Forstweg, da steht er. Der Weg führt auf die Autostraße nach Diamond Lake.«
»Der Fußmarsch würde uns nichts ausmachen, einverstanden?« Bob sah Justus und Peter an. »Wollen wir gleich los?«
»Nun mal langsam«, wehrte Nancarrow ab. »Wenn ich euch drei mitnehmen soll, dann interessieren mich erst mal die näheren Umstände.«
Bob schilderte ihm die Bruchlandung mit der Cessna und das Verschwinden seines Vaters. »Wir müssen jetzt wirklich dringend

was unternehmen«, schloß er. »Dad befindet sich vielleicht in einer hilflosen Lage.«
»War da nicht noch was anderes?« erkundigte sich Nancarrow aufmerksam. »Etwa vor einer Stunde hörte ich Schüsse.«
Die drei Jungen sahen einander an. Wenn sie Nancarrow von den bewaffneten Männern berichteten, die da im Wald Jagd auf sie gemacht hatten, wollte der Mann womöglich nichts mehr mit ihnen zu tun haben.
»Wahrscheinlich Jäger«, sagte Justus vage.
»Bitte, wir sollten schnell los«, drängte Bob zur Eile.
Nancarrow zögerte ganz kurz. »Okay. Mir scheint, daß sich hier mehr tut, als ihr mir erzählen wollt. Aber ich will euch nicht aushorchen. Ich helfe euch, klarer Fall.«
Sie machten sich über die Wiese zum Bergrücken auf. Nancarrow ging zwischen Bob und Justus, Peter hinterdrein.
»Ihr Name kommt mir so bekannt vor«, meinte Justus unterwegs. »Sind Sie irgendwie berühmt?«
»Weniger.« Nancarrow lachte. »Mir gehören zwei kleine Restaurants in Bakersfield. Sag mal, Bob, wozu bist du mit deinem Vater eigentlich hier heraufgekommen?«
Bob erklärte ihm, daß sein Vater Reporter bei einer Zeitung war und daß er in Diamond Lake einen Mann für einen aktuellen Bericht interviewen wollte.
Einige Schritte weiter, noch während Bob sprach, zog Nancarrow eine Zigarette heraus. Mißbilligend hob Peter die Augenbrauen - es war sehr gefährlich, in diesem trockenen Gelände zu rauchen. Doch Justus drehte sich rasch zu Peter um und winkte ab. Die Zigarette, die sich Nancarrow nun anzündete, hatte nämlich ein langes Filtermundstück, und darunter trug das Papier einen grünen Streifen. Es war genau wie bei den beiden Stummeln, die Justus bei Mr. Andrews' blauer Sportmütze auf dem Granitplateau und später auf der Erde in der Indianersiedlung gefunden hatte! Und außerdem entsann sich Justus, daß er den Namen Nan-

carrow in letzter Zeit irgendwo gehört oder gesehen haben mußte. War es bei den Indianern gewesen?

»Wir nehmen an, daß Dad mit einem Mann namens Mark Mac Keir verabredet war«, kam Bob zum Ende. Er zog den kleinen Notizblock seines Vaters aus der Tasche und sah nach. »Richtig, Mark MacKeir. Sagt Ihnen der Name etwas?«

»Das ist ja eigenartig«, sagte Nancarrow. »Vielmehr, es ist schrecklich. Ich kenne diesen Mann nicht, aber heute früh hörte ich im Radio, daß ein gewisser Mark MacKeir gestern auf der Fahrt nach Diamond Lake einen tödlichen Unfall hatte. Es hieß, glaube ich, daß er dort Urlaub machen wollte. Er verlor die Herrschaft über sein Fahrzeug, und es stürzte eine steile Böschung hinunter und explodierte. Der Fahrer hatte keine Überlebenschance.«

»Ach.« Bob mußte tief Luft holen.

Sie schwiegen alle und dachten an den dramatischen Unfall. Da fiel Justus' Blick auf die nicht festgezurrte Klappe an Nancarrows Flintentasche. Nach wie vor schlug sie bei jedem Schritt auf und zu. Jedesmal wenn sie aufklappte, wurde im Innern der Tasche ein Stück dunkles Metall sichtbar. Justus hatte vor kurzem ein Buch über Waffen und Kriegsgerät gelesen. Die Form der Flinte mußte ungewöhnlich sein, denn in der Mitte hatte die Ledertasche eine klobige Ausbuchtung. Vermutlich handelte es sich um die Maßanfertigung für eine Waffe von ungewöhnlicher Bauweise.

»Jetzt seid ihr drei und Mr. Andrews aber wichtiger«, meinte Nancarrow. »Wer weiß Bescheid über eure Reise hierher?«

»Einige schon«, antwortete Justus, ehe Bob mit »niemand« herausplatzen konnte. »Die Leute von der Redaktion natürlich.«

»Ist das sicher?« wollte Nancarrow von Bob wissen.

Während sich der Mann Bob zugewandt hatte, versuchte Justus die Klappe an der Ledertasche anzuheben. Er hätte sich zu gern angesehen, was da drinsteckte.

Irgend etwas an Nancarrow verunsicherte ihn. Es waren nicht nur die verräterischen Zigaretten. Denn inzwischen war ihm eingefallen, daß die Transportkiste im Indianerdorf, auf der sie ihr Essen abgestellt hatten, die Aufschrift SPEDITION NANCARROW getragen hatte. Und mit diesem Firmennamen waren auch all die Holzkisten, die sich vor einer der Hütten stapelten, gekennzeichnet. Diese Hütte gehörte dem Indianer, der Mary signalisiert hatte, daß der Pickup des Headman fahrbereit war. Nancarrow hatte gelogen. Er war sehr wohl zuvor in dieser Gegend gewesen – und vermutlich schon oft.

Bob sah zu Justus herüber. Überrascht stellte er fest, daß Justus sich für den Inhalt der Flintentasche interessierte. Er ließ sich jedoch nichts anmerken; Justus würde schon seinen Grund dafür haben. Er lächelte Oliver Nancarrow an und gab eifrig Auskunft.

»Klar«, sagte Bob. »Dad sagte dem Lokalredakteur Bescheid, daß wir mitkommen, und natürlich auch dem Finanzchef, der die zusätzlichen Hotelbelege abzeichnen muß.«

Justus hatte sich gerade herübergebeugt, um einen Blick in die Flintentasche zu werfen, als Nancarrow plötzlich stehenblieb.

Blitzschnell zog Justus die schon ausgestreckte Hand zurück, bückte sich noch tiefer und begann an seinen Schuhbändern zu nesteln.

Nancarrow zog ein letztes Mal an seiner Zigarette, ließ sie fallen und trat die Glut mit dem Absatz aus. Diese Umweltsünde konnte Peter nicht hinnehmen. Unbemerkt von Nancarrow hob er den Stummel auf und verwahrte ihn in seiner Tasche.

»Wann werdet ihr wieder erwartet?« fragte Nancarrow Bob, als sie dann weitergingen. Nun war es nicht mehr weit bis zu dem hohen Bergrücken aus grauem Fels.

»Eigentlich sollten wir schon gestern zurück sein«, entgegnete Bob. Inzwischen konnte er sich denken, daß Justus Nancarrow mißtraute. Und es war eine altbekannte Tatsache, daß Justus in solchen Dingen meistens recht behielt. Daher hatte Bob sich zu einer Notlüge gegenüber Nancarrow entschlossen.

Während Nancarrow mit Bob befaßt war, nahm Justus einen

neuen Anlauf und hob mit dem Geschick eines Taschendiebes die lange Klappe an der Flintentasche an.
»Dann werden sie also Leute losschicken und euch suchen lassen?« erkundigte sich Nancarrow bei Bob.
Vorsichtig beugte sich Justus herüber, um in die Tasche zu spähen.
»Mittlerweile dürften schon Suchtrupps überall im Bergland unterwegs sein«, antwortete Bob.
»Wir dachten eben, es könnte was bringen, wenn auch wir losgehen und Hilfe suchen«, erklärte Peter. Er trat vor zu Nancarrow und Bob.
Unter der Klappe sah Justus den Tragegriff oben an der Waffe. Sonst konnte er wenig erkennen, aber blitzartig war ihm klar, was es mit der eigenartigen Form auf sich hatte.
Da blieb Nancarrow jäh stehen.
»Weg da!« brüllte er zornig. »Was soll das denn?« Brutal packte er Justus' Hand und stieß sie weg. Er fuhr herum und stellte sich vor die Jungen hin. Seine Augen verengten sich, und dann riß er das große, blanke Gewehr aus der Tasche und richtete den Lauf auf die drei ???.
»Klar, das ist eine M-16«, murmelte Justus. Die Ausbuchtung in der eigens angefertigten Ledertasche diente dazu, den charakteristischen Handgriff der M-16 und das wuchtige Magazin aufzunehmen.
»Ja, und?« fragte Bob.
»Die M-16 wurde für den Vietnamkrieg entwickelt«, fuhr Justus fort. Sein Herz schlug heftig. »Heute ist sie in aller Welt eine der gebräuchlichsten Langwaffen. Allerdings wird sie vorwiegend zur Kriegführung eingesetzt und nicht für die Jagd. Wer sind Sie, Mr. Nancarrow? Was haben Sie mit uns vor?«
»Okay, ihr Hitzköpfe«, stieß der Mann hervor, das Gewehr noch immer im Anschlag. »Ich wollte es mit Anstand erledigen, aber jetzt muß ich Klartext reden. Los, bewegt euch, rauf mit euch auf den Berg! Ihr kommt mit mir!«

Getrennte Wege

»Na dann los, Leute«, sagte Justus kleinlaut. »Wir wollen Mr. Nancarrow nicht verärgern.« Er trottete auf das Felsmassiv zu. Bob und Peter starrten Justus an, verdutzt über sein völlig verändertes Verhalten. Vor vielen Jahren war Justus in der Rolle des »Baby Fatso« in einer Filmserie mit dem Titel »Die kleinen Strolche« aufgetreten. Er mochte es nicht, wenn man ihn an diese darstellerische Leistung erinnerte, doch ein guter Schauspieler war er immer geblieben. Er war ein Naturtalent. Und nun erkannten Bob und Peter, daß Justus gerade etwas Neues zum besten gab.

»Marsch!« befahl der große blonde Mann mit kalter Stimme.

Peter und Bob trabten los. Nancarrow folgte, den Gewehrlauf auf Bobs Rücken gerichtet.

»Bringen Sie uns zu Mr. Andrews?« fragte Justus von vorn mit angsterfüllter Stimme.

»Darüber zerbrich dir mal nicht den Kopf, Kleiner«, fuhr Nancarrow auf. Er stieß ein häßliches, schadenfrohes Lachen aus. »Was ich weiß, muß ich euch noch lange nicht auf die Nase binden.«

»Also haben Sie meinen Dad entführt!« rief Bob entsetzt. »Aber warum denn das?«

»Weil er ein ebensolcher Schnüffler ist wie dein Freund!« fauchte Nancarrow. »Im Redenschwingen ist er ganz groß, aber es steckt nicht viel dahinter. Und jetzt kein Wort mehr!«

Zügig gingen sie am Fuß der Felswand nach Westen, auf der Suche nach einer zum Hinaufklettern geeigneten Stelle. Justus schnaufte und keuchte unüberhörbar.

»Hetzen Sie uns doch nicht so!« beklagte er sich.

»Laß das Jammern. Das hier ist kein Spaziergang«, gab Nancarrow barsch zurück.

»Hoppla!« stieß Justus erschrocken hervor. Er war mit dem Absatz

auf einem bemoosten Stein ausgeglitten ... Er kam ins Stolpern und richtete es so ein, daß er auf Bob hinter ihm prallte.
Rasch wich Bob rückwärts aus, darauf bedacht, daß er Peter nicht mitriß.
Peter blinzelte überrascht und begriff dann, was Justus und Bob im Sinn hatten.
Verdrossen sah Nancarrow her. Was war denn nun los?
Sein kurzes Zögern genügte Peter. Er wirbelte herum. Mit den blitzartigen, geschmeidigen Bewegungen, die er in vielen Karatestunden eingeübt hatte, stürzte er sich auf Nancarrow. Ein kraftvoller Handkantenschlag aus dem Ellbogen traf die M-16 und schleuderte den Lauf des schweren Gewehrs zur Seite.
»Los, weg!« schrie er Bob und Justus zu.
Die beiden waren schon wieder auf den Füßen und rasten über die Wiese hin, zum Wald im Westen.
Peter ließ Nancarrow keine Zeit für eine Abwehr. Ein wuchtiger Faustschlag traf die breite Brust des Mannes.
Nancarrow verlor das Gleichgewicht und taumelte nach hinten. Die M-16 hielt er jedoch eisern im Griff.
Peter sauste los, zu den Kiefern hin.
Ein Geschoßhagel klatschte in die Bäume. Es regnete Nadeln und Rindensplitter, und Staub wirbelte auf. Vögel kreischten wild und flatterten davon. Die Jungen warfen sich flach auf den Boden, in dichtem Gebüsch sicher versteckt.
»Biff! George!« rief Nancarrow. »Wo steckt ihr denn, ihr elenden Drückeberger? Her zu mir! Die Jungs sind abgehauen!«
Peter hob den Kopf. Er konnte den Schützen auf der Wiese stehen sehen. »Nancarrow hat ein Walkie-talkie«, teilte er Bob und Justus leise mit. »Gerade funkt er zu den anderen rüber.«
»Biff hieß einer der Kerle, die uns jagten«, flüsterte Bob. »Der mit der heiseren Stimme.«
»Dann ist George der andere«, murmelte Justus. »Man könnte vermuten, daß sie uns gezielt in Richtung Nancarrow trieben. Am

Ende wollten sie ja nicht mehr viel von uns wissen, da ließen sie uns praktisch laufen.« Justus berichtete den beiden von seinen Beobachtungen und Vermutungen über Nancarrows Zigaretten und die Transportkisten im Indianerdorf.
»Aber die Sabotage an dem Pickup – das war bestimmt nicht Nancarrow«, folgerte Bob. »Er kam doch aus einer ganz anderen Gegend.«
»Ich glaube, es war der Headman«, meinte Peter.
»Das können wir später klären«, beschloß Justus. »Jetzt müssen wir erst mal weiter.«
»Und Dad?« fragte Bob.
»Aus Nancarrows Andeutungen geht hervor, daß er lebt«, sagte Justus. »Erst müssen wir uns in Sicherheit bringen, dann suchen wir weiter nach ihm.«
Sie spähten auf die Wiese hinaus. Nancarrow stand noch immer da und starrte in den Wald herüber.
»Er will Munition sparen«, erkannte Justus. »Wahrscheinlich schießt er erst wieder, wenn er was von uns sieht.«
Die Jungen richteten sich geräuschlos auf und schlichen zwischen den Kiefern hindurch.
»Da sind sie!« brüllte Biff heiser.
Die Jungen liefen noch einige Schritte weiter und blieben dann schreckensstarr stehen.
Wieder war der Lauf einer M-16 auf sie gerichtet.
Ein dunkelhaariger Mann mit tiefgebräunter Haut und wasserblauen Augen schwenkte den Gewehrlauf bedächtig vom einen Ziel zum anderen. Auf seinem Gesicht erschien ein Lächeln, doch seine Miene war kalt und unbeteiligt.
»Ich hab' sie«, sagte er befriedigt. Der Stimme nach mußte er George sein.
Ein zweiter Mann trat von links aus dem Dickicht, ebenfalls eine M-16 im Anschlag. »Kommt doch wie bestellt, was, Jungs?« Das war nun Biffs Stimme. Er war ein magerer kleiner Kerl mit kurzem

braunem Haar und buschigen, wild abstehenden Augenbrauen. »Besonders schlau seid ihr Früchtchen ja nicht.«
Von hinten dröhnte Oliver Nancarrows arrogante Stimme durch den Wald. »Okay, schafft sie wieder hierher. Wir müssen los, es ist noch weit.«
»Kapiert, was der Boß will?« wandte sich Biff an die Jungen. »Los, marsch!«
Und dann machte er einen Fehler. Der kleine Kerl stieß Peter die Mündung seiner M-16 in den Rücken.
Peter wirbelte herum. Er packte den Gewehrlauf von der Seite her und rammte Biff den Kolben in den Bauch. Biff bekam jäh keine Luft mehr und sackte gekrümmt zusammen, die Finger um die M-16 verkrampft.
Das war das Stichwort für den anderen Karatesportler, Bob. Er riß das Bein hoch und traf Georges sonnengebräuntes Kinn. George geriet ins Schwanken. Beim zweiten Treffer ging der Mann zu Boden.
Justus hatte sich hinter einem dicken Kiefernstamm versteckt. Als Nancarrow herankam, dachte er an einen seiner gutgeübten Judogriffe, doch zuletzt entschied er sich für eine simplere Angriffstechnik. Aus dem Hinterhalt stellte er Nancarrow ein Bein – mit Erfolg.
Nancarrow stolperte und taumelte vorwärts. Da landete Peter auf seinem Genick einen harten Karateschlag aus dem Ellbogen. Der große blonde Mann schlug lang hin und blieb mit dem Gesicht am Boden liegen.
Peter, Bob und Justus hetzten los, in den dichten Wald.
Hinter sich hörten sie Nancarrows laute Flüche, die seinen Helfern galten. »Los, hinterher! Und fangt sie lebend ein, wir wollen sie ja nicht auch noch tragen!«
Die drei Flüchtenden mußten Bäumen und Felsblöcken ausweichen, aber sie hielten den Weg nach Süden ein. Unaufhörlich klangen ihnen die schweren Tritte ihrer Verfolger aus dem Hinter-

grund in den Ohren, und allmählich kamen Erschöpfung und Mutlosigkeit auf.
Peter sah einen Trampelpfad und bog nach Westen ab. Diesen Weg erkannte Bob sofort wieder – hier war er am Vortag gegangen, als er die Wasserflasche gefüllt hatte.
»Wir müssen uns einen Plan zurechtlegen«, keuchte Justus. »So halten wir es nicht mehr lange durch!«
»Und wir wollen Dad retten – das ist doch unser Hauptziel!« sagte Bob.
Ein aufgeregter Ausruf drang an ihre Ohren. Die Jungen holten die letzten Reserven aus sich heraus. Die Unterhaltung wurde ziemlich anstrengend.
»Die haben den Weg gesehen!« stieß Peter hervor.
»Auf der Strecke hier haben sie uns bestimmt bald erwischt!« befürchtete Bob.
»Peter, kannst du den Fahrweg finden, von dem Nancarrow gesprochen hat?« fragte Justus.
»Ja, den Forstweg, der zur Autostraße führt«, erinnerte sich Peter. »Mary Grayleaf hat ihn erwähnt. Darauf stößt auch der Fahrweg aus der Siedlung.«
»Genau.« Justus atmete stoßweise. »Du bist ein geübter Pfadfinder, Peter. Und außerdem der Stärkste und Schnellste von uns. Du schaffst es am ehesten bis nach Diamond Lake.«
»Kein Problem«, sagte Peter.
»Und Nancarrow soll weiterhin uns beide jagen«, ging es Bob auf. »Stimmt's, Justus?«
»Stimmt!«
Die drei Jungen schlugen sich gegenseitig herzhaft auf die Schultern, und Peter setzte sich ins Dickicht ab. Bald würden Nancarrow und seine Komplizen auf der Jagd nach Justus und Bob vorüberstampfen, und dann wollte Peter wieder auftauchen und sich in entgegengesetzter Richtung aufmachen – mit dem Ziel Diamond Lake.

Justus und Bob rannten weiter.
»Wir sollten uns bald an einem geschützten Platz verstecken«, regte Justus an.
»Ja, später dann in dem Hochtal«, erwiderte Bob. »Es handelt sich hier ja um einen Notfall. Die Ahnen werden es uns wohl nachsehen.«
»Na gut ... « Heftig schnaufend trabte Justus weiter.
An einer breiten Stelle des Pfades verhielt Bob den Schritt. »Wir sollten dafür sorgen, daß Nancarrow uns bestimmt folgt.«
Justus grinste. Lautstark forderte er: »Bob, ich brauch' mal eine Pause! Ich bin todmüde!«
»Immer bist du müde!« brüllte Bob. »Das ist ja nicht mehr zum Aushalten mit dir!«
Nun war Justus leicht sauer, auch wenn der Streit nur gespielt war. »Ist mir doch egal!« schrie er. »Wir machen jetzt sofort Rast!«
Abwartend blieben sie stehen und horchten. Die drei Jäger waren tatsächlich noch hinter ihnen. Wie wildgewordene Elefanten kamen sie mit schweren Tritten angestampft.
»Das gibt's doch nicht!« stieß Bob gedämpft hervor. »Hier!« Er hielt eine Hand hoch. Er hatte ja noch die Wasserflasche!
»Die hätten wir Peter geben sollen!« erkannte Justus zu spät.
»Ja, denn wir kommen hier bald an den Fluß. Aber wer weiß, was Peter noch alles vor sich hat!«

Mutprobe für Justus

Justus' und Bobs lauter Dialog widerhallte durch den Wald bis zu der Stelle, an der Peter sich versteckt hielt. Angespannt lauschte er weiter.

Bald darauf trampelten die Verfolger an seinem Versteck vorbei. Peter mußte kurz an die gefährlichen M-16 denken, mit denen Nancarrow und seine schießwütigen Helfer ausgerüstet waren. Hoffentlich würde Justus und Bob nichts passieren! Dann schüttelte er die sorgenvollen Gedanken ab. Er mußte sich ganz auf sein Ziel konzentrieren – Diamond Lake, wo er Hilfe finden konnte. Davon hing nun alles ab.

Er schüttelte seine verspannten Arme und Beine aus und setzte sich auf dem Pfad in Trab, ganz locker und elastisch, so daß er ohne Ermüdung zügig vorankam. Die Nachmittagsbrise umwehte ihn angenehm kühl. Sacht rauschte sie in den Baumwipfeln.

Peter blieb auf dem Pfad, bis er die Wiese erreicht hatte, dann lief er am Waldrand entlang zum Felsmassiv vor. Bisher hatte nichts darauf hingedeutet, daß Nancarrow noch mehr Leute im Einsatz hatte, aber es war immerhin möglich. So hielt er sich vorsichtshalber im Schutz der Bäume.

Bei der Steilwand angelangt, machte er sich sofort ans Klettern. Erst oben auf dem kahlen Plateau legte er eine Pause ein, um zu verschnaufen. Hier irgendwo hatten sie Mr. Andrews' Mütze gefunden. In dieser Umgebung war er also den Entführern in die Hände gefallen. Doch was bezweckten sie damit? Die Tat erschien völlig sinnlos.

Peter ließ den Blick über das Panorama der bewaldeten Berghänge schweifen. Der Wind fegte über den Felsboden, und das dünne T-Shirt schützte ihn nun nicht mehr. Doch Peter hatte ja seine Jacke umgebunden und die Thermofolie in der Tasche. Beides würde er noch gut gebrauchen können. Schade, daß er Bob nicht die Wasserflasche abgenommen hatte, doch dafür war es nun zu spät. Wenigstens hatte er noch einige Schokoriegel von Justus übrig.

Er wandte sich nach Norden und merkte sich genau, wie die Sonne auf seiner Schulter und seinem Rücken auftraf. Der Sonnenstand mußte ihm als Kompaß dienen.

Das felsige Gelände stieg nun leicht an und endete an einem Waldstück. An dessen Rand sah sich Peter nach einem Wanderpfad um, doch er fand keinen. Also suchte er sich eine lichte Stelle aus und setzte zwischen den Stämmen seinen Weg nach Norden fort.

Nun wurde es richtig steil. Peter wechselte zwischen Traben und Gehen ab. Die Sonne neigte sich dem Horizont zu. Eisern hielt Peter seinen Marsch durch, mittlerweile schweißüberströmt.

Eine ebene Strecke folgte, doch bald darauf ging es wiederum bergan.

Als kurz vor Sonnenuntergang das Tageslicht rasch abnahm, erklomm Peter das letzte steile Stück und blieb auf der Anhöhe stehen. Er schaute auf der anderen Seite hinunter.

Es erschien ihm wie ein Wunder.

Da unten verlief ein Feldweg von Osten nach Westen, von Reifenspuren tief gefurcht wie der Weg zum Indianerdorf, aber doppelt so breit. Das konnte eigentlich nur der Forstweg sein, den Mary Grayleaf den drei ??? beschrieben hatte.

Peter lief und rutschte den Hang hinunter und verweilte dann kurz auf dem Weg, um Atem zu schöpfen und sich bewußt an seiner glücklichen Entdeckung zu freuen. Nun müßte nur noch ein Wagen vorüberfahren, ihn sehen und anhalten, um ihm weiterzuhelfen ...

In allen Muskeln spürte er die Anstrengung des langen Marsches. Und noch immer hatte er eine Strecke von vierzig, wenn nicht gar fünfzig Kilometern vor sich. Vielleicht hatte er Glück und kam als Anhalter weiter, wenn er erst auf der Landstraße war.

Er ging in westlicher Richtung los, geradewegs den letzten tiefen Sonnenstrahlen entgegen. Im Gehen zog er seine Jacke an. Nun wurde es ganz schnell empfindlich kühl.

Die Sonne ging unter, und der Vollmond stieg auf. Peter kam an eine Brücke, die über den Zusammenfluß zweier lebhaft rauschender Bäche führte. Feuchter Sprühnebel und der kräftige

Duft von Kiefernnadeln hingen in der kalten Luft. Peter lief zum Wasser hinunter und trank ausgiebig.
Jenseits der Brücke verhielt er noch einmal. Zur Linken zweigte von dem Forstweg ein anderer Weg ab, anscheinend eine Zufahrt für Löschfahrzeuge bei Waldbränden. Diese Fahrstrecke verlief talwärts, parallel zum Bachlauf. Um Unbefugte abzuhalten, war die Einfahrt durch ein Gatter aus Metallrohr versperrt. Ein blankes Vorhängeschloß glänzte silbern im Mondlicht. Der Weg und neben ihm der Bach führten nach Süden. Ein enger, tiefer Einschnitt, den sich die kraftvolle Strömung im Lauf der Jahrhunderte in einen fernen Bergrücken gebahnt hatte, entzog beide schließlich den Blicken.
Erst war Peter ganz begeistert darüber, daß die Forstverwaltung hier Wege angelegt hatte. Dann fiel ihm ein, daß solche Fahrstrekken meist durch ganz abgelegene Gegenden führten und nur höchst selten benutzt wurden – eben zur Brandbekämpfung und für Rettungsarbeiten. Es war unwahrscheinlich, daß hier ein Dienstfahrzeug der Forstverwaltung aufkreuzen würde, sofern nicht zufällig ein Einsatz angesagt war.
Also ging Peter weiter. Er aß die Schokoriegel. Allmählich wurde ihm unangenehm kalt, und seine Müdigkeit nahm zu. Coyoten heulten von den Berghängen herüber. Das ließ ihn die Einsamkeit noch viel stärker spüren.

Nachdem sich Bob und Justus von Peter getrennt hatten, liefen sie zügig weiter, unerbittlich gehetzt von den schweren Schritten der Verfolger. Der Abstand auf dem Waldpfad verringerte sich, und die Jungen legten noch zu.
Die Rennerei hatte ihre gute und ihre schlechte Seite. Gut war, daß die drei Männer an Peters Versteck vorübergelaufen sein mußten, ohne ihn zu entdecken. Schlecht war, daß Bob und Justus sich nun ernstlich überlegen mußten, wie sie die gefährlichen Burschen mit ihren M-16 endgültig abhängen konnten.

Schweigend liefen sie dahin. Sie gelangten an den breiten Bach, den die Indianer Truoc, »Fluß«, nannten. Stromaufwärts ging es weiter. Über das klare, hell glitzernde Wasser wehte der Wind zu ihnen her und trug einen schwefligen Geruch heran, der in den Augen brannte.

Bob ging voran, auf derselben steinigen Strecke, die er am Tag zuvor beschritten hatte. Atemlos und erschöpft kamen sie bei der hohen Trümmerhalde an, die dem Eingang zum Tal der Ahnen vorgelagert war. Der prachtvolle Wasserfall rauschte tosend den Hang hinab und dann über die Reihe schäumender Stromschnellen.

»Einmalig!« rief Justus. Lange blickte er in die Höhe. »War es hier, als dich beinahe der Steinschlag überrollt hat?«

»Ganz in der Nähe«, sagte Bob. Er sah den Flußlauf entlang. »Da sind sie!«

Justus schaute auch hin. Etwa einen Kilometer entfernt umrundeten die drei Männer, angeführt von Nancarrow, gerade einen gewaltigen Felsblock. Ihre Gewehre hatten sie über die Schulter gehängt. Sie blickten herauf und erspähten die beiden Jungen. Biff, der kleine Magere mit der heiseren Stimme, brüllte etwas und drohte ihnen mit der Faust.

»Verschwinden wir lieber!« meinte Justus.

Bob lief zurück in den Wald, an dem Felsmassiv entlang, und Justus folgte dichtauf. Schließlich blieb Bob stehen, reckte sich und umklammerte die kaum erkennbaren Griffe im Gestein. Die Füße fanden Halt in ebenso unauffälligen Trittmulden. Die Oberfläche der Kletterhilfen war im Lauf der Jahrhunderte so stark verwittert, daß sie wie naturgeschaffene Löcher und Ritzen in der Felswand aussahen. Man mußte schon sehr genau hinsehen, um sie zu entdecken.

Bob machte sich an den Aufstieg.

Zögernd hielt sich Justus an den untersten Handgriffen fest und setzte die Füße in die engen Mulden. »Au weia«, murmelte er. Die

Sache gefiel ihm gar nicht. Der Schweiß rann ihm übers Gesicht und in die Augen. Unsicher versuchte er das Gleichgewicht zu halten.

»Du schaffst es schon«, ermunterte ihn Bob.

Bob kletterte zügig an der Felswand hinauf, und Justus mußte nur in seiner Spur nachkommen. Mit jedem Schritt ging es weiter aufwärts, schräg nach links – immer näher zu der steil abfallenden Granitfläche oberhalb des Wasserfalls. Und drüben auf der anderen Seite lag das Tal der Ahnen.

Hohe Bäume schirmten die beiden vor ihren Verfolgern ab. Diesen Abschnitt des Felsmassivs würden Nancarrow und seine Männer erst überblicken können, wenn sie an die Stromschnellen kamen. Bis dahin hofften die Jungen außer Sichtweite zu sein – geborgen im Tal der Ahnen.

Langsam hangelte sich Justus mit Händen und Füßen an den Griffen und Mulden hoch. Vor Anstrengung zitterten ihm schon Arme und Beine. Wie konnte ich mich nur auf etwas Derartiges einlassen? fragte er sich. Ich muß total verrückt sein!

Und da rutschte sein rechter Fuß von einem Trittsims ab. Es passierte so schnell, daß er es nicht verhindern konnte. Er befand sich fünfzehn Meter über dem Waldboden. Der Sprühnebel des Wasserfalls machte den Granit so glitschig wie Eis. Ehe Justus seinen Fuß wieder aufsetzen konnte, drohte seine rechte Hand ebenfalls abzugleiten.

Krampfhaft bemühte er sich, am Stein wieder festen Halt zu finden. Sein Herz schlug wild. Er griff mit den Fingern nach. Aber je stärker er zuzupacken versuchte, desto eher kam seine rechte Hand ins Rutschen. Er starrte die Hand an – wie lange hielt sie noch durch? Und dann glitt sie endgültig ab.

Die Zeit schien stehenzubleiben.

Nur noch mit der linken Hand und dem linken Fuß war er sicher abgestützt.

Justus geriet in Panik. Keuchend vor Entsetzen mußte er erleben,

wie sein Körper vor der Steilwand, hoch über dem Abgrund, in die Leere hinausragte wie eine offenstehende Tür. Jetzt ist es aus! dachte er. Gleich stürze ich auf die Steine da unten!
»Justus!« rief Bob fassungslos.
Justus war ganz weiß im Gesicht. Er wirkte starr, wie gefroren.
»Zieh den Kopf ein!« rief Bob herunter. Er spürte die Furcht wie einen Steinklumpen in der Brust. Er mußte Justus retten! »Nimm die rechte Schulter nach vorn, zum Fels hin! Das rechte Bein auch! Du mußt dein Gewicht verlagern, damit du wieder Kontakt mit der Wand bekommst!«
Justus rührte sich nicht.
Er hat das gar nicht gehört, dachte Bob. »Justus!« brüllte er. Dann begann er wieder abzusteigen.
Justus spürte, wie Bob in seine Nähe kam. Sehen konnte er ihn nicht, auch nicht richtig hören. Aber allmählich drangen Bobs klare Anweisungen doch zu dem Chaos durch, das der Schrecken in Justus' Kopf angerichtet hatte. Verstand zusammennehmen! rief sich Justus streng zur Ordnung. Klar denken!
Gerade als Bob herangekommen war, nahm Justus' blasses Gesicht einen entschlossenen Ausdruck an. Bob sah scharf hin. Fast glaubte er zu sehen, wie das Räderwerk im Gehirn seines Freundes wieder anlief. Bob hoffte es so sehr, daß er den Atem anhielt.
Plötzlich riß Justus den Kopf nach vorn. Seine rechte Schulter zuckte, dann folgte sie der Bewegung. Und nun das rechte Bein. Mit Schwung drehte sich Justus zur Steilwand zurück. Er glich einem massigen Roboter, während er sich mit beiden Händen und Füßen wieder sicheren Halt verschaffte. Dann lehnte er erschöpft am Fels und atmete schwer.
»Geschafft, Justus!« rief Bob aufgeregt. »Alles klar! Jetzt geht's weiter. Hier oben ist ein Vorsprung mit ein paar Büschen, hinter denen können wir uns ausruhen. Da sind wir außer Sicht. Los, Justus, komm schon! Es ist nicht mehr weit!«

Mit steifen Bewegungen löste Justus seine Hände los und reckte sich nach den nächsten Griffen. Dann kamen die Füße an die Reihe. Mit verbissener Miene hangelte er sich an der Wand aufwärts. Nun achtete er sorgsam darauf, daß er jedesmal mit Hand und Fuß absolut sicheren Kontakt mit dem Stein hatte.
Bob erkletterte das letzte Stück unter dem schmalen Vorsprung und zog sich hinauf. An der Außenkante wucherte dichtes, überhängendes Dornengestrüpp. Es war ein ideales Versteck.
»Sie sind schon ganz nah!« rief Bob. »Mach schnell!«
Justus behielt sein bedächtiges Tempo bei. Er sah weder nach rechts noch nach links. Mechanisch arbeitete er sich hoch, eine Hand um die andere, einen Fuß um den anderen, bis Bob endlich zu ihm hinuntergreifen und seine Finger berühren konnte.
»So, das wär's, Justus«, sagte Bob leise. Justus' Finger waren eiskalt.
Justus erwiderte nichts. Noch einmal reckte er sich nach den Griffmulden und setzte die Sohlen vorsichtig und fest auf die zugehörigen Simse. Dann zog auch er sich auf den Vorsprung hinauf. Er kroch hinter die Büsche. Dort saß er ganz still.
»Wie weit sind sie heran?« fragte Justus mit heiserer Stimme.
»Ziemlich nah«, sagte Bob. »Schau mal da runter.«
Der kalte Sprühnebel des Wasserfalls wehte durch die Luft, vom leichten Wind aus dem Tal hergetrieben. Der mitgeführte Schwefel brannte ihnen in den Augen. Von oben sahen sie, wie Nancarrow, Biff und George die letzten Schritte bis zum Wasserfall marschierten.
»Wo sind sie jetzt, die Lausebengel?« donnerte Nancarrow mit seiner arroganten Baßstimme. Er war stehengeblieben, die Hände in die Hüften gestemmt, und überblickte den Wald und die Berghänge durch die Gläser seiner Sonnenbrille.
Bob und Justus spitzten die Ohren, um bei dem gewaltigen Brausen des Wasserfalls mitzubekommen, was die Männer unten sprachen.

»Die sind euch durch die Lappen gegangen, ihr Idioten!« brüllte Nancarrow wütend.
»Sie müssen aber hier irgendwo sein, Boß!« redete sich George heraus.
»Die finden wir schon!« tönte Biff.
»Sie dürfen uns auf keinen Fall entwischen!« gebot Nancarrow zornig. »Den Schnüffler von Reporter, diesen Andrews, habe ich in sicherer Verwahrung. Jetzt muß ich nur noch dieses junge Volk aus dem Verkehr ziehen!«
Bei dem Wort »Reporter« wechselten Bob und Justus einen Blick.
»Anscheinend hat Nancarrow deinen Dad gekidnappt, weil er Reporter ist und hier etwas recherchieren will«, meinte Justus bedächtig. »Bestimmt geht es um seinen Auftrag in Diamond Lake!«
»Armer Dad!« sagte Bob. »Ich frage mich nur, wer dieser MacKeir war und was er wußte.«
»Wir dürfen aber keine verdächtigen Spuren hinterlassen!« Nun sprach wieder Nancarrow.
»Die bekommen eins über die Rübe«, sagte Biff. »Damit sie erst mal nicht mehr mucksen, genau wie MacKeir!«
Bob und Justus sahen sich ganz entsetzt an. Hatten Nancarrows Männer MacKeir umgebracht?
»Dann setzen wir sie alle ins Flugzeug, Andrews und die Jungen«, fuhr Oliver Nancarrow fort. »Und zünden das Ganze an, damit es so aussieht, als sei der Brand schon beim Aufprall ausgebrochen. Ein Unfall wie bei MacKeir. Und die Wahrheit kommt nie heraus!«
»Nie kommt das heraus!« echote Biff ingrimmig.
»Genau.« Nancarrow schlug ihm auf die Schulter. »Du gehst jetzt zurück, Biff. Die Sache braucht ja ihre Zeit. Aber heute abend kommt neue Fracht an, und einer muß sich darum kümmern. Das übernimmst du.«
»Ach nee, Boß ... « Biff war enttäuscht.

»Tu, was ich dir sage. Wenn ich die drei Burschen dann mitbringe, überlasse ich sie dir persönlich«, versprach ihm Nancarrow.
Biff war begeistert. »Okay!« Er machte kehrt und trabte stromabwärts davon.
»Was soll das denn für eine Fracht sein?« meinte Bob verwundert.
»Vielleicht geht es bei dem Hinweis, den dein Vater bekam, um Nancarrow und irgendwelches Frachtgut«, vermutete Justus.
»Dann los, George«, forderte Nancarrow seinen anderen Vasallen auf. »Über dem Wasserfall liegt das Hochtal. Das haben sich die Burschen womöglich als Versteck ausgesucht.«
Nancarrow begann über die hohe Geröllhalde zu steigen.
George grinste und zeigte dabei all seine schiefen weißen Zähne. Er rückte seine M-16 zurecht und folgte seinem Boß zum Fuß der steilen Granitwand. Nun waren die beiden Männer genau unterhalb der Stelle, an der sich Justus und Bob versteckt hatten.
Die beiden Jungen erstarrten. Wenn diese Verbrecher die Wand erkletterten, hätten sie das Versteck bald entdeckt – und eine andere Zuflucht gab es nirgends.

Das Tal des Todes

Der baumlange Oliver Nancarrow und sein Gefolgsmann George stiegen vorsichtig über die aufgetürmten Gesteinstrümmer am Fuß der Granitwand. Nancarrow erspähte dieselbe schräge Einbuchtung im Fels, in der Bob am Tag zuvor den Aufstieg begonnen hatte. Er zog sich bis zu einem kleinen Vorsprung hoch und kletterte dann weiter.
»Sicher sieht das ja nicht gerade aus«, murmelte George. Er schob sich die M-16 am Schultergurt auf den Rücken und folgte.
Die beiden legten mächtig los mit ihrer Klettertour. Ihre Gesichter

waren gerötet und schweißbedeckt. Ohne es zu ahnen, kamen sie dem Felsvorsprung, auf dem sich Justus und Bob versteckt hielten, immer näher.
»Justus!« flüsterte Bob.
Justus' Arme und Beine waren noch nicht wieder zu Höchstleistungen fähig, dafür aber sein Gehirn. Er packte eine Wurzel, die vor der Kante des Vorsprungs hing, und zog kräftig daran. Es tat sich nichts. Er zerrte stärker. Die Wurzel brach aus dem mürben Granit heraus und riß auch gleich eine Menge Steine, Erde und Sand mit.
Nancarrow und George sahen herauf. Steine prasselten zu ihnen herunter, gefolgt von Geröllmassen. Größere Stücke brachen aus der Felswand und ließen die Steinlawine anschwellen. Dann folgten die ganz dicken Brocken.
Die beiden Männer wichen aus, so schnell sie es schafften.
Der Steinhagel donnerte an ihnen vorüber zu Tal.
»Boß ... « setzte George an. Seine gebräunten Hände, die sich am Fels festgekrallt hatten, zitterten.
»Lassen wir's«, entschied Nancarrow. »Wir kehren um. Hier herauf hätten es die Burschen sowieso nie geschafft. Wir übernachten heute unten am Bach. Morgen früh spüren wir sie dann bestimmt auf.«
Bob atmete erleichtert auf. »Das war super, Justus.«
Nancarrow und George machten sich an den Abstieg aus der Granitwand.
Bob und Justus hingegen kletterten noch höher und kamen bald zu dem tiefen Einschnitt oberhalb des Wasserfalls. Und nach einer letzten kurzen Anstrengung lag es endlich vor ihnen – das Tal der Ahnen in seinem üppigen Grün.
Der Sonnenuntergang rückte näher, und lange Schatten krochen über das weite Tal. Mitten hindurch strömte der kleine Fluß, hier breit und ruhig und von hohem Gras gesäumt. Immer wieder stiegen Dunstschwaden auf, vermutlich aus heißen Quellen. Das Tal

war so langgestreckt, daß das andere Ende sich noch dem Blick entzog.
Sie gingen ein Stück auf dem Felsmassiv oberhalb des vom Wasser gegrabenen Einschnittes.
Justus sah Bob an. »Du hast ja rote Augen«, stellte er fest. »Hab' ich die etwa auch?«
Bob schaute prüfend hin und nickte. »Sieht genauso aus wie bei den Indianern in der Siedlung.« Er überlegte kurz. »Allerdings – Daniels Augen sahen normal aus. Als wir ihn trafen, war er einen ganzen Tag aus dem Dorf fortgewesen. Vielleicht ist dieser Gestank die Ursache für die Beschwerden der Leute dort. Sie hausen da unten direkt am Truoc, und ständig weht der Wind das Zeug aus dem Tal bis zu ihnen herunter.«
»Sie sind aber wirklich krank. Dazu braucht es mehr als nur Schwefelgeruch«, meinte Justus knapp. Er mußte sich ja immer noch konzentrieren. Äußerst vorsichtig arbeitete er sich an den Steighilfen hoch; verkrampft durfte er es aber auch nicht angehen. Wenn diese Kraxelei nur ein Ende nähme! Nun ging es wenigstens wieder hangabwärts. Schließlich ließ er sich ins wuchernde Farnkraut herunter und stieß einen gewaltigen Seufzer der Erleichterung aus. Er stand wieder auf ebenem Boden!
Justus schaute sich um. Aus der Nähe sahen die Farne und Wiesenkräuter im Uferbereich braun und welk aus. Und auf dem zum größten Teil klaren, in der Sonne glitzernden Wasser hatte sich am Rand stellenweise ein grauer, schaumiger Belag angesammelt.
»Hey, sieh dir mal diesen Schaum an«, sagte er zu Bob.
»Eklig. Was kann das sein?« fragte Bob.
»Sieht unnatürlich aus, was?« fand Justus.
»Vielleicht eine Zuleitung von Schadstoffen?«
»Hm, schon möglich«, meinte Justus. »Mir brennen die Augen. Gehen wir weiter.«
Die Sonne sandte ihre letzten Strahlen über den hohen Bergrük-

ken jenseits des Tales und ging unter. Kalter, düsterer Schatten senkte sich auf die beiden. Sie zogen ihre Jacken an und gingen auf der flachen Uferböschung entlang, durch dichtes, üppiges Grün, das in Wassernähe jedoch braun und zum Teil schon abgestorben war.

Das Gelände stieg leicht an, denn das entfernte Ende des Tals lag höher als der Ausgangsort der Jungen. Die Felswände längs der Seiten trugen deutliche Spuren von Erdrutsch und Steinschlag.

»Also ich finde, unsere Bruchlandung paßt wie die Faust aufs Auge«, verkündete Justus nachdenklich. Er zog einen Schokoriegel aus der Tasche und begann zu knabbern.

»Wie bitte?« fragte Bob. Er nahm einen Schluck aus der Wasserflasche und aß auch ein paar Bissen.

»Erst der Stromausfall«, murmelte Justus mit vollem Mund. »Wir müssen runter. Und wer hält sich zufällig in der Gegend auf und hat es auf deinen Dad abgesehen – Nancarrow!«

»Hoppla!« Bob machte große Augen. »Du vermutest Sabotage? Und daß er dahintersteckt?«

»Er selbst oder einer seiner Leute.«

Die Jungen aßen schweigend weiter.

»Aber was machen wir jetzt?« fragte Bob schließlich. »Wir *müssen* Dad finden!«

Kauend antwortete Justus: »Wir gehen hier weiter. Wenn ich mich nicht irre, verläuft dieses Tal von Süden nach Norden. Und das bedeutet, daß wir irgendwo da vorn auf den Forstweg stoßen müßten. Vielleicht finden wir dort Peter wieder. Oder wir treffen Waldarbeiter.«

»Na gut. Wenigstens haben wir hier Nancarrow nicht mehr auf dem Hals. Die Kletterei an der Steilwand hat ihm nicht behagt.«

»Und vielleicht finden wir auch heraus, woran die Indianer eigentlich leiden«, setzte Justus hinzu.

Die Riegel waren aufgegessen, und die Jungen steckten die Papierhüllen in die Tasche. Wegwerfen im Freien kam nicht in Frage!

Nun lag das Tal im Dunkeln. Am Himmel funkelten die Sterne, und langsam tauchte der Vollmond über dem Grat hinter dem Tal auf.

Erschöpft wanderten die beiden im Mondlicht weiter. Manchmal waren riesige Felsblöcke und dichtes Gestrüpp zu umgehen, doch stets kehrten sie zum Wasserlauf zurück. Nach etwa einem Kilometer Marsch mußten sie sich wieder landeinwärts halten, weil das Ufergelände sumpfig wurde. Der Umweg führte sie bis dicht an den Berghang. Gerade wollten sie wieder zum Fluß hin abbiegen, als Bob jäh haltmachte und wie erstarrt dastand. Eine Gänsehaut überlief ihn.

»Was ist denn los?« fragte Justus sofort.

Stumm zeigte Bob auf den Boden vor sich. Etwa fünf Meter entfernt schimmerte etwas gespenstisch Bleiches.

Justus bekam Herzklopfen.

»Ist das ... sehe ich das richtig?« stammelte Bob.

»Um Himmels willen«, flüsterte Justus.

Schulter an Schulter gingen sie langsam weiter vor. Als sie näherkamen und genauer hinschauen konnten, tauchte in weitem Umkreis vor ihnen immer wieder jener helle Schimmer auf. An vielen Stellen zeigte sich zwischen hohen Halmen und Stauden das fahle Leuchten, so daß bei jedem Windhauch ein unruhiges Geflimmer entstand.

Schließlich blieben die beiden stehen. Bob zitterte. Justus versuchte es mannhaft durchzustehen, aber auch er spürte eine starke Beklemmung.

Vor ihren Füßen lag ein langer, silberweißer Knochen – eben der, den sie von weitem erspäht hatten.

»Sieh mal, wie lang der ist!« brachte Bob mühsam heraus.

»Ein Schienbein«, murmelte Justus. »Von einem Erwachsenen. Anscheinend sind wir hier auf die Begräbnisstätte der Indianer gestoßen!«

»Meinetwegen hätte uns diese Entdeckung erspart bleiben können«, stieß Bob hervor. »Die Gebeine hier sind bestimmt bei einem Erdrutsch an die Oberfläche gekommen. Was meinst du, wie viele sind es?«

Die Knochen lagen verstreut auf einem großen Hügel losen Erdreichs, das an dieser Stelle vom Felshang abgerutscht war. Einige steckten auch aufrecht im Boden.

»Da ist das andere Schienbein«, erkannte Justus. »Und hier ein Oberschenkelknochen und einige Rippen und Rückenwirbel.« Die blanken Knochen schimmerten im Mondlicht. »Allem Anschein nach handelt es sich hier um ein vollständiges menschliches Skelett!«

»Hier ist der Schädel!« sagte Bob. »Unheimlich!«

Gewiß, unheimlich – die großen schwarzen Augenhöhlen, das kleine schwarze Dreieck an der Stelle der Nase, die gebleckten Zähne.

»Augenblick mal!« sagte Justus. Er hob etwas Glänzendes auf. Es war eine silberne Gürtelschließe mit einem eingesetzten großen Türkis.

Bob sah sich die Schließe an. »Genau wie die von Daniel!«

»Vielleicht ist es die seines Onkels«, meinte Justus. Er steckte seinen Fund ein.

»Aber der Onkel wird erst seit einem Monat vermißt. Und die Knochen hier ... «

»Tiere haben sie wahrscheinlich abgenagt.«

Justus starrte den Totenschädel an. Er hatte keine Furcht mehr, aber ihm war elend zumute. Und er war sehr traurig. »Schau mal, Bob, hier.« Er zeigte auf ein kreisrundes Loch in der Schädeldecke.

»Ein Einschuß?«

»Ja«, sagte Justus bedrückt. »Sieht so aus, als sei er ermordet worden.«

Peter lief weiter durch die kalte Nacht. Allmählich überkam ihn bleierne Müdigkeit. Schließlich ging er vom Weg ab und suchte sich eine Kiefer, unter der ein dicker, weicher Teppich aus abgefallenen Nadeln lag. Er hüllte sich in die wärmende Folie. Da hörte er das Motorengeräusch von Lastwagen. Aber die Autos fuhren in die falsche Richtung – ins Bergland, das hinter ihm lag.

Erschöpft und mißmutig setzte er sich hin. Mit abgeblendeten Scheinwerfern rumpelten die Lastwagen vorüber. Äußerst merkwürdig, dachte Peter noch, ehe er einschlief. Wieso fahren die hier mit Standlicht?

Als Peter von Motorengeräusch geweckt wurde, kam es ihm vor, als hätte er noch kaum geschlafen. Er sah auf seine Uhr. Es war Mitternacht.

Er rappelte sich hoch. Diesmal fuhren die Lastwagen in der richtigen Richtung, auf die Landstraße zu. Das bedeutete Hilfe für Mr. Andrews, Bob und Justus!

Er stolperte zum Fahrweg vor und schwenkte die silberglänzende Thermofolie über seinem Kopf hin und her. Die Fahrzeuge brausten auf ihn zu.

»Halt!« schrie er. »Anhalten!«

Der vordere Wagen bremste ab. Auch der zweite wurde langsamer.

Aufgeregt lief Peter zur Beifahrertür hin.

Nun hielt der erste Wagen an. Einladend öffnete sich die Tür. Peter sprang aufs Trittbrett und wollte gerade ins Führerhaus hinaufsteigen.

Instinktiv blickte er auf – direkt in die Mündung einer M-16. Vor Entsetzen überlief es ihn eiskalt.

»Rein mit dir«, knurrte der hagere kleine Biff. Er grinste widerlich. »Wo sind denn deine Kumpels abgeblieben?«

Justus und Bob beschlossen, eine Ruhepause einzulegen. Sie wickelten sich in die Thermofolien und legten sich auf einer Unterlage aus Farnkraut schlafen, ein Stück oberhalb der Stelle, an der sie das Skelett gefunden hatten. Ein Feuer zündeten sie nicht an, denn das hätte vielleicht Nancarrow oder einen seiner Männer aufmerksam gemacht.

Beim Morgengrauen waren sie wieder auf Wanderschaft. Ihre Mägen knurrten, aber nun verfügten sie nur noch über Justus' rohe Maiskörner und hatten keine Möglichkeit, sie zuzubereiten. Begierig sahen sie sich unter den vielerlei Wildpflanzen um. Ob die eßbar waren? Aber sie beherzigten die eiserne Regel der Pioniere und Abenteurer – was man nicht kennt, das taugt nicht zum Essen. Also blieben sie hungrig. Justus überlegte sich schon, wieviel überflüssige Pfunde er allmählich loswurde.

Unentwegt strebten sie weiter, den Wasserlauf zur Linken. Einen Pfad gab es nicht, und sie kamen nur langsam voran. Mehrmals stießen sie auf heiße Quellen, die Schwefelgeruch verbreiteten; mit angehaltenem Atem liefen sie schnell vorüber. Und immer wieder fielen ihnen häßliche graue Schaumteppiche oder farbig schillernde Öllachen auf, die das strudelnde Wasser mit sich forttrug.

Schließlich hatten sie eine Anhöhe erstiegen. Dort rasteten sie kurz, im ersten Hochgefühl des mühsam errungenen Erfolgs. Vor ihnen lag der letzte Abschnitt des Tals, in lichtem, von der Mittagssonne beschienenen Grün. Das Tal war hier sehr breit. Es endete an einem sanft ansteigenden, bewaldeten Bergrücken, in dessen Mitte sich das Flußbett eingegraben hatte.

»Ein Weg!« sagte Bob. Er schob sich die Mütze aus der Stirn.

Von dem Einschnitt in der Bergkuppe aus führte neben dem Flüßchen auch ein schmaler Fahrweg ins Tal. Er war am jenseitigen Ufer auf der leicht erhöhten und verbreiterten Böschung angelegt. Nach einigen hundert Metern endete die Fahrspur in einer ebenen, festgefahrenen Kreisfläche – einer Wendeplatte.

»Das sieht aber nicht nach dem Forstweg aus, wie ihn uns Mary Grayleaf beschrieben hat«, meinte Bob.

»Überhaupt nicht«, bestätigte Justus.

Sie durchwateten den Fluß an einer seichten Stelle. Sofort waren sie von ekelhaftem Gestank umweht. Mit angehaltenem Atem sahen sie aufs Wasser hinunter. Eine schwarze, teerähnliche Substanz hatte sich in kleinen schwimmenden Flecken am Ufer festgesetzt. Die Pflanzen, die dort standen, waren schwer geschädigt oder bereits abgestorben.

Aufmerksam schauten die Jungen in das ruhig strömende Wasser. Es war trübe, und der ölige Schlick auf der Oberfläche schillerte in allen Regenbogenfarben.

Sie strebten schnell vom Ufer weg und schnappten nach Luft.

»Das sieht wirklich aus wie Schmieröl oder Asphalt, vielleicht auch beides«, fand Bob.

»Stinkt aber noch viel bestialischer.«

»Richtig! Erinnert mich direkt an die grausliche Mixtur, die du mal in unserer Chemie-AG zusammengebraut hast.« Bob schnitt Justus eine Grimasse.

»Dieses Experiment war immerhin eine komplizierte thermische Reaktion«, fing Justus hochtrabend an, doch dann kicherte er. »Weißt du noch, wie Mr. Perry einen Wutanfall bekam, als das Zeug hochging und an die Decke spritzte?«

Die beiden Jungen lachten schallend.

Auf dem festgefahrenen Erdboden der Wendeplatte entdeckten sie zahllose Reifenspuren.

»Lastwagen«, stellte Bob fest. Er bückte sich und hob einen Zigarettenstummel vom Boden auf – auch dieser hier glich genau den anderen, die Justus zuvor gefunden hatte.

Justus nickte ingrimmig. »Und die fahren hier *Fracht* an, da mach' ich jede Wette.«

»Spedition Nancarrow! Vielleicht ist Dad hier irgendwo in der Nähe!«

Die Blicke der beiden schweiften über den verschmutzten Fluß, über Gras, Gebüsch und Bäume, über den Bergrücken. Von der Wendeplatte zweigte noch eine zweite Fahrspur ab, die nach Nordwesten führte und sich in einem Waldstück verlor.

»Schau mal da rüber«, forderte Justus Bob auf.
Südwestlich von der Wendeplatte war am Fuß des Bergzugs eine Reihe von Felshöhlen zu erkennen. Reifenspuren zogen sich über den Talboden bis zu diesen Höhlen. Die Jungen rannten hin.
»Dad?« rief Bob. Vor Aufregung hatte er einen ganz trockenen Mund.
Sie schritten die Höhlenöffnungen nacheinander ab, doch der herausdringende Gestank, der Augen und Schleimhäute stark reizte, war kaum auszuhalten. Sie husteten und würgten, und schließlich machten sie kehrt und liefen zurück.
»Hier stinkt es nicht ganz so schlimm«, fand Justus bei der Höhle, die der Straße am nächsten lag. Er blieb vor dem Eingang stehen. Beide spähten in das dämmrige Innere.
»Ich sehe Kisten oder so was ähnliches«, sagte Bob.
Sie betraten die Höhle und warteten kurz, bis sich ihre Augen an das Halbdunkel gewöhnt hatten. Durch den torähnlichen, hochgewölbten Eingang fiel das Sonnenlicht ein.
Nun konnten sie sich ein genaues Bild verschaffen. Fassungslos blickten sie sich um. In hohen Stapeln, die vom Erdboden bis zu der Felsendecke reichten, lagerten hier Hunderte großer Metallfässer mit jeweils mindestens 200 Liter Inhalt.
Justus entzifferte ein Etikett. »PCB«, las er.
Bob entdeckte Säurefässer.
Justus forschte weiter. »Lauge, Oxydationsmittel, schwefelhaltiger Schlamm.«
Entsetzt starrten sich die beiden Jungen an.
»Giftmüll«, stellte Justus fest.
»Das hier ist eine Sondermülldeponie«, erkannte Bob.
Plötzlich wurde es dunkel.
Die Jungen drehten sich zum Höhleneingang um. Schwarz und bedrohlich verstellte die Silhouette eines Mannes die Öffnung.
Sie steckten in der Falle!

Schmutzige Geschäfte

»Justus! Bob!« hallte eine zornige Stimme in der Höhle wider. »Was macht ihr denn hier?«
Die Jungen sahen sich an.
»Daniel?« fragte Justus.
»Woher weißt du, daß wir hier sind?« fragte Bob.
Daniel war schrecklich wütend. »Raus mit euch! Das ist verboten. Ihr seid in unserem geheiligten Tal!«
»Nein!« wehrte sich Justus. »*Komm du mal rein.* Wir zeigen dir hier, was euch alle krank macht!«
Daniel zögerte. Dann betrat er die Höhle.
»Warte noch, bis sich deine Augen an die Dunkelheit gewöhnt haben«, riet ihm Justus.
»Ich will hoffen, daß ihr das ernst meint«, sagte Daniel.
»O ja«, versprach Justus. Er zeigte dem jungen Indianer die Fässer. Eines davon, im hinteren Teil der Höhle, war undicht, und der Inhalt quoll auf die Erde heraus. Rasch flüchteten sie vor den beißenden Dämpfen hinaus ins Sonnenlicht. Justus erklärte Daniel, was die 200-Liter-Fässer alles enthielten.
»Giftige Abfallstoffe?« stieß Daniel hervor. »Und die verderben uns die Luft und das Wasser?«
»Deine Augen sind jetzt wieder rot«, sagte Bob nur. »Genau wie unsere, seit wir in der Gegend sind.«
Daniel sah die beiden an. »Dann führt der Truoc vermutlich kein sauberes Trinkwasser. Und die Fische sind keine gute Nahrung.«
»Und auch das Wild, das ihr jagt, trinkt aus dem Fluß«, ergänzte Bob.
»Aus den anderen Höhlen drang ein so übler Gestank, daß wir nicht einmal hineinkonnten«, sagte Justus. »Dort müssen gleich mehrere Fässer leck sein.«
Mit finsterem Gesicht grübelte Daniel über diese Anhäufung von

Giftstoffen und die davon ausgehenden Gefahren nach. Dann stieg wieder Zorn in ihm auf. »Wer tut unserem geheiligten Tal so etwas an?«

»Oliver Nancarrow«, erwiderte Justus knapp. »Von der Spedition Nancarrow. Kennst du den?«

»Natürlich«, bestätigte Daniel. »Unser Headman arbeitet hin und wieder für ihn. Aber Mr. Nancarrow hilft uns Dorfbewohnern ... «

»Und hier in eurem Tal treibt er sich auch herum!« warf Bob ein. »Wenn Nancarrow meinen Dad gekidnappt hat, wo könnten wir ihn dann finden?«

»Das weiß ich nicht«, sagte Daniel. »Ich war noch nie an diesem Ende des Tals. Aber ich bin sicher, daß wir deinen Vater aufspüren können – oder Mr. Nancarrow.«

Auf dem Rückweg zur Wendeplatte fragte Justus: »Hast du uns auf diese Weise hier gefunden – bist du unseren Spuren nachgegangen?«

Daniel ging gebückt, den Blick wachsam auf die vielen verschiedenen Reifenspuren gerichtet. »Großvater hat mich am frühen Morgen aus der Zeremonie entlassen«, sagte er, während er stehenblieb, um breite Schuhabdrücke zu untersuchen. »Er machte sich Sorgen um euch. Also borgte ich mir einen Transporter und fand den beschädigten Pickup. Eure Schuhe haben auffällig geriffelte Sohlen, und die Abdrücke ließen sich leicht verfolgen. Hinter euch her waren erst zwei, dann drei Paar Bergstiefel. Ihr seid schnell getrabt, zweimal kam es zu einem Kampf, und dann trenntet ihr beide euch von Peter. Peter ging anschließend in eine andere Richtung, vermute ich, aber die Stiefel blieben hinter euch.«

»Und das alles konntest du sehen?« fragte Justus verblüfft.

»Ich kenne den Wald«, sagte Daniel nur. »Und Onkel hat mir das Fährtenlesen beigebracht.«

»Hast du dabei auch den Schuldigen für die Sabotage am Pickup herausgefunden?« erkundigte sich Justus.

»Was?« Daniel war erschrocken.
Justus berichtete von dem angesägten Bolzen unter dem Bremspedal.
Daniel senkte den Kopf. »Wer könnte etwas so Schlimmes getan haben?« Er sah wieder auf. »Ich bin froh, daß euch nichts passiert ist. Peter fährt sicher ganz ausgezeichnet.«
Die beiden Freunde nickten.
»Hmm ... « Bob sah Justus an.
Justus' Gesicht wurde sehr ernst. Der Schock der nächsten Frage ließ sich nun einmal nicht abmildern. »Daniel, sag uns, ob dir das hier bekannt ist.« Justus streckte seine Hand aus. Darin lag die silberne Gürtelschließe mit dem eingesetzten Türkis.
Stumm nahm Daniel die Schließe entgegen. Sie glich aufs Haar derjenigen, die er selbst am Gürtel trug. »Sie gehört meinem Onkel.« Er sah Justus an. »Wo habt ihr sie gefunden?«
»Weiter unten im Tal, bei dem Skelett«, entgegnete Justus. »Du mußt unterwegs doch auch an den Knochen vorbeigekommen sein.«
Daniel schloß die Augen und nickte. Er preßte die Kiefer aufeinander, dann entspannte sich sein Gesicht wieder.
»Nun weiß ich, was die Botschaft aus meinem Meditationslauf bedeutete«, flüsterte er. »*Am richtigen Ort, doch ohne Segen.* Onkels Körper liegt im geheiligten Tal, aber sein Geist hat die Segnung beim Übergang von diesem Leben ins nächste nicht empfangen.«
Die drei Jungen schwiegen einen Augenblick.
»Hast du dir das Skelett angesehen?« fragte Justus leise.
Daniel schüttelte den Kopf. »Ich machte mir Sorgen um euch.«
»Dann muß ich dir noch etwas Schlimmes sagen. Der Schädel hat einen Einschuß.«
»Er wurde erschossen?« fuhr Daniel auf. »Wer war das? Und warum?«
Bob berichtete Daniel, wie Mark MacKeir »zufällig« ums Leben

gekommen war und wie Nancarrow Mr. Andrews und die drei ??? zu beseitigen gedachte.

»Dann glaubt ihr, Onkel hat ... das hier entdeckt?« Daniel wies mit einer Armbewegung auf die Höhlen mit den todbringenden Einlagerungen und auf den Transportweg für den Giftmüll.

»Könnte schon sein«, meinte Justus.

Daniel überlegte kurz. »Großvater hat bei der Zeremonie erfahren, daß ein fremder Dämon uns krankmacht. Er sagte, der Dämon sei von Habgier besessen, und nur wenn man ihm gibt, was er will, kann man ihn vernichten.«

»Dieser Dämon muß Nancarrow sein«, sagte Justus.

»Aber was bedeutet das – dem Dämon geben, was er will?« fragte Bob verwundert.

»Das weiß ich nicht«, erwiderte Daniel. Er steckte die Gürtelschließe seines Onkels in die Tasche. »Das müssen wir eben herausfinden.« Er zeigte auf die Abdrücke von Breitreifen im Erdreich. »Das ist Mr. Nancarrows Wohnmobil.« Er trabte los, der Reifenspur nach.

Justus und Bob kamen rasch hinterher. Verblüffend, was Daniel aus den zahllosen sich überlagernden Spuren am Boden herauslesen konnte! Sie liefen den schmalen Fahrweg entlang, der von der Wendeplatte im Bogen hügelan führte und in den dichten Kiefern- und Birkenbestand einmündete. Sobald sie vom Höhlenbereich aus nicht mehr gesehen werden konnten, setzten sie die Fährtensuche im Schrittempo fort.

Bald löste der Duft der Kiefernnadeln den widerlichen Gestank aus den Höhlen ab.

Daniel blieb stehen. »Da ist es. Mr. Nancarrows Wohnmobil, der Winnebago. Manchmal kommt er damit ins Dorf und bringt uns Geschenke – Lebensmittel, Munition, Spielzeug für die Kinder.«

Die Zufahrt endete an einer Lichtung. Hier war das große, luxuriöse Gefährt abgestellt, von den Höhlen aus nicht einsehbar und durch den Wald von der verpesteten Luft abgeschirmt.

Daniel lief los, quer über die Lichtung.
»Warte mal!« hielt ihn Justus zurück. »Da ist vielleicht jemand. Die Burschen sind schwer bewaffnet, jeder hat eine M-16!«
Daniel zeigte auf eine Fußspur im Boden. Die Sohlenabdrücke wiesen ein rautenförmiges Muster auf. Die Spur führte zum Wohnmobil.
»Ist euch nicht klar, wer hier ist?« fragte Daniel.
Justus und Bob schüttelten den Kopf.
»Peter. Alle anderen sind dann wieder weggegangen. Da, schaut euch die Stiefelabdrücke an.« Er wies auf Spuren, die vom Fahrzeug wegführten.
»Sie haben Peter erwischt!« rief Justus.
Verdutzt und in neuer Sorge starrten sie Daniel an.
»Los, hin!« sagte Daniel.
»Aber vorsichtig«, warnte Justus. »Nancarrow kann in der Nähe sein.«
Die drei Jungen duckten sich und huschten lautlos zu dem Wohnmobil hin. Beim Wagen richteten sie sich auf und spähten durch die Fenster hinein. Im Inneren waren zwei Gestalten zu erkennen. Peter war an einen Küchenstuhl aus Metall gefesselt und hatte einen Knebel im Mund. Neben ihm war noch jemand festgebunden.
»Dad!« rief Bob.

Von Scharfschützen belagert!

Justus und Bob befreiten Mr. Andrews und Peter von der Knebelung.
»Dad, wie geht's dir?« stieß Bob hervor.
»Jetzt wieder gut«, sagte Mr. Andrews erleichtert. Die Schwellung

an seiner Stirn war noch sehr stark, und die Wunde war entzündet. Er brauchte ärztliche Behandlung. Bob schwor sich, daß er dafür als erstes sorgen würde, sobald sie sich aus dieser schlimmen Lage befreit hatten – falls sie es überhaupt schafften.

»Wie haben sie dich geschnappt, Peter?« wollte Justus wissen, während er Peters Fesseln durchschnitt. Der kräftige Zweite Detektiv war völlig erschöpft.

»Ich war müde und nicht mehr richtig auf Draht, und schon hatten sie mich geschnappt«, berichtete Peter knapp. Es beschämte ihn noch immer, daß er dem Gegner selbst in die Hände gelaufen war. »Biff kam mit dem Lastwagen an. Und natürlich mit der M-16.«

Nach ihrer Befreiung standen Mr. Andrews und Peter auf und reckten die steifgewordenen Arme und Beine.

»Dankeschön, mein Junge«, sagte Mr. Andrews munter und nahm Bob seine blaue Dodgers-Mütze vom Kopf.

»War mir ein Vergnügen!« Bob grinste seinen Vater fröhlich an. Dann machte er ihn mit Daniel bekannt.

Peter hatte sich nach einigen Kniebeugen schnell wieder erholt. Er ging zum eingebauten Kühlschrank. »Ich bin am Verhungern«, verkündete er. Er holte Brot, Erdnußbutter und Fruchtsaft heraus, und alle ließen es sich schmecken.

Auch Mr. Andrews mußte sich die Beine vertreten. Er hangelte sich in dem engen Innenraum zwischen Regalen und Stühlen hindurch. »Ich bin ja so froh, daß euch nichts passiert ist. Nun laßt mal hören, was sich alles ereignete, während ich hier festgezurrt war.« Mit ingrimmigem Lächeln wies er auf den Küchenstuhl.

Bob berichtete von den Abenteuern und Entdeckungen der beiden letzten Tage. »Ja, Mark MacKeir ist also tot, Dad«, schloß er. »Nancarrow hat ihn ermordet.«

»Meiner Meinung nach«, sagte Mr. Andrews, »hat Biff dieses schmutzige Handwerk übernommen. Er hatte Mark schon längere Zeit beschattet und wußte, daß er sich mit mir treffen wollte. Und George hat die Sabotage an der Cessna ausgeführt, um mich

loszuwerden. Er brachte an einem wichtigen Kabelstrang hinter der feuersicheren Kanzelrückwand einen kleinen Sprengsatz an.«
»Samt einer elektronischen Zündvorrichtung«, folgerte Justus mit vollem Mund. »Damit Nancarrow die Sprengladung vom Boden aus zünden konnte.«
»Ganz klar«, bestätigte Mr. Andrews. »Nancarrow hatte den Absturz an einer Stelle vorgesehen, an der ich keine Überlebenschance hatte. Die Flugroute hatte ich zwei Tage vor dem Start zum Zielflugplatz durchgegeben, und daher konnte er genau planen. Sollte ich wider Erwarten überleben, konnte er wenigstens noch herausfinden, ob ich anderen vom Gegenstand meiner Reportage erzählt hatte. Als er dann aber erfuhr, daß noch Passagiere mitkommen sollten – und ausgerechnet ihr drei –, da war er entsetzt. Er macht hier jedes Jahr eine halbe Million Dollar mit seinen florierenden illegalen Geschäften und konnte auf keinen Fall gezielte Ermittlungen gebrauchen.«
»So viel nimmt er mit seiner Giftmülldeponie ein?« Peter staunte.
»Aber sicher«, bestätigte Mr. Andrews. »Und dabei ist er noch ein kleiner Fisch. Warum wohl werden Betriebe überall im Land so empfindlich bestraft, wenn sie gegen die Umweltschutzgesetze verstoßen? Vorschriftsmäßige Müll- und Schadstoffbeseitigung ist dringend notwendig, aber teuer. Manche Firmen umgehen mit allen Mitteln diese hohen Kosten und den technischen Aufwand. Erst vor zwei Wochen überführte die Umweltschutzbehörde einen Betrieb in Los Angeles, der eine hochgiftige Flüssigkeit kurzerhand in die städtische Kanalisation einleitete.«
»Unglaublich«, empörte sich Justus. »Das bedeutet Gesundheitsschädigung für die Arbeiter in den Kläranlagen und Giftstoffbelastung beim Verwerten von Abwasser in der Landwirtschaft oder von Klärschlamm im Bauwesen.«
»Genau.« Mr. Andrews nickte. »Nach diesem Vorfall bekam ich von der Lokalredaktion den Auftrag, Fakten für eine Serie über Schadstoffabfall und Giftmüll zusammenzutragen. Und genau da

rief Mark MacKeir bei der Zeitung an und wollte einen Reporter sprechen. Erst hatte er solche Furcht vor den Folgen seiner Enthüllungen, daß er nicht einmal seinen Namen nennen wollte. Er berichtete nur, er wäre in einer Kette von Autolackierereien und Reparaturwerkstätten beschäftigt. Er hatte entdeckt, daß der Besitzer aus Ersparnisgründen einen zwielichtigen Unternehmer mit der Abfallbeseitigung beauftragt hatte – Hauptsache weg mit dem Zeug, und keine Fragen. Alles wurde abgefahren: Bremsflüssigkeit, Schmieröl, Motoröl, Lack- und Verdünnerreste. MacKeir sprach den Besitzer daraufhin an, doch dieser stellte sich stur und drohte mit Entlassung. MacKeir fuhr dem Wagen von der Sondermüllbeseitigung nach – es war Nancarrow – und entdeckte die Deponie. Als guter Staatsbürger wollte sich nun MacKeir für die Aufklärung der Öffentlichkeit über wilde Deponien einsetzen. Die Leute sollten begreifen, welche Gefahren von Gift- und Schadstoffmüll ausgehen. Deshalb erklärte er sich schließlich bereit, mir an Ort und Stelle zu zeigen, was da läuft.«

Daniel lehnte an der Tür und hörte still zu. »Sie ruinieren unser Tal«, sagte er dann. »Das Land, das Wasser, die Tiere, sogar die Luft zum Atmen. Sie machen uns alle krank, und vielleicht haben sie auch meinen Onkel getötet.«

»Die Regierung versteht sehr viel von richtiger Abfallwirtschaft«, erklärte Mr. Andrews. »Sie werden unternehmen, was möglich ist. Es tut mir sehr leid, daß Ihr Onkel tot ist. Ich hörte keinen der Burschen von ihm sprechen, also weiß ich nicht, wie es geschah und warum sie es taten.«

Justus ging im Wagen nach vorn und setzte sich auf den Fahrersitz. »Mr. Andrews, haben Sie nun genug Informationen für Ihren Bericht?«

»Ja, zumindest für den Anfang der Serie«, sagte Mr. Andrews. »In dem Schreibtisch hier drin lagern stapelweise Nancarrows Akten - ich muß mich nur hinsetzen und lesen. Der Wagen ist sein fahrbares Büro. Er ist ja ständig auf Achse.«

»Dann wollen wir diese üble Sache mal auffliegen lassen«, schlug Peter vor. »Das Büro und die Akten bringen wir gleich mit. Mach Platz, Justus.« Peter ging nach vorn. »Ich werde fahren.«
»Nein, das mach' ich.« Mr. Andrews kam Peter nach.
»Sie sind zu angeschlagen, Mr. Andrews«, widersprach Peter.
»Er hat recht, Dad«, bestätigte Bob.
»Mir geht's doch gut«, meinte Mr. Andrews. Dann hob er die Brauen, weil ihm plötzlich schwindlig wurde. Er hielt sich an einer Stuhllehne fest und setzte sich hin. »Mir scheint, ihr habt es richtig erkannt«, mußte er zugeben.
»Ich finde den Schlüssel nicht«, stellte Justus fest. »Wissen Sie, wo der sich befindet, Mr. Andrews?«
»Den hat Nancarrow bestimmt mitgenommen.«
Die Jungen sahen schon ziemlich schwarz für ihr Vorhaben, aber Peter wußte Rat. »Okay, dann werd' ich das Ding eben kurzschließen.« Er wollte aussteigen, um draußen an den Motor zu gelangen.
»Bleib da.« Daniels Befehl klang eigenartig abwesend. Er stand stockstill beim offenen Fenster, genau wie im Wald, als Peter auf ihn gestoßen war. Er schloß die Augen und lauschte. »Draußen sind Männer.«
Blitzschnell kauerten sich alle fünf nieder und spähten über die Unterkanten der Fenster hinaus. Daniel hatte recht. In den Kiefern und Birken ringsum konnten sie Bewegungen wahrnehmen, hin und wieder auch eine schattenhafte Gestalt. Und manchmal blinkte das Metall eines Gewehrlaufes in der Sonne auf.
»Die lauern uns aus dem Hinterhalt auf!« erkannte Justus. Sein Atem ging rasch.
Allen wurde es äußerst unbehaglich.
Da flüsterte Mr. Andrews: »Ich sehe Nancarrow!«
»Und diesen blutdürstigen Halunken Biff«, setzte Peter hinzu.
»Der Kerl ist gefährlich«, sagte Bob nervös. »Die Jagd auf Menschen macht ihm richtig Spaß.«

»Hey, ich habe da unseren Headman entdeckt«, stieß Daniel verdutzt hervor. »Und Ike Ladysmith.«
»Ike Ladysmith arbeitet für den Headman?« fragte Justus. In dem drahtigen Indianer erkannte er den Burschen, der Mary zugewinkt hatte, als der Pickup bereitstand.
»Hin und wieder«, antwortete Daniel. »Seht mal, der Headman und Ike haben Walkie-talkies! Und neue Gewehre. Ich wußte gar nicht, daß jemand vom Dorf so modern ausgerüstet ist! Unser Headman ist ein hervorragender Jäger. Für ihn ist ein gutes Gewehr das Ziel aller Wünsche.«
»Jagdgewehre vom Typ Ruger 10/22«, stellte Justus nach genauem Hinsehen fest. Für einen Augenblick überkam ihn Panik. Wie sollten sie hier herauskommen, wenn sie von Scharfschützen mit Hochleistungs-Waffen belagert waren?
»Mary hat uns erzählt, daß euer Headman immer wieder Anschaffungen für das Dorf macht«, erinnerte sich Bob. »Auch teure Sachen wie Autoteile. Und dann hat er sich ja diesen nagelneuen roten Pickup zugelegt. Vielleicht stammt dieser ganze neue Wohlstand aus dem Schweigegeld, das ihm Nancarrow bezahlt, damit er nichts über die Zustände hier verrät.«
Daniels Gesicht verdüsterte sich voll Unglauben. »Nein! Onkel ist ein Ehrenmann!«
Im Wohnmobil steigerte sich die Spannung. Daniels Entrüstung drinnen war fast so beklemmend wie die Bedrohung durch Nancarrow von draußen.
»Es sieht nicht gut für uns aus«, drückte sich Mr. Andrews diplomatisch aus, »aber Daniel hat recht. Vorerst können wir dem Headman nichts nachweisen ... und Ike Ladysmith ebensowenig.«
»Und wer hat dann an dem Pickup die Bremsen kaputtgemacht und uns dadurch fast umgebracht?« fragte Peter.
Daniel starrte ihn an und wandte sich dann ab. »Ich weiß es nicht«, sagte er leise.

Justus steuerte wieder den Fahrersitz an. »Eines steht jedenfalls fest«, sagte er. »Wir müssen hier raus. Dazu müssen wir uns was einfallen lassen – und zwar ganz schnell.«
»Gibt's vielleicht irgendwo ein Schießeisen?« Peter stöberte in einem winzigen Besenschrank herum.
»Laß mal«, sagte Mr. Andrews. »Seine M-16 hat Nancarrow immer bei sich. Wir müssen es anders anstellen.«
Justus tastete die Unterkante des Armaturenbretts ab. In seinem Kopf jagten sich die Gedanken. »Eines hab' ich bei Tante Mathilda gelernt: daß man vor Überraschungen nie sicher ist. Und ein Kerl wie Nancarrow muß sich besonders in acht nehmen, vor allem wenn er seine Akten hier im Wagen hat ... Aha!« Er zog die Hand wieder zurück. Mit großer Geste öffnete er sie und zeigte den anderen ein kleines Metalletui mit Magnethaftung – zum Aufbewahren des Reserveschlüssels in einem sicheren Versteck im Wagen. »Ihm darf es nicht passieren, daß er mal ganz fix abhauen muß und der Autoschlüssel gerade in einer anderen Hose steckt.«
Die Spannung in dem engen Raum ließ für einen Augenblick nach. Triumphierend gab Justus das Kästchen an Peter weiter. Peter setzte sich hinters Lenkrad.
»Na schön, Peter.« Mr. Andrews wurde es schwach, und er mußte sich wieder hinsetzen. »Fahr den Wagen dort raus, wo Biff dich hergebracht hat. Immer weiter auf diesem Weg. Wenn sie in die Reifen schießen, fahr einfach weiter. *Nichts* darf dich aufhalten. Wir müssen nach Diamond Lake!«
Bob warf seinem Vater einen raschen Blick zu, als er diese eindringlichen Worte hörte. Mr. Andrews zeigte normalerweise keine Furcht – doch nun konnte er sie nicht verheimlichen.
Peter nickte. »Legt euch alle flach. Haltet euch an irgendwas fest.«
Die drei Jungen und Mr. Andrews streckten sich auf dem Wagenboden aus. Daniel lag da, bis zum Äußersten angespannt und wachsam. Bob fragte sich, ob er jemals wieder unbeschwert durch

Rocky Beach schlendern würde. Justus hoffte inbrünstig, daß sie mit dem Wohnmobil mehr Glück haben würden als mit dem Ford-Pickup.
Und Peter holte tief Atem und drehte den Zündschlüssel um. Dröhnend sprang der Motor an.

Das Ende für den Dämon

Peter wendete das Fahrzeug. Er duckte sich über das Lenkrad, um eine möglichst kleine Zielscheibe abzugeben. Mit einem einzigen zügigen Schwenk umrundete er die Lichtung. Aus dem Augenwinkel bemerkte er das fassungslose Staunen auf Oliver Nancarrows breitem Gesicht.
Dann schlugen Geschosse jaulend in das Wohnmobil, an einer Wand herein und zur anderen wieder hinaus.
»Alles klar da hinten?« brüllte Peter.
»Okay!« kam es vierstimmig zurück.
Immer wieder gab es Treffer. Die übrigen Kugeln schlugen neben dem Fahrzeug ein, so daß Erdbrocken und Staub hoch aufspritzten.
Peter steuerte den schmalen Fahrweg an, der sich zwischen den Birken und Kiefern hindurchschlängelte und aufs freie Gelände führte.
Der stämmige Headman tauchte mit finsterem Gesicht neben Oliver Nancarrow auf. Zornig redete er auf den anderen ein. Nancarrow hörte ihn an und riß dann den Arm hoch, um seinen Männern zu bedeuten, sie sollten das Feuer einstellen. Er nahm sein Walkietalkie vom Gürtel und sprach hinein.
Als das Gefährt an Nancarrow vorbeischoß, reagierte er merkwürdig – er grinste schadenfroh. Peter konnte sich das nicht erklären.

Immerhin waren sie auf der Flucht. Was gab es da für Nancarrow zu grinsen?

»Sie lassen uns weg!« rief Peter zu den anderen nach hinten.

Das Wohnmobil brauste auf dem schmalen, gewundenen Fahrweg davon. Peter gab Vollgas, wann es angebracht war. Wegen der vielen Kurven konnte er allerdings die Strecke immer nur wenige Meter weit überblicken. Der Wagen schaukelte stark und streifte am Kieferngeäst entlang.

Und dann erkannte Peter die Ursache für Nancarrows häßliches Grinsen. Heftig trat er auf die Bremse.

»Was ist denn los?« rief jemand von hinten.

Weiter vorn, gleich bei der Wendeplatte, war ein Lastwagen der Spedition Nancarrow quer zur Fahrbahn abgestellt. Also war George oder ein anderer eingetroffen, um Fracht anzuliefern. Es war aussichtslos für Peter, mit dem großen Wohnmobil an dem Hindernis vorbeizufahren. Selbst mit einem VW-Käfer wäre dies nicht geglückt. Die Stoßstangen des Lastwagens reichten rechts und links bis an die Bäume.

»Eine Falle!« brüllte Peter wütend.

Das Wohnmobil kam mit quietschenden Reifen zum Stehen. Nancarrows Helfershelfer George trat hinter dem Lastwagen hervor, seine M-16 auf Peter gerichtet. An seinem Gürtel baumelte ein Walkie-talkie.

Die vier Passagiere richteten sich im Wagen auf und spähten durch die Fenster hinaus.

»Was machen wir jetzt?« stieß Bob kläglich hervor.

Justus begann seine Unterlippe zwischen den Fingern zu kneten.

»Raus mit euch, ihr Helden!« schrie George barsch herüber. »Vorerst laß ich euch noch am Leben - weil's der Boß so will!«

»Dann werden Nancarrow und seine Männer demnächst hier sein«, sagte Mr. Andrews warnend zu den anderen.

»Ich habe eine Idee«, meinte Justus gelassen. »Ich werde George ablenken, dann könnt ihr hier raus und verschwinden.«

»Los, los, ihr lahmen Enten!« brüllte George draußen.
»Sei aber vorsichtig!« beschwor Mr. Andrews Justus.
Justus nickte. Er packte den Türgriff und verhielt kurz. Dann holte er tief Atem und öffnete die Tür. Mit beiden Händen hielt er sich den Kopf, und sein Gesicht verzerrte sich in gut gespieltem Schmerz.
Taumelnd stieg er aus dem Wagen. »Ohhh!« jammerte er dabei. »Ohh, ist mir übel!« So wankte und stolperte er zu George hin.
George verzog unwillig das Gesicht. Voll Mißtrauen hielt er den Kopf schief. Die M-16 richtete er nun auf Justus.
»Der Schmerz ... das bringt mich noch um!« stöhnte Justus. Mit unsicherem Schritt schleppte er sich weiter auf George zu. »Helfen Sie mir!«
»Bleib mir vom Leib – verschwinde!« schrie George.
Justus riß den Arm hoch und stieß scheinbar versehentlich die M-16 zur Seite weg. »Helfen Sie mir doch!« Wie von Sinnen warf er sich George entgegen.
»Verdammt, was soll das?«
Blitzschnell sprang Peter aus dem Wohnmobil, gefolgt von Bob, Daniel und Mr. Andrews.
Justus und George stürzten zu Boden. Justus lag obenauf.
»Runter, du Fettwanst!« fauchte George. Vergeblich versuchte er sich unter Justus' Körperfülle hervorzuwälzen.
»Sie hauen ab!« schrie Nancarrow von hinten. »Halt sie auf!«
Auf dem Weg kamen Nancarrow und seine Leute angestürmt.
Justus sprang auf die Füße. Bob und Mr. Andrews flüchteten in den Wald. Peter sprintete über die Wendeplatte auf den Weg los, der aus der Ebene herausführte. Daniel sauste wie der Wind zum Führerhaus eines anderen Lastwagens von Nancarrow. Und Justus hetzte Peter nach.
Doch der Headman der Indianersiedlung hatte seinerseits Justus' Verfolgung aufgenommen und drohte ihn einzuholen. Justus schlug einen Haken und raste zu den Höhlen hin. Ihm war eine

neue Idee gekommen. Er hatte sich gemerkt, wie empört der Headman zuvor Nancarrow gegenübergetreten war.
Justus lief in die erste der Höhlen mit dem eingelagerten Giftmüll. Der Headman war ihm nun dicht auf den Fersen.
»Los, raus hier!« herrschte Turner Justus vom Eingang her aufgebracht an. »Ihr habt wahrhaftig genug Unruhe gestiftet! Niemand darf sich im geheiligten Tal aufhalten!«
»Und was ist mit Nancarrow und seinen Leuten?« konterte Justus.
»Sie helfen uns! Der Schöpfer würde das verstehen. Das Leben ist hart für die Menschen in unserem Dorf. Seit wir Mr. Nancarrow diesen Bereich unseres Tals überließen, haben wir es alle besser!«
»Die Krankheit ist aber keine Verbesserung.«
»Das hat nichts mit Mr. Nancarrow zu tun«, wehrte der erboste Headman eigensinnig ab. »Und jetzt komm raus!«
Justus ließ nicht locker. »Sehen Sie sich diese Fässer an. Merken Sie, wie es hier stinkt? Da drin sind umweltschädliche Abfälle – *Gift!*«
Der Headman sah sich die Stapel von Blechtonnen an. Er schüttelte den Kopf. »Mr. Nancarrow sagte, er wollte hier Sprengstoff einlagern. Mir hat er aufgetragen, ihn zu verständigen, sobald Fremde zum Reservat kommen. Er hat Wettbewerber, die alles daransetzen, um ihn aus dem Geschäft zu drängen. Deshalb hat er mich gebeten, die Verpachtung des Geländes und auch die Walkie-talkies vor allen geheimzuhalten. Und falls er hier auch noch andere Güter lagern will, so hat mich das nichts anzugehen.« Der Headman machte eine Pause, dann setzte er nachdrücklich hinzu: »Die Pacht, die er an mich bezahlt, ist sehr wertvoll. Sie macht das Leben für meine Gemeinde leichter!«
»Aber der Giftmüll macht alle krank!«
Der Headman ging um Justus herum, setzte ihm die Mündung seines Ruger-Gewehrs an den Rücken und stieß barsch hervor: »Geh!«
»Nancarrow ist der Dämon«, erklärte Justus, während er durch

den Höhlenausgang ins Sonnenlicht trat. »Und ich glaube nicht, daß Sie mir wirklich etwas antun wollen.«
Der Headman zögerte einen Augenblick. Dann gab er Justus noch einen Stoß mit dem Gewehrlauf und scheuchte ihn zu der Wendeplatte, wo Nancarrow wartete.
Im Wald setzte sich Ike Ladysmith geduldig und entschlossen auf Bobs und Mr. Andrews' Fährte. Irgendwann würde er sie aufspüren.
Beim Flußlauf kämpfte Peter mit Biff. Es wollte Peter nicht gelingen, dem Mann die M-16 zu entwinden.
»Neffe!« rief der Headman zu Daniel hinüber.
Daniel versuchte verzweifelt, den Motor des zweiten Lastwagens anzulassen. George hatte die Tür beim Fahrersitz aufgerissen und bedrohte ihn mit seiner M-16.
»Laß diese Dummheiten!« herrschte der Headman Daniel an. »Komm sofort hierher!«
Justus erkannte, daß er und seine Freunde in einer aussichtslosen Lage waren. Es war nur noch eine Frage der Zeit, bis Nancarrow seinen Männern den Schießbefehl geben würde. Dann würde es keine Rolle mehr spielen, was Mr. Andrews und den drei ??? bekannt war.
Wenn Nancarrow die lästigen Mitwisser beseitigt hatte, würde er im Tal weiterhin die Luft verpesten, das Wasser verschmutzen und die Gesundheit der Dorfbewohner schädigen. Die Indianer würden die Suche nach einem Dämon fortsetzen – und ihn niemals finden. All ihre Zeremonien und Gesänge zur Beschwörung einer erleuchtenden Botschaft würden nichts helfen.
Eine Botschaft! Während der Zeremonie hatte der Schamane Daniel eine Botschaft übermittelt: *Gebt dem Dämon, was er will, und ihr könnt ihn vernichten.*
Justus sah sich aufmerksam um. Wenn Nancarrow der Dämon war, dann wollte er jetzt eines: sie alle zu seinen Gefangenen machen. Justus dachte darüber nach, und langsam nahm eine Idee

Gestalt an. Es war ein ungeheures Risiko ... aber sie hatten keine andere Wahl.
»Daniel! Peter! Bob! Mr. Andrews!« schrie Justus laut. »Kommt hierher. Wir geben auf!«
»Kommt nicht in Frage!« brüllte Peter. In diesem Augenblick stieß der hagere Biff den Kolben seiner M-16 in Peters Magengrube, so daß der große Junge sich krümmte und nach Luft rang.
»Niemals!« rief Daniel. Aber dann wurde ihm klar, daß George mit der M-16 direkt auf sein Herz zielte.
Ike Ladysmith hatte sich ins Dickicht gestürzt. Nun tauchte er bei der Lichtung auf. Er hielt Mr. Andrews am Kragen seines Anoraks gepackt. Bob trottete nebenher.
»Kommt, Leute!« schrie Justus. »Wir müssen aufgeben!«
Verwirrt und zornig kamen die anderen zur Wendeplatte. Nancarrows Männer folgten ihnen mit äußerster Wachsamkeit.
»Sie wissen, daß Nancarrow uns töten wird«, sprach Justus den Headman an.
»Er wird euch lediglich aus unserem Reservat hinauswerfen«, beschwichtigte der Headman, der Justus' Befürchtung für übertrieben halten mußte.
»Und wie war das mit der Sabotage an den Bremsen des Pickups? Das war doch Ihr Werk?«
»Was?« fuhr der Headman auf. »Ich sah den Pickup, wo ihr ihn zu Schrott gefahren hattet, aber damit hatte ich nichts ...« Auf seinem breiten, verdüsterten Gesicht malten sich plötzlich Zweifel.
Als sich alle auf der Wendeplatte versammelt hatten, zeigte Justus auf Daniels auffällige silberne Gürtelschließe. »Kennt hier jemand einen anderen, der eine solche Schließe trägt?«
»Daniels Onkel«, sagte der Headman.
Daniel zog die Gürtelschließe seines Onkels aus der Tasche und gab sie dem Headman. »Justus hat sie hinten im Tal gefunden«, erklärte er, »neben einem Skelett. Im Schädel befand sich der Einschuß einer Gewehrkugel.«

Biff erstarrte. Er schrie Nancarrow an: »Hab' ich dir nicht gesagt, wir hätten die Burschen gleich zu Anfang erledigen sollen, genau wie den alten Indianer!«
Er rannte los zum Lastwagen.
»Komm zurück, du elender Feigling!« rief Nancarrow. Doch ehe er einen Finger rühren konnte, hatte der Headman seine neue Ruger erhoben. Ein Schuß knallte.
Das Geschoß schlug Biff die M-16 aus den Händen. Peter lief Biff hinterher.
Blitzschnell drehte sich der Headman um und richtete seine Waffe auf Nancarrow.
»Halt, warten Sie!« stieß Nancarrow angstvoll hervor. Er ließ seine M-16 fallen und wich einige Schritte zurück.
»Ihr habt meinen Vetter getötet!« brüllte der Headman Oliver Nancarrow an. Er ging auf den entsetzten Mann los. »Und jetzt wolltet ihr auch diese Leute umbringen, die euch nichts getan haben!« Er stieß die Mündung seiner Waffe in Nancarrows Bauch. Nancarrow krümmte sich vornüber. Der Headman ließ einen Kinnhaken folgen. Eine Sekunde lang stand Nancarrow mit verwundertem Ausdruck da. Dann schloß er die Augen, hob unsicher die Arme und taumelte rückwärts zu Boden, wo er bewußtlos liegenblieb.
Bob riß das Bein hoch und traf George am Kinn. Die Wucht des Schlages schleuderte George auf Nancarrow.
Peter packte Biff am Arm und riß ihn herum. Der kleine Kerl verlor das Gleichgewicht, und Peter landete einen seiner wirkungsvollsten Karateschläge an Biffs Brust.
»Nein! Aufhören!« ächzte Biff. Er nahm die Hände hoch. »Bitte! Ich gebe auf! Ich hab' doch nur getan, was Ollie wollte. Ich schwör's!«
Peter verzog angewidert das Gesicht und stieß Biff vor sich her, bis er bei den anderen ankam.
»Ich bin euch zu Dank verpflichtet«, sagte Amos Turner langsam

zu den drei ???. »Ich wollte nicht glauben, daß Mr. Nancarrow ein so schlechter Mensch ist.«
»Er hat Ihnen erfolgreich weisgemacht, daß er für Ihr Dorf Gutes tut«, bemerkte Mr. Andrews.
»Eigentlich gebührt Ihr Dank dem Schamanen«, erklärte Justus. Er berichtete, was er aus der Botschaft des Schamanen hatte entnehmen können.
Daniel sah sich auf der Lichtung um. »Wo ist denn Ike?«
Ike Ladysmith war wie ein Spuk im Wald verschwunden.
»Nancarrow muß ihn bestochen haben«, sagte der Headman zu Daniel. »Ike sorgte dafür, daß an dem Pickup die Bremsen versagten. Fast hätte er deine Freunde auf dem Gewissen.«
»Dann versucht er jetzt zu fliehen«, meinte Daniel.
»Ich werde ihn finden«, äußerte der Headman voll Überzeugung. »Nun müssen wir die Kerle fesseln und einsperren ...«
»Am besten in das Wohnmobil«, schlug Mr. Andrews vor. »Darin befindet sich wichtiges Beweismaterial für die Polizei. Das können wir dann zusammen mit den Schuldigen nach Diamond Lake befördern.«
Der Headman war sofort einverstanden. »Ja, natürlich, so ist es am besten. Daniel wird Sie begleiten. Er kann Ihnen den Weg zum Polizeirevier zeigen.«
»Und was wird aus Ike?« wollte Peter wissen.
»Wir haben im Reservat unsere eigene Polizei«, gab der Headman zurück.
»Onkel befehligt die Polizei«, erklärte Daniel.
»In unserem Vertrag mit der Regierung der Vereinigten Staaten wurde vereinbart, daß wir die Strafjustiz in unserem Volk selbst handhaben«, fuhr der Headman fort. »Das ist ein Grundrecht aller Reservate. Kriminelle aus unserer Gemeinschaft werden von uns abgeurteilt.«
»Großvater ist der Richter«, setzte Daniel hinzu. Es überraschte niemanden.

Sie fesselten Nancarrow und seine beiden Komplizen und schnallten sie auf der hinteren Sitzbank des Wohnmobils an. Nancarrow war völlig erschöpft und dazu halb benommen; er lallte noch ein paar unverständliche Worte und sackte dann schlaff in sich zusammen. Auf Biff und George schien sich der Anblick ihres großen Bosses in so hilfloser Lage ebenfalls lähmend auszuwirken. Trübsinnig und ohne einen Mucks von sich zu geben hockten sie da. Da werden wir es wohl ohne Zwischenfälle zum Polizeirevier schaffen, dachte Peter, nachdem er sich vom Fahrersitz aus noch einmal nach den unfreiwilligen Insassen umgesehen hatte.
Turner rangierte den großen Lastwagen, der die Durchfahrt versperrt hatte, aus dem Weg. Als Peter dann starten konnte und auf den Forstweg zufuhr, winkte der Headman zum Abschied. Nun lächelte er sogar.
Dann sprang der Headman vom Wagen herunter, ging mit elastischem Schritt davon und verschwand im Wald.

Daniel erklärte Peter im Wohnmobil die Fahrtroute nach Diamond Lake. Endlich waren sie alle auf dem Weg zum Ziel, wie ihn Daniels Schwester beschrieben hatte. Eine Ewigkeit schien das her zu sein – und es war doch erst am Vortag gewesen.
Als sie den kleinen Ferien- und Kurort erreicht hatten, gab es viel zu sehen: Schwimmbecken, auf deren Wasserflächen die Sonne glitzerte, einen Golfplatz, Tennisplätze, Freizeitreiter im Cowboysattel, Wanderer mit grellfarbenen Rucksäcken, Spaziergänger und Jogger in topmodischer Sportkleidung, attraktive Landhäuser und luxuriöse Hotels. Ein Learjet schoß im Landeanflug auf die Privatpiste über ihre Köpfe hin.
»Leute, es ist soweit.« Peter atmete befreit auf. »Endlich haben wir's geschafft.«
»Ich bin total ausgehungert«, verkündete Justus.
»Ich muß dringend telefonieren«, sagte Mr. Andrews, »und dann brauche ich ein Bad.«

»Und einen Arzt«, setzte Bob fürsorglich hinzu. Er lächelte seinen Vater an.
Den drei Mädchen, die an der Straßenecke standen, fiel Bobs unwiderstehliches Lächeln sofort auf. Strahlend winkten sie zu ihm herüber. Daniel staunte – so freimütige weibliche Begeisterung für einen gutaussehenden Jungen war er aus dem Indianerdorf nicht gewohnt. Ohne eine Miene zu verziehen, sagte er zu Bob: »Hör mal – vielleicht könnte dich der Schamane mit einer magischen Beschwörung von der schweren Bürde deiner Anziehungskraft auf Mädchen befreien ... «
»Kein Bedarf – ich trage meine Bürde gern weiter«, winkte Bob fröhlich ab. »Dann schicken wir lieber Justus hin. Er ist zwar bei all den Strapazen ein wenig leichter geworden, aber wenn er jetzt wieder kräftig reinhaut ... «
Justus schaute beleidigt zum Fenster hinaus. Dann straffte er sich und rief triumphierend: »Achtung, Peter! Rechts vorn ist das Polizeirevier von Diamond Lake!«
Daß er gleich dahinter eine einladende Pizzabude erspäht hatte, behielt er vorerst für sich.

Die Landschaft war atemberaubend. Die Felsen glänzten im Sonnenschein, nirgends waren Häuser oder Dörfer zu sehen. Justus lehnte sich an einen warmen Stein und hielt sein Gesicht in die Sonne. Wenn jetzt noch Lys da wär', dachte er.
Da kam Peter zurück. Er war blaß und sah verstört aus. „Was ist los?"
„Sie ist verschwunden", antwortete Peter fassungslos. „Der Krankenschwester ist der letzte Besucher aufgefallen: ein dicker Mann, der sich ziemlich komisch benommen hat."
„Pipo!" riefen Justus und Bob.
Peter wurde noch eine Spur blasser. „Pipo?" Er stutzte. „Der hat ihr auch Genesungswünsche ins Krankenhaus geschickt."
„Also, der Clown, der nachts in ihren Wohnwagen will, wünscht ihr auch gute Besserung", murmelte Justus und lehnte sich noch einmal an den heißen Stein. „Zu blöd, daß wir so weit weg sind."
„Was sollen wir tun?" Peter rüttelte den Freund am Arm. „Die Krankenschwester sagt, Mary ist weg, samt ihren Klamotten."
„Samt Klamotten?" fragte Bob ungläubig.
„Ja, sie hatte wohl ein Sommerkleid im Krankenhaus, und das ist auch weg."
Justus starrte stumm in die Berglandschaft. Dann faßte er einen Entschluß. „Ich rufe Lys an. Sie muß uns jetzt helfen."

Die vier Freunde Anne, Mexi, Cassius und „der Graf“ haben sich zur Ökobande zusammengeschlossen. Wo immer sie Umwelttätern oder gewissenlosen Gangstern auf die Schliche kommen, nehmen sie engagiert und trickreich die Spur auf. Die vier jungen Naturschützer und Tierfreunde meinen es ernst mit dem Umweltschutz, sie halten zueinander und haben viel Spaß dabei. In dieser Krimi-Reihe von Hans Joachim Alpers sind bereits sieben Bände mit spannenden, turbulenten und witzigen Abenteuern der Ökobande erschienen. Jeder Band mit 128 Seiten. Erhältlich in jeder guten Buchhandlung.

Aktion Dicker Hund

Schokoladenverschwörung

Tatort Nordsee

Geheimnis der leeren Bücher

Mord am Wald

Der Berg rutscht

Die Müll-Mafia

Franckh-Kosmos · Stuttgart